新 潮 文 庫

黒 祠 の 島

小野不由美著

新 潮 社 版

8221

黒《こく》祠《し》の島

一章

1

その島は古名を夜叉島《やしやじま》と言う。

九州北西部に位置する変哲もない島で、「夜叉」と一見禍々《まがまが》しい名も、島にある火山を夜叉岳《やしやだけ》と称したことに因《ちな》んでいるにすぎない。火山を鬼神に喩《たと》えることは決して珍しいことではないし、そこには懼《おそ》ればかりではなく、畏敬《いけい》の念もまた含まれている。事実、この夜叉岳は古来、近辺を航海する海上民からは尊崇《そんすう》を受けていた。航行標識の未整備だった時代においては、海上に勃然《ぼつぜん》として聳《そび》える標高四百メートルの山は恰好《かつこう》の目標物だったからである。

だが、その名も地図の上から消えて久しい。島が消失したわけでは、勿論《もちろん》ない。時代の趨勢《すうせい》に従って無害で凡庸《ぼんよう》な名に書き換えられてしまったのである。

「──島？」

陽灼《ひや》けした顔に深い笑い皺《じわ》を刻んだ老人は、その凡庸な名を繰り返した。

「そりゃあ、夜叉島のことだろう。いいや、この近辺じゃあ、そんな名前で呼ぶ奴《やつ》ァいねえよ。夜叉島、でなけりゃ御岳《おたけ》さんだ」

老人は言って、車窓から見える海に目をやった。路線バスの座席シートは、もとの藍《あい》色《いろ》が陽に灼けて、海と同じ藍鼠《あいねず》に退色していた。

「島に火山があってね、夜叉岳と言うんだが、それを御岳さんとも呼ぶんだよ。ああいう目印になる山ってのは、漁師にとっちゃあ守り神みたいなもんだからね。だから漁師たちは島のことも御岳さんと呼んだりするよ」

バスが行く国道沿いに長く防波堤が続いていた。その向こうには海を隔て、墨色に岬が延びている。防波堤から岬へと弓なりに続く海岸では、黒い岩礁《がんしょう》が累々《るいるい》と折り重なって磯《いそ》を作っていた。その沖合を探してみても島の影はない。

老人は車窓から入る光に目を細めながら笑った。

「いんや、こっから島は見えないよ。山の反対側になるからね。この先の港でバスを降りりゃあ、島に行く船が出てる。そうだな、島まで渡船なら五十分ってとこかね。名ばかりのフェリーもあるが一往復しかしないし、時間も倍はかかるね。渡船なら日に三便だが、この時間じゃ夕方の便まで、かなり待つことになるよ」

老人の横顔を照らす強い陽脚《ひざし》は、残暑の色も褪《あ》せている。

「うん、島にある港は一つだけだ。集落が一つしかないんだよ。もともと夜叉島ってのは、上島《かみ》と下島《しも》の二つでできてたね。とは言っても、陸続きなんだが。そうだな、ひょっとしたら大昔にゃ別々の島だったのかもしれんね。それが夜叉岳の噴火で繋《つな》がったんだろう、そういう形をしてるよ。歪《ゆが》んだ瓢箪《ひょうたん》形って言うのかね。上島と下島がくびれて『く』の字の形に繋がってるのさ。上島には、でんと御岳さんが控えてる。西の麓《ふもと》のほうが長くて、ちょいとくびれて下島の山に繋がってるんだが、それがちょうど港を囲い込むような恰好でね。

——まあ、このへんの海は荒れることが多い。台風のシーズンは勿論だが、冬から春にかけても時化《しけ》ることが多くてね。夜叉島はそういうとき、船が逃げ込むのに丁度いい港だったんだよ。御岳さんと下島がいい按配《あんばい》に風を遮《さえぎ》ってくれるんでね。昔はそれで重宝したようだ。うん、住んでるのはほとんど漁師だよ。今もそうだね。——温泉？　いいや、そんな洒落《しゃれ》たもんはねえよ」

老人は言って、快活に笑う。

「最近は島興《しまおこ》しってのが流行《はや》りでね。どこの島も知恵を絞って、名産品を作ったり観光名所を作ったり苦心惨憺《さんたん》してるもんだが、なにしろ夜叉島は愛想のねえ島だ。海水浴場やらキャンプ場やら作ろうたって、島のぐるりは断崖《だんがい》絶壁ときてる。そもそも港以外にゃ船を着ける場所もないんだ。温泉もなけりゃ洞窟《どうくつ》もねえ。見るもんがありゃしないんだ、どうにもなるまいよ。離島振興法のおかげで港だけは立派なもんだがね。――うん、戦後にそういう法律ができて、国の助成金で島の整備をやるようになったのさ。だから港は立派だが、漁港を眺めてもしょうがないからね」

バスは海岸線に沿って大きく進路を変えようとしていた。行く手を遮っていた山の斜面が切れて、海に向かって眺望が開けた。陽が翳《かげ》ってきたのか、海の色が暗くなった。風の加減か、潮の加減か、こころなし波も立ってきたようだった。海上は靄《もや》っている。その向こうに微《かす》かに見える薄墨色の滲《にじ》みを、老人は硝子《ガラス》越しに指差した。

「あれがそうだよ、夜叉島。天気がいいと、もっとはっきり見えるんだがね。ちょっと白い煙みたいなのが見えるだろう。あれが小夜叉《こやしゃ》の噴煙さ。

御岳さんの東っ側が噴火してね、そこに新しい火口ができたんだよ。いいや、最近のことじゃねえ。明治の中頃とか、ずっと前の話だ。火口かい？　そりゃあ、小夜叉に登りゃ見られるだろうが、簡単には寄りつくことができねえから。何しろ、集落の反対側になるからね。行くとなると大夜叉《おおやしゃ》を越えなきゃならんが、大夜叉には道がねえんだ。海から寄りつこうにも船を寄せる岸がない。ときどき大学の先生が小夜叉の調査に来るようだけどね、そん時ゃ漁船を借りて近くまで行って、ゴムボートで上陸するらしいからね。いや、大夜叉のほうはもう噴煙を上げてないよ。すっかり鳴りを潜めて、今じゃ火口も埋まっちまってるって話だ」

老人の言う噴煙は、そうと分かって見なければ見て取れない。そもそも島影自体が溶け消えるように薄かった。島の輪郭すら朧《おぼろ》で、どこか幻めいている。

「火口見物さえできないってわけだよ。そんなふうだから大した宿もなくてね。俺の若い頃にゃ、釣り客を泊める宿が二軒ばかりあったが、今でも営業してるかどうか。第一、島の連中は偏屈でね。

昔、海が時化て夜叉島に逃げ込んだ連中が、船から降ろしてもらえなかったってのは有名な話だよ。よほど荒れても島に上げちゃあくれなかったらしいからね。閉鎖的って言うのかね、とにかく余所者《よそもの》を嫌うのさ。島の外からの嫁取り婿《むこ》取りは御法度《ごはっと》だって話だよ。さすがに今じゃあ、そんなに煩《うるさ》くも言わねえんだろうが、それでも未《いま》だに長男の嫁だけは島内《しまうち》からでなきゃ、と言うらしいからね。そうやって島ぐるみ、みんな血縁みたいなもんだから、島の外から入ってきた人間とは肌が合わないんだろうよ。だからって別に、入り込んだ者に石を投げるってこたあねえだろうが、まず歓迎はされないね。

――ああ、ここだよ」

バスは海岸沿いの道を離れ、港に面した小さなロータリーに入ろうとしていた。

最寄りの駅からバスで十五分、港の外れには整えられた桟橋があり、そこには真新しい白い船が停泊していた。いかにもこぢんまりとした遊覧船ほどの船舶だった。

バスの中の乗客は二人だけ、老人は隣に坐《すわ》った男を促《うなが》した。三十半ばの長身の男だけが立ち上がり、老人に向かって軽く頭を下げてからバスを降りた。

港に人影はなく、待合所にもやはり人影がない。男がそれを確認している間に、ただ一人の乗客を乗せたバスが、ロータリーを出て岬のさらに先へと去っていく。彼はそれを見送りながら、もう一度、軽く頭を下げた。

2

すでに陽は傾いていこうとしていた。強い陽脚が和らいで風景に穏やかな色調を添えていたが、海から吹き寄せる風ばかりは潮を含んで重い。

彼は人影もまばらな港の様子を一渉《ひとわた》り見廻し、待合所の脇《わき》にある切符売場へと向かった。窓口に書かれた「夜叉島行き」という文字に目をやり、売場の中を覗《のぞ》き込む。ボックスじみた売場の中では中年の女が一人、事務服に似た制服を着て所在なげに坐っていた。

「済みませんが、お尋ねします」

彼は声を掛け、一枚の写真を差し出した。

「この写真の女性を見掛けませんでしたか」

女は不審そうに写真と男を見比べた。

「中央の女性ではなく、その後ろの女性ですが」

「……あなたは？」

失礼しました、と詫《わ》びて、彼は名刺を差し出す。

――石井《いしい》探偵事務所、式部剛《しきぶたける》。

受け取った女は珍しいものを見るように、今度は式部と名刺とを見比べた。

「あらまあ……人捜し？」

式部が肯定すると、女は首に下げていた眼鏡を掛け、式部の差し出した写真に改めて目を落とした。女が首を傾《かし》げたのを見て取って、式部は口を挟む。

「中央の女性ではありません。右のほうに写っている女性です」

「この人？」

女は写真の端を指差した。写真は結婚披露宴のスナップで、中央にはタキシード姿の花婿と、若い女が写っていた。花嫁ではない、来客の一人だった。カメラのほうに笑顔を向け、ポーズを取った二人の背後には別の女が写り込んでいたが、肝心の二人にはピントが合わず、背景のほうにピントが合ってしまっているので、その写りは悪くなかった。

「そうです。小さくて恐縮ですが」

「いつごろのこと？」

「先週だと思います。それ以前ではありません」

「先週、ねえ……」女は困ったように言って、それからああ、と声を上げた。「思い出したわ。見掛けましたよ」

「確かですか？」

女は頷《うなず》いて、椅子《いす》のすぐ背後にあるドアを開けた。奥は事務所に続いている。女は坐ったまま身体《からだ》を捩《ねじ》ってドアの外に顔だけを突き出し、「野村《のむら》さん」と、呼び掛けた。すぐに振り向いて、あの人のほうが覚えてるはずだから、と式部に言い、写真を窓口から差し出して返した。

野村は女と同色の制服を着た初老の男だった。事務所のほうから待合所を抜けて出てくると、式部から名刺と写真を受け取り、すぐに「ああ、あの人」と嗄《しゃが》れた声を上げた。

「覚えておいでですか」

式部の問いに、野村は確信を籠《こ》めて頷いた。

「あれは一日だったかな二日だったかな。どっちかだと思うんだが。船に乗ったよ、二人とも」

「二人？」

怪訝《けげん》そうに問い返す式部に頷いて、野村は写真を返した。

「連れがいたんだよ。同じくらいの年頃の女だったな。よく覚えてる」

夜叉島に向かう渡船に乗るのは、大多数が島の者だった。あるいは島へ物資を運ぶ業者で、観光客はほとんどいない。たまにいたとしても釣り竿《ざお》を持った年配の男女で、旅装の若い者といえば帰省してきた島の出身者に限られる。

野村が見た二人の女は、ともに二十代の終わりから三十代にかけて、二人ともシャツにジーンズと、ごく砕けた旅装だったが、やはり土地の者とはどこか違う垢抜《あかぬ》けた匂《にお》いがした。これは帰省組だな、と野村は思った。都会から戻ってきたのだろう。観光客である可能性は端《はな》から念頭にも昇らなかった。

「帰省かね」と、野村は二人に声を掛けた。

野村は空《あ》き時間の片手間に、歩道を掃《は》いているところだった。二人の女は、切符売場の脇に据《す》えられたベンチに並んで腰を降ろし、黙りこくっていた。

「いいえ」と一方が、驚いたように顔を上げて愛想良く答えた。

「旅行かい。そりゃ珍しい」

「ちょっと用があって」女は微笑《ほほえ》んで言って、取って付けたように、「島に旅館はあるでしょうか」と尋ねた。

「旅館？　いいや、そんな大層なもんはないよ。民宿ならあるけどね。なんだい、宿の手配もせずに来たのかい？　良かったらこっから予約を入れてやろうか」

野村が言うと、女は連れを振り返った。連れのほうは煙草《たばこ》を啣《くわ》えて俯《うつむ》いたまま、黙って微かに首を横に振った。女は野村を見上げて笑んだ。

「結構です。ありがとうございます」

「飛び込みで行っても泊まれるかどうか分からないよ。親父《おやじ》が片手間にやってるようなとこだからね」

「泊まることになるかどうかは分からないんです。念のために訊《き》いただけですから」

「そうかい？」

「多分日帰りできるでしょう。御親切に、どうも」

野村は二人の足許《あしもと》に置かれた旅行鞄《かばん》に目を止め、日帰りのつもりにしては大きな荷物だ、と思ったが、口にはしなかった。というのも、二人の様子が何となく曰《いわ》くありげに思われたからだった。それは二人が陽光の中、戸外のベンチに坐っていたからかもしれない。この辺りの十月初頭はまだまだ暑い。にもかかわらず、二人とももう長袖《ながそで》を着込んでいた。待合所に入れば陽脚も避けられる、クーラーもまだ入っている。なのにじっとベンチに坐っているのが、どことなく不自然に思われた。

楽しい用で行くのではないだろう、と野村は思った。ああして並んで坐っていながら、会話をするでもない。かといって別に険悪な様子も気まずい様子もなかった。互いに黙り込んでいても苦にならない——そういう、ごく自然な近しさのようなものを感じた。同じような背恰好《せかっこう》、雰囲気で、容貌《ようぼう》が似ていないことを度外視すれば、姉妹なのかと思えなくもなかった。

　気になってちらちら見ていると、煙草を吸っていた女のほうが野村の視線を厭《いと》うように、顔を背《そむ》けて真っ黒なサングラスをかけた。野村は咎《とが》められたように感じて、その後はあえて視線を向けず、掃除を適当に切り上げると事務所に戻ったのだった。

　野村が二人をもう一度見たのは、乗船が始まってからだった。

　乗船時間が来て野村が桟橋に向かうときにも、二人はベンチで黙り込んでいた。乗船を促すアナウンスが流れると、真っ先に二人が乗船口にやってくる。野村は差し出された切符の半券を折り取りながら、「行ってらっしゃい」と声を掛けた。これに微笑んで応じたのも、やはり先程と同じ女のほうだった。

「本当に宿はいいのかい？」

　野村が言うと、女は先んじて船に乗り込む連れのほうを見やった。連れが振り返らなかったので、困ったように微笑む。

「大丈夫だと思います。——そうですね、でも、宿の名前だけ教えてもらえると」

　ああ、と野村は笑った。

「大江荘って言うんだよ。港を出て上島のほうに折れた先にある。もう一軒、いづみ屋って宿もあるけど、あそこはこの季節、客を泊めてねえから」

「大江荘ですね。ありがとうございます」

「いいや、お気をつけて」

どうも、と微笑《わら》って女は連れを追いかけ、船に乗り込んでいった。

「それだけだよ」と、野村は式部に言った。「その写真の人は、煙草吸って黙りこくってたほうの女だよ、間違いない」

野村が断言すると、切符売場の中から女も同意の声を上げた。

「連れの人のほうが片道の切符を二枚買ったんですよ。お捜しの人は黙って脇に立ってました」

式部は頷いた。

「どうやら間違いないようです。二人が乗ったのは何時の便でした?」

「あれはフェリーだったから、十時の便だね」

「二人が戻ってきたのを見ましたか?」

「いや。俺も気をつけてたんだが、戻ってないね。それで島に泊まったんだな、と思ったんだ。そんなことなら、こっから宿に予約を入れてやりゃあ良かったと思ってね。俺はそれきり見てないよ」

「それきり――？　しかし、十月一日といえば八日前、二日でも七日前ですね？」

式部が問うと、ああ、と野村は当然のことのように頷いた。

「そりゃあ。でも、俺にだって休みってもんがあるからね。俺の出てる日なら、船が着くたびに乗船口に付くから見落とすことはないが。瀬能《せのう》さんはどうだい」

言って野村が売場を振り返ると、中の女もまた首を傾げた。

「あたしも見てないわねえ。でも、あたしがお客の顔を見るのは切符を売るときだけだから。島からこっちに来た人は、このへんに寄らずにまっすぐバスに乗っちゃいますからね。そこのロータリーでバスが待ってるから」

そして、その瀬能にも休みがあるわけだ、と式部は心の中で思いながら野村に向き直った。

「野村さんのお休みはいつでした？」

野村は首を傾げる。売場の中のカレンダーに目をやって、

「先週は金曜――だから六日だな。てことはあの二人、結局、島でのんびりしたんだねえ」

式部はこれには答えなかった。

彼女は九月末以来、行方が知れなかった。――三日で戻ると言い残していったにもか

かわらず。

3

彼女——葛木志保《かつらぎしほ》が式部の事務所にやってきたのは、九月二十九日のことだった。すでに夜の九時を廻っていたが、家族を持たない式部は事務所に泊まり込むことも多かった。調査に出掛けていれば何日も帰らない。そうでなければ日付が変わるまでは事務所にいる。常連客はみんなそれを心得ていた。

池袋にある古びたテナントビルの六階、殺風景なドアには「石井調査事務所」と看板が挙がっている。調査の際には、「探偵事務所」という名称のほうが便利なこともあるので「石井探偵事務所」と刷った名刺も用意してあったが、式部は基本的に「探偵」と呼べるような調査はしていなかった。——いや、もともと「石井探偵事務所」は、ごく普通の興信所だったのである。オーナーの石井健司《けんじ》が死亡した後、唯一《ゆいいつ》の調査員であった式部が未亡人から事務所を譲り受け、業務内容を変えた。名称も看板だけは「調査事務所」と改め、専《もっぱ》らライターや作家の依頼を受けて取材を請け負っている。取材の補助をすると言うほうが正しいだろう。

葛木志保はその顧客でノンフィクション作家だった。主に刑事事件を取り扱い、冷静で偏《かたよ》りのないスタンスの取り方が好意的に評価されていた。加害者を特異な人間として排除することをせず、全《すべ》ての人々と均質な、理解可能で共感可能な人間として扱う。かと言って決して罪を庇《かば》うこともない。加害者の罪はあくまでも加害者の過《あやま》ちであると捉《とら》え、軽はずみに加害者の近親者、あるいは社会にその元凶を求めることもしなかった。どこかの岸辺に罪を押しやることなく、淡々とした筆致で実物大の事件、等身大の関係者を描く。そのバランス感覚が優れている、と式部は評価していた。

葛木が事務所に依頼を持ち込んできたのは数年前、まだ石井健司が健在の頃だった。消息不明の事件関係者を捜して欲しいという依頼で、式部がこれを担当し、当人を捜し出してインタビューを取った。それが葛木との付き合いの始まりだったと、式部は記憶している。以来、式部は必ず葛木の取材を手伝ってきた。プライベートで会うことはまずなかったが、数年来、ほとんどコンビを組むようにしてやってきた。付き合いが長いぶん、気心も知れている。前触れもなく事務所にやってくることは珍しくなかったが、この日は継続中の調査がなかったので、少しばかり意外に思った。

「こないだの件で何か?」と、式部が訊いたのは、少し前に終了した調査があったからだった。かと言って次の調査依頼が来るほどの時間は空いていない。葛木は原稿を纏《まと》めるのに忙しいはずの頃合いだった。

「いや」と言って、葛木は近所の自動販売機で買ってきたらしい缶ビールを翳《かざ》した。

「差し入れ」

言って缶ビールを傷だらけのスチールデスクの上に置き、自分はパイプ製の椅子を引き寄せてデスクの前に坐《すわ》り込んだ。都会の夜、事務所の中には残暑が澱《おり》のように残っていた。葛木はタンクトップにジーンズという出《い》で立ちで、そこに薄いシャツを引っ掛けていた。化粧っけもなく髪も雑に束《たば》ねただけ、格別何かの約束があって出掛けたついでに寄った、というふうでもなかった。

それきり何も言わず、持ってきた缶を開ける。しばらく煙草を肴《さかな》に、ビールを飲んでいた。葛木は愛想の良いほうでもなく、付き合いの良いほうでもない。しかもあまり喋《しゃべ》るほうでもなかった。式部もそうなので、葛木と会うと、得てしてこうして黙り込んでいる破目になった。

葛木はビールを一本空ける間にキャビンを六本灰にした。六本目を揉《も》み消すと、シャツのポケットから鍵《かぎ》を出してデスクの上に置いた。

「預かっといてくれないかな」

「これは？」

「家の鍵」

式部は葛木の横顔を見る。

「……ちょっと郷里《くに》に帰るんだ。だから」

「戻りは？」

「三日後」

言ってから、七本目の煙草に火を点《つ》けた。いつものように煙そうに目を眇《すが》める。

「三日後に戻ったら、それを取りに来る。来なかったときには——」

葛木は珍しく言い淀《よど》んだ。

「悪いけど、それで部屋を始末してくれないかな」

式部は鍵を押し戻した。

「部屋の始末ぐらい、自分でしろ」

葛木はちらりと皓《しろ》い歯を見せる。そうだな、とだけ答えた。ややあってポケットに両手を突っ込んで立ち上がった。鍵はデスクの上に置かれたままだった。

「厄介事《やっかいごと》か？」

「多分」

「手助けは？」

葛木は式部を見た。少し迷っている気配がした。何かが葛木の中で鬩《せめ》ぎ合っている。だが結局、首を横に振った。

「鍵を預かっといて。戻ったら取りに来る」

「三日後？」

「三日後」

頷《うなず》いて、葛木はドアに向かった。約束した三日後、式部は一日事務所にいたが、鍵を受け取りに現れる者はなかった。

念のため、さらに一日だけ待った。その翌日、預かった鍵を使って葛木の部屋に入った。板橋にある2LDKのマンションだった。部屋はきちんと片づいていたが、特に覚悟のうえで身辺を整理したようには見えなかった。仕事部屋の机の上には資料やメモが堆《うずたか》く積まれており、コンピュータの電源を入れると書きかけの文書がすぐさま立ち上がるようになっていることが分かった。

葛木はなぜ自分に鍵を預けていったのだろう、と式部は思う。少なくとも、この「帰省」から戻れないのではないかという危惧《きぐ》を抱いていたことは確かだろう。確信していたわけではないが、不安には思っていた。だから言わば保険として式部にそれを伝え、鍵を預けたのだ。実際、仕事関係の誰も、あるいは友人の誰も葛木が帰省したことを知らなかった。その帰省先がどこなのか、知っている者もまた皆無だった。

なぜ式部だったのか——その答えは一つしかないだろう。葛木との付き合いは所在不明の事件関係者を捜すことから始まった。葛木は捜してくれ、と言っているのだ、と式部は理解した。

だが、それが難題だった。葛木の出身地を式部は知らなかった。式部だけではない。

仕事関係の誰も、あるいは友人の誰もが郷里を知らなかった。出身学校について聞いた者すらいない。家の話、親の話、葛木は一切を漏らしていない。マンションのどこからも家族や実家について示すものは発見できなかった。それどころか、式部はこのとき初めて、「葛木志保」が筆名であったことを知った。部屋の中から発見された通帳や契約書の名義は「羽瀬川《はせがわ》志保」になっていた。式部を含めた友人のほとんどが、葛木という姓が本名でないことを知らなかった。葛木は故意にそれを秘していた。のみならず、明らかに過去を切り捨てていたのだった。

式部は友人の間を尋ね歩き、かろうじて「夜叉島《やしゃじま》」という名前に行き当たった。別にその島の出身だと言ったわけではないが、何かの折にそういう島の名を口にしたことを覚えている者がいた。名前が印象に強かったのと、そのときに葛木が珍しく仔細《しさい》ありげに見えたので記憶に残していたらしい。どういう会話の流れでその名が出たのか、聞いたほうも覚えてはいなかったが、思い出深い場所なのだな、という印象を受けたという。

とりあえず地図を調べたが、夜叉島なる島は発見できなかった。地図上に存在しないその名だけが手掛かりだった。

だが——と式部は思う。六日掛かったが、辿《たど》り着いた。それだけの手掛かりだったことを思えば、上出来だと言えるだろう。少なくとも葛木は、靄《もや》の彼方《かなた》に見えるあの島に渡ったのだ。

4

式部が待合所を出て船に乗り込む頃には、西のほうに雲が出ていた。風は相変わらず重く、いくぶん強まったようで、港の外には白い波頭が現れていた。何か重苦しいものが伸《の》し掛かってきていた。不穏なものが接近してくる、という予兆めいた空気が辺りに充満している。

野村に頼んで、他の職員にも葛木を記憶している者がいないか尋ねてもらったが、野村と瀬能以外に、葛木とその連れを見たと証言する者はいなかった。野村が休んでいる時、代わって切符を回収するのは平《たいら》という職員だったが、この平も下船する葛木は勿論《もちろん》、その連れのことも記憶にない、と言う。島に渡ったことだけは確実、けれどもそこから先の足取りは分からない。

そうこうしているうちに乗船の時間が来た。アナウンスに促されて桟橋に向かうと、すでに野村が乗船口の脇《わき》に立っていた。

「いろいろとどうも」

他の職員に葛木の件を尋ねてもらっただけでなく、野村には宿の手配まで頼んでいる。式部が礼を言うと、野村は「いやいや」と笑った。式部から切符を受け取り、半券を捥《も》

ぐ。残る半券を差し出して、

「ひょっとしたら揺れるかもしれませんよ。低気圧が近づいてるらしくてね、海上が荒れてきたんで」

言われて式部が見ると、事実、桟橋に停泊した渡船は、最初に見たときにはぴたりと静止して見えたのに、今では胎動するようにゆっくりと上下を繰り返していた。港の外に見える海面にも白く小波《さざなみ》が立っている。港を蓋《ふた》する突堤の、先端にある小さな灯台の付近に人が集まっているのが見えた。しきりに突堤の外を指差して声を上げているようだったが、何と言っているのかまでは聞こえなかった。中の一人がその場を離れて駆け出した。

「そうか」と、野村が唐突に声を上げた。「やっぱり一日だ」

怪訝《けげん》に思って見返す式部に、野村は笑った。

「海が荒れてきたんで思い出した。台風が来たんですよ。三日の最終便から欠航で、四日の午後からだったな、動き始めたのは」

「確かですか?」

「事務所に帰れば記録があるけど、そんなもんを見なくても間違いないよ。三日もどうかね、って言ってたんですよ、二日には。台風の進路がこっちに向いて、夕方の便から危ないな、って言ってたんだが、意外に速度がのろくて三日の昼過ぎまで保《も》ったんだ。

だから二人が島に行ったのは十月一日の日曜だね、間違いないよ。台風が来るってんで、あたふたした前日だったから」

　言って野村は笑った。

「ということは、結局、大江荘に泊まったんだな。式部さんにも紹介した宿ですよ。大将に訊《き》けば、二人のことは覚えてるんじゃないですかね」

「欠航になったのは、三日のどの便からですか？」

「この便からですよ」と、野村は停泊した船を示した。「島へ行く最終便。動いたのは一時半に出る渡船が最後だったね。戻ってくるのは、島を二時に出るフェリーで終わりだった。翌日は昼過ぎに一時間以上遅れて動き出して、結局、通常通りになったのは行く便も戻る便も最終便だったな」

　式部が時刻表を確認しながら手帳にメモを取っていたとき、ウミボトケ、という声が飛び込んできた。顔を上げると、岸辺が騒がしい。騒ぎの中心は港湾入口にある灯台にあるようだった。人が集まり、てんでにそちらのほうを指差している。

「どうしたんだい」

　声を上げたのは野村だった。岸壁の際《きわ》から突堤のほうを見ていた漁師らしい男が振り返った。

「海仏だって言うんだがね」

言って男は、突堤のほうから駆け戻ってきた男達に声を掛ける。

「どうだい」

「牛みてえだ」

またか、と野村は顔を顰《しか》めて、苦笑混じりに式部を見た。

「きっと夜叉島の連中でしょう。神事だって言って牛を流すんですよ、あそこは。溺死《できし》体《たい》と間違えたり網に掛かったりで人騒がせな話なんですけどね、なにしろ神事じゃあ、そう簡単にやめてくれとも言えなくてねえ」

「牛を――流すんですか？　秋祭りで？」

「いや、浄《きよ》めの神事だって聞いたことがありますけどね。何か忌《い》み事があったんじゃないですか」

言って、野村は声を潜めた。

「詳しいことは俺も知らんのです。島の連中は神事を秘密にするんでね。まあ、あまり大きな声じゃあ言えないが、変わったところですよ、あの島は」

そうですか、と式部が呟《つぶや》いて手帳を閉じたところで、出航を報《しら》せる汽笛が鳴った。

「お気をつけて」と、敬礼する野村に、式部は改めて礼を言った。

祭日のせいなのか、式部が乗船してみると客席はほとんどが空《から》だった。甲板には航海船橋《ブリッジ》の後部に喫煙所を兼ねたベンチ席があったが、ここにも乗客の姿がない。ベンチ席を三方から囲んだデッキにも、揺れのせいか生温《なまぬる》く湿った風のせいか、人影がなかった。渡船は島と陸を往復する足にすぎない。使い慣れた者にとってデッキからの光景は、いまさら見るには及ばない程度のものなのかもしれなかった。

デッキから海上を眺めていると、船が港から出ていく際に、突堤に集まっている人々が見えた。突堤の外側、テトラポッドに降りた男たちが、水際を指し示し海中を覗《のぞ》き込んでいる。その指、視線の先には確かに何か黒いものが浮かんでいた。彼らはテトラポッドに引っ掛かったそれを引き上げようと、四苦八苦しているらしかった。

式部はその光景を見るともなく眺めながら、島で忌み事があった、という野村の声を妙に不吉な気分で思い出していた。牛はそれなりに高価な生き物だ。それを流して浄めなければならないような何かが島で起こった。――葛木が消えた、あの島で。

船は港湾を出ると進路を変える。白い水脈《みお》がカーブを描いた。式部は、港が岸辺に溶け込んで見えなくなるまでをデッキで過ごし、それから船室を覗いてみようとして、結局やめた。乗客に葛木の写真を見せ、情報を集めるべきなのだろうが、そもそも乗客は数人にすぎない。葛木が使った船とは時間帯も違っている。どうせ聞き込みをするなら、同じ日曜日の同じ便のほうがいい。――思いながら、まるで自分に言い訳をしているようだ、と式部は感じた。なぜだかデッキを動きたくなかった。

——葛木が消えてから十日が経《た》つ。だが、葛木は三日後に戻ると言ったのだ。九日の今日に至るまで、ついに葛木は戻っていない。それどころか連絡すら入っていなかった。三日後に戻ると言い置いていながら、電話の一本さえないのはどういうわけか。

その先を、式部は考えてみたくなかった。

空気は差し迫った雨の予感を孕《はら》んで重かったが、空は依然として晴れていた。陽脚《ひざし》が大きく傾き、水脈に鬱金《うこん》の翳《かげ》りをつけていた。船の右舷《うげん》——東のほうから、空は青を濃くして藍《あい》へと染まっていこうとしている。左舷前方に黒い島影が見えた頃には空全体に薄く夜の色が刷《は》かれていた。

そして島は、落日の海上に屹立《きつりつ》していた。

西の空には厚い雲が垂れ込め、鈍色《にびいろ》に濁っている。折り重なった雲の向こうから強い残照が射《さ》しているのだろう、火炎のような朱色が夕闇《ゆうやみ》の藍と交じり合って段だらに染めつけられている。それを背に夜叉島《やしゃじま》と呼ばれる島は黒々と蟠《わだかま》っていた。

島の北にひときわ高く聳《そび》えているのが島の名の由来になった夜叉岳《やしゃだけ》だろう。夜叉岳の西は長く延び、それが南へ屈曲して湾を抱え込むようにしている。夜叉岳の右肩には瘤《こぶ》のような隆起が覗いていて、そこから藍と墨色に濁った薄煙が立ち昇っていた。明治半ばに口を開けたという新火口、バスの老人が小夜叉《こやしゃ》と呼んでいた山に違いなかった。

湾の奥には明かりの密集する場所があった。集落のものと思われる灯《あかり》は、本当にそこにしか存在しなかった。決して大きな島ではない。島の周囲には岩礁《がんしょう》が散っていたが、どれも小島と呼ぶほどの大きさもなかった。見渡す範囲には他の島影がない。文字通りの孤島で、その姿は今しも薄暮の中に溶け落ちようとしていた。

二章

1

渡船が港内に入り、桟橋に接岸するまでの間に島は夜に呑《の》まれてしまった。星すら見えないのは西から迫った雲が覆《おお》い被《かぶ》さっているせいだろうか、と式部《しきぶ》は思う。地上の灯も頼りなかった。港から爪先《つまさき》上がりに広がる斜面には、まばらに灯火が散っていたが、明かりを繋《つな》ぎ合わせて町の輪郭を想像することは難しかった。

ぱらぱらと下船する乗客の最後から、式部は港に降り立った。本土発の最終便、これ以後は入ってくる船も、出ていく船もない。乗客は三々五々に捌《は》けてしまい、式部が桟橋からゲートを抜けて待合所に入った時には、辺りは閑散としてしまっていた。事務室にはまだ明かりが残っていたが、切符売場の窓口も待合所の隅に設けられた小さな売店も閉まっている。何の音だろう、どこからか、からからと物寂しい音が響いてきていた。

待合所を出ると小さなロータリーがあったが、客待ちするタクシーの列も見えず、バス停のようなものも見当たらなかった。中央に蘇鉄《そてつ》の植えられた丸い植え込みがあって、そこに立った街灯が侘《わび》しく円形の広場を照らしている。

　式部はメモを開いた。港の野村に予約してもらった宿への地図を確認する。野村が書いてくれた地図は、幸いなことに至って簡単だった。ロータリーの前の道を右へ。そのままま真っすぐ行って郵便局の向かいにある「大江荘」。

　地図に従って歩き出した。辺りには喧噪《けんそう》も人気《ひとけ》もなく、ただ寂しげな雑音が満ちていた。見れば、方々の軒先に様々なものが下がっている。あるものは竹筒を使った鳴子《なるこ》のようなものだったし、あるものは貝殻を綴《つづ》り合わせたものだった。それらが立てる、からからという乾いた音に混じって、硬く高い音がする。硝子《ガラス》や金属製の風鈴が立てる音だった。――そう、それらは皆、風鈴なのだった。

　式部は一つ家の軒先に五つ、六つと下げられている風鈴の群を何とも言えない気分で眺めた。なぜ、これほどの数の風鈴が、十月に入ったこの時期に下げられているのだろう。さらに気味悪くさえ思われるのは、道の角や電柱の根元に列をなして風車《かざぐるま》が差されていることだった。湿った風に煽《あお》られて、そのどれもが楽しくはないトーンの音を立て、辺りを雑多な――けれども確実に物悲しげな音色で包み込んでいる。

　風鈴の見えない軒、風車のない門口《かどぐち》はなかった。少なくともこれは共同体の意思なのだろう。だが、その意図が式部には分からない。

薄ら寒い気分で地図の通りに歩くと、五分もしないでシャッターを降ろした郵便局の前に出た。向かい側を見上げると、古い木造の二階家があって、そこに「大江荘」と看板が挙がっている。玄関の作りはごく普通の民家ふう、大江荘という文字の入った硝子戸がなければ、入るのを躊躇《ためら》うような構えだった。その軒にも風鈴が吊《つる》され、植え込みに沿っては風車が差されて乾いた音を立てている。

硝子戸を開けて中に入ると、そこは一応、帳場のような造作になっていた。四畳半ほどの板間に長椅子《ながいす》が置かれ、公衆電話が据えられている。その奥には階段とカウンターがあり、五十がらみの男がカウンターの端に載せた小さなテレビを眺めていた。男は式部が入るとすぐに、「いらっしゃい」と声を上げた。別に愛想をするわけではないが、特に疎《うと》んじる様子もなく、「港の野村さんから紹介された人かね」と訊《き》いてきたので息をつく。

「そうです」

男は頷《うなず》いて、「どうぞ」と言う。板間に上がってカウンターに近づいた式部に、男は真新しい宿帳を差し出した。

「住所と名前を書いといてください。二、三日ってことでしたが、何泊にしますか」

「とりあえず三泊——場合によっては延長をお願いするかもしれないのですが、構いませんか」

「この季節じゃガラガラだから、好きにしてもらって構わんが、そのときにはそこまでを精算してもらっていいかね」

「何なら前金でも」

式部が言うと、亭主らしいその男は、ようやく、ちらりと笑った。

「そうかい？　部屋代だけでも、そうしてもらえると助かるが」

頷いて、亭主が提示した部屋代を支払った。一泊二食で、言えば昼も出してくれるという。

「と言っても、饂飩《うどん》とか丼《どんぶり》とか、簡単なものしかないが」

「それで結構です。島に食堂はありますか？」

「うちと、もう一軒の宿がやってるだけだね。どっちも飯時《めしどき》だけだが」

言って亭主は式部に帳場の右を示した。板間の脇《わき》には小広くなった土間が続いており、そこにテーブルがいくつか並んでいた。

「そこで喰ってくれてもいいが、言ってくれれば部屋に運ぶよ」

どうも、と言って式部は宿帳を返し、足許《あしもと》に置いた荷物に手を伸ばしたが、すぐ脇にこれもやはり五十がらみの女が一人立っていて、すでに荷物を手に提げていた。

「家内が部屋に案内するんで」

細君は、ぺこりと会釈《えしやく》する。「こちらへ」と、帳場の脇にある階段を示した。式部は亭主に頭を下げ、細君に蹤《つ》いて二階へと向かう。道路に面して廊下が通り、その脇に和室がいくつか並んでいるようだった。細君は廊下の奥へと向かった。廊下は突き当たりで短く鉤《かぎ》の手に折れ、曲がり端《はな》には昔懐《なつ》かしいタイル張りの流しが設けられていた。

「洗面所はそこ、トイレとお風呂《ふろ》はこれを曲がったところですし」

細君は言って、奥の襖《ふすま》を開く。三畳の控えの間に八畳の座敷、その外に広縁《ひろえん》という、中はそれなりに旅館の体裁《ていさい》をした部屋だった。八畳には一応、床の間と棚がついており、そこにコイン式のテレビと小さな冷蔵庫が据えられている。

「冷蔵庫の中身は持ち込みなんで」と、細君は申し訳なさそうに言って床脇《とこわき》の前に荷物を降ろした。「もう店は閉まってますし、今夜は何でしたら缶ビールか何か、入れさせてもらいますけど」

「ああ……お願いします」

「すぐに夕飯にさせてもらっていいですか」

「ええ。――あの、道にたくさんある風鈴や風車は何なんですか?」

式部が訊くと、細君は困ったように笑う。

「おまじないみたいなもんです」

それだけを言ってひっそりと廊下を戻っていった。

広縁に出る障子《しょうじ》も、広縁の硝子戸も開け放たれている。そこから潮の匂《にお》いのする風と風鈴の音が吹き込んできていた。宿のあちこちは郷愁を誘うような造作だったが、さすがに広縁にはアルミサッシが入っていて、網戸が付いている。その向こうには夜の港が広がっていた。物寂しく灯が散っていたが、やはり空に星は見えない。時折、灯台の光が水面を薙《な》ぐ。風は相変わらず重く、不穏な気配のようなものが立ち籠《こ》めていた。

——こんな島で生まれたのか、と式部は思った。

式部の知る葛木《かつらぎ》と、この陰気な港とが結びつかなかった。葛木は決して明るくもなかったし、華やいだところもなかったが、都会に特有の乾いた雰囲気を持っていた。繁華街の角を入った裏路地、そういう場所で生まれ、そこで育ったのだという以外のことを想像できなかった。殺伐《さつばつ》とした雑踏の中にいるのが、妙に似合っていた。本人もそこで安心している様子があった。

考えていると、亭主と細君が声を掛けて入ってきた。細君が膳《ぜん》を広げる横で、亭主は冷蔵庫に缶ビールを収めていく。

「とりあえず半ダース入れとくけど、もしも余ったら言ってくれればいいから」

そう言う亭主に、式部は写真を差し出した。

「ちょっとお尋ねしたいんですが」

亭主は冷蔵庫を閉めて、怪訝《けげん》そうに振り返った。

「この写真の女性を見掛けませんでしたか」

亭主の顔が強張《こわば》った。太い眉《まゆ》が厭《いと》うように顰《ひそ》められ、険しい色の目が式部を見る。

「何だい。あんた——ひょっとして警察の人か何かかい」

細君も凍ったように手を止めて、不審そうに式部を見ていた。式部は「調査事務所」のほうの名刺を出す。経験から、そのほうがいいだろうと思われた。

「石井調査事務所……興信所かね」

胡乱《うろん》なものを見るような視線を寄越しながら、亭主は細君に退《さが》るよう、手で合図をした。どこか逃げるように細君は部屋を出ていった。

「いいえ。よく興信所と誤解されるのですが、別に素行調査や身辺調査のようなことはやっていないんです」と、式部は業務内容を説明した。

「現地を取材する暇のない作家さんの代わりにビデオや写真を撮りにいったり、インタビューを請け負ったり、資料を探したりするのがほとんどですね。テレビ局の依頼で取材の補助をすることもあれば、学者さんに頼まれて稀覯本《きこうぼん》や資料の行方を捜すこともあります。今回のように人を捜すこともたまにはありますが」

「……へえ、そんな仕事があるんですか」

そう言いつつも、亭主はどこかまだ釈然としない様子だった。居心地悪げに写真と式部を盛んに見比べている。

「今回も、ある作家さんに依頼されて資料を集めていまして」と、式部はあらかじめ用意した話をする。「その写真の人は葛木さんと言って、ノンフィクション作家なんです。彼女がかつて取材して本に纏《まと》めた古い事件がありまして、依頼主はそれをもとに小説を書きたいということなんです。ついては、葛木さんに話を聞きたい、できれば当時集めた資料を貸してもらいたいと言っているんですが、葛木さんは最近、仕事を辞めて実家に帰ってしまわれまして。転居先が分からないので捜しているんですが」

「葛木──ですか？」

亭主は写真を見たまま盛んに瞬《まばた》きをする。

「中央の人でなく、その後ろに写っている人です。夜叉島《やしゃじま》の出身だと聞いたことがあるんですが、いかがですか」

「いや」と、亭主は首を横に振った。「見たことはないね」

「良かったら、少しお飲みになりませんか」

式部が言うと、亭主は破顔した。

「いや、そんな。──そうですか？　じゃあ、一本だけ。式部さんも飯にしてください」

遠慮なく、と式部は写真を手帳に戻して、料理に箸《はし》をつけた。

「御亭主はこの島の生まれですか」

「そうです。とは言え、中学校を卒業してから、すぐに島を出たんですがね」

男は名を大江忠二《ちゆうじ》と言った。中学を卒業後、福岡に就職し、板前をやっていたのだが、十年前、父親と長兄が立て続けに死んで、宿を継ぐ破目になってしまったのだと、そんなことを快活な調子で喋《しやべ》った。バスの中の老人は「島の連中は余所者《よそもの》を嫌う」と言っていたが、大江は格別、余所者を疎《うと》んじているようには見えなかった。

「どうせ利用客もろくにないような宿なんでね。親父《おやじ》も漁師の片手間だったし、兄貴も俺も漁協の手伝いをしながらやってるような有様で。なんで、いっそ潰《つぶ》しちまおうかとも思ったんですがね、それも死んだ親父に申し訳ないような気がしてねえ。母親を島に一人で残しておくのも気が咎《とが》めたし、それで博美《ひろみ》——女房と息子を連れて帰ってきたんですよ。だもんで、島の事情には疎くてね。お役に立てずに申し訳ない」

「では、これはどうでしょう。島に羽瀬川《はせがわ》という家はありませんか」

葛木《ひね》は帰省したのだから、実家に戻ったはず。式部はそう考えて尋ねたが、大江は首を撚った。

「さあて。聞き覚えがないな」

家を捜すなら駐在所で訊いたほうが早いかもしれない——式部はそう考えて駐在所の所在を訊いたのだが、これに対して大江は声を上げて笑った。

「駐在所なんてありませんよ」

「——そうなんですか？」

「この程度の島じゃあ、ないのが普通です。よほど大きな島か、人の出入りが多い観光地ならともかくねえ。そもそも駐在所ってのは人口が千五百からいないと置いてもらえんって話ですしね。それが島ってことになれば、余計に必要ない。どうせ住んでんのは、代々ここで生まれて育った連中ばかりだ。みんな顔見知りだし、三代も遡《さかのぼ》りゃ、どっかで縁が繋《つな》がってる」

大江はそう言って笑ってから、さも不思議そうに首を傾《かし》げた。

「だから、家を知らないなんてことは、ないはずなんだけどね。島にある名字だって限られてるし。羽瀬川——ってのは、聞いたことがないな。そういう家はないんじゃないですかね」

「余所から転入してきた家ということは」

「さあ、そういうことは滅多にないが、あったとしたら、俺が島を出てた間に入ってきたんだろうな。でもって家が絶えたか——でなけりゃ島を出ちゃってるんだろうね」

可能性としてはなくはない。式部が考え込んでいると、大江は慰めるように、

「ひょっとしたら島違いじゃないんですか。島の名前には似たのが多いからねえ」

「そんなはずはないんですが」

「とんだ無駄足になったようだね。……明日の便で帰りますか」

大江がおずおずと問うので、式部は首を横に振った。

「いえ。もう少し捜してみます。せっかく来たんですから」

「そりゃあ、そうだ」

大江はそう言って笑ってから、缶ビールを空《あ》けて立ち上がる。風呂は用意できてますんで、と言い残して階下へと降りていった。

島違いということはあり得ないはずだ、と式部は思う。

食事の残りを済ませて風呂に入った。風呂は一般家庭のそれより多少広いというだけのものだった。部屋に戻ると座卓が上げられ、布団《ふとん》が延べられていた。その布団に腹這《はらば》い、式部は手帳とノートを広げた。

――島違いではない。そもそも地図の上では、「夜叉島」という島は存在しないのだから。

葛木は九月二十九日、池袋にある馴染《なじ》みの旅行社で福岡行きの片道航空チケットを取っていた。式部の事務所にやってきたのは、その帰り道のことだったらしい。そして翌日、三十日の始発で羽田を出発、福岡空港に降りた。着いて以降の動向は分からない。「夜叉島」という手掛かりがなければ式部は今頃、葛木の足取りを求めて博多《はかた》の街を彷徨《さまよ》っていただろう。

葛木が口にした「夜叉島」とはどこなのか。式部はそれを聞いて以来、地図と資料に埋もれて所在を探した。その名に「島」と付いてはいても、実際には島でないことは多い。川の中州、かつては中州や島だった場所、あるいは、島のように海上に遠望される場所、あるいは「島」という文字に縁のある場所。——そういう調査こそ、式部が本領とするところだった。そして変哲もない名の島に行き当たった。山の名前すら無個性な名に変えられていた。

ひょっとしたら他にも、「夜叉」という文字を失った島があったのかもしれない。だが、葛木は間違いなくこの島に渡った。フェリー乗り場の野村と瀬能《せのう》、二人の人間が港で葛木を目撃しており、このうち野村が船に乗ったことを確認している。

——いや、と式部はボールペンの先で手帳のページを叩《たた》いた。葛木と誰かの二人連れ、だ。葛木と同じ年頃の女。

飛行機を使うなら、福岡空港よりも夜叉島に便利な空港がある。福岡を経由すれば、むしろ遠回りになるのだが、葛木はわざわざ福岡に向かっている。連れの女は都会風の女だったという。ならば、その女と落ち合うために福岡に寄ったと見るべきだろう、と式部は思う。

考え込みながら、ノートを閉じてスタンドを消した。さっと灯台の光が射《さ》し込んで部屋の中の闇《やみ》を薙《な》いだ。からからと物寂しい音が風音のようにする。実際、風が強まっているようだった。窓が揺すられる音に混じり、思い出したように雨滴《うてき》が硝子《ガラス》を叩く音が聞こえた。雨が降り始めたようだった。その音を聞くともなく聞き、まるで救急車か何かの警告灯のように間歇《かんけつ》的に射し込む光を見ながら、とにかく足取りを掴《つか》むことだ、と式部は自分に言い聞かせていた。

島に渡った葛木は港からどこへ向かったのか。

――それから何が起こったのか。

2

翌朝、式部は朝食を運んできた細君に、改めて葛木について尋ねたが、細君は見覚えがない、と言う。羽瀬川という家にも心当たりがないと答えた。

礼を言って宿を出た。昨夜の雨は上がり、風も熄《や》んでいた。島を取り巻く海も鉄色に凪《な》いでいる。宿のすぐ目の前には暗い色の雑木に覆《おお》われた夜叉岳《やしやだけ》が圧倒的な存在感をもって聳《そび》え、秋めいて高い空に、時折、思い出したように、からからという音が響く。改めて陽の光の中で見ると、周囲に広がっているのは離島にある小さな漁村の風景以外の何物でもなかった。島はバスの中の老人が言った通り、大小二つの山から成っていた。港の北側には夜叉岳の威容、その南西から延びた稜線《りようせん》が集落を囲い込むように迂曲《うきよく》して下《しも》島へと続く。下島はなだらかに隆起し、コンパスの針のように南東を指して延びていた。この二つの山に挟まれた扇形の傾斜地に、肩を寄せ合うようにして人家が集まっているのだった。

二つの山の稜線が重なる奥のほうから下ってきた傾斜地は、海に接して港を形作る。港以外の海岸は、切り立った断崖《だんがい》だった。山の斜面が波によって浸食され断ち切られ、海へと急激に落ち込んでいる。確かに、およそ浜と呼べるようなものは存在しなかった。人が寄り付くことのできそうな海岸は港に面した一部だけ、その全《すべ》てが人工的な堤防と岸壁によって覆われている。

大江荘の裏手もまた、堤防に面していた。表側には車二台がかろうじて離合できる程度の道が通っていて、これが港に沿い、端から端までを貫いている。

式部は宿の左右を見比べた。大江荘の向こうには三軒ほどの民家と小屋が建ち並んでいたが、さらにその先には何もない。夜叉岳の麓《ふもと》に沿って延びた道は、片側が山で片側は小さな船溜《ふなだ》まりに面する堤防、それを過ぎると山に突き当たって折れ曲がり、海の中の突堤へと続いているだけだった。それを見て取り、とりあえず昨夜来た道を戻ってフェリー乗り場のほうへと向かった。

道の山側には人家が建ち並んでいたが、店舗のようなものは少なかった。大江荘の前の郵便局、看板は挙がっているもののカーテンを閉め切った雑貨屋、出入り口より自動販売機のほうがよほど間口を取っている酒屋など。それらの店舗が、人家の間に途切れ途切れに続き、時折、細い路地が口を開けている。道の海側にも多少の人家があったが、ほとんどは高い堤防に面した空き地だった。それらの空き地には車や軽トラックが無秩序に停《と》めてあり、端々《はしばし》には用途不明の丸太や古い網、あるいはすっかり雨ざらしになったボートなどが置いてあった。

それらを見ながらフェリー乗り場の前まで戻ったが、ロータリーには相変わらず車の姿は見えず、見渡したところバス停もないようだった。実際のところ、こうして明るい中で見てみると、集落の規模自体、路線バスが必要になるような大きさでもなかった。集落のある傾斜地そのものにはかなりの広さがあったが、人家のほとんどはその下のほうに密集しており、上のほうや端々では階段状に設けられた田畑や果樹園の合間に、人家が点在しているにすぎない。集落の中なら、端から端まで歩いても三十分かそこらしかかかるまい。取り立てて大きな建物も見えず、高い建物も見えなかった。繁華街と呼べそうなのは、フェリー乗り場付近の一帯のようだったが、ロータリーの周囲にさえフェリーの待合所と自転車置き場、駐車場らしき空き地と雑貨屋があるだけ。

見事に何もない、と式部は苦笑する思いだった。別段田舎《いなか》では珍しい光景ではないのだが、ここが葛木の故郷なのだと思うと不思議な気がした。この風景の中にいる葛木を、式部は想像できなかった。

港に沿った道はロータリーに接し、さらにその先にある埠頭《ふとう》を過ぎ、船溜まりを越えて下島に突き当たったところで終わっている。それを確認し、式部は待合所に入った。

待合所は、ちょうど小さな駅のような体裁で、中央にあるゲートを抜けなければ桟橋に出ることができない。これならば確実に職員の誰かが葛木と連れの二人を見ているはずだ、と切符売場に近づき、中を覗《のぞ》き込んだ。窓口の中は事務室だった。五つほどの机が並んでいたが、その時事務室にいた職員は一人だけ、それが式部に気づいて窓口へとやってきた。

「済みません、少々お尋ねしたいのですが」

四十代半ばの男に写真を差し出し、写真の女に見覚えがないかを訊《き》いた。さあ、と男は首を捻《ひね》った。

「記憶にないなあ」

「十月一日にここへ到着したことは間違いないのですが。連れがあったはずです。同じ年頃の女性で、いかにも都会風の二人連れです」

職員は首を傾け、ちょっと待って、と言って写真を持って窓口を離れた。隣室に入り、いくらもせずに戻ってくる。

「誰も見覚えがないようだよ」

しかし、と式部は無意識のうちにゲートに目をやる。その視線から、言わんとすることを悟ったように、ああ、と男は声を上げた。

「下船する時には、職員が付いてるわけじゃないんでね。乗り込む時なら付ききりだが」

それはそうだ、と思いながら、

「十月二日以降に本土行きの切符を売ったということは」

「切符を売った相手の全部を見ているわけでもないんでねえ。ただ、こっから船に乗っていれば誰か見ているはずだけど」

そうですか、と式部は礼を言った。

――つまりは葛木は、まだ島を出てはいないのだ。今も確実にこの島のどこかにいるはず。

式部はそう思い、今度は待合所の隅にある売店へと向かった。売店の中には中年の女が一人入っていたが、やはり見覚えがない、と言う。待合所の中で三人ほど、船を待っているのか雑談をしている老人たちがいたが、彼らもやはり首を横に振った。誰も二人の女を見ておらず、羽瀬川という家も島にはない、と口を揃《そろ》えて言う。

待合所の向かいにある雑貨屋の女も同様に首を振った。式部はロータリーを出て、港に沿った道を歩いた。フェリー乗り場の向こうには、かなりの広さの埠頭がある。漁業倉庫が建ち並び、周囲には幾艘《そう》もの漁船が係留されていた。埠頭で働いている人々に声を掛け、同じ質問を繰り返したが、やはり誰もが一様に、見覚えがないと答えた。

式部は港沿いの道に戻り、今度は適当な角を折れて爪先《つまさき》上がりに蛇行する坂を登った。

道はまるで葉脈のように支線を延ばしながら斜面を分割し、傾斜地を挟み込む山の縁へと辿《たど》り着いて、そこで唐突に途切れている。端々のほうには田圃《たんぼ》や畑が階段状に設けられていたが、おそらくは自宅のぶんだけ米や野菜を作っているのだろう、その程度の規模だった。消防団の詰め所があり、診療所があった。役場の出張所のようなものは見えなかったし、大江の言ったように駐在所も存在しなかった。小さな学校が二つ、微笑《ほほえ》ましく建っていた。小学校と中学校らしかったが、子供たちの明るい声は聞こえなかった。思い出したように風が吹くたび、軒先に吊《つる》された風鈴が鳴る。骨を打ち合わせるような鳴子の音、小さな鐘の音のような風鈴の音、そして、かさかさと廻る風車の音だけが風の音そのもののように響いていた。

式部は坂を登りきり、下島の山から小高く張り出した高台の麓で足を止めた。細い道同士が交わる三叉路《さんさろ》に小さな祠《ほこら》があって、その祠の軒先にも、風鈴が三つ吊されている。祠の正面の小さな格子戸《こうしど》には、やはり紙やプラスチックで作られた風車がいくつも差し込まれていた。

——これは一体、何なのだろう。

宿の細君——大江博美は「おまじないみたいなもの」と言っていたが、これに類するまじないを式部は思い出せなかった。かろうじて京都嵯峨野《さがの》の念仏寺《ねんぶつじ》や、恐山《おそれざん》の光景が念頭に浮かぶだけである。本土で聞いた神事とやらと、何かの関係があるのだろうか。

だとしたら、これもまた忌《い》み事を浄《きよ》めるためのもの、ということになるのだろうが。

不思議な気分でしばらくの間、風車を見つめ、そして式部は顔を上げた。三叉路を下島のほうへ上がったところに、白壁の屋敷が見えていた。花崗岩《かこうがん》でたたきあげた石垣の上に瓦葺《かわらぶ》きの白い土塀が連なり、その奥にはさらに幾棟もの屋根が続いている。そこに覆い被さるようにして常緑樹が茂っていた。そのせいで、屋敷には濃い翠《みどり》の影が落ちている。

ずいぶん大きな屋敷だ、と式部は思った。高台を登る坂道を行くと、アスファルト道は石垣に突き当たって分岐している。左右を覗き込むと、どちらの道も石垣の途切れたところで終わっていた。僅《わず》かばかり左手に入ったところから石畳のスロープが延び、それを登りきった先には堂々とした長屋門が聳えていた。門柱には「神領」と古びた表札が挙がっている。

この坂は、どうやらその神領家に向かうためだけのものだったようだ、と式部は踵《きびす》を返した。もとの祠のある三叉路まで戻ったところで、たまたま通り掛かった老人がいたので、声を掛けた。

「済みません」と、何度もそうしたように写真を差し出す。見覚えはないかと尋ねたが、老人は短く刈り込んだ胡麻塩《ごましお》の頭を振った。

「さあ。見た覚えはねえなあ」

そうですか、と写真を上着のポケットに仕舞い、式部は背後を示す。

「ところで、あのお屋敷はどういう人のものなんですか」

老人は陽に灼《や》けた、いかにも頑固そうな顔を強張《こわば》らせた。

「何だい、その写真の娘さんに何か関係があるのかい」

いいえ、と式部は苦笑した。

「ずいぶん立派なお屋敷なので、どういう人が住んでいるんだろう、と思っただけです」

ああ、と老人は笑う。前歯が二本抜けていて、妙に愛嬌のある顔になった。

「神領《じんりよう》さんな。ありゃあ、昔のベンサシだ」

「ベンサシ?」

「網元ってやつさ。もともと、このへんの漁業権を全部持っていなすってね。島の周囲だけじゃねえ、対岸の本土側に至るまで神領さんの漁場だったんだ。船も網も、そりゃあうんとあってなあ。近郊一番の網元だったのさ」

なるほど、と式部は納得して、その要塞《ようさい》のような屋敷を見上げた。漁村において網元は領主に等しい。確かに城を思わせる構えだった。

「まあ、御時世で水産会社ってえのになって、それも先代が大手の会社に譲っちまったんだがね」

「じゃあ、今は？」

「悠々自適ってやつだ。――あんた、どっから来たんだい」

「東京です」

「人捜しにかい？」

「そうなんですが」と式部は苦笑した。「すっかり足取りを見失って途方に暮れているところです。どうでしょう、この島に来た人が必ず行く場所、というのはありますか」

「そりゃあ、やっぱり港だろうなあ。船に乗らないことにゃ島に来ることも島から出ることもできんからね」

だが、港の職員は葛木を見ていない、と言う。ここに至って、式部は何かが可怪《おか》しい、という気がしていた。

「……この島で余所者《よそもの》は目立つでしょうね」

ひとりごちるように言うと、老人は、そりゃな、と笑う。

「何しろ祖父《じい》さんの代まで顔見知りだって人間ばっかりだからね。見慣れないのが入ってきたら、すぐに分かるさ。特に若い女は数が少ないから目立つ。その写真の人だって、島に来たんだったら、みんな知ってるんじゃないかねえ。俺だって噂《うわさ》でぐらいは聞いたと思うんだが」

「フェリーを使わずに島を出入りすることはできますか？　たとえば、漁船をチャーターするとか」

「そりゃあ、できんこともないが。俺なんかでも本土に渡るのに、ちゃっかり知り合いの船に便乗することはあるからな」

あるいは、何かそういう方法で島を出たのだろうか、と式部は思う。だが、フェリーを降りて以後の足取りが、まったく摑《つか》めないのはどういうわけか。

「こんだけ狭い島だからねえ。誰も見覚えがないってんなら、そもそも島には来てないんじゃねえのかねえ」

式部はとりあえず頷《うなず》き、ふと祠に目を留めた。

「この風鈴や風車は何なんですか？」

「まじないだよ。大したことじゃねえんだが、田舎の人間は迷信くさくてね」

老人は言って、前歯の抜けた口で呵々《かか》と笑った。

3

集落はさほどの規模ではなかったものの、道は曲がりくねって入り組み、部外者には分かりにくかった。式部は地理を頭に叩《たた》き込む気分で集落のあちこちを行きつ戻りつしたが、何度も通ったはずの道に細い路地が口を開けていたことにふと気づく、そういうことが再三あった。念のために家々の表札を確かめ、出会う者があれば、いちいち写真を示していたが、そのうちにただ「見慣れない女の二人連れを見なかったか」と訊くに留《とど》めるようになった。おそらくは目の前のこの人物も、記憶にない、と答えるのだろう、という諦観《ていかん》めいた思いがあったし、実際のところ、それ以外の答えを返してきた者もいなかった。

疲れ果てた思いで、道路際《ぎわ》の石段に腰を降ろした。集落の奥のほうを彷徨《さまよ》って、再びあの大きな屋敷が見える高台の麓《ふもと》まで戻ってきていた。夕風が吹き始めたのか、辺りには、からからと虚《むな》しい風の音が響いていた。

野村は間違いなく船に乗った、と証言した。十時発のフェリー、これは正午前に夜叉《やしゃ》島《じま》に着く。船から降りたものなら、誰かが見掛けていなければならない。にもかかわらず島の者は葛木を見ていない。葛木ばかりでなく、連れの女を含め、見慣れない女など知らない、と言う。まるで二人は船の中で消えてしまったかのようだった。

人間が消失するはずはない。ならば――と、式部は眼下の家並み越しに見える港と海の景色を眺めた。秋めいて深い色の海が、穏やかに島をくるみこんでいた。

――港に着く前に二人は船を降りた、ということになりはしないか。それはつまり……。

ふいと浮かびそうになった言葉を、式部は頭を一つ振って払い落とした。まだ、それを考える段階にはない、と自分に言い聞かせる。しかし、これからどうすべきなのか──思いながら立ち上がった。

式部が腰を降ろした石段は、神領家のある高台の麓に位置していた。短い石段を登りきったところに鳥居が聳《そび》え、そこには「神霊神社」と扁額《へんがく》が掲げられていた。扁額の「神霊」は何と読むのだろう。「じんりょう」と読めば神領家と同じ音になるが──式部はそう思いながら何気なく石段を登り、そして奇異の念に打たれて足を止めた。

今日一日、式部が集落を歩き廻った感じでは、島に寺は一つしかないようだった。その寺も民家をひとまわり大きくしたような代物《しろもの》で、しかも無住寺と思《おぼ》しく閑散としていた。最も大きな神社は夜叉岳《やしゃだけ》の麓にあるものだった。「御岳《おたけ》神社」と扁額が挙がっていたところからしても、夜叉岳を御神体とするものなのだろう。他にも二、三の神社があったが、どれも規模は格段に小さかった。式部が見た中では、ここが二番目に大きい。

だが、問題は神社の規模ではなかった。鬱蒼《うっそう》とした木々に覆《おお》われ、狭い境内には濃い影が落ちていた。その暗がりの中、石段からまっすぐに石畳の参道が延びている。短い参道は両脇《わき》を、絵馬《えま》掛けに似た垣根のようなもので挟まれていた。そうして、藁《わら》をずっしりと編んだそれに無数の風車が差されているのだった。垣根には、雨露を避けるためだろうか、申し訳程度の廂《ひさし》がついていたが、そこには随所に風鈴が下げられている。御岳神社でも、他の神社でも風車や風鈴は見なかった。島に溢《あふ》れたそれは、この神社に由来を持つものだったのだ、と式部は納得した。

——だが、何のために？

風車、風鈴、どちらにも共通するのは風だろうか。風が吹けば風車が廻り、風鈴が鳴る。これらのものは、風が吹くことを求めているように見える。それが奇妙に思われるのは、ここが海の中に孤立した島だからだ。しかも住民のほとんどは漁業を生業《なりわい》にしている。風が吹くことは、むしろ忌むべきことではないのだろうか、という気が式部にはする。

古来、風を招くことは珍しい。陽気にも水にも加減というものがある。多くても足りなくても不都合があるものだが、風に関してはそれがない。風に対して人が行なう行為は、風鎮《しず》め、風封じ、風送りの三つしかないのである。風を鎮め、風を封じ、風を送ることによって終わらせる。

風を鎮めるためには陰陽《おんよう》五行説で言うところの金気《きんき》を用いる。相剋《そうこく》説によれば風は木気、そして「金剋木《きんこくもく》」だからだ。金気は木気に剋《か》つ。信州諏訪《すわ》には薙鎌《なぎがま》という風習がある。樹木に鎌を打ち込むのだが、これは木気の樹木を同じく木気の風に見立て、そこに金気の鎌を打ち込むことで、風を断つことを意味している。

逆に風送りは、風が吹き尽くすことを願う。風送りは未《ひつじ》の月——六月に行なわれる。十二支の未は五行で言えば「木気の墓《ぼ》」だ。物事にはその始まりと盛りと終わりがある。

「墓」は、このうちの終わりを意味する。木気の衰える月に、さらに風を呼んで吹き尽くすことを促し、これによって早々の終焉《しゅうえん》を願う。それが風送りである。

風送りなのだろうか、と式部は垣にびっしりと差された風車を見た。十月では理に合わないが、秋は台風のシーズンでもある。そもそもこの神社は海上鎮護を願う社《やしろ》で、風を鎮めるために風送りを行なっているのかもしれない。

そう理屈をつけてはみたものの、やはり参道を挟み込むように風車が林立している光景は快《こころよ》いものではなかった。中には古いものもあるのだろう、退色したものも交じっていて、もともとがあどけない玩具《がんぐ》であるだけに、一種異様な雰囲気を持っている。

垣のせいで狭《せば》まって見える参道の先に、こぢんまりとした拝殿が暗く口を開けていたが、その細道に足を踏み入れる気に、式部はなれなかった。

振り返れば、鳥居は直線的な春日《かすが》鳥居、にもかかわらず、正面に見えている拝殿は御《み》堂《どう》のような体裁だった。鳥居を潜《くぐ》ってすぐには手水舎《ちょうずや》が建ち、その向こうには参道を挟んで石灯籠《いしどうろう》が並んでいたが、狛犬《こまいぬ》の姿は見えなかった。右手の垣根越しに社務所らしき建物が覗《のぞ》いている。さらにはその奥に宮司《ぐうじ》の住居と思しき建物までが見えた。この規模の神社に神官がいるのは珍しい。それだけ地域にとって重要な神域だということなのだろうが、それにしては、境内のどこにも摂社《せっしゃ》、末社《まっしゃ》があるようには見えないところが変わっている。

式部は参道を逸《そ》れ、社務所のほうを覗いてみた。窓は閉じ、中に人の姿は見えなかった。同様に、境内のどこにも人影がない。案内を乞《こ》う相手を見つけられず、仕方なく垣と社務所の間を通って拝殿のほうへ向かってみた。どうあっても、風車に両側を挟まれた参道は通る気になれなかった。

建物は瓦葺き、ほぼ正方形に近かった。参道から石段を数段登ったところに石造の基礎が置かれており、そこに相当に古いものであることだけは確実な拝殿が建っている。石段の左右には表面の風化した石灯籠が据えられており、それを登ったところに、これまた古びた賽銭《さいせん》箱が設けられていて、その向こうから摩耗《まもう》して窪《くぼ》んだ木製の階段が、建物四方を取り巻いた縁《えん》へと続いていた。拝殿の奥に神殿のようなものは見えず、聖地を区切る瑞垣《みずがき》もなかった。拝殿の正面は格子戸《こうしど》になっている。この建物だけを見ると、完全に寺院の御堂のようだった。あるいは神仏習合の名残なのかもしれない。

そう思いながら式部が建物を見上げていると、戸を開《あ》け閉《た》てする音がした。振り返ると、白衣に袴《はかま》をつけた恰幅《かっぷく》の良い男が社務所から出てきたところだった。

声を掛けるまでもなく、男は式部のほうへと歩いてきた。式部は宮司さんですか、と声を掛けた。

「そうですが。どうかされましたか」

「社務所にどなたも見えなかったので、勝手に拝見してました。お堂の中を覗いても構いませんか?」

宮司は福々しく肥えた顔で笑う。

「覗くぐらい、いくらでもどうぞ」

宮司は言って、自ら草履《ぞうり》を脱ぎ、拝殿の階段を上がった。式部もそれに続く。格子戸の中を覗き込むと、暗くて定かではないが、人間の背丈大の厨子《ずし》のようなものが安置してあった。厨子の戸も閉まっているので中を窺《うかが》い見ることはできない。

「神像――ですか?」

神仏習合によって、神社でも仏像を真似《まね》て神像を作ることが行なわれた。これは後、廃仏毀釈《はいぶつきしやく》が起こった際に、多く破棄されてしまったのだが、勿論《もちろん》破壊を免《まぬが》れたものもある。そのうちの一つだろうか。

式部がそう問うと、宮司は笑った。

「左様です」

「では、神像が御神体なんですね」

「もともとはそうだったようです。今は、璽筥《しるしのはこ》が御霊代《みたましろ》になっておりますが。――旅行の方ですか? お詳しいようだ」

「詳しいわけではないのですが、もともとこういうことが好きなんです。鳥居は春日系ですね?」

「ええ、ですが春日大社とは関係がありません」言いながら、宮司は階段を降りる。「お急ぎでなかったらお茶でも差し上げましょう。社務所にいらっしゃいませんか」

「ありがとうございます。……ああ、その前に」

式部はほとんど機械的に手帳を引き出し、そこに写真がないことに気づいた。身体《からだ》を検《あらた》めると、ポケットから出てきた。そう言えば、何気なくそこに突っ込んだのだったか。いかに写真を見せて廻ることに徒労感を感じているか、分かろうというものだ。苦笑ぎみに式部は写真を差し出して、写真の女を見掛けたことはないか、と尋ねた。宮司は色の白い顔を強張《こわば》らせ、式部と写真を見比べるようにしていたが、すぐに見覚えがない、と言って返してきた。

「では、島に羽瀬川という家はないでしょうか」

「ありません。島の家はみんなここの氏子《うじこ》になりますが」答えてから、宮司は困惑したように言った。「──警察の方ですか」

「いいえ」とだけ式部は答えた。長々しい説明をするのに飽いていた。「単に人捜しをしているだけなんです」

「そうですか」と、宮司はほっとしたように笑み、社務所のほうを示した。

社務所はこぢんまりとしていたが、手入れが行き届いていた。宮司は式部を社務所に上げ、座布団《ざぶとん》を勧めてから神領杜栄《もりえ》と名乗った。

「神領——高台の上のほうにお屋敷がありますよね？」

「ああ、一応あそこが本家になります」

言って、杜栄は式部の前に煎茶《せんちゃ》を置いた。

「神社の名前は——じんりょう、と読むのですか？　ひょっとして神領さんの氏神《うじがみ》になるんでしょうか」

「そういうわけではないようですよ。なにしろ古い記録がないので分からんのですが。ただ、確かに屋敷内に社がありまして、璽筥はそちらに収めてあります。こちらの宮司も代々分家筋の者が務めることに決まってますが」

「御主神は」

「カンチです」

は、と式部は問い返した。杜栄は困ったように笑う。

「神、霊、と書いてカンチと読むんですよ。社号のほうは、私の姓と同じくジンリョウと読むんですが、主神はカンチさまとお呼びします」

「失礼ですが、そのカンチさまというのは、どういう？」

「なんでも大昔、夜叉岳に鬼が棲《す》んでいたとかで、その鬼をカンチと言うんだそうです。村に降りてきては村人を取って喰らうのを、旅の行者が鎮めて祀《まつ》ったのがこの神社の始まりだとか」

「ああ——そういう伝説があるんですね。じゃあ、あちこちにある風車や風鈴は」

「風供養《かぜくよう》と言って、カンチさんを慰めるんです。見慣れない方は驚くでしょう」

「そうですね」と、式部は控えめに同意した。「聞くところによれば、神事で牛を流す、という風習もあるとか」

「今どき、残酷な？」

「いえ——そういうわけではありません。神事をそういう尺度で測っても仕方ないでしょうし。ただ、島で牛を見掛けなかったので」

集落のどこにも牛を飼っている様子はなかった。ならば神事を行なうのに、わざわざ島外から購入することになる。

「確かにそういうこともあります。別に祭りというわけではないのですが。神事というより、風習の一種でしょうか。厄《やく》払いに牛を流すんですよ。……まあ、この島は色々と変わったところです」

杜栄はそう言って福々しく笑った。式部も微笑《ほほえ》んだ。

「変わったところだ、と島に来る前、聞きました。余所者《よそもの》を嫌う、という噂《うわさ》も聞きましたが、実際に来てみるとそんなこともありませんでした」

「余所者を嫌う、ねえ。それはあれでしょう、昔、港に入った船の乗員が陸に上げてもらえなかった、とかいう」

「ええ、そう聞きました」

杜栄は苦笑した。

「島の外の者に言わせると、そういうことになるんでしょうね。島には島の言い分があるんですが。あなた——式部さんは、主神がカンチなんて聞いたこともない神様なのを妙に思われませんか」

「妙と言うか、変わっていますね」と、式部は答えた。

神道《しんとう》は、そもそも素朴な自然崇拝から誕生した。人智《じんち》を越えたものを懼《おそ》れ敬い、そういう畏敬《いけい》の念を催させるものを並《な》べてカミと呼んだのである。そこから始まった神道は、そもそも非常に民俗的なものであり、土俗的なものである。それが徐々に統合され、体系化されていった。特にこれを決定的に促したのが、明治政府の採った祭政一致政策だった。神社は信仰の対象ではなく、国民が義務として崇敬する対象とされた。神官も世襲が禁止されて任命制の官吏となった。神社は国家の宗祀《そうし》として社格制度のもとに統合され、国家の施設とされたのだった。全国の神社は伊勢《いせ》神宮と宮中三殿を頂点とした位階制によって整然と編成されることになった。そこで行なわれる祭祀も国家の定めた様式に統一された。統一的に編成されたのは、神もまた同様である。祭神も記紀《きき》を筆頭とする正統的な神典に記載されている神々に改められることになった。地域の小祠《しょうし》も一村一社の村氏神に統合され、この統合に与《くみ》しないものは迷信として弾圧されなければならなかった。

式部がそう指摘すると、杜栄は領《うなず》いた。

「そう——ここは黒祠《こくし》なのですよ」

黒祠とは、統合されなかった神社を言う。それは迷信の産物であり、言わば邪教である——少なくとも、国家神道の中にあっては、そう位置づけられねばならなかった。

「一応、島の産土神《うぶすながみ》は、大夜叉《おおやしゃ》の麓《ふもと》にある御岳《おたけ》神社になります。ですが、島の者はここをその末社として組み込むことに抵抗があったのでしょう。もともと信仰という点では、こちらのほうがずっと島民に浸透しておったんです」

「なるほど……では、ここは黒祠の島ということになるのですね」

「左様です。まあ、怪しげな神を信仰する邪教の島——というのが当時の認識でしょう。そもそも島の生活は閉鎖的なものですし、孤立した祭祀は外の者に理解されにくい。黒祠を拝む連中だというので、外の者が島の者を排除したのか、そもそも島の者が外を拒んだのか——これは言い出しても卵が先か、鶏が先かという次元の問題なのでしょうが——いずれにしても、そういうことなんですよ」

式部は頷いた。海が時化《しけ》て船が港に入ってくる。その乗員を本当に陸に上げなかったのかどうかはともかくも、外から嵐《あらし》を逃れて入ってきた者たちと、それを受け入れた者たちの間には、そもそも深い断絶があったのだ。

「今となっては、よくぞ守り抜いた——ということになるのでしょうね」

いつの時代も、統制が文化的な荒廃を招くことには変わりがない。統合の過程で失われた祭祀、散逸した伝承はもはや取り戻しようがなかった。

「ああ、そういうことになるでしょうかね。まあ、なんとか続いてますよ」

式部は頷き、礼を言って社務所を辞去した。

4

宿に戻ると、「どうでした」とカウンターの中から大江が声を掛けてきた。

「収穫なしです」と、式部は苦笑してみせる。「まるで彼女を見た人がいない」

おやまあ、と大江は同情するように言ってから、ああ、と声を上げた。

「式部さん、悪いんですけどね、大急ぎで用意するんで風呂《ふろ》を先にしてもらえますか。夕飯の支度に手間取っちまって」

構いませんよ、と式部は答えて部屋に上がった。時計を見ると六時になったところだった。大江はああ言ったが、夕飯にするには些《いささ》か早い。奇妙にも思ったが、夕飯まで取り立ててすべきこともなかったので、細君が「どうぞ」と言ってくるのを待って風呂に向かった。

依然として客がいないのか、建物の中は静まりかえっていた。波の音も聞こえない。ただ、風の音だけがからからと響いている。風呂場の曇った硝子《ガラス》越し、港の夜景が見えていた。滲《にじ》んで見えるこの港より他に、島に出入りする場所はない。――なのになぜ葛木の姿を見た者がいないのか、と式部は考え込んだ。

羽瀬川という家が存在しないことも奇妙と言えば奇妙だが、本名が羽瀬川だからと言って、必ず実家も羽瀬川と言うとは限るまい。島を出てから、葛木の姓が変わった可能性もあった。だが、島へ向かう船に乗った者が、島で全く目撃されてない、これはどう考えても妙だった。

野村の証言によれば、十月一日、葛木は連れと共に十時発のフェリーに乗船している。フェリーが島に着くのは十二時前、途中に寄港する場所はない。船は本土を出て、一直線に夜叉島《やしゃじま》に入ってくる。にもかかわらず、二人を見たと証言する者がいないのはなぜなのか。単純に考えるなら、葛木と連れの二人はフェリーの中で消えたことになる。

考え込んでいると、灯台の光が窓を薙《な》いだ。ふっと本土側の港で聞いた「海仏《うみぼとけ》」という言葉が式部の脳裏で瞬《また》いた。航路の途中で船を降りたとすれば、降り立つ先は海しかない。甲板から飛び降りる、あるいは突き落とされる、それで二人は船の中から消え去ることになる。

いや、と式部は思う。――そう、降り立つ先は海しかないのだ。もしもその海面に別の船がいたとしたらどうだろう。祠《ほこら》の近くで会った老人も言っていた。漁船に便乗する、という手もあるのだ。何らかの事情でフェリーが停船する。そこに漁船が横づけされる。それならば航路の途中でフェリーから降りることが可能になりはしないか。

普通では考えられないことだとは、式部も重々承知していた。だが、可能性がゼロではない以上、検討には値する——思いながら風呂から上がって部屋に戻ると、大江が座卓に膳《ぜん》の用意をしていた。

「大江さん、船から船に乗り移ることは可能だと思いますか」

式部が問うと、大江は目を見開いた。

「どういう意味です」

想像をかいつまんで話すと、大江は失笑しながら大きく手を振った。

「ないです。あり得ませんよ、そんな。第一、そんな妙なことをした客がいたら、あっという間に噂になっちまいます」

そうですね、と式部も苦笑した。確かにこれは妄想の域だ、という自覚があった。だが、それでは二人はどこへ消えたのだろう。海中か——あるいは。

思考を読んだように大江が言う。

「海に落ちたってのも、ないんじゃないですかね。昼間のことだし、落ちれば普通、分かりますよ。お捜しの人が乗ったのはフェリーでしょう。島に来るフェリーは、渡船に毛の生えたような代物《しろもの》なんですよ。下の客室を取っ払って、そこに車を五、六台積めるようにしただけでね。そのぶん、乗客の乗り込める場所はいくらもないんですから。それに、お捜しの人には連れがあったんでしょう」

「そうですが」

「連れがいなくなったら、普通は騒ぐんじゃないですか。まあ——ドラマみたいに、その連れが突き落としたってんなら黙ってるでしょうが。だとしても、残った連れのほうだけでも見掛けた奴《やつ》がいて当然でしょう」

「船を降りずにそのまま本土へ引き返すことはできませんか。たとえば、出航の時間までどこかに隠れているとか」

「さてねえ。とりあえず船が着けば乗客が残ってないか点検ぐらいはしますし、出航するまでに清掃もしますからね。あの程度の小さな船ですから、隠れる場所もろくにない。難しいんじゃないですか、それも」

「あるいは船の中で着衣を替えて、島の住民のような顔をして降りる——」

大江は声を上げて笑った。

「身なりの問題じゃありませんよ。この程度の島ですから、まあ住民はみんな顔見知りですからね。どんなに田舎くさい恰好《かっこう》をしたって顔に見覚えがなけりゃ、すぐに余所の人だと分かります」

「そうですね……」と、式部は苦笑した。「そもそも船に乗ったってのが、何かの間違いなんじゃないですか。船から消えたって考えるより、そもそも乗ってないと考えたほうが自然でしょうに」

確かに、と式部は頷いた。二人が港にいたことは野村と瀬能が確認をしている。だが、船に乗ったと証言しているのは野村だけなのだ。野村の勘違い、あるいは嘘《うそ》ということはないだろうか。そう考えるほうが、はるかに理屈に合っている。

もう一度、野村に会ってみなければならない――そう思って、翌日、式部は真っ先に港に向かった。宿を出る前、身支度をしていて、式部は写真を紛失したことに気づいた。式部が最後に写真を見せたのは、神霊《じんりよう》神社の宮司、神領杜栄《もりえ》だった。手帳に挟んであったはずのものがなくてポケットから探し出し、杜栄に手渡したことを式部は覚えていたし、杜栄から写真を返されたことも覚えていた。だが、受け取ったそれをどこに入れたのか、式部はどうしても思い出すことができなかった。社務所に忘れてきたのか、それとも帰り道のどこかで落としたのか。

写真がなければ取り立てて困る、ということはなかった。島では部外者は目立つ。島で聞き込みをするぶんには、写真がなくてもさほどに違いはないだろう。だが、式部は微《かす》かな無念さのようなものを感じた。――葛木はほとんど写真というものを残していない。

葛木の部屋にも、写真やアルバムは存在しなかった。仕事の上でも、葛木は写真を嫌った。取材旅行に同行して撮った写真ならいくらでもあったが、葛木が写っているものは皆無だった。それは葛木の友人も同様で、あの写真は苦心してやっと探し出したものだったのである。所有者のネガを借りてプリントしたものだから、所有者に迷惑をかけることはないが、紛失したからと言って、再びネガを借りることはしにくい。

葛木がこのまま消えてしまえば、写真の一枚ですら残らない——式部は痛みに似た感覚と共にそう思い、急遽《きゆうきよ》、神社に向かって杜栄を訪ねたが、杜栄は忘れ物はなかった、と言う。では、どこかで落としたのか、そう思いながら港に向かう道には、からからと乾いた風の音がしていた。

宿で写真を探し、杜栄を訪ねたせいで、式部が港に着いた時には十一時の渡船が出てしまっていた。切符売場で時刻表を見ると、次の便は午後二時のフェリーまでない。許し難い失敗をした気分で、待合所を出た。

当てもなく港の周辺を彷徨《さまよ》い、意味もなく漁船や漁業倉庫を覗《のぞ》き込んで時間を潰《つぶ》した。フェリー乗り場に隣接する埠頭《ふとう》は広々とした港の中程に突出している。建ち並んだ倉庫の大半は陸揚げした魚を納める冷凍倉庫で、一部は加工場だった。加工場に働く人々が見える以外、周辺には人通りが絶えている。建物の向こう側は、狭いながらもコンテナターミナルになっていて、放置されたコンテナとコンテナクレーンが赤錆《さ》びた色に立っていた。そのさらに向こうには僅《わず》かの船溜《ふなだ》まり、そこからは湾曲して下《しも》島の断崖《だんがい》が続いている。見たところ、下島にも、そして背後に見える夜叉岳《やしゃだけ》にも民家や建物は存在しないようだった。山を登る道のようなものすら発見できない。

二つの山に挟まれた傾斜地とその周辺の斜面、本当にそれだけにしか人が住まない島なのだと、改めて式部は思った。

港に大きく突き出した埠頭の突端まで行くと、かろうじて夜叉岳の向こう側に瘤《こぶ》のように寄り添う稜線《りょうせん》が見えた。あれが小夜叉《こやしゃ》の裾野《すその》だろうと目算をつけたが、角度の関係で火口も噴煙も見ることはできなかった。港からは切り立った断崖が続き、港の外——防波堤の向こうでは大きな岩が重なった荒磯《あらいそ》になっている。見渡した限り、およそ船を着けられそうな岸辺はどこにもなかった。

それらの風景と腕時計を見比べて、結局、式部は小半時《こはんとき》もしないうちにフェリー乗り場へと戻った。待合所で待ち構えて、やって来る乗客を片端から摑《つか》まえてみようと思ったのだが、あまりにも早すぎて乗客の来る気配はなかった。所在なく表に出てみる。待合所の隣には、砂利で舗装した駐車場があった。この脇《わき》にも無数の風車が立っている。駐車場の奥には鎖を渡しただけの簡単なゲートがあって、それはそのまままっすぐに岸壁へと続いている。フェリーに乗り込む車両は、ここから乗り場へと向かうのだろう。

ゲートのすぐ先に見える桟橋は空《から》だった。本土から渡ってくるフェリーはまだ到着していない。

海面に頼りなく突き出た桟橋を見ながら、式部はふと、葛木が乗り込んだのもフェリーであったことを思い出した。日に一往復だけ運行する十時発のフェリー。切符売場の表示によれば、フェリーには普通自動車までが乗船できる。

もしも——と式部は思った。葛木と連れが車に乗り込んで下船したのだとしたら。港の構造から言っても、下船した車は、まっすぐにこのゲートへと出て、駐車場を抜けて行くのだろう。その車に同乗していれば、港の職員に殊更《ことさら》顔を合わすことはない。フェリーの中で誰かと落ち合ったのか、あるいは車に便乗させてくれる者をたまたま見つけたのか。いずれにしても、これまでに思い浮かんだ想像のどれよりも、それはあり得そうなことのように思われた。

式部はじっとフェリーを待った。渡船と大差ない小さなフェリーはいくらもしないうちに港に現れ、十二時十分前に桟橋に接岸した。船尾が開いてランプウェイから現れたのは、バンや軽トラックばかりが数台、それは式部の予想通り、職員が鎖を外したゲートに、まっすぐに向かってきた。

式部はゲートの脇で手を振った。先頭の一台が不審そうに停車した。大型のバンで、車体には、良く見かける宅配便業者のロゴとマークが描かれている。

「済みません。ちょっとお尋ねしたいのですが」

ハンドルを握っていたのは、三十前の気の好《よ》さそうな若者だった。彼は愛想良く頷《うなず》いて、車を駐車場に入れて停める。式部は葛木と連れの特徴を話した。そういった二人連れを見なかったか。

「ああ」と、若者——後に彼は太島《たじま》と名乗った——は笑った。「あの人たち」

「覚えている？」

「うん。いつのことだったか、日付ははっきりしないけど、先週だったかな。帰省ですか、って声を掛けようか迷ったからよく覚えてるよ」

太島は含羞《はにか》んだように笑ってそう言った。

「間違いなく船に乗っていたんですね？　ここまで？」

「そうだけど？」

「二人がどうやって船から降りたか、覚えてませんか」

「どうやっても何も」と、太島は困ったように笑った。「普通に降りたんじゃないのかな。降りたのは間違いないよ。俺がこっちから出てきたとき、そこのロータリーで車に乗り込むところだったからね」

え、と式部は思わず声を上げた。だから、と太島はさらに困ったようにする。

「迎えが来てたんだよ。あれ、神領さんとこの車じゃないかな。ここに神領さんて大きな家があるんだけど、そこの車だと思うよ。神領さんのところでよく見掛ける人が運転してたから。あの家に、高藤《たかとう》って家族が住んでるんだけど、確かその息子さんのほう。——圭吾《けいご》って言ったかな」

では、葛木は別段、車に便乗するなどの手段を使ってフェリーを降りたわけではなかったのだ、と式部は釈然としない気分で思った。ならば、なぜ二人を見掛けたという職員が誰もいなかったのだろう。

「それきり見てないんだけどね、悪いけど」

「いえ」と式部は口の中で答え、「他にどんなことでもいい——二人について何か覚えていることはありませんか」

「覚えていることって言ってもねえ」と、太島は首を傾《かし》げた。

太島はほぼ毎日、島へと往復していた。集荷場から運んできた荷物を配達すると同時に集荷していく。毎日のことだから、フェリーの道中は格別目新しいものでもない。顔見知りの業者と無駄話をしているか、さもなければ車に乗ったまま寝て過ごす。二人に会ったその日は、喫煙所で無駄話をしていた。明らかに島の者ではない二人の女は良く目立った。知り合いとも、旅行客だろうか、帰省だろうか、と話題になったことを覚えている。

同世代の女だったので、声を掛けようかとも思ったのだが、何となく気後《きおく》れがして太島はそれをしなかった。二人は楽しげな様子ではなかった。荷物を足許《あしもと》に置いたまま肩を並べ、むっつりと黙り込んでデッキに佇《たたず》んでいた。どこか深刻そうな気配が漂っていて、気軽に声を掛けられるような雰囲気ではなかったように思う。

結局、誰も声は掛けられなかった。二人は黙り込んだまま憂鬱《ゆううつ》そうに船を降りた。後から下船した太島の目の前で、高藤圭吾の運転する車に乗り込んでいった。

「それだけのことで……」言ってから、太島は、ああ、と声を上げた。「どっちかの人が、もう一人を麻理《まり》って呼んでたな。妹と似た名前なんで、あれっと思ったんだけど。どっちが麻理さんなのかは忘れちゃったなあ」

連れのほうだ――と、太島の言《げん》に式部は頷いた。葛木と同年輩の麻理という女。

「そのくらいだね」と、太島は確認するように頷いた。「うん。悪いけど、その程度」

「充分です。ありがとうございました。――最後にもうひとつだけ。この島に羽瀬川という家があるかどうか、御存じないですか」

「羽瀬川……」太島は呟《つぶや》き、首を捻《ひね》った。「あの家かな」

「……あるんですか」

「と言っても、もう誰も住んでないみたいだけどね。大夜叉《おおやしゃ》の麓《ふもと》に廃屋があるんだよ。集落の間の細い道を入った外れのほう。前に、間違えて荷物を持って行っちゃってさ。そこに確か、羽瀬川って表札が挙がってたと思うよ」

そうですか、と式部は答え、念のために名刺を交換し、礼を言って太島と別れた。

——見ていない、知らない、と誰もが言った。港の職員でさえ。

羽瀬川という家はない、と言った。

再確認しながら、式部は爪先上《つまさき》がりの坂を登った。道の両側には、至る所に風鈴が吊《つ》され、風車が差されて乾いた音を立てている。

——奇妙な風習、奇妙な神事、「余所者《よそもの》を嫌う」と、バスの中の老人は言った。

なるほど、と式部は澱《おり》のような不快感を胸に感じながら、独《ひと》り頷いた。余所者を嫌うかどうか、式部には分からない。だが、この島の連中は決して余所者に本当のことを言ったりはしないのだと、それだけは分かった。

三章

1

その城塞《じようさい》のような家の、鋲《びよう》を打った表門は開いていた。門から続く石畳は綺麗《きれい》に掃き清められ、前庭はよほど手入れがいいのだろう、潔癖なほど整っている。田舎の旧家、大家《たいけ》というものは、屋敷構えこそ大きくても、それに伴うだけの威光も財力も失っていることが多い。だが、ここは違うようだ。この屋敷は、まだ威厳を損なうことなく「生きて」いる。

葛木《かつらぎ》はここに来たはずだ。——思いながら、式部《しきぶ》は門の左右を見渡し、どこにもインターフォンや呼び鈴《りん》のようなものが見当たらないことを確認して、門の中に足を踏み入れた。蛇行した石畳の先には見事な唐破風《からはふ》を見せて輿寄《こしよせ》が口を開け、その背後には大きな入母屋《いりもや》が続いている。威圧感に圧倒されながらも輿寄に辿《たど》り着き、そこでようやく呼び鈴を見つけた。

小さなボタンを押すと、すぐに廊下を小走りにやってくる足音がした。エプロン掛けの若い女が現れて、式部を見るなり怪訝《けげん》そうにする。それでも躾《しつけ》が行き届いているのだろう、上がり框《がまち》に膝《ひざ》をついた。

「突然、申し訳ありません。神領《じんりよう》さんというのは、こちらでよろしいんですね?」

「はあ……そうですけど」

「少々お尋ねしたいのですが、こちらに葛木——いえ、羽瀬川志保《はせがわしほ》というお客が来ておられないでしょうか」

式部が訊《き》いた瞬間、娘が微《かす》かに息を呑《の》んだ気配がした。

「来ているのですね?」

「いいえ」と、娘は弾《はじ》かれたように声を上げた。「存じあげません」

言い切った娘の表情は強張《こわば》っている。——この島では、誰も本当のことを言ったりはしないのだ、と式部は改めて思った。

「恐れ入りますが、お宅のどなたか彼女を見掛けてないかどうか、確認していただけないでしょうか」

娘は迷うふうを見せたが、すぐに、きっぱりと、

「わたしの一存ではそういうことはお受けできませんから」

言うなり、一礼して立ち上がりかけた。式部は慌《あわ》てて呼び止めた。

「では、御主人にお目に掛からせてください」

娘は迷うように式部を仰《あお》ぎ見る。

「長く御迷惑はかけません。何とかぜひ、取り次ぐだけでも」

言って、式部は調査事務所のほうの名刺を出した。娘は困惑したように名刺と式部を見比べていたが、おずおずと手を出して名刺を受け取ると、「少々お待ちを」と硬い声で言い置いて、逃げるように奥へと消えていった。

式部は所在なく娘が戻ってくるのを待っていたが、その間に、どこからともなく視線のようなものを感じた。輿寄の左手には、鉤《かぎ》の手に曲がって平屋建ての建物が続き、前庭に面しては黒板《くろいた》の無双窓が続いている。その棟の向こうには土蔵が建ち並んでいた。式部は、どこかその辺りから誰かが見ている、という気がしてならなかった。居心地の悪い思いを耐えて待っていると、かなりの時間を経てから、軽い足音を立てて娘が戻ってきた。

「あの。お尋ねのような人は知らないそうです」

娘は再度、上がり框に膝をつく。

「御主人にはお目に掛かれませんか」

「お会いする理由がないので、お断りする、ということですので」

娘は言って、ぺこりと頭を下げ、奥へと戻っていった。

こんなものか、と式部は踵《きびす》を返した。その間も、ずっと視線のようなものが式部に注がれていた。刺されるように感じながら石畳を戻り、門を出たそこで、ようやく視線が途切れた。

掌《てのひら》で顔を拭《ぬぐ》った。冷たい汗が浮かんでいる。自分がなぜここまで緊張しなければならなかったのかは、式部自身にも分からなかった。

――少なくとも、と式部は思う。あの娘が「羽瀬川志保」という名に覚えがあったことは間違いがない。しかしながら、娘の様子や返答からしても、神領家の人間に会うことは容易《たやす》いことではなさそうだったし、会ったからといって葛木の行方を聞き出せるものでもなさそうだった。

こういうとき、捜査権のない自分が歯痒《はがゆ》い。せめて葛木が間違いなく神領家を訪ね、そこで消息を絶ったのだという証拠があれば、警察に訴え出るなりできるのだが――思いながら、式部は夜叉岳《やしやだけ》のほうに登る道という道に、手当たり次第に入ってみた。太島《たじま》の言っていた廃屋を見つけたのは、六本目の道の先だった。

その小道は、坂道に沿った家並みの間に口を開けていた。ごく細いコンクリート製の道の両側を、傾斜地に建った二軒の家の横腹が挟み込んでいる。片側の家の地所は路地よりも低く、式部が手を伸ばせば軒に手が届きそうだった。軒先に沿って延びる道は、一見するとどちらかの家の裏手へと向かう通路にしか見えなかった。だが、実際に足を踏み入れ、家に挟まれた場所を抜けて道なりに折れてみると、そこには五、六段ほどの階段を経て、角度を変えた坂がさらに登っている。何度かそうして折れ曲がりながら、道は夜叉岳の麓《ふもと》、やや小高い所まで登っていたが、もう通う者もないのか、路面は左右から溢《あふ》れた雑草ですっかり覆《おお》われている。

それを掻《か》き分けていくと、いくらも歩かずに小高く均《なら》された場所に出た。山の縁に引っ掛かるようにして一軒の家が建っていた。その戸口には確かに「羽瀬川」という表札が挙がっている。その下には錆《さび》の固まりになった郵便受けが見えた。一昔前、田舎でよく見掛けた赤いもので、錆の間に微かに朱色の塗料が残っている。名札は黴《かび》で真っ黒くなっていたが、名前が三行並んでいるのは見て取れた。二番目の名前には棒線を引いて抹消した形跡がある。さらにその下、末尾に「保」という一文字が鮮明に残っていた。

――羽瀬川志保。

間違いない、と式部は独り頷《うなず》いた。

人が住まなくなってどれほど経《た》つのか、玄関の戸も表に面した雨戸も外から板で打ちつけられてしまっていた。葛木がこの家に戻ってきたのではないことは確実だった。建物の周囲には庭と呼べるだけの平坦地があり、海側ではそれがいっそう広くなっていて、かつては畑があったのだろうと想像されたが、どこもかしこも雑草に埋もれている。銀色に穂を開いた薄《すすき》の向こうに、広々と海が見下ろせた。

家はこぢんまりとした平屋だったが、そんなに古い建物でもなかった。傷《いた》みはひどいものの家が歪《ゆが》むほどではない。屋根の瓦《かわら》はまだほとんどが残っていたし、モルタルで仕上げた壁も概《おおむ》ね形状を留めていた。

少なくとも幼少の一時期、葛木はここで育ったのだ、と式部は妙な感慨に捕らわれて息をついた。罅《ひび》割れたポーチに立ち、煙草《たばこ》に火を点《つ》ける。

当時は雑草もなく、畑が作り込まれ、視野を遮るものなく海が見えていたのだろう。畑の中に立ち、少女は明るい海を見下ろしている。

絵としては思い浮かべやすかったが、それが葛木だとは、式部にはどうしても思えなかった。むしろ、今こうして荒れ果てている光景の中に置いたほうが馴染《なじ》みがいい。洗い晒《ざら》しのジーンズとシャツ、薄いコートのポケットにいつものように片手を突っ込み、もう一方の手で煙草をつまんで無表情に吹かしている。埃《ほこり》にまみれた廃屋と丈高く繁茂した雑草を背に、嫌がるように眉《まゆ》を寄せて海を見ている——あまりに目に見えるようで、式部はおそらくどこかで実際に見た光景なのだろうと思った。葛木とは、ずいぶん取材に同行したし、廃屋を訪ねたことも数え切れないほどあったと思う。

葛木は押し黙って風景を眺め、やがて背を丸めて爪先《つまさき》で土を掘る。そこにちびた煙草を投げ落とし、足で土を被《かぶ》せて埋める——。

ふと気づいて、式部は周囲を見渡した。庭のほとんどが雑草によって侵食されていたが、式部のまさに足許《あしもと》近くに、ごく小さく草の剝《は》げている場所があった。屈《かが》み込んでそこを掘る。掘るまでもないほど浅いところから、キャビンの吸い殻が二本出てきた。

「間違いない……」

葛木のものだ、と式部はその土色に変色した吸い殻を見つめた。島の連中が何と言おうと、葛木は島に来たのだし、この場所に来て、おそらくは式部がそうしたように荒れ果てた風景を見ながら煙草に火を点けたのだ。

式部はようやく見つけた葛木の足跡を拾い集め、ビニールの小袋の中に収めた。

他にも何か痕跡《こんせき》はないかと家の周囲を検《あら》め、薄を搔き分けて地所を探ったが、両手に無数の搔き傷を作っただけで終わった。

2

集落を下り、ロータリーが見える辺りまで来て、式部は足を止めた。集落を縦横に走る道は、ほとんどが車も進入できないような細い道ばかりだったが、それでも港沿いの道から幅の広い道路が分かれて、ちょうど台形に集落を一周していた。歩道もなくセンターラインもないが、とりあえずトラックが離合できる程度の幅はある。これをメインストリートと呼んでいいのかどうかは疑問だったが、数少ない公共施設は、ほぼこの通りに面して建っていた。その中には、島のたたずまいのわりにはしっかりした体裁の診療所がある。ロータリーから登ってくる坂を少し上がったところだった。

式部は看板と腕時計とを見比べ、ぎりぎりまだ診療時間中なのを確認して、診療所の中に入った。

硝子《ガラス》の入ったドアを開けて中に入ると、タイルを敷いた三和土《たたき》があって右手に受付がある。受付の中には若い看護婦が一人坐《すわ》っていた。待合室には人影がない。

「どうされました」と声を掛けてきた看護婦に式部は薄で切った両手を示す。

「こんな程度のものなんですが診《み》てもらえますか」

どうぞ、と看護婦は笑った。

「保険証を宿に置いてきているんですが」

「ご旅行ですか？　こちらにお泊まりなら、明日でも構いませんよ」

どうも、と礼を言って受付を済ませ、呼ばれるのを待って診察室に入ると、やはり若い看護婦と、同じく若い医者がいた。医者のほうは二十七、八というところだろうか、上背のあるひょろりとした男だった。デスクの上方に掛けられた医師免許状からすると、医師は泰田均《やすだひとし》というらしい。その泰田が、どうされました、と言うのに、式部は両手を示した。泰田は眼鏡の下の目をきょとんとさせた。

「どうしたんです、これ」

「探し物をしていて薄で切ったんです」

「なるほど」と、泰田は笑う。「痛いんですよね、あれ。しかも思い切りよく切れてるなあ。とにかく消毒しときましょう」

「済みません。近所に薬局があるかどうか分からなかったもので」

「旅行客？」泰田は瞬《また》いて、カルテに目を落とす。「東京から。そりゃ、珍しいな。――島に薬局はないですよ。コンビニに置いてある程度のものなら雑貨屋にありますけどね」

式部は看護婦に黄色い薬を塗りたくられながら、彼女と泰田とを見比べた。

「先生方は、この島の人ですか？」

「いいえ。彼女たちは本土から通ってきてるんです。僕はここに住んでますけどね。県からの派遣医なんですよ。自治医大を出たもんで」

そうですか、と式部は頷いた。

「早く年季が明けてほしいです。村の診療所のお医者さんは嫌じゃないけど、ここはどうも居づらくって」

泰田が言うと、看護婦が、

「……なんて愚痴《ぐち》も、大っぴらには言えませんもんね、先生。――はい、お終《しま》い」

後のほうは式部に向かって言う。式部は二人に礼を言ってから、

「お仕事中に申し訳ないんですが、ちょっとお伺《うかが》いしてもいいですか」

「構いませんよ。診療時間は終わりなんで。——竹之内《たけのうち》君、片づけていいよ」

竹之内と呼ばれた看護婦は、「ハイ」と明るい声を上げ、軽い足取りで隣室へ入っていった。

「お手数を掛けて済みません」

「いいんですよ。僕も退屈してるんで。無駄口に飢えてるんです」

「いつもこんなに少ないんですか？」

「患者ですか？　今日は特別少ないんですけど、日頃からあまり多くはないですねえ。この島の人は医者にかかるの、嫌いでね。いや、単に僕が余所者《よそもの》だからかもしれないけど。そりゃ、大層な病気ってことになれば医者にかかりますけど、その時は本土に渡って大きな病院に行きますし。よっぽど急を要する患者ぐらいですよ、ここに来るのは」

まさか本当に急患しか来ない、ということもないのだろうが、地域の医者として懇意にされている、というわけではなさそうだった。

「同窓生で、やっぱり派遣医になった奴《やつ》の話を聞くと、爺《じい》さん婆《ばあ》さんが待合室を溜《た》まり場にしてかなわない、とか言うんですけどね。そういうこともないです。やってくると無駄口も叩《たた》かず用だけ済ませて、すうっと帰っちゃう」

「本土で、島の人は余所者を嫌うと聞きました」

「まあ、嫌うってほど露骨じゃないですけどね」と泰田は苦笑する。「それなりに愛想もしますし、話しかければ返事ぐらいはしてくれますし。でも、歓迎はされないです。内懐《うちぶところ》には入れない、と言うのかな。部外者はここまで、というはっきりした線引きがあるんですよ。ここに来て無駄口を叩いていくのは、九大の先生たちぐらいです」

「九大？」

「ああ、九州大学の人たちが月に一度――月末に小夜叉《こやしゃ》の観測に来るんですよ。新火口が山の向こう側にあるんです。小夜叉の麓に観測所があって、そこに置いた機材をチェックして点検していくらしいんですけどね」

ああ、と式部は頷いた。

「何でも小夜叉には寄りつく方法がないと聞きましたが」

「ないんです。だから僕も見たことがない」

「観光地には向きそうにありませんね」

「観光するものもありませんしね。第一、島の連中だって、観光地にしたいとは思ってないでしょう」

当たり前ですよ、と笑い声がして、竹之内が湯呑《ゆのみ》を二つトレイに載せて戻ってきた。

「嫌がるに決まってます、観光客なんて。本当に余所者嫌いで有名なんですから」

竹之内は言って、湯呑を式部に差し出した。「しかしまた、ええと」泰田は再度、カルテに目を向けた。「式部さんは、何でまた。観光でないならお仕事ですか？」

ええ、と頷いて、式部は調査事務所の名刺を出す。若い医師は目を丸くした。

「実は、羽瀬川志保という女性を捜しているのですが」

式部が言うなり、泰田は明らかに顔色を変えた。湯呑を摑《つか》んだ手が大きく震え、薄緑色の水面が大きく波立つ。

「……御存じですか」

式部が問うと、泰田は怯《おび》えたように式部の顔を見た。いや、と答えた声は呟《つぶや》くようで、しかも露骨に上擦《うわず》っている。さらに式部が問いかけようとすると、泰田は唐突に片手を挙げ、大仰《おおぎょう》に顔を撫《な》でた。

「いやあ、いけない。電話をしないといけないところがあったんだ、忘れてた」

泰田は湯呑を置いて立ち上がる。竹之内が驚いたように泰田を見た。

「どうしたんですか、先生」

「うん、ちょっとね。悪いけど、僕はもう上がるから。津山《つやま》君にも謝っといて」言って、式部に向かってぎこちなく笑う。「済みませんね、お役に立てなくて」

「どうも。お手数をお掛けしまして」

「いやいや」

医者は手を振って、あたふたと診察室の奥にあるドアの向こうに消えた。

「どうしたのかしら、急に」竹之内は言って、困ったように微笑《ほほえ》む。「きっと何か、すごく大きなポカを思い出したんですよ。先生、おっちょこちょいだから……」

そうですか、と式部は笑うに留めた。

「それで、もう一人の――津山さんですか？　その方にもお話を伺いたいんですが」

「いいですよ。ちょっと待ってくださいね」と言って、竹之内は受付のほうに声を掛けた。すぐに津山が診察室に入ってくる。

「お二人は羽瀬川志保という女性を御存じないでしょうか。十月の初めに、この島に来たようなのですが」

二人は顔を見合わせ、互いに首を傾《かし》げた。

「いいえ、聞いたことのない名前です。この島の人じゃありませんよね？」

「村外の患者さんが来ることって、ほとんどないもんね」

頷《うなず》き合ってから、

「その人……何かしたんですか？」と、興味深そうに訊《き》いてきたのは、津山のほうだった。

「いいえ。単に行方を捜しているんですが」と、式部は宿でも繰り返した言い訳を開陳する。二人に向かって、改めて名刺を差し出した。

「へええ。こういうお仕事があるんですねえ」

「彼女には連れがあったのですが。やはり島の人ではなくて、同じ年頃の女性です。姓は分かりませんが、名前のほうを麻理と言うのだと思うのですが」

「外の人を島で見ることって、ほとんどないんで。……ねえ？」

「うん。別に島の人を全部知ってるわけじゃないんですけどね。まあ、島の人じゃなければ雰囲気で分かりますから」

「羽瀬川という名字にも聞き覚えはありませんか？　大夜叉《おおやしゃ》の麓《ふもと》に家があったようなのですが」

　竹之内は申し訳なさそうに首を振った。

「患者さんの中には、羽瀬川って人はいないです。昔、そういうお家《うち》があったのだとしても、今は絶えてしまってるんじゃないでしょうか」

　そうですか、と式部は頷き、

「もうひとつだけお伺いしても？」

「どうぞ」

「西の外れのほう――高いところに大きなお屋敷がありますよね。神領さんという。あそこはどういうお家なんですか？」

答えたのは竹之内のほうだった。

「あそこは昔の網元ですよ」と、彼女は、昨日会った老人と同じ説明をした。「今は何をなさっているのか、よく分からないんですけど」

「でも」と津山が口を挟む。「いまでも漁師さんとか、漁業組合の人とか、ぺこぺこしてるよね」

「うん。みたいよ。このへんで漁師やってる人は、未《いま》だに頭が上がらないらしいもの。島の土地だって、ほとんど神領さんが持ってるんでしょ。本土にも、ずいぶんビルなんかあるらしいし。分限者《ぶげんしゃ》って言うのかしら。そういう感じですねえ」

「御家族は？」

式部が訊くと、二人は複雑そうな顔をした。

「何か拙《まず》いことでも？　だったら無理にはお聞きしませんが」

「いえ……ねえ？」と、津山は竹之内を見る。

竹之内は、

「別に拙いわけじゃないんですけど。……なんか変なお家なんですよ、あそこ」

「変？」

「ええ。家族は多分、旦那《だんな》さんと、奥さんと、お婆さん――大奥さんですね。あと息子さんが二人いたんですけど、長男さんはこの春に亡《な》くなったばっかりで。何でもリンパ腫《しゅ》だったって聞きました。九大病院で亡くなられたそうです」

「次男さんは？」

「それが」と、竹之内は口籠《くちご》もる。津山と顔を見合わせ、少し気まずそうにした。

「別に秘密にしてもしょうがないと思うんですけど……新聞にも出てたし」

「次男さん、亡くなったんですよ、殺されて」

　式部は二人の顔を見比べる。

「殺された？」

「ええ」と、津山が頷いた。「本土のほうの港に死体が浮いてたんですって。新聞には事故か殺人事件か分からないって書いてありましたけど、刑事さんが——聞き込みって言うんですか？　ずいぶん訊いて歩いてて、どうもやっぱり殺されたみたいだって話を聞きましたよ」

「それはいつ頃のことですか」

「ええと、いつだったかしら。夏です、七月か八月か。一時は、大騒ぎだったんだけど、あれきり続報を聞かないんで。犯人も捕まってないんじゃないかなあ。……ひょっとしたら、実は事故だったという話なのかもしれないですけど」

「あの……」と、竹之内は困ったように笑う。「これ、あたしたちが言ったって言わないでくださいね。島の人、その話はすごく嫌がるんで」

「そうそう」と津山も同意した。「患者さんに何の気なしに話をしたら、すごい顔で睨《にら》まれちゃったもんね。なんか、島で話題にするの、拙い感じなんです」

「分かりました。——兄弟が両方、亡くなられたわけですね？　じゃあ、跡取りは」

「お嬢さんがいるはずなんですけど」

「いるはず？」

「ええ。神領さんのところって、代々、神社の神官もしてるんですよ」

「神霊《じんりょう》神社ですね」

「名前はちょっと……。あんまり大きくない神社ですけど。そこの神主さんが代々、神領さんのところの人なんだそうです。で、将来、神主を継ぐ人を守護《しゅご》さんって言うらしいんですけど、お嬢さんっていうのがその守護さんで、守護さんっていうのは、神主になるまで絶対に表に出ないんだそうで」

「しかし、全くというのは不可能でしょう？」

二人は顔を見合わせる。

「……そうなんです。学校にだって行かないといけないし。なんですけど、本当に全く外に出てこないんですよ。学校も行ってないと聞きました」

莫迦《ばか》な、と式部は思った。

「守護さんって、神主を継いで表に出るまでは、家も出ちゃいけないし、勿論《もちろん》結婚してもいけないんですって。だから、あたしたちは、いるって聞いただけで本当に見たこともないんですよ」

津山は笑う。

「それであたしたち、実はいなかったりして、なんて言ってるんですけどね。でも、一応お嬢さんがいるはずで、あとは使用人がたくさんいるはずです。詳しいことは知りませんけど」

「……あの。なんか、そのお嬢さんのこともあんまり口にしないほうがいいみたいなんですけど……」

竹之内が上目遣《うわめづか》いに見るので、式部は頷いた。

「心得ました」

3

神領家で会った娘が葛木を知っていることは間違いがない、と宿へ帰りながら式部は思う。同様にして泰田医師が葛木を知っていることも、やはり間違いがないことのように思われた。だが、看護婦たちは名前に反応しなかった。もしも葛木が診察のために診療所を訪れたのなら、二人の看護婦のどちらかは反応してしかるべきだろう。つまり、葛木は診察を受けたわけではない――。

そして、神領という奇妙な家。長男が死に、次男が殺され、娘が残っているはずだが、本当にいるかどうか分からない。

そんな莫迦な、と思う。たまたま看護婦たちが姿を見たことがないのか、そうでなければ、それなりの事情があってのことではないのか。

詳しいことについて訊きたかったが、亭主の大江は出てこず、細君の博美《ひろみ》のほうも夕食の膳《ぜん》を上げ下げする際、話し掛けられるのを避けている様子があった。声を掛けても、口の中で生返事をするばかりで、ほとんど取りつく島もない。

島が駄目なら本土を当たることだ、と式部は湯船の中で考える。とりあえず新聞だけは調べに行かねばなるまい。できれば神領家の戸籍も当たってみたい。羽瀬川家の戸籍は、まだ地元役場にあるだろうか。そして廃屋で見つけた煙草《たばこ》の吸い殻。あれが間違いなく葛木のものであることを、証明することはできないだろうか。

とにかく至急、東京に送ってみよう。石井調査事務所の所員は式部だけだが、長期の調査に出る際の留守居役や、調査の補助を頼んでいる伊東輝《いとうき》というアルバイト学生が一人いた。アルバイトに来るようになった当時、都内の大学の四年生だったが、三年経《た》った今も四年生に在籍している。バンドとバイトで勉強どころではない、と本人は主張しているが、式部は一度も東輝が楽器を抱えているところを見たことがなかった。

――東輝に吸い殻を送り、知り合いのところに持っていって相談してもらおう。

思って、式部は布団《ふとん》の中でひっそりと笑んだ。葛木は東輝を「伊東君」と呼んでいた。東輝には調査補助のために名刺を渡してあるが、それを見て葛木は「イトウ・テル」という名だと勘違いしたらしい。間違われた当人はそれをすっかり面白がってしまって、あえて誤解を解こうともせず、葛木に対しては自ら伊東と名乗っていたりした。見かねて式部が「伊」が姓なのだと教えてやったのは、どれほど経ってからだったろうか。言うと、葛木はくしゃりと笑って「知ってる」と答えた。最初に間違えたのは本当だが、すぐに自分の誤解を悟ったらしい。だが、それ以後も葛木は東輝を「伊東君」と呼んだし、東輝もそう名乗っていた。

――絶対、見つけて連れて帰ってきてくださいね。

式部が事務所を出るとき、東輝はそう言った。

――俺のこと、伊東君って呼んでくれる人がいなくなっちゃうから。

そうだな、と式部は寝床の中でひとりごちた。東輝だけではない、仕事の関係者も、多くはない友人たちもみんな葛木を待っている。

式部は目を閉じた。間歇《かんけつ》的に灯台の光が射《さ》し入る部屋の中、からからと風の音が遠くから響いてきていた。

そして翌朝、式部は出掛けようと身支度をしていて、廃屋で拾った吸い殻が消えているのに気がついた。

どこを探しても吸い殻を入れたビニール袋だけが見当たらない。昨日、宿に戻ってから手帳やノートの類《たぐい》は揃《そろ》えて棚の上に置いておいた。吸い殻も確かにそこに一緒にしておいた記憶がある。写真を紛失したばかりだから充分に気をつけていた。なくしたということは考えられない。

盗まれたのだ、と思った。だとしたら亭主の大江か、博美以外にあり得るだろうか。手帳やノートにも他人が検《あらた》めたような痕跡《こんせき》があった。ページを強く捲《めく》ったときに折れたと見える皺《しわ》が入っていたが、式部はそういうページの捲り方をしない。

――盗まれたのは、吸い殻だけだろうか。

式部は改めて消えた写真のことを思った。そもそも式部は、調査に使う資料を調査中に紛失した経験がなかった。別段、神経質になっているわけではないが、無意識が常に気を配っているのだろうと思う。写真は紛失したのではない。おそらくは吸い殻と同様、抜かれたのだ。宿に戻ってから部屋を空けたのは風呂《ふろ》の間だけ、抜かれたのだとしたら、その間だとしか思えなかった。思い返せば、写真をなくした前日、大江が風呂を勧める様子は不自然だった。まだ六時そこそこだというのに、食事がまだだから風呂にしてくれ、と言って慌《あわ》てて風呂の用意をした。風呂から上がると、大江はすでに部屋にいて、夕食の膳を調《ととの》えていた――。

式部は帳場に降りた。大江がカウンターの中でテレビを見ていた。

「あの、済みませんが」と、式部が声を掛けると振り向く。「昨夜、誰か私を訪ねてきませんでしたか」

いや、と大江は平素の調子だった。

「誰か、私の部屋に入った人はいないでしょうか」

「家内以外にはおらんでしょう。……どうかしましたか」

「持ち物がいくつか見当たらないので」

大江はぴくりと身体《からだ》を揺すった。険しい表情で式部を見る。

「そりゃあ、どういう意味かね」

あんたが抜いたのじゃないか、という言葉を、式部は呑《の》み込んだ。おそらくそれを言えば、宿を出ていけ、という話になるのではないか、そんな気がしたからだった。

「いや。他のお客が間違えて入って、自分のものと勘違いしたんじゃないかと思ったんですが」

「他の客はいないよ」

「じゃあ、どこかでなくしたんだな」と、式部は溜息《ためいき》をついてみせた。「済みません。お騒がせしました」

いや、と答えた大江の様子は、少しばかり安堵《あんど》したふうに見えた。

「——そうだ。やはり宿の延長をお願いしたいのですが」

「ああ」と、大江は顔を顰《しか》めた。「悪いけど、予約が入ってね」

「……予約?」

「そういうわけで延長はできないんだよ。予定通りに部屋を空けてもらわないとね」

なるほど、と式部は思った。今度は島から追い出しにかかろうというわけか。

「この島に図書館や郷土資料館のようなものはありますか」

「ないね」と大江は言って、そうだ、と身を乗り出した。「本土に行けばあるよ。式部さんもこんな僻地《へきち》じゃあ気が腐るでしょう。息抜きがてら、島を出てみちゃあどうですかね」

大江の声は異様に明るく、顔つきは期待に満ちていた。その様子に薄気味悪いものを感じながら、式部は「そうですね」とだけ答えて宿を出た。

式部は港へと出て、ロータリーの前の坂を登る。真っ先に診療所に顔を出した。

「保険証を持ってきました」

式部が言うと、今日も受付に坐《すわ》っていた津山は、どうも、と笑む。保険証を受け取りながら、小さく手招きをした。視線が、待合室にぽつんと坐っている老人のほうを薙《な》ぐ。

「昨日、いろんなことを言ったけど、忘れてください。……先生に叱《しか》られちゃって」

何となく、こうなりそうな予感はしていた。

「……診療所のお休みはいつですか」

小声で訊《き》くと、津山は意図を察したのだろう、困ったように首を振る。

「お話しできるようなことは何もないです。ごめんなさい」

そうですか、とだけ答えて、式部は頷《うなず》いた。保険証を返してもらい、診療所を出る。時間を見計らって、フェリー乗り場の脇《わき》にある駐車場へと向かった。いくらも待たずに、フェリーが港に入ってきた。昨日も見た宅配便業者のバンは三台目に降りてきた。

式部は駐車場で手を振って車を停める。運転席の側に廻り込み、窓を叩《たた》くと、太島《たじま》はガラスを下げ、困ったように式部を見下ろしてきた。

「昨日の件とは別件でお伺いしたいんですが。この夏に──」

式部が言いかけると、

「済みません、俺、勘違いしてたみたいです」と、太島は居心地悪そうに笑った。「よく考えてみたら、お尋ねの人たちを見たの、九月の話でした。九月の半ば」

そんな、と式部は口の中で呟《つぶや》いた。九月半ばなら葛木はまだ東京にいた。

「そんなはずは──」

言い差した式部に、太島は頭を振って見せる。

「絶対に確かです。十月に入ってから来た人を捜しているんなら、人違いだと思います。本当に申し訳ないです」

式部はまじまじと太島の顔を見た。太島は目を逸《そ》らし、詫《わ》びるように頭を一つ下げて車を出した。

そういうことか、と式部は納得せざるを得なかった。手帳とノートを検めた者がある。手帳に挟んだ太島の名刺はそのまま残っていたが、それとノートを見比べれば太島から証言を得られたことは分かるだろう。何らかの圧力が太島の口を塞《ふさ》いだのだ、と思った。昨夜、ノートを盗み見られてから今までの短時間の間に。

式部は背後を振り返った。遠目にも高台の上に鎮座している要塞《ようさい》のような屋敷は見て取れた。かつての網元、未《いま》だに漁師や漁業組合の人間は頭が上がらない、と看護婦は言っていた。島の土地の多くを所有しているのだとも。間違いなく神領家は、この島において権力者だ。その権力はおそらくは本土にまで及ぶ。漁業とは何の関係もない全国規模の宅配便業者、その地元営業所にまで。

式部はそう確信しながら、待合所にある切符売場へと向かった。事務室にいた職員が式部を見るなり、弾《はじ》かれたように窓口にやってきて、何を言う間もなく「お帰りですか」と、にこやかに問うた。その笑顔に、大江の期待に満ちた顔が重なった。式部は直感のようなものを感じる。本土に戻ってしまえば、おそらく島に戻ってこられない。

――そんなことが可能だろうか?

そう自問自答して、太島の口を塞ぐことができるなら、不可能ではないだろう、と結論づけた。

「本土まで?」大江同様、期待に満ちた視線を向ける職員に、式部は首を振ってみせた。

「いえ。やはりやめておきます」

言った途端、職員は表情を強張《こわば》らせた。事務室の中にいる二人ほどの職員が、窺《うかが》うように式部を見ていた。

何かの圧力が自分を締め出そうとしている——そう思いながら、式部は待合所を出た。爪先《つまさき》上がりに上る坂道沿いの、あちこちの軒先、窓辺に人影があった。気のせいだろうか、式部はその誰からも監視するような視線を感じた。

絡《から》みつくような視線を意識しながら、さらに坂を登る。昨日入った路地に踏み込み、廃屋へと登ってみたが、廃屋の柱からは表札が外されていた。表札のあったそこだけ、柱の色がくっきりと白い。錆《さ》びた郵便受けの名札も破棄されていた。

では、と式部は苦笑ぎみに思う。葛木がいたという痕跡は、もう式部の記憶の中にしか存在しないわけだ。

本土側の港の職員、野村や瀬能《せのう》はどうだろうか、と考えて、野村や瀬能も同様だろう、と式部は思った。何者かが検めた手帳には、野村と瀬能の名と証言を記録してあった。そして、野村に瀬能、太島が証言を翻《ひるがえ》せば、葛木が島に渡ったことは確実とは言えなくなる。

——徹底している。

乾いた笑いが漏れたが、式部はあまり落胆しなかった。少なくとも確実に、この島で何かがあったのだ。葛木の存在をタブーにするような何かが。

4

式部はしばらく廃屋の地所に佇《たたず》んでいた。枯れた雑草に埋もれた畑、罅《ひび》の入ったコンクリートの擁壁《ようへき》、そこから見下ろされる一見して長閑《のどか》な集落と海。擁壁のすぐ下の斜面は、濃い緑に覆《おお》われている。それは下りながら御岳《おたけ》神社にまで続いているようだった。見下ろす緑の合間に拝殿の屋根が覗《のぞ》いている。式部はしばらく擁壁の上に坐って煙草をくゆらせ、それを揉《も》み消してから上着を脱いだ。

地所の端から一寸刻みにその場を検める。生い茂った薄《すすき》や雑草は根元から毟《むし》って除《よ》けていった。

葛木は間違いなくここに来ている。ならば、あの吸い殻以外にも痕跡が残っていて不思議はない。そう思い、広くはない地所を徹底的に調べた。薄の根元から、かつて菜園があったところに使っていたのだろう、朽《く》ちた支柱や、ひねこび半ば野生化したトマトが這《は》っているのが見つかって、式部をどこか物寂しい気分にさせた。

見渡せばさほどに広い地所でもないのに、徹底的に検めるとなれば嫌気が差すほど広大なように思われた。端々まで雑草を掻《か》き分け、確認し終えた頃には、西の海に秋の陽は没しようとしていた。

──何もない。

式部は罅割れたポーチに蹲《うずくま》る。朱《あか》く、強烈な西陽が射していた。諦《あきら》めきれず、廃屋の床下まで覗いてみたが、葛木に関係のありそうなものは何一つ見つからなかった。

完全に痕跡が絶えたということか、と式部は項垂《うなだ》れた。確かに島に来たことが分かっていながら、それを他者に証明できないのでは何にもならない。いたたまれない気分で廃屋を眺めた。

玄関は固く封印されている。脇に見える縁側の雨戸も板で完全に塞がれていた。脇手に廻り込むと窓があったが、これも雨戸が閉められ、板が張り渡されて打ちつけられている。一間《けん》ほどの出っ張りは風呂場とトイレのものだろうか。壁の低いところに小窓があった。窓枠には格子《こうし》が入っていて、折れることも欠けることもせずに残っているようだったが、これも板で封をされている。

御丁寧なことだ、と式部は思った。まるで封印された匣《はこ》のようだ。

格子があるなら、そこから何者かが侵入することはできまい。執拗《しつよう》に打ちつけられた板は、あるいは、侵入しようとする動物や人間を排除するためのものばかりではないのかもしれなかった。

さらに建物に沿い、角を曲がる。山の斜面と建物の間に細い路地が続いていた。幅はほんの一メートルほど、間近に迫った斜面が覆い被《かぶ》さり、雑草も茂ることができないほど薄暗かったが、出口から強い西陽が射《さ》し込んでいて、このときばかりは明るかった。

この路地に面しても窓があったが、やはり雨戸が釘《くぎ》づけされている。その先は勝手口らしいドアで、これにも板が渡されている。さらに先には台所のものらしい窓があった。雨戸はなかったが、面格子の上からすっかり板で覆われ、打ちつけられていた。

——なぜ、ここまで。

式部は少しく、その執拗さに肌寒いものを覚えた。

都会ならばいざ知らず、こんな離島で、ここまでの用心が必要だとも思えなかった。田舎に住む者は、そもそも戸締まりの習慣さえ持たないことがある。住み手を失った家とはいえ、こうまでして完全に閉ざしてしまう必要があるのだろうか。まるで中に何かを封じ込めているようだ。封じた何かが外に飛び出してこないよう、封じたものを覗き見ることができないよう、閉ざしてあるとしか思えない。

改めて違和感を覚えた。この廃屋はどこか可怪《おか》しい——そう式部が思い、勝手口を離れようとしたところで、視野の端で何かが光った。振り返ると、ドアに打ちつけた板だった。射し込んだ西陽で打ち込まれた釘の頭が輝いている。

式部はその釘に触れてみた。勝手口を斜交《はすか》いに塞いだ板は古い。風雨に曝《さら》されて半ば朽ちたような色をしていた。板の一方は太い釘でモルタルの壁に止めつけられていた。そこに見える釘の頭はすっかり錆びてしまっている。もう一方はドアのノブ側、こちらは勝手口の枠に打ちつけられていた。ごく普通の大きさのもので、しかもまだ真新しい。それが西陽を反射し、煌《きらめ》いていたのだった。

板の端には、かつて壁に打ち込んであったのだろう、錆の付着した穴が開いていた。かなりの太さの釘であったことが分かる。それを誰かが抜いたのだ。穴の周囲や枠の近くに、よく見れば板が裂けた痕跡《こんせき》があった。

式部は板に手を掛ける。いつか誰かが同じようにして板を外した——その時に裂けかけていたのだろう、板は弾性を超えて大きく撓《しな》った。壁に足を当てて力を入れると、あっさりと折れた。残った板を力任せに剝《は》ぎ取る。ドアノブには鍵穴《かぎあな》らしきものが見えていたが、肝心のボルトを受け止める受座《うけざ》が裂けて外れてしまっていた。

式部はドアを開いた。すっと生臭い臭気が流れ出てきた。

中は暗い。外からは密閉されているように見えても、方々に微《かす》かな隙間《すきま》があるのだろう、糸のように、あるいは点のようにして西陽が漏れていた。勝手口から射し込んだ明かりの中、暗がりに目を凝《こ》らすと、そこがどうやら古びたダイニングキッチンであることが見て取れた。狭い板間の中央には、埃《ほこり》にまみれたテーブルが一つ、椅子《いす》が二つ。

式部は三尺四方の三和土《たたき》から家の中に踏み込んだ。上着からペンライトを出して照らし、眉《まゆ》を顰《ひそ》めた。テーブルの上には食器が並んだままになっていた。

二人分の食器だった。茶碗《ちゃわん》と椀《わん》、皿が一枚ずつ、そして小鉢が一つ。一方の茶碗と椀は伏せられており、手前に箸《はし》が一膳《ぜん》、揃《そろ》えてあった。どれもこれも黒ずみ、分厚く埃が堆積《たいせき》している。

——単なる廃屋ではない、と式部は台所を見廻しながら思った。

食器も鍋《なべ》の類《たぐい》も、生活に必要な道具の全《すべ》てがそこには残っている。単に残っているだけではない、何もかもが日常のある一瞬で凍結してしまっていた。いったいどれくらいの間、こうして放置されていたのだろう、数年では利《き》かないだろうが、今も最後の瞬間を再構成することができるほど、細部に至るまで完璧《かんぺき》に保存されている。

食事中だったのだ、と式部は再度、テーブルの上を照らした。埃を溜《た》めて放置されたままの茶碗は、伏せられたそれより一回り大きい。夫と妻——いや、住人が二人で、その一方が羽瀬川志保なら、おそらくは父親と娘だろう。郵便受けにあった二番目の名は抹消されていたから、母親は死亡したのかもしれない。そして、娘はいなかった。茶碗が伏せられ、娘の帰宅を待っていた。父親は一人で食事をしていた。——思いながら、式部は流しを照らす。

コンロの上に載った片手鍋は蓋《ふた》を取られたままだった。父親は自分で蓋を取り、取った蓋を流しに置いて——それは今もそこにある——、鍋の中のものを椀によそった。一人でテーブルに着いて食事を始めた。その途中で何かがあって、父親は席を立ったのだ。椅子は半ば、台所に隣り合う硝子《ガラス》戸のほうを向いている。彼は茶碗と箸を置いて立ち上がり、あの硝子戸のほうへと向かった。そしてそのまま、二度と戻っては来なかったのだ。

硝子戸は片側が開いていた。その向こうは同じく板間の、どうやら居間らしい部屋だった。家具はそのまま、状差しに入ったままの葉書や手紙ですらが残されて埃を被っていた。居間の奥には硝子入りのドアがあり、それが半ば開いている。

居間に続く硝子戸は父親が開けたものだろう。桟《さん》の埃には乱れがなかった。茶碗が放置されたのと同じ時から、ずっとこうして開いていた。居間を出るドアを開けたのが父親なのかどうかは分からない。ドアノブや桟の埃が剝げ落ちていた。誰かが触れた——その証拠に、三和土からドアまで、埃を踏み荒らした痕《あと》が続いていた。

これほどの埃が積もるほどの間、閉ざされ、放置されていた家。そこに新たに侵入してきて堆積した時間を掻き乱した誰か。

ペンライトを向けたが、明瞭《めいりょう》に見て取れる足跡はなかった。複数の人間が通ったか、さもなければ何往復かしたのだろう。その道筋の上、何かを引きずったような痕までがあった。ところどころに、汚れ水でも零《こぼ》したように、黒く埃が濡《ぬ》れた痕跡がある。

埃を踏み分けてできた一条《すじ》の道、その上を最後に通ったのは、かなりの重さを持った何かだ。それからは黒い液体が零れていた。それを引きずって、おそらくは勝手口のほうへ向かった。――誰かが。

その誰かが封印を破ったのだろうか。そしてまた、板の上から新しい釘を打ったのだろうか。釘の頭が錆びていなかったことを考えれば、それはそう昔のことではない。

式部は息を詰めてその場にしゃがみ込んだ。黒く固まった埃を手に取った。埃を練り固めた液体が、どんなものだったのかは分からない。いや、分かりたくなかった。

式部はペンライトを片手にドアを通って居間を出た。式部の身体《からだ》がぶつかると、ドアは嫌な音を立てて軋《きし》んだ。ドアを出たところは玄関だった。三和土には靴やサンダルが散乱したままになっている。足跡と何かを引きずったような痕は、玄関を無視して右手に曲がり、廊下の奥へと続いていた。廊下の奥には和室があるのだろう、煤《すす》けた障子が廊下の片側に続いているのが見て取れる。障子は一枚、開いている。踏み分け道は、それを通り過ぎてさらに奥へと続き、廊下を曲がって消えていた。

開いたままの障子から和室の中を覗き込むと、六畳の和室の片側には床が設けられ、中央に座卓が据えられていた。座布団《ざぶとん》が二枚、蹴散《けち》らされたように六畳の端と端に散っている。畳の上に転がった灰皿、その下に敷いてあったらしい小布が座卓の傍《そば》に落ちている。どれもこれも厚く埃を纏《まと》い、中途半端《はんぱ》に断ち切られた時間を留めていた。奥の襖《ふすま》はぴったりと閉ざされて、埃と黴《かび》で黒ずんでいる。その表面にインクをぶちまけたような染《し》みがあった。

式部は和室の中に踏み込んだ。ここには足跡がなかった。時間のままに堆積した埃には何の乱れもない。ペンライトの明かりで襖の表面を撫《な》で、間近でそれを検《あらた》めた。何かが飛沫《しぶ》いた痕だ、と思った。おそらくは、血痕。最近のものではない。かなり古いもののようだったが、尋常の量ではなかった。足許《あしもと》の埃を払ってみると、畳にも黒々とした染みが広がっている。

ここでかつて、何かがあったのだ、と式部は思った。襖や畳に残された血痕の面積からして、おそらくは、誰かがここで死んでいる。父親だろうか？　食事を中断して台所から居間へと向かった父親。彼はそれきり台所には戻らなかった。父親のみならず、他の誰も、彼が食事半ばで放り出した食器には手を触れなかった。

惨劇があったのだ、と式部はペンライトを握りしめた。そしてそのまま放置された。家を封じるかのように厳重に張り渡されていた板は、真実、忌《い》まわしいものを封印するためにあったのだ。

死は忌み事だ、と式部は何気なく思い、この廃屋に感じていた違和感の正体を悟った。そう――この敷地にはただの一本も風車が立っていない。軒に吊《つる》された風鈴もない。あの虚《むな》しく寂しい風の音がここではしていない。聞こえるのは集落に谺《こだま》する風音の残響だけだった。

あの宮司――神領杜栄《もりえ》は何と言っていたろう？

式部は記憶を掘り起こし、風車は主神を慰めるのだ、と言っていたことを思い出した。あの黒祠《こくし》に祀《まつ》られた異端の神。それを慰撫《いぶ》するために風車を立て、風鈴を吊す。だが、それがここにはない。住み手がいない――つまりは慰撫の主体となる者がいないからだろうか。いずれにしても、この家は見放されたのだ。固く封印され、遺棄された。

重い溜息《ためいき》が漏れた。式部の四方を取り巻いたのは生臭い闇《やみ》、いつの間にか雨戸の隙間から漏れ込んでくる光もなかった。和室を出ると、目の前の廊下に踏み分け道が続いている。廊下の奥、角を曲がった先――。

この先に行きたくなかった。家の中に禍々《まがまが》しいものが堆積している。行けば必ず後悔することになる、そんな気がした。

だが結局、式部は足跡を辿《たど》って家の奥へと向かった。廊下を曲がってすぐのところに、ドアが一つ口を開けていた。踏み分け道はその真っ黒く口を開けたドアの奥へと消えていた。廊下はさらに奥へと続いていたが、そこに積もった埃には、新たに荒らされた形跡がない。

僅《わず》かの間、逡巡《しゅんじゅん》して、式部は改めて足を踏み出した。足許で床板が不快な軋みを上げた。開け放したままのドアへ辿り着くと、生臭い臭《にお》いが流れてきた。

六畳の洋間だった。部屋の隅にはベッドとスチール製の学習机が据えられていた。どこもかしこも埃が掻き乱されている。そればかりではない。埃の上に血溜まりができていた。黒い飛沫《ひまつ》、引きずったような痕、降り積もった埃は血糊《ちのり》と捏《こ》ね合わされ、何が起こったのか把握することもできないほど掻き乱されている。

――まだ新しい。少なくとも、年単位の時間は経過してない。

――羽瀬川という家。

――葛木の痕跡。

小振りな椅子はひっくり返って血糊で汚れている。その前にある机の周辺には、ほとんど私物が残されていなかった。ベッドにも布団は載っていない。過去に誰かがごっそりと私物を浚《さら》えて運び出してしまったのだろう。そしてそれは、ひどく慌《あわ》ただしく行なわれたに違いない。部屋の方々に縫いぐるみや小物が取り残されている。壁には時間割が貼《は》られたままになっていた。その傍のフックに掛けられ埃と一緒に吊された布袋。そこに入った「はせがわしほ」という幼い文字。そのどれもに点々と赤黒い飛沫が付着していた。

ここで何かが起こった。放棄された和室で起こったのと同様の何か。ここから重い物体が、勝手口へと引きずり出された。

無意識のうちに、軽く呻《うめ》き声が漏れた。

「葛木……」

——まさか、それでなのか？

5

式部はその家を出て集落の坂を小走りに下った。からからと虚しい音が夕間暮《ゆうまぐれ》の中に響いていた。

葛木は過去を切り捨てていた——と、式部は改めて思う。それは、ひょっとしたら和室に残ったあの血痕、あれに何らかの関係があってのことかもしれない。家が封印され遺棄されたように、葛木は「羽瀬川志保」を封印し、遺棄したのだろう。にもかかわらず、葛木は捨てたはずの島に戻らねばならなかった。

本人が求めて戻ったのではあるまい。港で二人を見掛けた野村も、船で二人を見掛けた太島も、共に二人の様子が暗いものだったことを指摘している。葛木自身も、「厄介事か？」という式部の問いに、「多分」と答えている。何かのトラブルがあって、葛木は捨て去った島に戻らねばならなかった。

その一方で、葛木は式部に三日と言い置き、連れも野村に日帰りできるだろうと言っている。島に戻る原因になった用件自体は、一日かそこらあれば済む程度のものだった。

にもかかわらず、葛木は式部に鍵を託した。戻れないかもしれない、という不安を抱いていたのだろう。身辺を整理した様子はなかったから、それは確実に予想されることではなかった。だが、無視もまたできなかったのだ。

——何らかのトラブルがあった。島に戻れば解決できるようなトラブルだったが、深刻な事態になり得る可能性が多少なりともあった。だから葛木は、一種の保険として鍵を式部に託した。

そして、と式部は思いながら足を止めた。

——それきり葛木は戻って来なかった。深刻な事態に至ったのだ。葛木の身に何が起こったのか、それを考えないわけにはいかないところに到達していた。帰省すると言って出掛けたきり戻って来なかった葛木、実家と思《おぼ》しき家、彼女のものと思しき部屋、そこに残った血痕。繋《つな》ぎ合わせて考えられることはいくつもない。

いや、と式部は自分に言い聞かせる。自分は廃屋の中で血痕と思しき汚れを見つけただけだ。それが誰のものなのかは分からないし、そこで何が起こったのかも分からない。式部がここで何を思っても、それは想像でしかない。

——とにかく通報することだ。何が起こったのか解き明かすのは警察の仕事だろう。

式部はそう思ったが、携帯電話は宿に置いていたし、そもそも島は圏外で使用できない。どこかで公衆電話を探さねばならない。周囲に目を配りながらロータリー近くまで来て、式部は足を止めた。診療所の看板が目に入った。

泰田は「羽瀬川志保」という名を聞いて血相を変えた。

少なくとも、この島で葛木の身に何かが起こったことは確実だった。島の人間が総出で隠蔽《いんぺい》しようとする種類のこと。だが、太島は証言を翻《ひるがえ》した。今や野村も瀬能も証言を翻さないとは限らない。煙草《たばこ》の吸い殻は失われた。今頃は処分されてしまっているのだろう、と式部は思う。葛木が島に渡ったという事実は、証明不可能なものになってしまったのだ。葛木が島に来たと言えない以上、たとえ廃屋にあった血痕《けっこん》が人間のものだと証明されても、それを葛木と結びつけることはできない。

——葛木を連れて東京に戻ることができるのであれば、何が起こったのかは問うまい。だが、それができないのであれば、何が起こったのか、なぜ起こったのかを確かめるまでは自分も東京には戻れない。

葛木は鍵《かぎ》を式部に託した。万が一戻れなかったときは捜してくれ、という意味だったのだと、式部はそう信じている。葛木を見つけなくてはならない。彼女に何が起こり、そして今どこにいるのか、それだけは絶対に知らないわけにはいかなかった。

診療所のカーテンはすでに閉ざされていた。入口からは脇手《わきて》に向かってポーチが延び、その向こうに住居の玄関灯らしき明かりが見えた。式部は一瞬の間だけ迷い、そしてポーチに足を載せた。まっすぐに玄関に向かうと、その脇にある掃き出し窓から、テレビを見ている泰田の姿が見えた。

式部が窓硝子を叩《たた》くと、泰田が驚いたように顔を上げ、ほんの一瞬、顔を逸《そ》らしてから、作り物めいた笑みを浮かべて立ち上がってきた。

「どうしました？」

泰田は言って、窓を開ける。

「ちょっとお話ししたいことがあるのですが、いいですか」

式部が問うと、泰田は困惑したように視線を彷徨《さまよ》わせた。

「その……僕はちょっと」

「お忙しいようですが、ぜひ」

式部は強く言ったが、泰田は逡巡するふうだった。式部は声を低める。

「先生のお耳に入れておいたほうがいいことだと思うのですが」

含みを持たせて言うと、泰田は迷うように視線を彷徨わせ、それから頷《うなず》いた。

「その……あまり長くならないのだったら」

言って泰田は式部を中に促した。式部は軽く会釈《えしやく》をし、居間に上がり込んで後ろ手に窓を閉め、そしてきっちりとカーテンを閉ざした。泰田が怯《おび》えたように式部を振り返った。

「……何です？」

「どうやら私はこの島では招かれざる客のようなので。その私と一緒にいるところを見られたのでは、先生もこの先いろいろと差し障《さわ》りがあるでしょう」

軽口めかして言うと、泰田は曖昧《あいまい》で複雑な表情をした。「いやあ、そんな」と口の中で呟《つぶや》いたが、笑ったものかどうか、迷っている。

「とにかく、どうぞ」と、泰田はソファを示した。式部は首を横に振って、ただ、

「先生は、羽瀬川志保を知っていますね？」と問うた。

また泰田の血相が変わった。

「知らないと言ったはずです。僕はそういう名前に聞き覚えがない」

「それは嘘《うそ》だ」

「そう言われても。知らないものは知らないとしか言いようがありませんから」

「そうですか？　では、申し訳ないのですが、電話を貸してもらえませんか」

「……電話？」

泰田の顔がさらに強張《こわば》る。

「警察に連絡をしたいんです。大夜叉《おおやしゃ》の麓《ふもと》にある廃屋で血痕を発見しました」

言った瞬間、泰田は硬直した。眼鏡の下の目が大きく見開かれる。

「最近のものです。しかも尋常の量じゃない。羽瀬川という家です。知ってますか」

泰田は呻いたが、肯定したのか否定したのかは分からなかった。

「葛木――羽瀬川志保はこの島に渡った。それは確かです。そして、それきり行方が知れない。その彼女の実家と思しき建物の中から大量の血痕が見つかった。通報すべきだと思うのですが、いかがですか」

「……いや、それは。誤解――そう、何かの間違いかもしれません」

「間違いじゃない。何なら先生、行って確認してみますか」

「人の血とは限らないでしょう。こう言っては何だが――」

「確かに私は医者でも何でもない。あれは血液ではないのかもしれないし、血液だとしても人間のものではないのかもしれない。いずれにしても、警察に調べてもらえば確かなことが分かります。誰の血なのかも分かるかもしれない」

「しかし……」と、言ったきり、泰田は言葉を失った。

「ああ、先生に検《あらた》めてもらう、という手もありますね。一緒に行ってもらえますか。先生が血痕だと保証してくだされば、警察も本腰を入れてくれるかもしれない」

「でも、僕は」

「お嫌ですか？　では仕方がない」

式部は言って、テレビの脇にある電話に近寄る。受話器を持ち上げようとした式部の手を、飛びつくようにして泰田が押さえた。

「待ってください。待って――それはやめておいたほうが」

「なぜです」

泰田は激しく動揺した。式部を止めたのは、泰田自身にとっても予想外の行動だったのかもしれない。止めてしまった自分に狼狽《うろた》えている様子があった。泰田はその場に坐《すわ》り込んだ。深く俯《うつむ》き頭を抱える。式部はその脇に膝《ひざ》をついた。

「……いったい、何があったんですか？」

式部が訊《き》くと、泰田は俯いたまま頭を振る。

「知りません」

「嘘だ」

「嘘じゃない、知らないんです、僕は」

「もう一度、お訊きします」式部は言って、受話器を取る。「先生は、葛木——いや、羽瀬川志保を御存じですね？」

泰田は無言で頷いた。

「彼女の消息を教えてください」

泰田は蒼白《そうはく》になった顔を上げた。

「彼女は……亡《な》くなりました」

その一瞬の気分をどう表現すればいいのか、式部自身にも分からなかった。やはり、と感じたようでもあり、それだけはない、と思ったようにも思う。脳裏でフラッシュが瞬《またた》いたような気がした。それに突き動かされ、式部は咄嗟《とっさ》に泰田の胸ぐらを摑《つか》んだ。

「本当のことを」

「本当です。お尋ねの人は亡くなったんです」

殺されたのだ、と泰田は言った。

四章

1

それは十月三日のことだった。正確には、すでに四日になっていた。老人は深夜の三時過ぎ、泰田《やすだ》を訪ねてやってきた。

窓の外では風雨の音がしていた。荒れた潮騒《しおさい》が不協和音のように響く中、電線や木立の立てる高い悲鳴が夜を揺さぶっている。思い出したように、まとまった雨滴が雨戸に叩《たた》きつけられる音がしていた。

泰田はその日、風呂《ふろ》にも入らず、寝間着にも着替えず、漫然と点《つ》けたテレビで台風情報を見るともなく見ていた。寝支度をせずに電話のある居間に陣取っていたのは、この風雨で急患が出るかもしれない、という気があったからだった。

電話は鳴らなかった。代わりにチャイムが鳴った。インターフォンを見ると、診療所のほうのチャイムが鳴らされたことを示すランプが点いていた。

泰田がインターフォンを取ると、強い風の音が耳に飛び込んできた。相手は佐伯《さえき》と名乗り、とにかく来てくれと言う。言葉は要領を得ず、呂律《ろれつ》が怪しい。かなり狼狽《ろうばい》しているのだと分かった。仔細《しさい》を問わず、泰田は用意してあった合羽《かっぱ》を羽織り、懐中電灯と診察鞄《かばん》を提《さ》げて診療所のほうに駆けつけた。

「どうしました」

診療所のドアを開けると、生温《なまぬる》く濡《ぬ》れた風が巻いて吹き込んできた。老人が二人、黒合羽を着て立っている。合羽の表面は濡れていたが、滴《したた》るほどではない。吹き込んでくる風にも、雨滴は混じっていなかった。

「先生、大変だ。神社に」

老人の一人が、今にも駆け出しそうに身を捩《よじ》って北のほうを示した。

「怪我人《けがにん》ですか」

長靴を履《は》きながら言うと、二人の老人は、それぞれ首を縦と横に振った。肯定なのか否定なのか分からない。とにかく行ってみるほうが早いだろうと泰田は思った。島の者はあまり泰田を頼っては来ない。大変だ、と言って来ること自体、重大事が起こったのだと言っているようなものだ。そう心得て二人を促し、風の中に踏み出した。瞬間、横殴りの雨が投げつけられるように飛んできた。飛沫《しぶき》が路面を叩く音を、妙に不吉なもののように感じながら、泰田は彼らと神社に向かった。

雨は時折、思い出したように混じる程度、風のほうが強かった。坂の上から吹き下ろす突風に、深く前屈《かが》みになって神社へと登っていく。途中、老人の一人が泰田の合羽を摑《つか》んだ。

「違う。お社《やしろ》のほうじゃない。神社のほうだ」

ああ、と泰田は左手に向かいかけた三叉路《さんさろ》を右手に曲がる。神霊《じんりよう》神社のほうではなく、御岳《おたけ》神社のほうらしい。神霊神社には宮司がいるが、御岳神社のほうには宮司がいない。神社で医者を要するとすれば、神霊神社のほうだろうと思ったが、すると神領杜栄《じんりようもりえ》とその家族に何かがあったわけではないらしい。

泰田は前屈みに坂を登った。登り切ったところで正面から突風が吹きつけてきた。山の麓《ふもと》は一段と風が強かった。混じった雨が突き立つように降る。暗い石段を登り、鳥居を越えた瞬間に、はたと風が弱まった。神社を覆《おお》う鎮守の森が風を遮ったのだろうが、タイミングが良かっただけに泰田は不安な気がした。聖域に踏み込んだ、という気がしてならなかった。だが、この聖域は人を守るためのものではない。聖域とは、人の踏み込んではならない領分のことだ――そう感じたのは、頭上の木々が、恐ろしいほどに梢《こずえ》を揺さぶられて轟音《ごうおん》を立てていたからに違いない。

濡れて滑る石段を、懐中電灯の明かりを頼りに泰田は登った。すぐに社が見えた。社殿に続く石畳で足を止めた泰田の合羽を、老人の一人が引く。社の右手、林の中を示した。

社の裏手へ抜ける小径《こみち》を老人たちが駆ける。数メートル先んじては、足を止めて泰田を手招くように手を振った。老人たちの顔は合羽のフードに遮られていて見えない。懐中電灯の明かりに逆光になっていて背恰好《せかっこう》さえ判然としなかった。頭上では、木々が身を揺すって海が逆巻《さかま》くような音を立てている。黒い人影が、人の領分でない暗い森の奥を示す。

泰田は突然、行ってはならない、と思った。この先には行きたくない。このまま引き返してしまいたい。

莫迦《ばか》な、と泰田は自分を笑った。医者が必要とされているのだ、行かなくてどうする。そう、このまま引き返すなど、できるはずがない。この先は怖いから嫌です、などと言えるはずがなかった。

妙に怖《お》じ気《け》づいた自分に困惑しながら、泰田は小径を辿《たど》って先を行く人影を追いかけた。老人たちは最後に大きく腕を振って前へと駆け、足を止めて前方へ明かりを向ける。小径をほんの僅《わず》か、森の中に踏み込んだ所だった。泰田は老人たちの傍《そば》まで駆け寄り、そして明かりの先にあるものを見て悲鳴を上げそうになった。

「神社は大丈夫じゃろうかって二人で見回りしてたら、見つけたんだ」

老人は叫ぶ。森全体が唸《うな》りを上げていて、叫ばなければ声が届かない。悲鳴を上げても聞こえないに違いない、と泰田は凍りついたまま思った。

老人たちの掲げる懐中電灯が闇《やみ》を切り裂いてまっすぐに、樹齢を経た樹木の一本に集まっている。ひと抱えはある幹を照らしていた。——正確には、その幹に逆様《さかさま》にぶら下げられた人の姿を。

震える手で懐中電灯を握り直し、泰田は明かりを逆さ吊《づ》りになった人影のほうへ向けた。二条《すじ》の明かりが三条になって、おぞましい姿が明らかになった。

女の死体だった。一糸纏《まと》わぬ姿から、女であることは確実だった。女は両腕を開いて地に投げ出している。こちらを向いていたが、相好《そうごう》は判然としなかった。幹の根元からほんの三十センチばかり上にある女の頭部は焼け爛《ただ》れた肉塊に変わっている。頭髪は残っておらず、幹の根元から頭部の両脇《わき》に垂れた腕に至るまで、真っ黒な焦《こ》げ痕《あと》がついていた。焦げ痕は女の顔から胸の辺りにまで及んでいる。爛れた胸の上は、白い肌を切り裂かれた腹だった。血まみれになった下腹にかけて、何条かの傷が走っている。傷はさらに、両腿《もも》にまで及んでいた。かろうじて無傷の白い膝頭《ひざがしら》がふたつ、そこから細い脛《すね》がすらりと上方に伸びている。両足首をひとつに纏《まと》めるようにして縄が巻かれ、それが上方へと消えていた。足先は、まるで潰《つぶ》されているように見えた。

無意識のうちに二、三歩を歩いて死体の傍に近づいていた泰田は、両方の足の甲《こう》から足首にかけて、何本もの釘《くぎ》が打たれているのを見て取った。女は吊り下げられているのではない、幹に磔《はりつけ》にされているのだ。それを了解した途端、吐き気が込み上げてきた。喉《のど》の奥に迫《せ》り上がったものを、歯を食いしばって呑《の》み下す。

泰田は振り返った。

「警察に連絡は」

老人たちは顔を見合わせた。

「……死んどるかね？」

「殺されてる」

老人の一方が懐中電灯を取り落とした。二人は顔を見合わせ、連絡してくる、と言い置いて小径を駆け戻っていった。

死体の全身に擦《なす》りつけられた血糊《ちのり》は、この天候にもかかわらず乾きかけている。頭部を焼いた炎も、とうに消えていたようだった。焦げた部位に触れてみたが特に温かいとは感じられない。老人たちが消火したわけではなく、発見される以前に自然鎮火していたのだろう。微《かす》かにガソリン臭がしていたが、単純にガソリンを掛けた程度で、人体は燃えてしまうものでもない。

泰田は死体に近づき、念のために手首に触れてみたが、もちろん脈は感じられず、しかも体温も感じられなかった。地に投げ出され、焼け爛れた両手の掌《てのひら》は、太い釘に貫かれ、地に縫い止められている。

あまりに異常だ、と泰田は思った。ここまでする必要がどこにある。

ひときわ強く風が吹いて木立が轟《とどろ》いた。泰田は頭上を見上げ、たとえ警察に連絡をしても、到着は明日以降に持ち越すであろうことに気づいた。この風では、到底、警察はやって来られない。雨と風、そして時間が、死体と現場を損《そこ》なってしまう。

泰田は診察鞄を開いた。万が一、事故があった場合に現場の状況を記録する必要がある、そう思ってポラロイドカメラを入れてあった。

フラッシュだけでは心許《こころもと》ないが、已《や》むを得ない。記録を残しておかないよりはましだろうと思った。

現場の状況、死体の周囲、死体の細部を写真に収めて、フィルムパックを一箱、使い切った。一通りを撮影したところで、大勢の人間が駆けつけてくる声がした。人々の先頭に立ってやって来た老人と中年の男は、神領家の使用人、高藤孝次《たかとうこうじ》、圭吾《けいご》の親子だった。

二人は死体の様子を見て足を止めた。顔を歪《ゆが》める。駆けつけた人々の間から、悲鳴じみた声が上がった。

「こりゃあ、いったい」

呻《うめ》くように言って、高藤孝次が近づいてくる。

「警察は」

泰田が訊《き》くと、高藤は一瞬だけ躊躇《ちゅうちょ》する様子を見せてから頷《うなず》いた。

「連絡しておいた。だが、波が収まらんことには船が出せんから。警察も来られんのだ」

でしょうね、と泰田は頷いた。高藤は圭吾らに声を掛ける。

「とにかく、仏さんを降ろそう」

「ちょっと待ってください。勝手に現場を――」

言いかけた泰田を、高藤は遮った。

「許可は貰《もら》っとる。死体は診療所で預かってくれんかね」

「しかし」

「それより、これは誰なんだ？」

高藤の問いに、泰田は首を振ってみせた。肝心の頭部がこの有様では、誰だか答えられるはずもない。

「若い女みたいだが」

老人の誰かが言い、そうだ、と別の者が声を上げた。

「余所者《よそもの》が来たって話じゃなかったかい。若い女の二人連れだと」

高藤はそれを遮った。

「とにかく顔がこの有様じゃあ、ここで何を言っても始まらない」

高藤は言って息子を振り返った。

「誰か人を遣《や》って、島内を訊いて廻るんだ。この年頃の女はそんなにはいない。所在を確かめてみれば、すぐに誰だか分かるだろう」

圭吾が頷き、数人を連れて森の中へと消えていった。頭上では依然、森全体が揺すられて轟音を発している。時折、濃い樹影を貫いて叩きつける雨滴の中、残った者たちの手で釘が抜かれ、縄が切られて死体は地に降ろされた。誰かが持ってきた防水シートにくるまれたそれは、同じくどこからか持ち出されてきた戸板に載せられ、診療所へと運び込まれた。

「先生」と高藤は遺体を手術台の上に載せて泰田を振り返った。「先生、済みませんが、今晩は守《も》りを頼めるかね。明日にでも人を寄越すから」

「それは構いませんが……しかし、警察が」

言いかけ、泰田ははたと膝を打った。

「そうだ。警察がいるんじゃありませんか、港に」

泰田が言うと、高藤を首《はじ》めとする者たちは顔を見合わせた。

「昨日、警察の船が風除《よ》けに入ってきてると聞きましたよ」

高藤は顔を顰《しか》めた。

「そう言えば——しかし、港の中に停泊してるだけだ。接岸してるわけじゃない。どうやって連絡を取るね。この風じゃあ、船を近づけるわけにもいかん」

「でも」と言いかけ、泰田は高藤の顔をまじまじと見た。高藤は厭《いと》うように顔を逸《そ》らしていた。

当然のように船には無線がある。連絡の取りようがない、ということはあり得ない。しかも高藤は警察に連絡をした、と言った。港に船が入っているなら、なぜその連絡が船に届いていないのだろう。待避してきた船が接岸しないのはいつものことだが、連絡がありさえすればすぐさま接岸して警察官の一人なり現場に駆けつけてきても不思議はない。港の中なら、船を動かすことは不可能ではない。

「とにかく今夜は頼んだから」と、高藤は言った。「明日には人を寄越して警察に運ばせる。何しろ島は今、この有様だ。船や方々を警戒せにゃならんし、妙な噂《うわさ》が流れて村の連中が浮き足立っても困る。くれぐれも口は慎んでくれ」

泰田は困惑して、その場にいる者たちの顔を見廻した。数人の男たちは皆、泰田の反応を窺《うかが》うように鋭い目を向けていた。

「はい……ええ、分かりました」

泰田は息を呑んで、やっとそれだけを答えた。

翌日の昼前、ようやく緩んだ風の中、神領家の使いがやってきて、本土の警察に運ぶと言って遺体を運び出していった。その時に泰田は聞いた。島内の女で所在の分からない者はいなかった、ただ、大江荘に泊まっていた女が二人、消えてしまった、と。

2

泰田は電話台の傍《かたわ》らに坐《すわ》り込んだまま、頭を抱えていた。

それで、と式部《しきぶ》が問い掛けると首を振る。

「それだけです……それきりなんです、何もかも」

「莫迦な」吐き捨てて、式部は泰田を引きずり起こした。「葛木《かつらぎ》の知人たちから失踪《しっそう》届が出されている。それが葛木の死体なら、なにがしかの連絡があるはずだ」

「それはそうですが」

泰田は泣きそうな顔をしていた。

「遺体は」

「埋葬されました。……されたんだと思います。警察には、たぶん届けが出ていません」

「あんたには通報義務があるはずだ」

「あります——あるんです。なのに通報させてくれなかったんだ！」

誰が、と問いかけ、式部はふと思い至った。

「……神領さんが？」

「そうです。届け出てはならない、と言われたんです。いいや、僕は最初は届けてないなんて知らなかった。届けた、と言っていたんですからね。なのに警察に問い合わせたら、聞いた覚えはないと言われた。それればかりじゃなく、こちらが他殺体だと言っているのに、取り合ってくれようともしないんだ！」

泰田は言って眼鏡を外し、顔を拭《ぬぐ》った。

「……可怪《おか》しいと思ったんだ。高藤さんは届け出たと言ったけど、何か変な感じがしてた。それで気になって警察に電話をしたら、そんなことは知らないと言われて。だから事情を説明したのに、そんな届けは出てないの一点張りで、ろくに取り合ってくれようともしない。挙げ句には夢でも見たんだろう、と言うんだ。そうしたら神領さんから呼び出しがあって、余計なことをするなって」

「金でも摑《つか》まされたか」

「とんでもない」と泰田は吐き出すように言った。「神領さんはそんなことは言わなかったし、匂《にお》わせもしなかった。ただ、通報はするな、忘れろって命じただけですよ。あの人にとっては、それで充分なんだ。僕は異論を唱《とな》えた。人ひとり殺されて、それを闇に葬《ほうむ》っていいはずがない。なのに——」

泰田は唇を嚙《か》んで先の言葉を呑み込んだ。

「……犯人は？」

「分かりません。分からないんですよ、何も。捜査だって行なわれてないんだから。僕はこのまま見過ごしにしていいはずがないと思った。でも、遺体は神領さんが持っていってしまったし、遺体を発見した連中は口裏を合わせて覚えがない、って言う。なかったことになっちゃってたんですよ、いつの間にか。それどころか」

言って、泰田は言葉を途切れさせた。

「それどころか？」

「……僕がやったのか、と言われました。旅行客の姿が見えないようだが、僕がどうにかしたのか、って」

「それで穏和《おとな》しく黙っていたというわけか」

泰田は頷いた。

「そうです。あくまでも遺体を見た、届け出るって言い張ったら、今度は連中、口裏を合わせて僕がやったって言い出すんだろうな、と思ったんです。警察に働きかけて事件をなかったことにできるんだったら、僕を犯人にするのなんて簡単ですよ、違いますか？　そんな莫迦《ばか》な、とは言わないでください。この島の連中はね、やるとなったら、それをやるんですよ。そういう所なんだ、ここは」

そうかもしれない、と式部は思った。式部自身、今日の昼間に島を出たら戻って来られないだろう、という予感を抱いた。常識的に考えて、そんなことが起こるはずがない。宿には荷物だって残しているのだから。だが、あり得る、と式部は思った。この島ならその程度のことは、起こりかねない。

式部は泰田の襟首《えりくび》を掴んでいた手を放した。いや、脱力した、と言ったほうが正しいのかもしれなかった。泰田を責めても始まらない。泰田が口を噤《つぐ》まなかったとしても、結果に変わりがあるわけでもないだろう。

「羽瀬川《はせがわ》さんとは……親しかったんですね」

泰田に問われ、式部は泰田を見返した。

「式部さんは仕事で捜しているんだ、と看護婦たちが言ってました。でも、仕事なんかじゃなかったんだ」

式部は頷いた。

そうか、と泰田は呟《つぶや》いた。何かを迷っているふうだったが、すぐに頭をひとつ振る。立ち上がって隣室に消え、戻ってきたときには缶ビールを二つ提げていた。泰田はそれをローテーブルに置き、どうぞ、と言う。頷いてソファに腰を降ろしながら、式部は何となく慰撫《いぶ》のようなものを泰田から感じていた。

「その遺体は……葛木——羽瀬川志保《しほ》のものに間違いなかったんですか」

ビールに口をつけてから式部が問うと、泰田は頷いた。

「しかし、彼女には連れがいたでしょう」

「いました。永崎麻理《ながさきまり》」

式部は頷いた。そう、「麻理」だ。

「最初はどちらだろう、という話だったんですけどね。荷物はどちらのぶんも残されていたし、肝心の死体はそんなふうだったし、どちらなのか、すぐさま判別がつくというものでもなかった。でも、二人は実は、島の出身者だったんです。

高藤さんたちが診療所に遺体を引き取りに来たとき、結局のところ死んだのは羽瀬川さんと連れの麻理と、どっちなんだって話題になりました。その時に年寄りの一人が、傷はあったか、って訊いてきたんです。羽瀬川志保のほうなら、太股《ふともも》から腰にかけて傷があるはずだ、って。昔、船から落ちた時の傷だそうです。確かに遺体には傷跡がありました。右の大腿部《だいたいぶ》から腰にかけて、三十センチ近くの古い縫合痕《ほうごうこん》が残されていたんです。それで、羽瀬川志保に間違いないと」

式部は沈黙した。泰田の言を受け入れるのには時間が掛かった。

「……それで、永崎麻理のほうはその後？」

「分かりません。羽瀬川さんの死体が見つかって、それきり姿が見えないんです」

「姿が見えない？」

式部は眉根《まゆね》を寄せた。それは、何を意味しているのだろう？

泰田は缶を両手で包んで溜息《ためいき》をついた。

「……僕にはさっぱり分かりません。島の連中は、僕が嘴《くちばし》を突っ込むのを嫌がるし。ただ、当時、大江荘に旅行客がいたことは確かなんです。僕は二人を見たわけじゃないですけど、珍しいので話題にはなっていましたから。遠方から神領さんのところに客が来てる、女の二人連れだって。――ただ、そのときから何か妙な感じではあったんです。噂を聞かせてくれたのは、隣の親父《おやじ》で、二人が着いた日の夜でした。僕がどこから来た客なんだって訊《き》いたら、なに、あれは客じゃない、もともと島の者なんだ、って。そう言って笑ってたのに、どこの家の人ですかって訊いた途端に、すごく嫌そうな顔をされちゃったんです。訊いちゃいけないことを訊いたみたいに、昔はそうだったってだけだ、今はもう関係ないんだって怒ったみたいに。自分から言い出しておいて何なんだろう、と思いましたよ。どうも二人の素性《すじよう》については口にしたくないみたいでした。隣の親父だけじゃない、その後もずっとそうです。島の出身者だと言いながら、どこの家のどういう娘なのか、誰も口にしようとしない。だから、二人の名前も事件の後に聞いたんです。

　羽瀬川という家がどういう家なのかは、僕も未《いま》だに分かりません。僕の知っている限りでは、島には羽瀬川という家はありませんし、縁故者がいないのは確かでしょう。麻理のほうも、家族や親戚《しんせき》はいないようです。ただ、永崎という家が島に二軒ほどありますから、どこかで縁は繋《つな》がっているんだと思いますが」

「永崎麻理はどういう人だったんです？」

「僕に分かるはずがない。誰も教えてくれないんですから。二人は十月の頭に島にやってきた、そもそも島の出身者で神領さんの客だった、大江荘に泊まっていた、一方は殺され、もう一方は行方が知れない。僕が知っているのはそれだけです。それ以上は僕の知らなくていいことのようです。――そういうことなんだと思いますよ、絶対に誰も答えてくれませんからね」

そうですか、と式部は呟いた。

「……僕には理解できない。普通、二人連れの女がいて、一方があんな死体で発見されて、もう一方が消えていれば、麻理にも何かあったのじゃないかと思うものじゃないですか？　僕は、客の一方が消えたって聞いたとき、すぐさま総出で捜索をするんだろうな、と思ったんです。なのに、誰もそんなことを言い出さない。まるきり興味がないみたいに、消えたのか、そうか、で終わりなんです」

「なぜです？」

「分かりません。ただ……上手《うま》く言葉にできないんだけど、僕は、島の連中は心得てる、という印象を受けました。島の連中は、志保を殺したのは誰なのか、麻理がどうなったのか、一体何が起こったのか、何もかも知ってるんじゃないかと思うんですよ。僕には分からないけれど、島の連中にとっては、この事件は自明のことなんだ、という感じがしたんです」

「だから、警察にも通報はされなかった……」

式部は呟く。泰田は頷《うなず》いて頭を抱え込んだ。

「僕はそうなりそうな予感がしていたんだ。高藤さんが死体を動かす許可を貰《もら》っている、と言ったときから、何かが可怪《おか》しいという気がしていた。警察がそんなことを許すもんだろうか、と思ったんです。いや、意外にそんなものなのかもしれません。ただ、高藤さんの顔つきから、何となくこれは嘘《うそ》だという気がした。だから……」

だから、と式部が問い返すと、泰田は顔を上げ、声を低めた。

「検屍《けんし》はしました。僕は法医学の専門家じゃないけど、できる限りのことはした。幸い、ポラロイドのフィルムが診療所にまだあったので、遺体を検《あらた》めながら撮れる限りの写真を撮って、資料を保存しておきました」

式部は目を見開いた。

「……本当ですか?」

「来てください」

泰田は立ち上がり、診療所へと向かう。鍵《かぎ》のかかるキャビネットのひとつを開いた。

「死体所見の記録を取りました。全部の傷の写真を撮ってあります。全身のレントゲンと、歯顎《しがく》のパノラマ——」

泰田が抽斗《ひきだし》の中から取り出したのは、分厚い書類封筒だった。机の上に中のものを広げる。夥《おびただ》しい量の写真が出てきて小山を作った。

「きっとこれは」と、泰田は言った。「あなたに渡すべきなんでしょう」

3

写真を手に取り、そこに写ったものを検めて、式部は呻《うめ》いた。死体の全身像、焼け爛《ただ》れた頭部の写真、あるいは現場の様子、個々の傷の様子。あまりにも凄惨《せいさん》だったが、それ以前に、一人の人間が単なる物体としてそこに定着され残されていることが、耐え難いほど無惨《むざん》なことに思われた。

「被害者は二十代から三十代にかけての女性で、出産経験はないと思われます。血液型はA型、右大腿部から腰にかけて古い縫合痕がありますが、それ以外にこれといった身体的な特徴はありません。——羽瀬川さんの血液型は？」

「覚えていません。A型だと聞いたことがあったような気もしますが」

泰田は何に対してか、ひとつ頷いた。

「全身に大小合わせて四十箇所以上の傷がみられました。僕は専門家でないので断言はできませんが、たぶん全《すべ》てが生前の傷だと思います。しかも、そのうちの何箇所かは、致命傷になっても不思議はないような傷でした。局部は滅多突きにされていたので、被害者が性的な暴行を受けたのかどうかは判別がつきません」

式部はスタンドの明かりの中で妙に滑《ぬめ》って光る写真の表を呆然《ぼうぜん》と見下ろした。

「……死因は」

式部が問うと、泰田は首を横に振った。

「よく分からないんです。何しろ、僕が勝手に解剖するわけにもいきませんでしたから。ただ――」

と、泰田は言って、一枚の写真を探し出した。

「これは被害者の口腔《こうこう》内部の写真です。御覧のように口蓋《こうがい》の奥に水疱《すいほう》や粘膜剝離《はくり》が見られます。しかもそれが、上気道のほうまで達しているようでした。これは火焔《かえん》を吸い込んだせいなんです」

「じゃあ……」と、式部は言いかけ、言葉を呑《の》み込んだ。「葛木は」と言いたかったが、それを言葉にすることを身体《からだ》が拒《こば》んだ。ようようのことで、

「……彼女は火を点《つ》けられたとき、生きていたと」

「でしょう。意識があったかどうかは分かりませんが、まだ生存していたことは確実です。どうやら犯人はガソリンを撒《ま》いて火を点けたようですが、その煤《すす》が、やはり口腔の

奥のほうにまで付着していました。とはいえ、腹部の傷のひとつは腹膜を裂いて小腸に達していましたし、出血もひどかったと思われます。直接の死因はそのうちのどれなのか、僕では特定できません。複数の死因が共存する場合、生命維持に重要な臓器に関係するものを優先することになってます。その原則に従って言うなら、火焔による火傷死《かしょうし》ということになるんだと思います」

「犯人は彼女を吊《つる》し、四十箇所以上の傷を負わせたうえ、火を点けた……？」

泰田は首を傾《かし》げた。

「現場に残された血痕から考えると、ほとんどの傷は吊される前――どこか別の場所でつけられたものじゃないでしょうか。なにしろ深手がたくさんありました。死体発見現場で受傷したのなら、あの程度の血痕で済むはずがありませんから」

「ああ……だから、廃屋に」

「羽瀬川家に血痕が残っていたんですよね。だったら、そこが犯行現場だったんじゃないのかな。死体が発見されたのは、抜け道がすぐ傍を通っていて人目につきやすい場所ですし。いくら嵐《あらし》の夜とはいえ、あんな場所で、あれだけの犯行に及んだとは思えません。どこか人目につかない安全な場所で犯行を行ない、最後に被害者を神社に連れてきて吊し、止《とど》めを刺した、と考えたほうが自然なんじゃないかな」

確かに、と頷きながら、式部は苛立《いらだ》たしさのようなものを感じる。泰田の冷静な口調が腹立たしかった。目の前に小山を作っているこの写真もそうだ。まるで物のよう、それには葛木という存在にまつわる、一切のものが欠落している。——だが、その怒りを泰田に向けるのは不当だろう。泰田にとって、葛木は犠牲者であり遺体でしかない。そう、泰田は葛木を知らない。泰田が——この島の者たちが知っているのは、葛木が切り捨てたはずの過去の中に住む「羽瀬川志保」だけなのだ。

「……大丈夫ですか？」

泰田に問われ、式部は顔を上げた。善良そうな泰田の顔には気遣う色が浮かんでいる。

「大丈夫です。続きをどうぞ」

「ああ、……ええ。ですから、主たる現場はむしろ廃屋だったと。ただ、どうやって人間一人、人目につかず運んできたのか、という点が疑問なんですけど……」

「羽瀬川家の地所の下が御岳《おたけ》神社のようでした。地所のすぐ下から森がずっと下っていて、その先に拝殿が見えましたから」

「なるほど。地所から斜面に降ろして、森の中を引きずっていったんだな。そうすれば確かに人目につかない」

「つまり、犯人は廃屋に彼女を連れ込み、そこで殺害に及んだ、ということですよね？そして死体を神社に運んだ。そこで磔《はりつけ》にしたのだけど、彼女……志保にはまだ息があった——」

「それは、どうでしょう」と、泰田は言って、別の写真を示した。「頭部に何箇所か、太い棒か何かによるものと思われる打撲傷が見られました。ただし、どれもさほどに深い傷ではないです。しかも、両手首にはロープで拘束されていたと思われる痕跡《こんせき》があります。つまり犯人は被害者の頭を棒で殴り、抵抗不能にしてから手足を縛って拘束した、ということなんだと思うんです。その上で、かなりの刃渡りがある刃物を握って四十数箇所の傷を負わせた。けれども、犯人は棒のような鈍器を持っていたわけですよね。単純に殺害するだけなら、これで一気に決着をつけてしまえばいい。なのに犯人は、わざわざ凶器を持ち換えています。しかも、こっちの写真――」と、泰田は白い掌《てのひら》を撮《うつ》した写真を示す。「これを見て欲しいんですけど、掌と指に一文字の傷が入っていますよね。これは防御創《そう》だと思うんです。犯人が刃物を振り上げてきたのを、掌で押し戻そうとした――つまり、被害者には意識があったということですよね」

「……それは、どういう」

意味を取りかねて式部が問うと、泰田は、

「鈍器で殴られた時点で、被害者が意識を失ったのかどうかは分かりませんが、少なくとも抵抗しづらい状態に陥《おちい》ったことは確かでしょう。だったら犯人はそのまま撲殺することができたはずです。なのにそれをしないで、犯人は手間をかけて被害者を拘束しているわけです。そしてわざわざ凶器を持ち換えて、これだけの数の傷を負わせた。その間に被害者は明瞭《めいりょう》な意識を取り戻して抵抗をする。なのにひと思いに急所を刺すようなことも、犯人はしていない、ということなんです。これを考えると、犯人の目的は被害者を殺すことにはなかったように見えます。最終的には殺すつもりだったのでしょうが、殺すよりもまず切り刻みたかった、ということなんじゃないでしょうか。

犯人はよほど羽瀬川さんが憎かったのか、それとも、そういう異常な嗜好《しこう》があったのか。あるいはこれは拷問《ごうもん》だったのかもしれません。いずれにしても、廃屋に連れ込んで殺した、と言うより、切り刻んだと言ったほうが正確なんだと思います。

そうして、犯人はさんざん切り刻んだ被害者を廃屋から連れ出し、神社に連れて行った。この時点でまだ被害者に息があったことは確実です。しかし、全ての傷が廃屋でつけられたものなら、そこまで保《も》ったかどうかは疑問だと思うんです。傷のうちのいくつか――致命傷に近いものは、廃屋ではなくあの現場でつけられたんじゃないでしょうか」

「虐《しいた》げるために廃屋へ連れ込み、殺すために神社で吊した……」

「おそらくは」

酷《ひど》いことをする、と式部は吐き気がする思いだった。

「彼女が殺されたのは、いつ頃のことでしょう？」

「それが、はっきりしないんです」と、泰田は困ったように眉根《まゆね》を寄せた。「胃の中はほとんど空《から》のようでしたが、これは確かなこととは言えません。しかも僕では、肝心の夕食を何時に食べたのか、そもそも食べていたのかどうかすら分かりませんし、ここからは何とも言えません。死斑《しはん》は出血がひどかったせいか薄かったし、その後、何度も死体の姿勢を変えていますから、ほとんど参考にならないです。角膜は焼失しているので、混濁の状態は分かりません。硬直は発見当時、発現し始めたところのようでした。――死後硬直は普通、死後二、三時間で発現して四時間から七時間で完成すると言われています。そこからすると、死後二、三時間ですから、死亡したのは深夜十二時前後ということになるのでしょうが、なにしろあの夜はひどい嵐で、しかも着衣がなくて濡《ぬ》れていたわけです。言わば一種の低温状態に置かれていたことになるわけで、なのでひょっとしたら、もっと以前に死亡していたのかもしれません。逆に、生前にあれだけの傷を受けていたわけだし、それが硬直を早めたのかもしれません。どう判断したらいいのか、僕では判断がつかないんです」

「法医学の専門家ではないわけですから……」

そうなんですよね、と泰田は溜息《ためいき》をついた。

「学校で一通り習っただけなので。この資料を専門家に見せてもらえれば、羽瀬川さんが亡《な》くなったのが何時頃のことなのか、かなり絞り込めるのかもしれないですけど。残念ながら僕に言えるのは、死体が発見された午前三時以前——火が自然鎮火していたことを考えると、それよりもかなり以前であることは確実だ、ということだけなんです」

式部は黙って頷き、そして少しの間、沈黙した。迷った末に、どうしても確認しないではいられなくて、その問いを口に上らせた。

「先生は、確かに死体が葛木——羽瀬川志保のものだったと思いますか」

さあ、と泰田は労《いたわ》るような声を上げた。

「僕では何とも言えません」

「容貌《ようぼう》が全く変わっていますよね？」

式部が視線を落としている顔写真のどこにも、式部が知る葛木の容貌は残っていなかった。

「ひどく焼けてますからね。そればかりじゃなく、生前に顔を傷つけられてもいたようです。少なくとも、鼻梁《びりよう》と片方の瞼《まぶた》、下唇は欠損してました。……そんな状態ですし、そもそも僕は羽瀬川志保さんを知りません。ですから、僕には被害者が本当に羽瀬川さんだったのかどうか、判断する方法がないです。彼女の恋人か家族なら、体つきから分かるかもしれないですけど……そういう人は」

式部は首を横に振った。

「ただ、ここに歯のパノラマがあります。週に一度、巡回の歯科医が来るんで、機材だけはあったんで。口腔の写真もありますから、歯科医の記録と突き合わせることができるはずです。全身のレントゲンも撮ってあります。過去に骨折などがあれば、治療記録と突き合わせることができるんでしょうが、それはないみたいでした。あとは、両手両足の指紋を取ってあります」

泰田は紙を示した。そこには黒いインクで、片手分の手形と、その下に五指の指紋が写されている。転写の状態は良好で、釘《くぎ》の痕《あと》は勿論《もちろん》、掌と三指に泰田が防御創と言った細い傷が入っているのまでが見て取れた。

「これを突き合わせれば確実なことが分かります。年寄りは傷跡がどうこう、と言ってましたけど、僕はどうも島の連中が言うことを鵜呑《うの》みにする気にはなれないんで」

式部は同意した。

「犯人の遺留品のようなものは？」

式部が問うと、泰田は首を横に振った。

「犯人を特定できるようなものは発見されていません。ただ、死体を吊すために使った道具は、近辺に放り出してありました。ロープを枝に掛けるために使った梯子《はしご》、磔にするための釘、それを打ち込むための金槌《かなづち》、火を点けるためのガソリンを入れたポリタンク——そういうものですね。けれども、どれも島の方々にあったのを掻《か》き集めたものらしいんです」

言って泰田は、険しい顔をした。

「遺体に残された傷を見れば、犯人は異常者のように思えます。あの日、たまたま羽瀬川さんを見掛けた犯人が、悪心を起こして衝動的に彼女を廃屋に引きずり込んだ——。けれども、問題はポリタンクです。これはうちの近所にある消防団の詰め所から盗まれたものなんですよ。と言っても、誰でも簡単に持ち出せるような場所に置いてあったわけですが。台風がもろにこの近辺を通過する、と分かってから消防団の主だった人たちが集まって、その時に消えているのに気づいたんだそうです。僕の所にもガソリンを知らないかと人が来て尋ねて行ったんですけどね、これは七時頃のことなんです。てことは、少なくとも羽瀬川さんが殺された後に盗まれたわけじゃない。いくらなんでも七時に殺されたってことはないです。だったらもっと死後硬直が進んでいるはずなんで」

「と言うことは、犯人は事前に犯行の準備をしていた……?」

「だと思います。するとこれは、突発的な犯行なんかじゃないです」

式部は頷《うなず》いた。——明らかに計画的な犯行だったのだ。何者かが葛木に対して殺意を抱き、計画的に殺害した。犯人が何者なのかは分からないが、少なくとも島の者であることは確実だろう。この日は台風が来ていたのだから。渡船は止まる可能性が高かった。犯人はそれを予想できた。余所者《よそもの》なら犯行を思い留まっただろう。実際のところ、島を出る渡船は三時半の便から欠航している。二時にフェリーが島を出て以降、誰も島から抜け出すことはできなかったのだ。

——この島の誰かが、葛木を殺した。

俯《うつむ》く式部を余所に、泰田は続ける。

「遺留品らしきもので発見されたのは、それくらいです。とりあえず、僕が知っている限りでは、凶器も被害者の着衣も発見されていません。ただ、現場の近くに足跡が残っていました」

式部は顔を上げた。

「犯人の？」

「残念ながら違います。多分犯人の足跡も現場には残っていたのでしょうが、発見者と僕と、後から駆けつけた連中が、現場をさんざん踏み荒らしちゃいましたから。ただ、その中にちょっと他とは明らかに違う足跡があったんです。サイズから言っても形から言っても、女物の靴の痕でした」

「女物の……」

「死体を降ろすというんで、人が右往左往《うおうさおう》しているときに気づいたんです。それまではとにかく暗くて、とても足跡を見つけられるような状態じゃなかったんですが、死体を降ろすのに照明を持ってきて、そのおかげで見つけられたんです。とは言え、なにしろ人が沢山いたし、そこらじゅう、その連中の足跡だらけでした。だから、どこから来てどこに行ったのかは分からなかったのですけど、いくつか、はっきりと見て取れる足跡があったんです。周囲に人がいたので、ちょっと写真には撮れませんでしたが、後で現場写真を検《あらた》めてみたら、死体の周囲に写り込んでいました」

言って、泰田は写真を探し出した。それは死体の磔になった手を写したものだったが、確かにそのすぐ脇《わき》に靴痕が残っていた。長靴のようなゴム底のものではない。刻みも何もないフラットな靴底の痕だった。それは焼け跡にかかっている。明らかに、死体に火が点《つ》けられた後についたものだ。

「他にももう何枚か、写っているのがあります。それを見ると、血痕や焼け跡を踏みにじっていますから、その足跡がつけられたのは、死体が吊《つる》されて火を点けられた後だってことは確実です。そして、少なくとも僕が到着する以前」

「誰か現場に近づいた女がいたと？」

「ええ。そういうことだと思うんですが。ただ、死体を見た女性がいる、という噂《うわさ》は聞きません。島の者があの嵐《あらし》の中、ああいう靴で出歩くこともちょっと考えられないので、僕は永崎麻理のものだろうと思うんですが」

「犠牲者のもの――ということは？」

「ないと思います。たとえ犯人が支えたにしても、あの怪我《けが》では、自分で歩いて現場に来ることはできなかったと思います」

それは確かにそうだろう、と式部は思う。では現場に残された足跡は何を意味するのだろうか？

「……あと、矢が」

式部は目線を上げ、泰田の顔を見返した。

「──矢？」

「ええ。死体が発見されて──その夜明け前ぐらいだったかな。高藤さんが持ってきたんです。なんでも、お社《やしろ》──神霊《じんりよう》神社で見つかったらしいんですけど」

泰田は思い返す。それは白羽の矢で、どうやらごく普通の破魔矢《はまや》を細工したもののようだった。白の矢羽根には血痕がついており、軸には血のついた軍手か何かの痕跡が残っていた。そればかりではなく、矢からはガソリン臭がした。犯人が残したものだ、と泰田は直感した。

高藤は、矢羽根に残された血痕が、人のものか、人のものだとすれば羽瀬川志保のものなのかを知りたい、と言った。泰田は抗体検査と顕微鏡検査を行ない、それは人血で、死体と同じくA型のものであると結論づけて、高藤にそう答えを返した。

「その矢は、今は？」

泰田は首を振った。

「高藤さんがそのまま持っていきました。写真を撮る暇もなくて」

「死体に矢傷はありましたか？」

「いいえ」

「じゃあ、その矢は事件とどういう関係があるんでしょう？」

「分かりません。僕もそう、高藤さんに訊《き》いたんですが、睨《にら》まれただけで答えてはもらえなかったんです。ただ、やっぱり高藤さんは心得てる感じがしました」

心得ている、と式部は口の中で繰り返した。

——羽瀬川志保と永崎麻理、二人は神領家の客だった。その客の一方が死に、一方が消えた。だからと言って、単純にそれだけのことなら、神領家が強権を発動して事件を揉《も》み消す必要などあるまい。何かそれ以上の理由があるのだ。確かに泰田の言う通り、神領家は何が起こったのか、犯人は誰なのか、心得ているようにも思える。あるいは犯人は、神領家の関係者ではないのか。だからこそ、島ぐるみで事件を隠蔽《いんぺい》しようとしている……。

——しかしながら、だとしたら、なぜ高藤は矢をわざわざ泰田のところに持ってくる必要があったのだろうか。それが犯人の残したものなのか、事件に関係したものなのか、確認したがっているようにも見えるが、それはいったいなぜなのだろう？

4

式部が宿に戻ると、大江はいつものように所在なげに帳場でテレビを見ていた。式部が戻った物音を聞きつけて顔を上げ、強張《こわば》った表情で「お帰りなさい」と言う。

「ずいぶん遅かったんですね」と、大江は作ったような笑みを浮かべ、「何か収穫がありましたか」と訊いた。

ええ、と式部が答えると、大江はぎょっとしたように目を剝《む》いた。

「そうですか。……そりゃあ良かった」大江は言って、「しかし、残念ですな、それは。せっかく収穫があっても、明日には帰らないといけないんじゃあ」

式部はこれには答えなかった。カウンターに歩み寄り、ビニール袋をもらえないか頼む。大江は怪訝《けげん》そうにしながら頷き、背後の戸口に声を掛けた。開け放した板戸の向こうは茶の間のようで、細君の博美《ひろみ》がすぐに顔を出し、大江に言われてビニール袋を持ってきた。

「これでいいですかね」と、博美がビニール袋をかざす。

「ええ。済みませんが、二枚、いただけると」

博美が頷いて取り出したそれは、帳場にいる大江の手を経て式部に差し出された。

「ありがとうございます」

式部は言って、一枚を畳む。それを手帳ともども、もう一枚のビニール袋の中に収めた。そうしながら、

「大江さん、明日からいらっしゃるお客さんですがね、それ、どういう方ですか」

大江は式部の手許《てもと》を不審そうに見ながら、

「それは……そういうことは、教えるわけには」

「そうですか？　じゃあ、表で到着するのを待っていようかな。大江さんの言う通りなんですよ。せっかく収穫があったのに、島にいられないのじゃ困る。相部屋でもいいから御一緒させてくれないか、頼んでみようと思いましてね」

「そりゃあ無理だよ」と、大江はむっとしたように言った。「駄目だ。うちはそういう泊め方はしないんだ」

「そうですか？」

言って、式部はビニールに包んだ手帳を懐《ふところ》に仕舞う。カウンターに手を置いて、軽く身を乗り出した。

「もうひとつ、お願いがあるんですが」

何だね、と大江は僅《わず》かに怖《お》じけたように見えた。

「宿帳を見せていただきたいんです」

式部が宿泊した初日、書き込んだ宿帳は真新しいものだった。一頁《ページ》目の最初の欄に式部は記帳したのだった。

「私の書いたやつではありません。私が来る以前まで使っていたやつです」

さっと大江の顔に朱が昇った。

「あんた、何を言ってるんですか。そんなもの、見せられるわけがないでしょう」

「なぜです？」

「なぜって――その、プライバシーってやつだよ。客のプライバシーは守らんといかん」

「客のプライバシーは覗《のぞ》いても？」

大江の顔がさらに紅潮した。厚い胸板を反《そ》らせ、威圧するように式部を睨む。

「何の話だね」

式部は薄く笑って大江の顔を覗き込む。

「大江さん――あるいは、奥さんでもいいのですけど。あなた方、私の荷物を検《あらた》めるとき、ちゃんと手袋をしてましたか」

大江が目を見開いた。式部は上着の懐を押さえてみせる。

「手帳には誰かが検めた痕があった。おそらく、犯人の指紋が残っているでしょうね」

大江が口を開ける。今になってようやく、ビニール袋の意味に気づいたのに違いない。

首を傾けて見守っていた博美が、戸口で棒立ちになった。博美の背後から、何事か、という顔で老女と十五、六の少年が一人顔を出していた。

「手帳には現金が挟んであった、というのは、どうです？」

「あんた――」

「それが消えていた、と。額面はどれくらいにしておきましょう？　カードの類《たぐい》も抜かれていたことにしましょうか」

大江は絶句した。顔からは一転して血の気が引いていた。

「まあ、窃盗自体は大した罪にはなりませんが。しかし、以前泊まっていた客が消えた、という事実があればどうでしょうね。しかも、そのうちの一人が殺されていたのじゃ、少し拙《まず》くありませんか」

「あんた……何を」

「羽瀬川志保は、殺されたんだ」言って式部は、ポケットから一枚の写真を引き出した。

「……これが証拠です」

大江が写真に目を留めて呻《うめ》いた。その声に打たれたように、博美が顔を背《そむ》けた。大江は恐《こわ》いものを見るようにして式部を仰《あお》ぐ。

「……あんた、わしらにどうしろと言うんだね」

「宿帳を見せてください」

「駄目だ。それは、できん」

　そうですか、と式部は背後、ロビーの片隅にある公衆電話に目をやった。踵《きびす》を返しかけたとき、大江が声を張り上げた。

「できないんだ、本当に。もうない。……処分したんだ」

　式部は大江を振り返ったが、一瞥《いちべつ》しただけで足は止めなかった。

「本当だよ」と、若い張りのある声がその背を追いかけてきた。

　式部は足を止める。カウンターに大江の息子が出てきていた。昌也《まさや》、と大江が狼狽《ろうばい》したような、咎《とが》めるような声を上げた。

「ないっていうのは本当。処分しろって親父《おやじ》に言われて、俺が焼いたから、確か」

　大江昌也は、緊張した顔つきで、式部をまっすぐに見ていた。

「……二人の荷物は？」

「ないよ。人が来て持って行ったから。どうなったかは知らない」

「そう」と、式部は息を吐き、足を階段のほうへと向けた。「ありがとう」

　二人のいた痕跡《こんせき》は、徹底して拭《ぬぐ》い去られているのだ、と式部は部屋に戻って思う。荷物を持って行ったのは神領家の者に違いあるまい。おそらくは処分されたのだろう。

――問題は、なぜ神領家がそんなことを行なったのか、ということだった。

考え込んでいると、部屋の襖《ふすま》を叩《たた》く音がした。振り返ると、昌也が膳《ぜん》を抱えて入ってきた。式部は微《かす》かに苦笑する。

「夕飯にありつけるとは思わなかった」

昌也は肩を竦《すく》めた。

「もう支度してあったからね」

「お父さんとお母さんは」

「夫婦喧嘩《げんか》の真っ最中。……母さんは、最初から反対してたから」

「反対？」

膳の上のものを座卓に並べながら、昌也は頷《うなず》く。

「警察に届けないで、お客がいなかったふりをするの。そんなことして、大事《おおごと》になったらどうするんだって、ずっと反対してたんだよ」

「客の一人が死んだことを、君は知ってたのか？」

「知らない奴《やつ》なんかいないよ。大騒ぎだったんだから。なのに警察にも届けないで、荷物だってどっかへやっちゃうし。母さんは猛反対だったし、俺もどうかと思ったんだよな。でも、父さんも婆《ばあ》ちゃんも、仕方ないの一点張りで」

「神領さんの命令だから？」

「命令があったかどうかは知らないけどね。うちに来て親父と話し込んでたのも番頭さんだったから」

「番頭さん？」

昌也は腰を落ち着けて、首を頷かせた。

「神領さんのとこの使用人。高藤孝次《たかとうこうじ》さんって小父《おじ》さん。みんなは番頭さんって言ってる。——俺も母さんも、この島の生まれじゃないから分からないんだよな。何だって、他人の言いなりにこんなやばいことするのか。まあ、単に言うなってだけのことなら、黙ってれば済むことなんだけど。でも、式部さんだっけ？　——お客さんが来ただろ。それでお袋、すっかり狼狽《うろた》えてたんだよ。言わんこっちゃない、人殺しがなかったことになるはずがない、やっぱり調べに来たじゃないか、って」

「……なるほど」

「本当は警察の人なんじゃないか、とか。……どうなの」

いや、と式部は首を横に振った。

「そのうえ、式部さんの荷物を漁《あさ》ってさ。番頭さんにそう言われたらしいんだけど。それじゃ泥棒だ、とか言って大喧嘩だったたんだ。俺も、いくら何でもそれは拙いだろ、って思ったんだよな」

「……そう」

「式部さん、親父のこと、訴えるの」

昌也の口調は、この年代に特有の素っ気ないものだったが、口調に反して表情には不安げな色が明らかだった。

「……多分」

「多分？　自分のことだろ」

「自分のことじゃない。これは葛木のことだ」

昌也は理解しかねるように首を傾《かし》げる。

「葛木は、殺されたんだ」

しかも——と、式部は言葉を呑《の》む。あんな惨《むご》たらしい姿にされて。

「人ひとりの命が失われて、それがこのまま闇《やみ》に葬《ほうむ》られていいはずがないだろう。犯罪は裁かれなければならないし、犯人には罪に応じた罰が必要だ。そのためには、事件を公《おおやけ》にしなければならない」

あえて大江を訴えたいとは思わないが、事件が公のものになれば、少なくとも大江が事件を隠蔽したことは明るみに出る。

昌也はじっと式部を見る。

「式部さんは、その葛木って人を捜しに来たんだよね」

そう、と式部は頷いた。

「それって、誰かに頼まれたから？　それとも自分が捜したかったから？」

「両方だろう。自分の意思でもあるが、私は葛木自身から、万が一のことがあった時には、捜してくれと頼まれたんだ」

——少なくとも、そう信じている。

「じゃあ、もういいじゃないか。行方は分かったわけだから。親父のことは見逃してやってくれよ」

式部は昌也を見返した。少年は真剣な表情で式部を見ている。そう——確かに、葛木の消息は分かってしまったのだ。

「……だが、誰かが葛木を殺したんだ」

「だからって事件を穿《ほじく》り返しても、死んだ人が生きて戻るわけじゃないだろ」

「そういう問題じゃない！」

式部が声を荒らげると、昌也は竦んだように肩を窄《すぼ》めた。

「確かに、犯人を罰したところで、葛木が戻ってくるわけじゃない。犯人が逮捕されようとされまいと、そんなことは葛木にとっても、もう何の意味もないことなんだろう。だからと言って、このまま放置できると思うのか！」

立派な仕事をしていた、と思う。少なくとも、式部は葛木の仕事に敬意を抱いていたし、それだけの結果を出す彼女の姿勢、眼差《まなざ》しにも敬意を抱いていた。ふっと、葛木の部屋で見た書きかけの原稿が脳裏を過《よぎ》った。あれが完成することはもうないのだ。完成されるべきだった、それだけの値打ちのある原稿だったと、取材を手伝った式部は思っている。有象無象《うぞうむぞう》が寄って集《たか》って本にした特異な少年犯罪だったが、誰も葛木が捉《とら》えていたようには、その事件を捉えてはいなかった。彼女が書こうとしていた原稿には意味があった。彼女が生きていること自体に、意味があったのだ。

「私は葛木を殺した犯人を捜す。その過程で、君の父親を訴える必要があるなら、そうすると思う」

「でも、葛木さんは被害者なんかじゃない」

式部は驚いて昌也を見返した。

「加害者なんだ。葛木さんは神領さんとこの英明《ひであき》さんを殺した。だから、罰《ばち》が当たったんだよ」

式部は瞬《また》いた。診療所の看護婦がそんな話をしていなかったか。確か、神領家の誰かが殺された、と。

「人殺しが死刑になったってことだろ。犯人は見つかって罰を受けたんだよ。だから、もういいじゃないか！」

5

事件は七月十二日に起こった。その日の昼過ぎ、本土の港に若い男の水死体が浮いているのが発見されたのである。

死体はすぐさま引き上げられ、港の関係者によって神領家の次男、神領英明だと確認された。英明は二十三歳、熊本県の大学を卒業したばかりで、実家に戻ってきて地元の水産加工会社の顧問に納まっていた。

神領英明は死体発見の四日前、七月八日に、午前十一時の渡船で島を出ている。本土に到着した船から下船したところを覚えている者はいなかったが、神領家はフェリー乗り場に隣接する駐車場の一郭に専用の駐車スペースを持っており、そこにあった英明の車が消えているのを、数人が記憶していた。その後の足取りは判然としないが、英明の車はその日のうちに駐車場に戻されていた。仕事を終えて港から帰る職員が、所定の駐車スペースに戻されていた英明の車を目撃している。

だが、その日、英明は帰宅しなかった。渡船の最終便に乗り遅れて本土で一泊することは珍しいことではなかったので、家人もこれを不審には思わなかった。翌日、九日の夜になっても英明が帰宅せず、連絡もないところから、やっと家人が騒ぎ出し、十日になって警察に届けが出されたのだった。

十二日になって発見された英明の死体は損傷がひどかったが、これは漂流するうちに船舶のスクリューに巻き込まれたものらしかった。死亡推定時刻は八日深夜から九日の早朝にかけて。死因は溺死《できし》だったが、あちこちに生前のものと思われる打撲傷や擦過傷が多数、残っていた。

「――最初は事故だろう、って話だったんですわ」

大江は俯《うつむ》いた膝《ひざ》の間に言葉を落とした。二階の客室、座卓の向こうには式部が、隣には大江を励ますようにして息子の昌也が控えていた。

「船を待つ間に近辺をぶらぶらしていて、海に落ちたんだろうかってね。あちこちに怪《け》我《が》があったのも、その時にできたんだろうと。別に根拠があるわけじゃない、そのほうが人殺しってのより、ありそうなことだからね。ただ、警察はどっちとも言えないってんで、何度か島にまで聞き込みに来ました」

「だが、殺人だった？」

式部に問われ、大江は大きく息を吐く。

「私にゃ分かりません。新聞には続報もなかったしね。ただ、神領の旦那《だんな》は殺されたって言い張って、躍起《やっき》になって警察の尻《しり》を叩いてるって噂《うわさ》を聞きましたけどね。でもまあ、そうそう詳しい事情が耳に入るわけでもないんで」

「そう……それで？」

「それだけですよ」と、大江は頭を振った。「私も正直言って、それきり忘れてました。何かの弾みで、あれはどうなったんだろうな、って話題になることもありましたが、愉快な話でもねえし、迂闊《うかつ》なことを言うと旦那に睨《にら》まれちまいますから。——そしたら、あの二人連れが来たんですよ」

十月一日、夜になって二人は大江荘にやってきた。飛び込みの客は珍しい。時たま、それこそ台風などで戻りのフェリーが欠航したときに、本土から来た業者が泊めてくれと言って逃げ込んでくる程度だった。

「嫌な感じがしたんだ、最初っから。とにかく口数が少なくてね。憔悴《しょうすい》してるというのか、疲れきってるという感じだったな。むっつり黙り込んで、暗くて」

夕飯も朝食もいらない、泊まりだけでいい、という話だった。来た当初は、とりあえず一泊と言っていた。ろくに口もきかずに客間に入って、翌日は荷物を残して朝から出掛けていった。

「どういう客なんだろう、と思ってたんだよ。どう考えても旅行客というふうじゃねえし、そもそも旅行客なんざ、滅多にあるもんじゃない。そしたら、翌日かね、噂を聞いて。どうも神領さんとこの客らしいって」

ならば神領家に泊まれば良かろうに、と思ったことを大江は覚えている。おそらくは神領家を訪ねて来た、というより、神領家に呼びつけられて来たのだな、と思った。二人の宿を出ていく様子が、いかにも苦役《くえき》に向かう、というふうだったからだ。その後に、二人は島の出身者だと聞いたが、大江自身は長く島を離れていたせいもあって、二人の顔にも名前にも記憶がなかった。

「二泊というか、三泊というか——したわけだが、ほとんど話はしてないね。とにかく構ってほしくないふうに見えたし、飯も出してなかったから。だからもう、無駄口といったら、行ってらっしゃい、お帰りなさい、それくらいでね。実際のところ、式部さんが来るまで、どっちがどっちか分からないような按配《あんばい》だったんだ」

そして問題の三日夜、二人はいつもよりも多少、早い時間に戻ってきた。

「いつもは九時とか十時になるんだが、その日は七時頃に戻ってきたよ。台風が来てたせいじゃないかね。午後から、えらい風が吹き出したから」

そしてその夜、電話があった。

「——電話?」

「うん。永崎麻理って客がいるはずだが、代わってくれって言ってね。嫌な感じの電話だったよ。こう……陰気な小声でぼそぼそ喋《しゃべ》るんだ。えらく聞き取りにくくてね」

客室には電話を置いていない。大江は帳場に掛かってきた電話を保留にして、二階へと麻理を呼びにいった。

「ところが片方は風呂《ふろ》に入ってるところでね。部屋に残ってたのが、式部さんの捜してたほう――葛木さんですよ」

麻理さんに電話なんだが、と言うと、葛木は怪訝《けげん》そうに眉《まゆ》を顰《ひそ》めた。電話の相手は誰だ、と問うので、分からない、名乗らなかった、と大江は答えた。そのとき、大江はそれがどちらなのか分からなかったので、どうしますか、と訊《き》いたのだが、葛木は立ち上がって部屋を出てきた。

葛木は帳場の電話を取った。大江は別段、聞き耳を立てていたわけではないので、何を喋っていたのかは分からない。ただ、二言三言喋って、今は風呂に入っているから折り返し掛け直す、と言っていたのは小耳に挟んだ。葛木は受話器を耳に当てたまま、何か書くものを、という仕草をしてみせ、大江は察してメモ帳とペンを差し出したのだが、結局電話の相手はメモすべきことを言わなかったらしい。メモ帳は使用されないまま、大江に押し戻された。

「聞き取りにくそうに、何度も聞き直していたよ。覚えてるのは、それくらいかな。葛木さんは電話を切って、二階へ上がっていった。それから少しして――八時前だったかね、そのくらいにまた電話が掛かってきたんだよ」

相手の声を聞いた瞬間、大江はさっきの奴《やつ》だ、と理解した。陰気な聞き取りにくい小声だったからだ。無理に声を作っているのじゃないか、という気がした。電話の向こうで強い風の音がしており、それが大江の耳に届いている戸外の音と同じ調子だったからだ。これは島の中から掛けられた電話ではないのか、ならば電話の主は島の誰かのはずだが、こんな声、こんな喋り方をする人間を思い出せなかった。全《すべ》ての人間の声を知るわけではないが、あえて声が分からないようにしているのだ、という気がしてならなかった。

薄気味悪く思う大江の心中には構わず、相手は低い小声で永崎麻理さんを、と言った。風呂から上がるのを待って掛け直すことにしたのだな、と思いながら、大江は二階に行った。客室の外から声を掛けると、すぐさま葛木の連れのほうが部屋を出てきた。その電話の内容は、やはり聞き耳を立てていたわけではないので、分からない。ただ、大して会話をしているようではなかったと思う。

「電話を切って上に戻ったと思ったら、着替えて降りてきたんです。出掛けようとするんで、止めたんだ。台風が来てるから、やめたほうがいいって。なのに、すぐに戻るからって言って、出て行った。やっぱり八時にゃなってなかったと思う」

「どこに行くか、言っていましたか？」

「いや。すーっと出て行って、それきり。だんだん風は強くなるし、なんだか心配でね。そしたら九時過ぎかね、その頃になって葛木さんが心配して降りてきたんですよ」

葛木はしばらくロビーで外の様子を窺《うかが》っていた。何度か表に出ては、戻ることを繰り返していたが、いよいよ心配で我慢できなくなったのだろう、捜しに行く、と言い出した。

「風は強まるばっかりだったし、いくら何でも無茶だと思ってね。きっとどこかで軒を借りてるんだろう、とか何とか言って宥《なだ》めたんですよ。あの日は港に警察の船も入っていたし、あんまり戻りが遅いようなら、漁協で無線を借りて連絡をしてやるから、だからもう少し様子を見ようって。葛木さんもそれで一旦《いったん》は納得したふうだったんだけどね。けども十一時近くになってからかな。やっぱり捜しに行くって言い出して。今度も俺は止めたんだが、もう聞く耳持たない感じでね」

大江は仕方なく懐中電灯と博美の合羽《かっぱ》を貸し、葛木を送り出した。雨はさほどの量でもなかったが、とにかく風が強くて、傘が役に立つような状態ではなかった。心配しながら闇《やみ》の中に消えていく葛木の背中を見送り、何気なくロビーの時計に目をやると、十一時を二、三分過ぎていた。

「俺が一緒に行けば良かったんだが」と、大江は俯いた。「なにしろここは、海の真横でしょう。うちには年寄りもいるんで、家を離れるのが心配でね。何のかんのと言っても昌也はまだ餓鬼《がき》で、頼りにするわけにもいかねえし。ああいう時には、島に閉じ込められた業者の連中なんかが泊まってたりするもんなんだが、あの日はそれもなかったからね。他に男手がありゃあ、葛木さんだけで出したりしなかったんだが。……とにかく、その辺りを一巡りしてくる、と言うんで、くれぐれも気をつけるように言って出したんです。そしたら、それきり――」

死体が見つかったという話が大江の耳に届いたのは、四日の四時かその辺りだったように記憶している。高藤圭吾がやってきて、客はいるか、と訊いた。大江は二人が戻って来ないことを訴えた。それでようやく大江は姿を消した客の一方の行方を知ったのだった。圭吾は二人の荷物を検《あらた》め、大江に口止めをして戻っていった。翌朝になって、父親のほう――高藤孝次がやってきて、二人の荷物を引き取り、大江に口を噤《つぐ》んでいるよう申し渡していったのだった。

「俺もさすがに、それはないんじゃないかと思ってね。そんな無茶な、と言ったんだが、そのときに番頭さんが、英明君の件を持ち出したんです」

「神領英明を殺したのは、葛木だと――?」

大江は肩を窄《すぼ》め、「そうはっきり言ったわけじゃないですけど」と口の中で唱えた。

「大江さんは、それを信じたんですか?」

「いや、それは」と、大江はさらに身を縮めた。「ただ、英明君が殺されたってんなら、犯人がどっかにいるんでしょう。それがその……葛木さんだってことなのかな、と……そう匂《にお》わされれば、疑う理由もないんで」

「あり得ない」

式部が吐き捨てると、大江は首を竦《すく》めた。

「俺は、葛木さんを知るわけじゃないんで。……二人の様子は変だったんですよ。いかにも嫌々来たって感じでね。神領さんに呼びつけられたってふうだったし、それと英明《ひであき》君が殺されたことを考え合わせると、どっちかが英明君の事件に関係があったのかな、と思ったんです。俺には分からない込み入った事情があったんだろう、と思うわけで……。しかも、番頭さんに言うな、と言われたら黙ってるしかないんで」

なるほど、と式部は皮肉な気分で呟《つぶや》いた。——因果応報というわけだ。

被害者は、被害者としての立場を失ってしまった。惨《むご》い事件の犠牲者ではなく、罪の報いを受けた加害者になったのだ。無論、それでも殺人であることに変わりはないのだが、これによって、殺人は殺人としての重大性を喪失してしまった。口を噤めと言われれば、穏和《おとな》しく口を塞《ふさ》いでいる。黙っていることに対する抵抗が希薄なのだ。

「だが、葛木は殺人など犯してない」

「しかし……」

言い差した大江を制し、式部は手帳を取り出して開いた。七月は葛木の取材が佳境に入っていた頃だ。頻繁に連絡を取っていたし、あちこちに同行もしている。七月のページを開くと、案の定、七月九日に「K、七時、寒川」という記録があった。式部はこの日、葛木に同行して神奈川県の寒川《さむかわ》に行っている。関係者のインタビューを取るためだったが、午前七時に葛木と会い、東京を出た。神領英明が殺害されたのは八日の深夜、もしも葛木がそれを行なったのなら、九日の朝、東京に戻ってくることはできないだろう。

式部は大江に手帳を示した。大江はぽかんとし、そして気まずそうに視線を逸《そ》らせた。

「葛木が、神領英明を殺すことはできないんだ」

五章

1

式部《しきぶ》は布団《ふとん》に腹這《はらば》い、時刻表を広げていた。

神領英明《じんりょうひであき》は七月八日に消息を絶った。警察の見解によれば死亡したのは八日深夜から九日早朝にかけて。しかしながら、九日の午前七時、葛木《かつらぎ》は自宅にいた。板橋のマンションまで式部が車で迎えに行ったのだから間違いない。そして——飛行機、鉄道、長距離バス、どれを考慮に入れても、八日の深夜に港周辺にいた者が九日の午前七時までに板橋に戻る手段は存在しなかった。デッドラインは午後七時。これ以前に港周辺をスタートしなければ間に合わない。

——葛木は神領英明殺しに無関係だ。

考え込んでいると、ドアをノックする音がした。式部は布団から身を起こした。カーペットを敷き詰めた洋間の六畳、家具と呼べるような家具はなく、布団が一組。部屋の隅には式部の荷物が無造作に放り出されている。

診療所の一室だった。夕刻、診療所を出る前に、宿を追い出されることになった、という話を泰田《やすだ》にしてあった。ならば自分が泊めよう、と泰田は言ってくれた。強く大江に懇願すれば大江荘に居坐《いすわ》ることができたのかもしれなかったが、写真や吸い殻の件を考えるとそれも不安だった。大江は、その心情はともかくも、神領家には抵抗できない。大江荘は神領家の所有地に建っている。事実、大江は宿を出ようとする式部を見て、安堵《あんど》したように頭を下げた。大江荘から荷物を提げて診療所に戻ったのは深夜、十二時近く、戻ってみると、泰田は寝ているのか姿が見えなかった。それで式部は、あらかじめ割り当ててもらっていた空き部屋に転がり込んでいたのだが。

どうぞ、と声を掛けると、果たして顔を出したのは泰田だった。まだ服のままで、寝ていた様子はない。むしろどこかに出掛けていたのか、髪にも上着にも埃《ほこり》を被《かぶ》った跡があった。

「行ってみましたよ、式部さん」

「行ってみた――どこへです？」

「廃屋です」

泰田は言った。式部は意表を突かれて泰田の顔を見返した。

「……あそこに行っていたんですか？　今まで？」

「少し前に戻ってきたんですけどね。式部さんは風呂《ふろ》を使ってるふうだったんで、声を掛ける前に診療所のほうに籠《こ》もっていました」

泰田は言い、部屋の中に入ってきて缶ビールを二本示した。

「確かに血痕《けっこん》が残っていました。量から考えて、あそこが犯行現場だったと見なしていいのじゃないでしょうか。念のために血痕から血液型を出してみましたが、死体と同じくA型です」

「もうひとつの血痕を御覧になりましたか？」

「見ました。座敷にあったほうでしょう？　あちらのほうも試料を取っては来たんですが、僕では血液型の特定はできませんでした。ただ、あの量はただごとじゃないです。襖《ふすま》に飛沫《しぶ》いた状態からすると、あれは動脈血じゃないかな。被害者は死亡してると思いますよ、ほぼ間違いなく」

式部には返答すべき言葉が見つからなかった。泰田が確認してくれたのは有り難かったが、よくぞ夜分にあの廃屋に行ってみる気になったものだ、という印象のほうが強かった。そこまで剛胆なようにも好奇心が旺盛《おうせい》なようにも見えない。神領家や島の者たちの圧力に屈して口を噤《つぐ》んでいたことを思えば、むしろ逆のタイプに見えるのだが。

怪訝《けげん》に思っている式部に気づいたのだろう、泰田は不安そうな顔つきになった。

「ひょっとして、余計なことでしたか？」

「いえ。そんなことは。——しかし、そんなに深入りしていいのですか？　協力してくださるのは有り難いのですが、神領さんの手前、拙《まず》くはないんでしょうか。こうして私を泊めていることにしても」

　泰田は肩を落として溜息《ためいき》をついた。

「拙いんでしょうねえ。でも、もういいんです。資料だって式部さんに渡しちゃったわけだし、何もかも今更ですから」

「しかし」

「どうせ僻地《へきち》派遣は二年で終わりです。来年の春には後期研修のために大学へ戻らないといけないし、神領さんに睨《にら》まれたところで、それまでの辛抱です」

　言って、泰田は含羞《はにか》んだように笑った。

——あるいは悔いなのかもしれない、と式部は思う。図らずも隠蔽《いんぺい》に協力してしまったことを悔いて、泰田なりにその償《つぐな》いをしようとしているのかも。

「それで、大江さんのほうはどうでした？　何か分かりましたか？」言ってから、泰田は慌《あわ》てたように手を振った。「あ、いや——余計なことだったら聞きませんけど」

　いいえ、と式部は答えた。

「どうせ、聞き込んできたことを整理しようと思っていたところです。聞いてもらえれば助かります」

「まず、事実関係を整理するのですが」

式部は居間のテーブルの上に手帳とノートを広げた。シャワーを使って埃を落としてきた泰田が殊勝な顔でノートを覗《のぞ》き込む。

「葛木が帰省すると言ったのは九月二十九日のことでした。翌三十日には羽田を発《た》って福岡に向かっています」

「福岡、なんですか？」

「少し遠回りになるわけですが、これは連れ——永崎麻理《ながさきまり》と合流するためだったと考えて間違いないでしょう。麻理は宿帳に福岡市内の住所を書き込んでいたようですから」

合流した二人は、さらに翌日の十月一日、島に渡り、神領家に向かう。二日、三日と朝から晩まで神領家に日参し、そして問題の三日夜、二人の姿は消えた。

「午後七時頃、二人は宿に戻った。その直後に永崎麻理宛《あて》の電話が入っています。このときには、麻理は風呂に入っていた。再度電話があったのが八時頃。この電話で呼び出されて、麻理は外に出たまま戻っていません。心配した葛木——志保《しほ》が麻理を捜しに大江荘を出たのが十一時頃」

「ということは、志保が殺されたのは、三日の午後十一時から翌四日の午前三時までの間か。四時間、ですね」

式部は頷《うなず》き、改めてノートに犯行時刻を書き込んだ。犯人は十一時から三時までの間に犠牲者を捕らえ、凶行を加え、瀕死《ひんし》の身体《からだ》を神社に運んで磔《はりつけ》にして止《とど》めを刺した。ただし、泰田が現場に駆けつけたとき火は消えていたことからすると、実際にはそれよりも幾分早いことになる。

「渡船はとっくに終わっていました。しかもこの日は台風が来ていて、渡船自体、本土から出る便は一時半の便を最後に欠航してしまっています。島を出る便も二時のフェリーが最後です。それ以降、風は強まる一方で、結局船が動き出したのは、翌日の午《ひる》を過ぎてからのことでした。島を十一時に出るはずの便が一時間半遅れの十二時半に出ています。その次、三時半に島を出る最終便は通常ダイヤに従って動きましたが、島を二時に出るフェリーは肝心の船が本土に止まったままでしたので、欠航になっています」

「ということは、三日の一時半以降、誰も島に入ってくることはできなかったし、三日の午後二時から翌日の十二時半までは誰も島から出ることはできなかった、ってことですよね」

「そういうことになります。もちろん、漁船を使うなどの方法もありますが、風雨が強まり続けていた夜から未明にかけては、全く出入りが不可能だったと見ていいと思います。つまり志保を殺害してから島を逃げ出すことはできなかった。この日は業者も本土に戻っていますし、大江さんによれば余所者《よそもの》がやってきて留まっていた、ということもなかったようです。つまり、犯人は島の者に限定される」

なるほどな、と泰田は呟《つぶや》き、

「……でも、式部さん。麻理のほうはいったいどうなったんですか？」

「分からないんです。大江さんの家族は、本当にそれきり麻理の姿を見てないらしい。どうやら神領家が手配して、しばらく港を監視していたようですが、少なくとも島を出た様子はなかったらしい、と言うんです。だとすると、麻理もまた殺害されたと考えるべきなのかもしれません」

「でも、麻理の死体は出てきてませんよね」

「そうなんです。ただ、麻理の死体のほうは、神領家の関係者が先に見つけたのかもしれません」

「そうか……そうだな。神領さんなら、麻理の死体が見つかっても間違いなく隠すだろうな。志保の場合と同じく。……ということは、やっぱり神領さんが事件に何らかの関与をしている、ってことですよね」

「それなんですが」

式部もそれを当然のように疑ったが、大江はそれだけはあり得ない、と断言した。神領家の人間が犯人ならば、ああも露骨に事件を揉《も》み消そうとはすまい。島の者だって、明らかにその疑いがあれば口を噤んでなどいない、と強い口調で主張した。

大江の言《げん》には式部も一理あるように思われた。神領家はもっと秘《ひそ》かに、誰にも知られず事件を隠蔽することもできたはずだ。それをしなかったということは、少なくとも神領家の者たちは、自分たちは事件に直接関与はしていない、と思っていたからではないのか。

式部がそう言うと、泰田は首を捻《ひね》った。

「島の人だって口を噤んではいない——って、本当にそうかな。殿様の不祥事なんだから、やっぱり何も言わないんじゃないかなって気がしますけど。第一、本当に神領さんが事件と無関係だったら、揉み消す必要なんかないじゃないですか。なのになぜ神領さんは事件を隠すんです？　島の人たちも、どうしてそれに協力するんでしょう？」

「その辺は理解しにくいですね。……二人と神領家との間に何らかのトラブルがあったのは確かだと思います。大江さんは神領家に呼びつけられたのでは、という言い方をしていましたが、それもあながち間違っていないでしょう」

「何のトラブルだったんですか？」

「それがはっきりしないんです。ただ、大江さんは英明君の件に何か関係があるのだろう、と思ったようです」

「英明——」と、泰田は目を見開いた。「神領さんのところの？」

「ええ。神領家の高藤《たかとう》さん、ですか。あの人がそう匂《にお》わせていたようです。志保が英明君を殺したのだと。しかしながら、これは不可能です。彼女にはアリバイがありますから」

式部が事情を説明すると、泰田は頷いた。

「それは無理ですねえ。……ということは、羽瀬川《はせがわ》さんは犯人じゃない」

「確実です」

「じゃあ、高藤さんは何だってそんなことを言ったのかな。羽瀬川さんは英明君と何か繋《つな》がりがあったんですか？　そもそも二人は、神領さんのところとどういう関係にあったんです？」

「それが分からないんです」

式部は同じ質問を、大江家の人々にした。しかしながら、大江や妻の博美《ひろみ》、そして母親の兼子《かねこ》ですら、この問いに答えることはできなかった。

「二人は、どういう人物だったんです？」

泰田に問われ、式部は手帳を繰った。

「羽瀬川志保は、島に転入してきた羽瀬川家の娘でした。父親は羽瀬川信夫《のぶお》、母親は羽瀬川慎子《みつこ》。一人娘で兄弟はいません」

「転入者ですか？　珍しいな」

「全くの余所者ではないのですが。志保の母親の慎子は旧姓を宮下《みやした》と言って、島の出身者だったんです」

「ああ――宮下という家なら、何軒かあります。その縁者になるわけですね。なるほど、転入してきたと言うより、妻の実家に戻ってきたって話か」

「そういうことですね」

宮下家は御岳《おたけ》神社の近辺にあった。宮下慎子はそこの末娘で、明るく勝ち気な娘だったらしい。島の生活を嫌い、地元の高校を卒業した後は周囲に無断で熊本に就職先を探し、反対を押し切るようにして島を出てしまった。

「宮下慎子が島を出たのは、大江さんが小学校の五年か六年か、その時分の話で、だから大江さんも慎子に関する記憶はほとんどないようです。戻ってきたのも大江さんが博多に就職して島を出た後のことで、ですから、この辺りの事情は大江さんのお母さん――兼子さんから聞いたわけですが」

熊本で一人暮らしを始めた慎子は、羽瀬川信夫と出会い、結婚。これまた周囲には事前の報告も相談もなかった。

「昭和四十年頃の話ですから、慎子はずいぶん大胆な娘だった、とは言えるでしょう。当時の田舎の常識から言えば、娘は親元にいるもの、人生の重大事にあたっては親の意向を尊重するもの、それが当たり前だったでしょうから。ただ、慎子は歳《とし》の離れた末娘で、両親は慎子に甘かった。結局自分の意が通ることを、慎子は分かっていたんでしょうね」

慎子は結婚後間もなく女児を身籠もり、出産する。これが志保だった。だが、続いて身籠もった男児を死産、次の子供は妊娠に気づく間もなく流産している。同時に子宮癌《がん》が発見された。島に戻る前年に切除手術を受けたものの、予後は良くなかった。

「転移がひどくて子宮ごと、ごっそり切除したのだそうです。以後、子供は望めず、しかも大手術のせいで、退院した後も慎子の体調は優れなかった。それまで慎子は、大胆に見えるほど勝ち気に前向きに生きてきました。それがこの顚末《てんまつ》で、本人もすっかり意気消沈してしまった。癌の告知はなされていなかったらしいのですが、本人も先行きを悲観してしまって、それで島に戻りたいと周囲に訴えたらしいんです。勝手に結婚するような真似《まね》をしたのが良くなかった、そもそも周囲の反対を押し切って島を出たのが良くなかった、罰《ばち》が当たったんだ、と再三口にしていたようですね」

「なるほどなあ……」

慎子は夫と娘を伴い、島に戻ってきた。この娘が志保で、当時五歳だった。夫の羽瀬川信夫は熊本生まれ、島とは何の縁故もなかったが、慎子の意向を汲《く》んで仕事を辞め、妻子と一緒に見ず知らずの土地に越してきた。というのも、慎子の状態は本人が思っている以上に悪く、再発すれば余命がないと言われていたからだった。慎子の実家──宮下の家族も娘を哀れんで、畑を潰《つぶ》し、慎子のために提供した。そこに建ったのが、大夜《おおや》叉《しゃ》の麓《ふもと》のあの家だった。

「しかしながら、慎子は結局、島に戻って二年で死亡してしまいました。癌が再発したようですね。島を離れたくない、と言う慎子を宥《なだ》めて本土の病院に入院させましたが、いくらもせずにそこで息を引き取りました。このとき、志保は七歳でした」

泰田は苦いものを含んだ顔をする。

「じゃあ、廃屋の血痕《けっこん》は羽瀬川信夫の——？」

「そういうことになるのですが」と、式部は眉根《まゆね》を寄せた。

大江兼子は最初、慎子が死んで羽瀬川信夫は島を出て行った、と言った。式部は廃屋で見た古い血痕を思い浮かべ、そうではないはずだ、と語調を強くした。すると今度は、「失踪《しっそう》した」と兼子は答えたのだった。

「失踪ではなく、死んだのではないのですか」と、式部は兼子を見据えた。島の者はあくまでも真実を部外者から隠そうとする——そういう気がして苛立《いらだ》たしかった。

「いえ、本当に」と、年老いた大江の母親は、大江家の居間の隅に身を縮め、拝むように両手を胸の前で合わせた。信じてくれ、という心だったのかもしれない。

「……本当に、突然、志保ちゃんを残して、おらんようになってしまったんです。何でも家に、事故か喧嘩《けんか》か、そんな痕《あと》があったらしい、という噂《うわさ》は聞きました。べったり血が残ってたんだそうです」

「殺された、ということではないのですか」

「そうかもしれません」言って、大江兼子は式部を上目遣《うわめづか》いに見た。「……けど、その……逆じゃないかという話もあったんで……」

「逆？」

「はあ。信夫さんという人は、口数の少ない暗い人で。島に来たのも熊本におられんようになって逃げてきたんじゃないかという――そういう噂が、戻ってきなすった当初からあったんです。だって、大の男が仕事も辞めて奥さんの実家に引っ込むなんて、変な話ですし」

「しかし、それは慎子《みつこ》さんの――」

「病気のせいじゃったんです。けども最初、病気のことは宮下の者も伏せてました。何しろ慎子さんが何も知らなかったんですから。だもんで、そういう噂になったんやと思います。ただ、目付きの良くない余所者が信夫さんを捜しに来た、という話もあったんです。何か揉めてるふうじゃった、何度も信夫さんを訪ねて来とったという話で、それで、信夫さんがおらんようになったんも、信夫さんに何かあったか、……でなけりゃ信夫さんが何かしでかして逃げたんじゃないかと……」

式部は、兼子にそう言われて気づいた。廃屋には大量の血痕と共に、訪問者があったのだろう、と思わせる痕跡も残っていた。それで式部は、訪問者が羽瀬川信夫を殺傷したのではないかと思ったのだが、勿論《もちろん》逆の可能性もあるのだ。羽瀬川信夫が加害者で、訪問者のほうが被害者になってしまった可能性もある。それで羽瀬川は娘を置き去りにして、慌《あわ》てて家を逃げ出した――。

「それきり信夫さんは、おらんようになりました。それで十になる志保ちゃんだけが残されたんです。信夫さんのご両親は最初からいなさらんかったし、親戚《しんせき》は所在が分からなくて、それで志保ちゃんは宮下が引き取ったんですけども……」

兼子は言い淀《よど》み、居心地悪そうに言った。

「宮下の者は志保ちゃんを引き取るの、いい顔をせんかったんです。慎子さんのお父さんは、そりゃあ慎子さんに甘くて、志保ちゃんのことも可愛《かわい》がっていたんですけど、信夫さんのことだけは気に入らんふうでした。慎子さんが死んでからは、行き来もせんかったし、本音を言ったら、もう関係ないんだから出て行ってくれ、というところやったんでしょう。けどもそれを言ったら志保ちゃんまで島を出ることになってしまうから、言われんかったんじゃないでしょうか。慎子さんのお父さんにしたら、信夫さんがおらんようになって、志保ちゃんを引き取るのは願ってもないことだったんでしょうけど、何しろ信夫さんの消えた事情が事情でしたし……」

言って、兼子は、式部の顔色を窺《うかが》うようにしながら、言葉を探すふうだった。

「何て言ったらいいのか……その、島では、ああいう妙な事件に係わり合いになるのは、恥じゃという考え方をするもんなんです。気に食わんかった娘婿《むすめむこ》が、あんな得体の知れん消え方をして、残った孫は可愛いけど、引き取るのは外聞が悪い。しかも、お父さんがそうやって慎子さんにばかり甘かったもんで、他の兄弟はそもそも慎子さんや志保ちゃんに当たりがきつかったんです。親父《おやじ》は慎子にだけ甘い、だからろくでもない男に引っ掛かったって、いつも言いよりましたから。信夫さんが消えた頃には、お父さんはもう漁師を引退して、慎子さんのお兄さんが家を取ってましたし、お兄さんは慎子さんが勝手するのが面白くなかった。それで志保ちゃんを引き取るのには反対しとったようなんです。けども他に面倒を見る者もおらんので……。

嫌々引き取りはしたものの、邪険にしとったようで、だもんで志保ちゃん、中学を卒業してから家出同然に島を出てしまいました。とりあえず遠方の高校に入ったという話でしたけど、それも途中で姿を消したという噂で。それが島に戻ってきたんでびっくりしました」

「お婆《ばあ》さんは彼女を見て、すぐに誰だか分かったんですか」

「いいえ。別に話をしたわけと違う、ちょっと見掛けただけですし。ただ、どっかで見たような顔じゃね、とは思ったんです。志保ちゃんだけじゃなしに、麻理ちゃんのほうもですけど。後で名前を聞いて、それでか、と思いました。特に麻理ちゃんのほうは、母親にそっくりですわ。それで見たことがあるような気がしたんだわ、と思いました」

「永崎麻理というのは」

式部が訊《き》くと、兼子は首を竦《すく》め俯《うつむ》いた。どこの娘だったんだ、と傍《そば》に控えた大江に問われ、渋々のように口を開いた。

「そのう……下《しも》島のほうに篤郎《あつろう》さんていう人がおったでしょう」

「ああ」と、大江は思い当たったように頷《うなず》いた。「死んだ兄貴のちょっと上の」

「そうそう。その篤郎さんのとこだわ。篤郎さんに弘子《ひろこ》さんていう妹がおったんだけど、お前は覚えてないかねえ」

「いたような気もする」呟《つぶや》いて、大江は式部に、「下島のほうに永崎という家があったんです。そこに篤郎さんて人がいたんですよ、もう亡《な》くなってますけどね。俺の兄貴のちょっと上で、兄貴とはわりと仲が良かった。言われてみれば、確かに、篤郎さんには妹がありました。――その弘子さんの子供なんだな？」

大江は兼子を振り返る。兼子は上目遣いに頷いた。式部は、兼子に訊いた。

「それで？　志保と麻理――二人はどういう関係だったんですか？　血縁はないようですが」

「志保ちゃんと麻理ちゃんは同級生やったんです。そりゃあ仲は良かったです。というのも、麻理ちゃんのほうも、ちょっと事情があったんで……」

「事情？」

「はあ。もう昔のことだし、弘子さんも亡くなっておられるから、言うても構わないと思うんですけど。……実は、麻理ちゃんの父親は誰だか分からんのです」

「そうなんか」と大江が驚いたような声を上げた。

「お前が就職に出た、その直後のことやったから、お前は知らんやろうねえ」

永崎弘子は永崎家の長女だった。父親は永崎幸平《こうへい》という漁師で、長男は篤郎、この篤郎が大江家と懇意だった。

永崎篤郎の妹、弘子は二十歳で島を出た。島の外で縁づいたということだったが、これは真実ではなかった。島の外で若杉《わかすぎ》某という男と所帯を持ったことは事実だったが、若杉には実は妻子があったのである。若杉は妻子と別居中、弘子は事実上の妻だったが籍は入っていなかった。これは弘子の父親──永崎幸平も承知のうえのことだった。というよりも、永崎幸平自身が伝手《つて》を辿《たど》ってこの男に娘を委《ゆだ》ねたのだった。

「……というのも、島を出たときには、弘子さんのお腹《なか》に麻理ちゃんがおったんで」

言って、兼子は申し訳なさそうに式部を見た。

「今とは違ってあの頃はまだ、結婚もしてない娘のお腹が大きくなるなんていうのは、とんでもないことやったんです。だから父親の幸平さんが、無理をして島の外に片づけたんです。……今から考えたら可哀想《かわいそう》な話ですけど。せめて母親がおったら、もう少し何とかしようもあったかもしれませんし、そもそも早めに気がついて手術でもして──

という話になったのかもしれませんけど、母親……隆子《たかこ》さんはとっくに亡くなってましたし」

「麻理の父親は？」

「私は知りません。知っとる者もおらんようです。ひょっとしたら、幸平さんも知らんかったのじゃないでしょうか。子供の父親が誰だか分かれば、責任を取らすという話になったと思いますから」

　式部は頷く。——弘子が口を噤《つぐ》んだのか、あるいは本当に分からなかったのか、それとも結婚はできない事情があったのか。いずれにしても、私生児を身籠もった弘子は島を出され、妻子を持った男のところに追いやられた。

「それで……その後？」

「はあ。そういうわけで、弘子さんは、一旦《いったん》は島を出ていたんですけど、十年ほどでその旦那《だんな》さんが亡くなって。それで麻理ちゃんを抱えて実家に戻ってきたんです。けども、弘子さんも戻ってすぐに身体《からだ》を壊して亡くなられてしまいました。——そんなわけでしたから、麻理ちゃんも島では訳ありやったんです。特に、弘子さんが死んでからは幸平さんも篤郎さんも露骨に麻里ちゃんを邪魔者扱いしてましたし。志保ちゃんもそうで、だから仲が良かったんですよ。姉妹みたいにしてました。でもって、二人して遠方の高校に行って、それきり島に戻って来んかったんです。

島には高校がありませんし、島の子はみんな船で本土の高校に通わんとなりません。それもいい高校があるわけと違うんで、成績のいい子は、下宿して遠方の高校に行くもんなんです。確かに、二人とも勉強のよくできる子でしたけど、わざわざ遠方の高校を選んだのは、なるべく島から離れてしまいたかったからと違いますか」

「二人は同じ高校に？」

「いいえ、志保ちゃんのほうは大分の、麻理ちゃんのほうは福岡の高校じゃったと思います。行ってそれきりです。二人とも盆正月にも帰ってきませんでしたし、麻理ちゃんのほうはお祖父《じい》ちゃんの幸平さんのお葬式にも帰ってきませんでした」

式部は頷いた。——二人はそもそも、この島の中で孤立していたのだ。だからこそ接近し、共に島を出た。高校は違えど、それからもずっと親交があったのだろう、港の野村も、姉妹のようだった、と言った。ひょっとしたら、二人にとって、過去に所属するものは互いだけだったのかもしれない。

式部が泰田にそう説明すると、「なるほどな」と呟いて、泰田は天井を仰いだ。

「それでみんな、島の者だと言うわりに、どこの誰だか説明してくれなかったんだ。しかし、話を聞く限り、二人とも神領家や英明君とは何の関係もありませんよね」

式部は頷いた。

「そうなんです。強《し》いて神領家との繫《つな》がりを探すなら、麻理の母親——永崎弘子が神領家に勤めていた、ということでしょうか。永崎弘子は高校を卒業してから、神領家で手伝いをしていたらしいんです。ただ、二年で妊娠していることが分かって暇を出され、島の外に出てしまった。同様に、麻理と志保も中学を卒業すると同時に島を出て、それきり島に戻ってきていません。二人が島を出たとき、神領英明は九つですね。英明と何らかの接点があったとすれば、それ以前という話になるのですが」

泰田は失笑する。

「九つの子供が相手じゃあ、殺意に繋がるような関係は持ちようがないでしょうねえ。関係があったとすれば、大人になってから島の外でということになるのかな。志保のほうは東京にいたわけだし、あったとすれば麻理のほうなんでしょう。麻理は福岡に住んでいたわけだし、英明君は熊本の大学で」

「かもしれません。熊本と博多では確実とは言えませんが。ただ、二人は神領家と揉《も》めていました。それが英明殺しに関係があるのだとすれば、やはりトラブルを起こしていたのは麻理のほうで、志保はその付き添いとして島にやってきたと考えたほうがいいのかもしれません」

泰田は頷き、考え込むように沈黙した。式部もメモに目を落とす。

ここまでで確実なのは、と式部は思う。——犯人が島にいること、そして犯行が三日の午後十一時から午前三時の間に行なわれたこと、犯人はあらかじめ計画し、事前に準備をして犯行に及んだことだろうか。麻理宛《あて》の電話が準備の一環なのかどうかは分からない。声を作っていたところからすると犯人の掛けたものらしいが、これが志保の死とどう関係するのかは不明だ。犯人の動機も不明。二人は神領家と揉めていたようだが、その内実は不詳。ただトラブルがあったとすれば麻理のもので、英明の死と何らかの関係があり、志保はこのトラブルに巻き込まれたのではないかと推測はできる。

考えていると、泰田が呟くように声を上げた。

「麻里の母親――永崎弘子は神領家と繋がりがなくはなかったんですよね。そして島を出て、戻ってきた。それはいつのことだって言いましたっけ？」

式部はメモを繰る。

「戻ったのは麻理が九つのとき、死んだのはその翌年ですね」

「それって、志保の父親の羽瀬川信夫が失踪《しっそう》した年ですよね？」

泰田に指摘され、式部は思わず声を上げた。確かに、志保と麻理は同い年だったのだから、そういうことになる。

「仲の良い二人の女の子がいて、そのどっちも片親で、でもってその片親が同じ年にいなくなったわけですか？」

泰田に畳み込まれ、式部は唸《うな》った。

「……何か変ですね」

「麻里の母親は何で死んだんです？」

「病気、とお婆さんは言っていましたが……」

「本当なんですか、それ」

泰田の口調は、兼子の言葉を端《はな》から信じてはいない調子だった。さらに、どこか辛辣《しんらつ》なものを含ませた口調で、

「その弘子の兄──麻里の伯父《おじ》にあたる永崎篤郎も死んでいるんですよね？　それは？」

式部は首を横に振った。──聞いていない。

「訊くべきだったんじゃないかな。麻理は祖父の葬儀にも帰ってこなかったわけでしょう？　もしも伯父が死んだのが、祖父の死んだ後なら、その時にもきっと帰ってこなかったんだろうし、だったら大江のお婆さんもそれに言及したんじゃないかな──伯父さんの葬式にも帰ってこなかった、って。言及しなかったってことは、伯父の篤郎が死んだのは麻理が島を出る前だったという話になりませんか？」

どこか式部を責めるような口調に、式部は困惑せざるを得なかった。

「……そういう可能性もありますが」

「永崎弘子が死んだのが、羽瀬川信夫がいなくなった年、麻理と志保が十歳になる年でしょう。中学を卒業するのが十五歳、その間に篤郎まで死んでいたとしたら、ずいぶん

と立て続けの話じゃないですか？」

「そうかもしれませんが……」

この狭い島の中、特別に親しい二人の少女が残された片親を同じ年になくす、というのは偶然にしても出来過ぎだという気が式部にもする。しかしながら共に片親なのは、そもそも片親だから親しくなったのだろうし、ならば不自然なこととは言えまい。弘子の兄、永崎篤郎が死んだのも、いつとは特定できないから、続いたかどうかは分からない。泰田は必要以上に志保と麻理の間に不穏な共通項を拾おうとしているように見えた。

「何かまだ、底があるんじゃないかな」

泰田は式部の困惑に気づかぬ様子で、ひとり深刻そうに呟いた。

「でないと変じゃないですか？　志保は英明君を殺した──これは誤解になるわけですけど、そういう誤解が成立した以上、何かそれなりの理由があるんだと思うんです。ところが、二人と英明君の間には、これと言った接点がない。なのに何だって、英明君を殺したのが志保なんです」

「それは……」

「思い返せば、僕もそういう話を聞いたような気がする。これも報いだ、みたいな声を聞きました。その時は何のことか分からなかったんだけど、たぶん英明君の件を指していたんでしょう」

泰田は言って、

「ひょっとしたら、これは復讐《ふくしゅう》なんですかね」

「神領英明を殺した犯人への報復——ということですか？」

「じゃないのかな。志保が犯人だと勘違いした誰かが、復讐のために志保を殺した。だとすれば、やっぱり犯人は英明君の周辺にいる誰か——神領家の関係者、ということになるんじゃないかな。だから神領さんは強権を発動して事件を揉み消したし、島の人も協力した。隠蔽《いんぺい》が徹底していなかったのは、これは復讐だという意識があったせいだ、とも考えられるでしょう？」

「そういう解釈も成り立ちますが……」言って、式部は泰田の顔を見た。「ところで、神領家というのは、いったいどういう家なんです？」

泰田は小首を傾《かし》げた。

「看護婦からお聞きになったかもしれませんが、昔の網元なんだそうです。一種の領主ですよね。それもこの島だけじゃなく、本土側の近郊一帯、神領さんの——言わば領地だったようですから、島の権力者と言うより、この地方の重鎮だと言うべきなんでしょう。それがなんで今もこんな島に居着いているのかは分かりませんが」

「もっと便利な本土に移っていそうなものですね」

「そうなんです。表立ってはこれと言って政治的な活動も経済的な活動もしていないように見えますが、これはそう見えるだけなんじゃないかな。何しろ地元警察にまで顔が利《き》くぐらいですから。

　正月には、わざわざ島の外から神領家に年賀に来る人たちがいるんです。聞くところによれば、大層な顔ぶれだそうですよ。ほとんどが地元の名士なんで、僕にはよく分かりませんけど。ただ、その中に選挙ポスターで見た覚えのある顔が二、三交じっていたのは確かです」

「なるほど」とメモを取りながら式部は頷《うなず》いた。「神領さんの家族は分かりますか？」

「まず、当主が明寛《あきひろ》さんですね。神領明寛。五十半ばじゃないかな。でもって奥さんが須磨子《すまこ》さん。五十くらいだと思います。普通、ああいう大家《たいけ》は、地元の名士から嫁を取るものですけど、神領さんのところは、そういうことがないんです。島の人は嫁を外から取るのを嫌うんですが、神領さんのところもその例に漏れない。須磨子さんも島の人です」

　それは珍しいな、と式部は思った。政治的なネットワークは閨閥《けいばつ》を抜きに語れない。にもかかわらず島内から嫁を取るというのだから、よほど余所者《よそもの》が嫌なのだろう。

「ただ、他の親族はみんな本土にいるようですね。本家同様、あからさまに表に出てくることはないものの、それなりに派閥を作っているみたいです。島に残っている神領は、本家と分家、そしてお社《やしろ》の三家だけです」

「本家の家族は他には」

「明寛さんのお母さんが存命です。民枝《たみえ》さんと言うんじゃなかったかな。島の人は大奥さんと呼んでます。お父さんの寛有《ひろあり》さんのほうは、もう亡《な》くなっていますね。明寛さんの息子さんが二人。長男が康明《やすあき》君、次男が英明君。康明君のほうは僕と同年代だったのかな。今年の春、亡くなってます」

式部はノートにボールペンを走らせる。先代の当主ですでに故人の神領寛有、その妻、民枝。その嫡男《ちゃくなん》が現在の当主で神領明寛。その妻の須磨子との間に男子が二人。長男は康明で故人。そして次男が殺害されたと言われる英明。――そこまでを書きつけて、式部は手を止めた。

「他にも娘さんがいるらしいという話を聞きましたが」

それなんですが、と泰田は困ったように、

「いるということになっている、と言ったほうがいいんだと思うんですが。少なくとも僕は、その娘さんに会ったことがある、という人を知らないです」

式部は頷いた。娘は大江荘の昌也《まさや》と同じ年頃になるはずだが、勿論《もちろん》学校に神領家の娘はいないという。昌也や母親の博美は、単純に身体が弱いのだと信じていたし、大江やその母親の兼子は、そもそも疑問に思っていないようだった。

「実際、俺も宮司さん――杜栄《もりえ》さんを実際に見たことは、ほとんどなかったからね」

大江はそう言った。

「それに杜栄さんも娘だって言われてたんですよ」

「――娘？」

「ええ、守護さんてのは必ず『娘』なんです。お社の神様を守《も》りする――慰めるためにいるわけなんで。杜栄さんも、娘、娘と言ってたけれども、引退してお社に出てきたら男だった。いまの守護さんは全く神事にも出てこないが、杜栄さんは祭りの時には出てきてました。とは言っても御簾《みす》のうちなんで、直接顔を見たことはなかったわけですが、そうやって表に出てくりゃ、ちらっと目にすることもあるからね。俺も一度だけ見掛けたことがありますよ。巫女《みこ》さんの恰好《かっこう》をしてて、紅注《べにさ》して、遠目だったんでてっきり娘なんだと思ってました」

もっとも、と大江は苦笑した。

「ある程度歳《とし》が行けば、どんな恰好したって男だって分かるわけですが。それでも化粧して出てくるし、周囲も娘として扱う――そういうもんなんです。ですから、今の守護さんも表に出てこないだけで、いないってわけじゃないでしょう。まあ、神事にも全く出てこない、ってのは変わってるが」

大江はそう言っていたが、兼子によれば、そういうこともあるものらしかった。

「あたしのお祖父《じい》さんの時の守護さんは、とうとう一度も表に出てこんかった、って話だけどねえ。宮司さんになってからも本家にいて、それから間もなく亡くなられたらしいです。初めて表に出てきたときは棺桶《かんおけ》の中に入ってござったという話でね」

棺桶は、蓋《ふた》を開けられることのないまま埋葬された。島では古くから遺体を本土に運んで荼毘《だび》にするが、その時ばかりは土葬になったと聞いている、と言う。

「へえ……」と泰田は興味深そうに呟《つぶや》く。「ずいぶんと変わった話ですねえ。……しかし、戦前ならともかく、今じゃあそういうわけにはいかないでしょう。学校もあるわけですし」

「そのはずなんですが……」

いずれにしても、神領家の娘が本当にいるかどうかは、はっきりしない。「守護さん」とのみ呼ばれるのが慣例なので、大江らも娘の名前すら知らない、ということだった。

「それで——神領さんの長男さんは、病気で亡くなられたとか？」

「ええ。僕は診ていませんが、悪性リンパ腫《しゆ》だったと聞いてます。なにしろ若い人のことなんで、あっという間にいけなくなった。神領さんは子煩悩《こぼんのう》——というわけではないのですが、やはりひどく落胆したみたいでしたね」

「なのに立て続けに次男の英明君も殺された……」

「最初は事故じゃないか、という話だったんですけど」と、泰田は首を傾げた。「事故と事件の双方を疑っているという話で、僕の聞いた限りじゃあ、事故の可能性のほうが高い、というニュアンスでした。なんですが、神領さんが最初から殺人だと言い張っていたらしいんですよね。殺されたんだから犯人を挙げろと、警察をせっついていたようです」

「それは理由があってのことなんでしょうか?」

「僕では分かりません。殺されたと信じるだけの理由があったか――あるいは、単純に事故のはずがない、という親心なのかもしれませんが」

「捜査はその後?」

「それなんですけどね。とにかく神領さんがせっつくんで、警察も捜査はしていたようなんです。進展していたのかどうかは分からないんですが。……ただ、志保の死体が発見された後、やっぱり事故だったという話になってしまったようなんですよ。何もかも心得ているように見えるのは、それのせいもあるのかもしれません。もう詮索《せんさく》をする必要はない、決着はついたんだ、というふうで」

　言ってから、泰田は自分の言葉を再確認するように頷いた。

「そうですね――いろんなことに決着がついて、区切りがついた感じがします。死体が見つかって、何もかも片づけられてしまうし、神領さんは英明君の件を収めてしまうし。その翌日からですよ、あちこちに風車が立って……」

　式部は眉根《まゆね》を寄せた。

「あれは、死体が発見された後に始まったものなんですか?」

「そうです。——あ、いや。もともと風供養《かぜくよう》と言って、昔からある風習なんですけど。それが始まったんですよね、ちょうど死体が発見された翌日から」

「港で、浄《きよ》めのために牛を流す、という話も聞きましたが」

「そういうこともあるようです。浄めのためだったか、供養のためだったか、詳しいことは知らないですけど。下《しも》島の突端にそのための祠《ほこら》があるらしいんです。先週、うちの看護婦が、子牛を乗せた船が祠のほうに行くのを見た、と嫌な顔をしてました。道がないので、祠には船で行くしかないんです。連れて行った牛を実際にどうするのかまでは知らないんですが、近郊では有名らしいですよ、島で牛を流すって話は。祠のある突端から流すと、本土に辿《たど》り着いちゃうんですよね。なので本土の人たちはいい顔をしないんですが」

式部は野村の顔を思い出して頷いた。

「私がこちらに来るとき、牛が港に流れ着いたところだったんですが、最近にも?」

へえ、と泰田は目を見開く。

「ひょっとしたら、それが先週——死体が見つかった後に流されたやつかもしれないな。なんか、潮の加減が複雑で、単純に流したものが辿り着く、という話ではないらしいんですよ。だからこその神事なんでしょうけどね。下島から流したものは本土に流れ着くわけなんですけど、そこで逆の潮に乗ると、また島に戻ってくるらしいんです。それが行きの潮に捕まると、また本土に行ってしまう。季節や時間帯によって変動があるらしいんですけどね。それで、流したものが戻ってくるか来ないかで吉凶を見るんだと聞いたことがあります」

「英明君の事件のときはどうでした？」

「英明君の――？　いいえ、そう言われてみれば、英明君が亡くなったとき、牛が流されたという話は聞いてないな。単に耳に入らなかっただけなのかもしれませんけど。風車は立ってません」

式部は考え込む。――風車も牛も志保の事件のせいで行なわれたことだとしたら。どうやら犯人は矢を神霊《じんりよう》神社に残している。その件と考え併せても、意外にこの事件は、あの黒祠《こくし》と縁が深いのかもしれなかった。

考え込んでいると、まるで式部の思考を読んだように、泰田がぽつりと漏らした。

「そう言えば……メズという言葉を聞いたような気がするな……」

「メズ？」

ええ、と泰田は頷いた。

「どういうシチュエーションで出たのかは覚えていませんが。メズというのは、お社――神霊神社に祀《まつ》られている神様です。僕はそう聞いたことがあります」

2

式部は翌日、神霊神社に神領杜栄《もりえ》を訪ねた。杜栄は、社務所の中で目を丸くしてから、「捜している方は見つかりましたか？」と問うた。

「まだ、おいでになったんですか」

いいえ、とこれには曖昧《あいまい》に言葉を返し、式部は用件を切り出した。

「実は、こちらの神社についてもっと詳しいことを伺《うかが》えないかと思いまして。なにしろ黒祠で、しかもきちんと宮司さんがいる社というのは、初めてなんです。仕事とは関係ないのですが、もともとこういうことが好きなものですから」

そうですか、と杜栄は破顔した。式部は些《いささ》か困惑する。肌の色は小白いが、恰幅《かっぷく》の良い男だ。上背もわりにあって、骨太でしっかりした体格をしている。この男が巫女の白《しろ》装束《しょうぞく》を着て化粧をしたところ、というのは想像しにくかった。

杜栄は愛想良く、先日と同じように社務所の中に式部を招いた。

「御主神のカンチさまというのは、鬼の名だということでしたが、これは鬼自身の名前なのですか？」

「そういうことになっとります」

「鬼にも色々なタイプがいますよね。——大男で角《つの》の生えた例のやつから、形のないものまで。カンチさまはどうなのでしょう」

「それは——」と言いかけて、杜栄は軽く膝《ひざ》を叩《たた》いた。「見ていただいたほうが早いでしょう」

「いいのですか？」

「まあ、御神体というわけではありませんから。厨子《ずし》を日頃開けてないのも、神像が傷《いた》むからでして。特別に——それくらいは構わんでしょう」

杜栄は言って、抽斗《ひきだし》から鍵《かぎ》を出して立ち上がった。御堂へと招き、堂の扉を開ける。中は三畳程度の広さで板張りの床があるだけ、中央に厨子だけが安置されていた。厨子の陰になった奥の方には杉戸が見え、更に一室があるようだった。見廻す式部を余所に、杜栄は厨子の錠前を外す。開いた扉の中には、人間と等身大の坐《ざ》像《ぞう》が安置されていた。

式部はその像を一目見て、馬《ば》頭《とう》観音だと思った。馬頭明王《みようおう》などとも呼ぶ、観自在菩薩《かんじざいぼさつ》の一変化身《へんげしん》。飢えた馬が草を食すことしか念頭にないように、衆生《しゆじよう》の悪趣《あくしゆ》を喰らい尽くし、六道四生《ろくどうししよう》の苦悩を滅尽《めつじん》することしか念頭にないことから、馬頭観音と呼ぶという。形像的には諸説あって、三面ないしは四面あるうちの中面の頂《いただき》に馬首を掲げることもあれば、目の前にあるこの像のように、その首自体が馬首であることもある。厨子の中に収められたのは乾漆《かんしつ》像、馬首は碧《みどり》または白であることが形像的には基本だが、この像も全身に青系の塗装が残っていた。腕は四臂、二臂は根本印《こんぽんいん》を結び、残る二臂《ひ》の一方には蓮華《れんげ》を、一方には斧《おの》を持っている。馬首の額《ひたい》には一本の角が生えていた。それが変わっていると言えば変わっているが、馬頭観音としては格別珍しい造作ではない。お定《さだ》まりの蓮華座の上に結跏趺坐《けっかふざ》し、頭部には丸く光背《こうはい》があった。

式部はそれらをしみじみと見て取り、困惑して杜栄を振り返った。

「これは……失礼ですが、馬頭観音なのでは?」

ならばこれは、神像ではなく仏像と呼ぶべきだろう。だが、杜栄は笑って首を振った。

「そう見えますでしょう。ですが、これは馬頭夜叉《めずやしゃ》だと言われています」

「メズ」と式部は口の中で繰り返した。「馬頭《めず》夜叉と言うと――あの地獄の獄卒ですか?　牛頭馬頭《ごずめず》のメズ?」

「左様です。私にも良く分からないのですが、角があるのだから馬頭《めず》夜叉だということになっておるようです」

「カンチというのは、馬頭《めず》夜叉のことなのですか」

「のようです」

「しかし、なぜ馬首なのです?」

夜叉岳《やしゃだけ》に棲《す》む鬼とは、夜叉岳自身のことを指し示しているのだろう、と式部は思う。人里に降りてきて災いを為《な》すという伝承も、かつて起こった噴火のことを言っているのだろうと思われる。しかし、その鬼が馬首の鬼——馬頭《めず》夜叉なのはなぜだろう。

馬は民俗学的には、水に縁の深い生き物だとされている。馬が水源を示したという伝承は全国に散見されるし、霊馬が島に棲む、あるいは海蝕洞《かいしょくどう》に棲む、という伝承も珍しくない。島の神を馬だとする場所も多々あって、馬は意外に、水辺や海、島と縁が深い。だから馬なのだろうか、とも式部は思う。それで馬頭《めず》夜叉なのだろうか。一角は、馬頭観音と差別化するために付けられたのだろうか。とはいえ、馬頭《めず》夜叉に角があるのも、式部には珍しいことのように思われた。だが、そうと言われてみれば、光背に刻まれた種子《しゅじ》には「ヤ」とある。馬頭観音の種子は「ハム」または「カー」、あるいは「フーム」、これに対して夜叉——ヤクシャの種子は「ヤ」だから、この像を造った者は、馬頭観音の姿を借りつつ、馬頭《めず》夜叉を表現したつもりだったのかもしれない。

式部がそう言うと、杜栄は苦笑した。

「さて、私にはそこまでは。先代の宮司ならお答えできるのかもしれませんが。先代はそういうことに詳しい人でしてね。——何でしたら、訪ねてごらんなさい。港に沿った道の突き当たりを下島のほうに登ったところに住んでいます。物置と見紛《みまが》うような荒家《あばらや》ですから行けばお分かりになるでしょう。神領安良《やすら》といいます」

「お父さんは引退なさったのですか？」

いや、と杜栄は笑う。

「父親ではありませんよ。私の叔父に当たります。叔父は偏屈で、結局、妻子を持たないままでしてね。私がこちらの宮司になったとき、引退して本家に戻ったのですが、何が気に入らないのか本家を出てしまいまして」

「伺ってみることにします」

式部は言って軽く頭を下げ、目を馬頭夜叉《めずやしゃ》に走らせた。

「ところで、このカンチさんというのは、何か弓矢に関係があるのですか？」

式部が問うと、杜栄は一瞬、険しい顔をした。

「いえ——なぜです？」

「境内に弓矢を奉納するとかしたとか、そういう話を小耳に挟んだように思ったものですから」

「では、何かの勘違いでしょう。そういう習慣はありません」

杜栄の口調は、どこかしら突き放す調子だった。

「そうですか。ときに、こちらは高台にある神領さんの分家になるのでしたね？」

ですが、と厨子を閉じながら答えた杜栄の表情は、さらに険しかった。

「御当主の神領明寛さんは、宮司さんの何に当たられるのです？」

「兄——ですが」

「ああ、では、神領英明さんは甥《おい》に当たられるわけですね？」

杜栄はこれには答えなかった。険しい視線が式部を射ている。

「英明さんは殺されたのだ、という噂《うわさ》も聞いたのですが」

ふいと杜栄は視線を逸《そ》らした。

「誤解でしょう。甥は事故で亡《な》くなりました」

「そうですか？　それにしては、明寛さんがずいぶんと地元警察をせっついていたようですが」

堂を出ながら杜栄は振り返った。その顔には、もはや笑みは見えなかった。

「あれは兄がどうかしておるんです。警察は事故だと言っているのに、頑強に殺されたと主張して譲らない。最近では、さすがに事実を受け入れる気になったようですが」

「もうひとつだけ、お訊《き》きしてもいいでしょうか」

何でしょう、と杜栄は答えたが、声には冷ややかな拒絶が漂っている。

「十月三日――台風の夜です。あの夜、宮司さんはどちらにおいででしたか」

ぴくりと杜栄の眉が動いた。口許《くちもと》が歪《ゆが》み、どこか酷薄そうな笑いを浮かべた。

「なるほど、単に遊びにみえたわけではなかったというわけですな」

「仕事ですから」

「私はその日まで、しばらく所用で出掛けておりました。台風が来ると聞いて、慌《あわ》てて駆け戻ってきましてね。最後に動いた便にかろうじて間に合いました。家に帰り着いてからは、その疲れで寝ていましたよ。もっとも夜には、社《やしろ》を心配して集まった人たちと社務所に詰めていましたが」

「夜と言っても長いでしょう」

「生憎《あいにく》、時刻までは覚えていません」

「集まった方たちの中には、本家の方も含まれていたのですか？」

式部が問うと、杜栄は冷たい一瞥《いちべつ》を投げて背を向けた。

「もうひとつだけ、ということでしたな」

3

杜栄《もりえ》が言っていた家は、すぐに分かった。港に沿って延びる道を下《しも》島のほうへ向かうと、突き当たりの手前に斜面に向けて登る小径《こみち》があり、その先、薄《すすき》に埋もれるようにして納屋《なや》のような古びた建物があった。汚れた板張りの壁には蔓草《つるくさ》が這《は》い登り、屋根までを覆《おお》おうとしている。その屋根にはかろうじて瓦《かわら》が載っていたものの、方々が欠け、秋草が根を下ろしていた。

本当に人が住んでいるのか、式部が疑問に思いながら、色褪《あ》せた合板のドア越しに声を掛けると、痩《や》せた老人が顔を出した。洗い晒《ざら》しの作業着を着た、それが神領安良《やすら》だった。

名刺を出し、社に興味があって杜栄に紹介されて来たのだと言うと、安良は「そうかい」とだけ言って、式部を中に促した。中は六畳ほどだろうか。畳を敷いた四畳半に土間がついていて、土間の片隅に流しとコンロが据えてある。四畳半には薄い布団《ふとん》が敷き放しになっていた。式部はとりあえず、四畳半の縁に腰を降ろした。安良は「飲むかね」と一升瓶を示したが、これには首を横に振る。

「神霊神社の御主神について伺いたいのですが」

湯呑《ゆのみ》に注いだ酒に口をつけ、安良は頷《うなず》く。

「カンチさまは別名をメズさんとも言うと聞いたのですが、なぜなのです?」

安良は式部の顔を見たまま、軽く首を傾ける。

「あんた、厨子を見たかい」

「杜栄さんがご厚意で、特別に中を見せてくださいましたが」

「じゃあ、分かるだろう」

「中には馬頭観音が納められていました。杜栄さんは馬頭夜叉《めずやしゃ》だと教えてくれたのですが、馬頭観音そのものに見えました。角があるのが変わっているぐらいで、根本印を結んでいましたし、蓮華座や光背もありましたから仏像のようで。ただ、確かに光背の種子《しゅじ》は『ヤ』になっていましたが」

安良はちらりと笑った。

「ほう。本当に嫌いじゃないようだ。――うん、あれは馬頭夜叉《めずやしゃ》なんだよ」

言って安良は、アルミの灰皿の中に盛り上がった吸い殻を探る。式部が懐《ふところ》から煙草《たばこ》の箱を出すと、嬉《うれ》しそうに手を出した。

「だから俺たちは馬頭《めず》さん、馬頭《めず》さんと言うが、カンチが馬頭夜叉《めず》だという記録はないね。と言っても、ろくな記録なんざ残ってないんだが。少なくとも残ってる記録からすると、カンチは夜叉だよ。鬼だ夜叉だとは書かれちゃいるが、馬頭夜叉《めず》だという記述はないし、馬首とも書いてない。古い図版じゃ、虎皮《とらがわ》の褌《ふんどし》をした鬼の恰好《かっこう》をしているしな」

「あれはいつ頃のものなのです?」

「弘化丙午《こうかひのえうま》、と記録にゃあるから、弘化三年のことなんだろうね。百五十年くらい前のもんかね。そんなに古いもんじゃあない。造ったのは神領の本家だが、実際、どういうつもりであんなものを造ったのかは、良く分からない。ただ、馬頭夜叉《めず》を造ろうとしたんだろうとは思うんだがね」

「馬頭観音ではなく?」

「うん。馬頭鬼《めずき》ってのは、姿形がはっきりしないからね。それで多分、造りように困ってあんな形にしたんじゃないかと思うんだよ。有り難い馬の神様なんだから、馬頭観音を造っとけ、鬼なんだから角をつけときゃいいだろう、という具合にさ」

「ああ……なるほど」

「馬なのは、ここが島だからかね。何で馬になったのかは生憎、俺にも分からねえ。ただ、あの像があるせいで、島の連中は馬頭《めず》さん、馬頭《めず》さんと言うんだがね」

「では、御主神はあくまでもカンチさんで、馬頭《めず》さんというのは、神像から来た通称なのですね」

「だろうと思うよ。あれができて以後だからね、記録の中に馬頭鬼《めずき》って言葉が出てくるのは。まあ、いずれにしても鬼だな。それも人を喰うってんだから、おっかないやつだ」

安良の口調は、到底、かつてはその神を祀《まつ》っていた宮司のものとも思えなかった。少なくとも式部には、神として信奉しているようには聞こえない。

「二臂は蓮《はす》と斧を持っていましたが」

「蓮と斧は馬頭観音の持ち物だからね。まあ、牛頭馬頭《ごずめず》にも斧は付きものだが」

「弓矢、ということはないのですか？」

式部が問うと、安良は皮肉げに笑って、ちびた煙草の先を見つめた。

「それ、杜栄は何て言ってたね」

「関係はない、とおっしゃってましたが」

「嘘《うそ》の下手《へた》な奴《やつ》だね」と安良は笑い、「馬頭《めず》さんが人を襲うときに何を使ってたのかは知らないがね、弓矢も使うよ。これから人を喰うって時には白羽の矢を立てて報《しら》せるんだとさ。これは古い伝承だね。だから璽筥《しるしのはこ》の中身は弓と矢だよ。もちろん矢羽根は白だな」

式部は内心で、はたと手を打った。神社で発見された矢はそういう意味だったのか。そう思ったとき、安良が言った。

「何でも死体が見つかった後に、社に矢が立ってたらしいじゃないか。だったら、矢を立てた奴は、やったのは馬頭《めず》さんだと言いたかったんだろうな」

式部は驚いて安良を見た。

「安良さんは神領さんの分家筋ではないのですか」

安良は底意地の悪いふうに笑う。

「名ばかりの分家だね。縁はあるが、それだけだ。でなけりゃ、こんな荒家に暮らしちゃいねえよ」

確かに、神領家のあの屋敷とここでは、あまりにも落差がありすぎる。安良が何を糧《かて》にして暮らしているのかは分からないが、裕福に暮らしているわけではなさそうだった。たとえ血縁があるにしても、神領本家の恩恵には与《あずか》っていないのだろう、と思える。

「安良さんは杜栄さんの叔父様だと伺いました。ということは、明寛さんにとっても叔父様に当たるのではないのですか」

「血縁の上じゃあ、そういうことになるね。先代の寛有《ひろあり》ってのが俺の兄貴だ。その長男が明寛で三男が杜栄さ。ただ、俺や杜栄は分家と言っても、名ばかりだからね。神領の家に生まれても、家の者じゃないのさ」

式部が首を傾《かし》げると、安良は、

「あの家には守護さんってのがいるのさ。古い話によれば、夜叉岳に鬼がいて人を喰らった。それを旅の行者が懲《こ》らしめたってんだがね、その行者の裔《すえ》が神領家だって話なんだよ。まあ、ありがちな話だが、以来、馬頭《めず》さんは神領家に捕まってるのさ。家の奥に社があってね、そこが馬頭《めず》さんの住まいなんだよ。何しろ相手は人食い鬼だから、目を離すと抜け出してまた殺生《せっしょう》をしようとする。それで馬頭《めず》さんを見張って悪さをしたくならないよう、機嫌を取っとく人間が必要になるわけだな。それが守護ってわけだ」

「安良さんもかつては守護だったと——」

「そう。だいたい、三男か長女だね。それが守護に就くんだよ。守護に就いてる間は、家にとっちゃあ賓客《ひんきゃく》だ。大事な神様を慰めてくれるお客さんだってわけだよ。家の者は、そりゃあ大事にする。戦中のもののない時期でも、守護だけは絹の晴れ着を着て、銀飯《ぎんめし》喰って暮らすってぐらいだからね」

言って、安良は苦々しげに口を歪めた。

「俺が守護に就いたのは数えの七つだから、満《まん》の五歳で戦争の直前だ。毎日絹のおべべを着てね、食事は塗りのお膳にずらっと器が並ぶ。婆や姉やは木綿のもんぺを穿《は》いてるってのにさ。そんで遊んで暮らすわけだよ。お役を御免になったのが二十六だったかな。杜栄の奴が守護になって、俺はお社の宮司に納まったわけさ。そしたら、表のことは何にも分からない」

「ずっと表に出ないというのは本当なんですか」

「本当だよ。家の奥から一歩も出ない。出るのは祭りの時ぐらいかね。アシハライと——」

「アシハライ？」

「悪いことを浄《きよ》めんのさ。忌《い》み事が起こると牛を馬頭《めず》さんに捧《ささ》げる。つまりは贄《にえ》だな。下島から牛を流して厄《やく》を祓《はら》うのさ。流れて戻って来なけりゃ牛を馬頭《めず》さんが受け取った——つまりは厄が落ちたってことだし、戻ってくるのは厄が落ちなかったってことだ。その時にはアシハライという祭りをやるんだな。と言っても、戻ってくることなんかありゃしねえ。宮司は知ってるからね」

「知ってる？」

「そう。岬の外側の岩場から牛を流すんだがね。暦によってあるんだよ、ここから流しゃあ戻ってこないって場所が。それを知っててやるんだから、詐欺《さぎ》みたいなもんさ。だから実際にアシハライをやることはまずねえ。そんで牛を流すのもアシハライと言うんだがね」

式部は頷いた。なるほど、アシハライとは悪祓《あしはらえ》のことか。

「あとは祇園祭《ぎおんまつり》だね。祇園と言うが、八坂《やさか》神社のやつとは関係がねえ。単なる御霊会《ごりょうえ》で、いわば馬頭《めず》さんの御霊《みたま》を鎮《しず》めるためにやるってとこかね。同じ御霊会で、時期的に同じだから、そう呼ぶんだろう」

「ということは――」

「旧の六月。七月の土用《どよう》だよ。――表に出ることと言うと、あとは氏神《うじがみ》のほうの秋祭りだね。その時にお客に呼ばれんのさ。神饌《しんせん》に顔を出すんだな。と言っても御簾《みす》内に坐《すわ》ってるだけなんだがね。それ以外は、蔵座敷の中さ。まあ、本ぐらいは読めるけどね。俺の頃にゃテレビもなかったし、奥にはラジオも置いてなかった。それがいきなり、役目は終わったからって表に出されるわけさ。しばらくは納戸《なんど》に隠れていたもんだよ」

もしも本当に家の中から一歩も出ないものなら、突然の外界は、さぞ恐ろしかったことだろう。しかも戦前から戦後へと、世界は激変している。

「しかし、学校にも行ってなかったのですか？　召集は」

「ないない。だって俺は、いない人間だったんだからね。守護でいる間は戸籍がないんだ、誰も学校に行けとは言わないし、赤紙が来ることもない。もっとも、俺は召集されるにゃ小さかったけどね」

「戸籍が――ない？」

まさか、の意を含ませて言うと、安良《やすら》は笑う。

「勿論《もちろん》お役を御免になって出てみたら、ちゃんとあったさ。どういう仕組みになってるのかは知らないがね、一度、興味を持って調べてみたら、杜栄《もりえ》の戸籍はなかったよ。だが、奴がお役を御免になった時にゃ、ちゃんと先代の戸籍に入ってた」

「徹底しているんですね。……では、今も守護さんがちゃんと？」

だろうね、とそっぽを向いて安良は新しい煙草に火を点《つ》ける。

「表に出てみたら、表は広すぎて途方に暮れた。でもまあ、慣れるもんさ。慣れるのは早かったな。そうやって見てみると、上の兄貴は神領の旦那《だんな》さんだ。俺はたかが神主《かんぬし》で、しかも先の宮司とその家族の面倒まで見にゃならん。ずっと昔からそういうことになってんだよ。新しい守護がお役に就くと、前の守護が新しく宮司になって、先の宮司は隠居する。大昔は宮司になっても結婚はせんものだったから、隠居した先代の面倒は新しい宮司が見るわけさ。お役で繋《つな》がってるだけで、親子じゃあないんだが、社の分家、ってさ、そうやって代々一家を作ってきたんだな。

突然表に放り出されて、しょぼくれた分家に突っ込まれて、しかもそこにゃあ、先の宮司――これは女だったんだが、そいつが母親面《づら》して居坐ってるわけさ。おまけに婆《ば》ァにゃ亭主と餓鬼までいてさ、それを全部、俺が抱え込む。これじゃあ割りに合わねえ、と思って若い頃は荒れたが、そのうち何もかも嫌気が差しちまってね。いっそ島を出ようかとも思うんだが――これができない。本土は広すぎて、未《いま》だにおっかないんだ」

「なんでも、守護の間は娘ということになっていたとか」

「そう」と、安良は声を上げて笑った。「今から考えると気色の悪い話だが、まあ、守護でいる間は疑問にも思わなかったからな。ただ、女の形《なり》をしちゃいたが、あれは女なんじゃないと思うよ。もともとは男でない、という意味なんだろうな」

「男でない――」

「そう。よく、七歳までは神の内、と言うだろう。昔は元服《げんぷく》すんのが十四、五だ。七つまでは人じゃねえ、十五になったら一人前の大人だ。その間は何だと思うね?」

「童子《どうじ》――ですか」

「そういうことだな。だから守護は数えの七つでお役に就いて、以後は歳《とし》を取らないのさ。女の形《なり》してんのも、女になるってわけじゃない、男でないってだけなんだろ。神の範疇《はんちゅう》にもないし、人の範疇にもない、男でもなけりゃ女でもない。守護ってのはそういうもんなんだろうね。いわば神様に仕《つか》えるわけだからね」

なるほど、と頷《うなず》きながら、式部は胸に痞《つかえ》のようなものを感じていた。これが過去に行なわれていた風習だと言うなら分かる。だが、守護は現在もいて(いるとされていて)、今もなお島で頑《かたく》なに守られている風習なのだ。今どき――と言うしかない。この頑迷なまでの遵守《じゅんしゅ》ぶりは異常だ。そこに出現した死体と矢。まるで馬頭鬼《めずき》が被害者を殺した、その宣告のような。

「しかし、そうは言っても、安良さんも神領家の一員ということになるのでしょう？　失礼ですが、なぜこんなところに？」

「さあねえ。喰わせてもらうのが嫌だった、と言いたいところだが、今だって甥《おい》――明寛に小遣いせびって生きてるからね。先代の守護のように杜栄の世話になる手もあったし、本家で楽隠居したいと言えばそうさせてくれたんだろうが。……なんか嫌なんだよ」

式部は何となく、ここがぎりぎりの縁《ふち》なのだろうな、という気がした。島に嫌気が差していても、島からは離れられない。安良は「外」が恐《こわ》いのだろう。求める心と、恐怖心がかろうじて拮抗《きっこう》して、妥協できる場所が島の縁に当たるここなのだろう、という気がする。汚れて曇った小窓からは、港が――そして、その向こうの外海が一望できる。

「……神領さんは、死体の件を闇《やみ》に葬《ほうむ》ってしまいたいようですね」

「のようだな。あったもんを無かったことにはできまいに」

「それはなぜです？」

「さあ。明寛に訊《き》いても、答えられないんじゃないかね」と、安良は真意の見えない表情で笑った。

「答えられない？」

「そう。――強いて言えば、そういうもんだから、なんだろうな。別に後ろ暗いとか、明寛の奴が何かしたとか、そういう意味じゃあねえ。それを疑ってるんだったら悪いけどね。ここは訳ありの島なんだよ。だから、注目を引きつけるようなことはしない、それが習い性《しょう》になってんのさ」

そうか、と式部は思う。――あの黒祠《こくし》か。島はかつて秘密を一つ抱えていた。島で異端の神が信奉されていることは、決して大っぴらにはできないことだったのだ。だから余計な注目は集めたくない、それが島の気質として定着しているということか。

安良は悟り済ました貌《かお》で、自らが吐き出した煙を眺めていた。

「まあ、明寛にすりゃ、痛いところに触れたから思わず庇《かば》った、ってとこだろうな」

「遺体で発見された羽瀬川志保を御存じでしたか」

「いや。島の者だっていう噂《うわさ》だったけどね」

「あれ以前にも、亡《な》くなられた方があったとか」

安良は怪訝《けげん》そうに式部を振り返り、ああ、と声を上げた。

「英明かい」

「殺されたのだ、と伺いましたが」

「死んだのは確かだね。明寛は殺されたに違いないと言い張ってたようだが」

「それは、何か理由があってのことだったんでしょうか?」

「どうだろうな。明寛の奴は英明が死んで逆上してたからね。なにしろ、長男を亡くしたばっかりだったんで」

「子煩悩《こぼんのう》な方なんですね」

「そういうわけじゃねえだろう。何しろ、あそこは二人きりの兄弟だからね。長男が死んで次男が死んだら、誰が家を継ぐんだい。あの家じゃあ、血統と家を残すより大事なことはねえのさ。なのに血統が絶えようとしてる。それで頭に血が昇ったんだろう。方々に当たり散らして、理不尽なことを喚《わめ》いてたようだからね」

「娘さんがいるのでは」

「守護は家を継げないんだよ。守護は客だからね。もう家の者じゃないってことなんだろうよ。法律じゃあ娘だって家を相続できるわけだが、あの家にとっちゃあ法律なんて意味がないからね。代々守ってきたもんのほうが人間よりも大事なんだ。守護はいても相続人の勘定のうちに入れられない。家を継ぐのは、康明か英明しかない。なのにそれが両方とも死んじまって、このままじゃあ血統が絶える。まあ、当世風に言うなら家業が倒産しかかってるってとこなんだろうな。だから殺されたとか犯人を見つけたら逆さに吊《つる》してやるとか血迷ったことを叫んでいたが」

式部は「逆さに吊す」という安良の語に、どきりとした。

「実際のところはどうなのでしょう？」

さてなあ、と安良はちびた煙草《たばこ》を口に運ぶ。根元まで灰になっていた煙草はフィルターだけになっていた。それを忌々《いまいま》しそうに捨ててから、

「俺は事故ってのは怪しいと思っているがね。あんた、事件のことをどれくらい聞いたんだい」

安良に言われ、式部はこれまでに知り得たことを復唱した。七月十二日、本土の港で神領英明の死体が発見された。七月八日、英明は島を出て、それきり戻って来なかった。当日の深夜から翌九日にかけてに死亡したと見られている——。

「そういうことさ。英明は買い物に出るっつって出掛けたらしい。十一時の渡船に乗って島を出たんだ」

警察の聞き込みによっても、船を降りたところを見た者は発見できなかったが、本土側の港にある駐車スペースから英明の車が消えていたことは目撃されている。実際に街でキャッシュカードやクレジットカードが使用されており、そのタイムスタンプからすると、本土に渡った英明が、すぐさま車に乗り込み、まっすぐに市街地に向かったことは間違いない。特にキャッシュカードを使用する英明の姿が、防犯カメラに残されており、カードを使用した午後一時の時点で、英明が生存していたことは確実である。しかしながら、その後の足取りは全く分からなかった。死亡推定時刻は八日の午後十一時か

ら翌九日の午前五時にかけて。死因は溺死《できし》で、長期間海中を漂流していたに違いないことが確認されている。

その日の夕方、英明の車が駐車場に戻っているのが目撃されているが、英明自身を目撃した者はいなかった。駐車場に車が戻ったのも、いつ頃のことなのか警察は特定できていない。

「車が駐車場に戻ってたというのがな」と、安良は言う。「もしもだ、帰り道のどっかで英明が海に落ちてだな、溺《おぼ》れて死んだってんなら、車はどっかその近辺にあるはずだろう。だが車は戻ってた。もしも事故に遭《あ》ったんなら、そりゃあ港の周辺だってことになる。駐車場から歩いて行ける範囲内だ。だが、あの辺りには落ちて死ぬような危険な場所はねえんだよ。しかも季節は夏だ。勿論、英明は泳ぎが達者だった」

式部は港の周辺を思い出す。確かに、港に近い海岸線は岩場の続く磯《いそ》で、危険な崖《がけ》などがあったわけではない。

「おまけに、港周辺にゃ人目がある。英明がふらふらしてりゃ、誰かが見掛けているだろう。あの近辺の者で英明を知らねえ奴《やつ》はいねえからな。なのに英明を見た者がいねえ。しかもあの日は雨だったんだ。渡船を待つ間にちょいとその辺を歩こうなんて気になるもんかね？」

「確かにそうですね……」

「しかもだ。英明が死んだのは夕方じゃなく夜だ。夜の十一時から翌朝の五時くらいにかけてだろうって話なんだが、それまで英明はどこにいたんだ？　なんだって船に乗らずに、港の近辺に留まってたんだろうな」

確かに可怪《おか》しい。事故に遭ったと考えるには、かなり不自然なシチュエーションであることは確かだった。

「明寛の奴が、殺されたと騒いでいたのは、逆上のあまりに出た戯言《たわごと》だろうと思うがね、それとは別に、英明は確かに誰かに殺されたんだと俺は思うよ」

式部は頷く。

「英明君は買い物をして港に戻った。車を駐車場に入れて……」

「問題はそこさ。車を駐車場に入れたのが、英明の奴だとは限るまい。犯人がこう――英明にがつんと喰らわすなりして、奴をどっかに隠しておいてから、車だけ駐車場に戻しにきたのかもしれんしね。だとしたら、英明は街から戻ってくる途中で犯人を拾ったのさ。しかも犯人は英明の駐車場がどこだか知っていた。てことは、英明とは顔見知りだったんじゃないかね。港まで英明が戻ってきたんだとしても、そっから英明はどっかに行ったわけだろう。港の周辺でがつんと喰らわすわけにもいかねえだろうし、かと言って、あんなところで夜までのんびりしてたら目につかあ。ま、犯人にくっついてどっかに移動したんだろうし、だとすりゃ、やっぱり犯人は顔見知りだ」

「しかし、どうやって移動します？」

「徒歩ってのは考えにくいが、ねえことじゃないわな。でなきゃ犯人が車を持っていたんだろう。英明がバスを使ったってことはねえらしいから。歩くにしても車に乗り込むにしても、顔見知りの奴が相手でもなきゃ、そんなことはしねえだろう」

式部はとりあえず頷いた。

「英明と顔見知りだった人間は多いだろうが、数は有限だ。地道に当たっていけば、そのうち怪しい奴が出てくるだろう。特にそれが島の人間なら話はもっと早い。そいつは八日、島に戻ってくることはできなかったはずだからな。……なんだが、明寛の奴、冷静になったと見えて矛先《ほこさき》を収めちまったからね」

式部は安良を見た。

「矛先を収めた理由は——冷静になったから、なのでしょうか？」

安良は怪訝そうにした。

「理由を問い質《ただ》したわけじゃないが。なぜだい」

「もうひとつ、死体が出現したからではないのですか」

すっと安良は目を細めた。笑うようでもあり、怒るようでもある、奇妙な表情だった。

「娘が殺されたことと、英明が死んだことが何か関係あるのかい？」

安良の瘠《や》せて老いた顔には薄笑いが浮かんでいた。ただ細めた眼光だけが鋭い。

「私には分かりませんが。……ただ、志保の死体が見つかってから、風供養《かぜくよう》が始まったと聞きました」

「そうだったかな」

「牛が流されたという話も聞きましたが。アシハライですよね」

「だろうな。惨事が起こったわけだからな」

「風供養も浄《きよ》めなのですか？　カンチさんを慰めるのだと聞きましたが」

「そう。一種の浄めになるのかね。馬頭《めず》さんをあれで宥《なだ》めるのさ。自分に累《るい》が及ばないように」

「なぜ忌《い》み事が起こると、馬頭《めず》さんを宥める必要があるんです？」

「死は、馬頭《めず》さんの領分だから、だろうな」

「しかし、なぜ風供養なのですか？　牛を流すのはなぜです？」

「馬頭《めず》さんがそれを望むからだよ。牛を流すのは馬頭《めず》さんがそう言ったからだ、風供養をするのは、風の音を聞くと馬頭《めず》さんが眠るからだと言われてるな」

　そう答えて、安良は薄く笑んだ。

4

安良《やすら》の庵《いおり》──と言うには、余りにもお粗末だったが──を辞去し、式部は港沿いの道を歩いた。陽は中天を過《よ》ぎろうとしている。からからと風の音が響いていた。

風音を聞きながら式部は考え込む。

──馬頭《めず》がそう言った、馬頭《めず》が眠る、これが単なる物語であることは間違いがない。そこには、そういう物語とは別に、呪術《じゆじゆつ》的な意味があるはずだった。

風車、風鈴、──風を招く。杜栄《もりえ》は風送りであることを否定したが、風車や風鈴が風を呼ぶための呪物であることは間違いないように式部は思う。

だが、馬頭夜叉《めずやしや》は文字通りの馬首、馬であると言ってもいい。十二支で言えば「午《うま》」だ。陰陽五行説では十二支を五行に配当するが、午は火気、特に「火気の旺《おう》」──すなわち火気の盛りだとされる。また、五行説で言われる「三合の理」においても火気の旺、いわば「午」は、火の中の火の相だ。その馬頭《めず》夜叉を慰撫《いぶ》するのに風を呼ぶのではそぐわない。風は火を拡大させこそすれ、火を眠らせたりはしない。馬頭《めず》夜叉を慰め、鎮《しず》めようとするなら、そこで求めるべきは水だろう。

その一方で、厄祓《やくばら》いのために馬頭《めず》夜叉に牛を捧《ささ》げる。どうやら牛であることは絶対の条件のようだが、馬頭《めず》夜叉と牛との関係も式部には良く分からなかった。──確かに、十二支で言う「丑《うし》」は五行で言えば水気に当たるが。

丑は水気、中でも終わりを示す「墓《ぼ》」に当たる。三合の理で言うなら金気の墓だ。火気の馬頭《めず》夜叉を慰撫するのに水気の丑を捧げるのは、一見して理に適《かな》っているようにも思えるが、火気の旺を重ね持つ馬頭《めず》に対して、水気の墓である丑はいかにも頼りない。しかも丑はその一方で金気でもある。火は金属を溶かす——火は金に剋《か》つのだ。

何か釈然としない——と、式部は埠頭《ふとう》に足を止めた。近くの倉庫や加工場の前には数人の人々が見え、その誰もが射るように険しい視線を式部に向けてきていた。式部は今や、島にとって招かれざる客なのだろう。

島の者たちは、なぜ事件を隠蔽《いんぺい》しようとしたのか、と式部はそれを考えざるを得なかった。それが神領家の命令だったからだろうか。あるいは、神領家に係《かか》わる醜聞だったからだろうか。単純に外部の注目を避けようとする気質のせいなのか。——そのどれも違うのではないか、と思えた。

神領家が自分のような捜索人の存在を想定していたとは、式部には思えなかった。ならば港の野村や瀬能《せのう》に、早くから箝口令《かんこうれい》が布《し》かれていただろう。もしもこの隠蔽が、ただ神領家の利益、神領家の意思にのみよるものならば、果たして神領家はこんな中途半《はん》端《ぱ》な隠蔽で良しとしただろうか。式部が大江に羽瀬川志保を捜していることを伝えてから、それを聞いた神領家が慌《あわ》てて箝口令を布いたにしては、それは迅速で、しかも徹底され過ぎていたような気が式部にはする。何しろただの一人も、都会から来た二人の客人について「見た」、「知っている」と答えた者はいなかった。

これはそもそも、島の意思なのではないだろうか、と式部は思う。――泰田は「心得ている感じがした」と言っていた。そもそも死体が発見された時点から、島の中には、事件を隠蔽しようという意思がありはしなかったか。それも、あれだけ凄惨《せいさん》な死体を前にしても揺らがないだけの強い総意だ。神領家が大江や泰田に圧力を掛けたのは、それを首長の意向という形で明らかにしただけのことにも思える。……そう、神領家が何を言うまでもなく、志保の死は禁忌《きんき》だったのだ。島の全《すべ》ての者にとって。

「白羽の矢……」

島の祭祀《さいし》の中心にある黒祠《こくし》、そこに馬頭《めず》の犯行を宣言するかのような矢。翌日から島を挙げて始まった風供養、そしてアシハライ。

式部が捜さねばならないのは事件の犯人と、犯人が犯行に及んだ背景だが、その背景のひとつとして、あの黒祠の存在――馬頭《めず》夜叉の存在は無視できないような気がした。だが、その肝心の馬頭《めず》夜叉そのものが釈然としない。馬頭《めず》と呼ぶのは、あの神像のせい、古くは単に鬼、夜叉と呼んだ。そもそも島には夜叉がいて、その神像を造るとき、何らかの理由で馬頭観音に似たあの形が選ばれた。馬首に一角、蒼身《そうしん》に四臂《ひ》。

式部が考え込んでいるうちに、ふっと風が凪《な》いだ。からからという風の音が、潮が引くように静まっていった。一瞬の空白が訪れる。風と、そして風鈴、風車。

これらのものは、風を招くための呪物だ。ただし、時季は問わないようだから、風送りではない。風送りならば木気の墓にあたる辰《たつ》の月──三月、もしくは、未《ひつじ》の月──六月でなければ意味がない。

「未の月？」

式部は思わず呟《つぶや》いた。馬頭《めず》の祭りは旧暦の六月、と安良は言わなかったか。

「……風送りなのか？」

どういうわけだか馬頭《めず》夜叉そのものが未に当たるとすれば、木気の墓である馬頭《めず》夜叉を鎮めるために風を送るのは理に適っている。

──そして？

未は一方で火気の墓にあたる。これを抑制するために、相対する水気の丑をもってする。これが土用の丑のそもそもの意味だ。

──それで牛なのか？

しかし、なぜ、馬頭《めず》が未なのだろう？　神霊、と言う。ひょっとして馬頭《めず》とは御霊《ごりよう》のことなのか。あるいは。

「角……」

──馬頭観音には角はない。馬頭《めず》夜叉にも角はない。馬頭観音の馬首は青だが、これは本来、白を意味するし、馬首だけに限られている。身まで青ということはない。

「青い馬……青い一角の……」

──馬ではないのか？

神は「カミ」、あるいは「カム」と読む。霊は「チ」と読む。だから「カムチ」が訛《なま》って「カンチ」と呼ぶのだろう。馬頭夜叉《めず》は青い。角がある。木気に属し、未に属す。その名は「カンチ」。

「解豸《かいち》か……？」

中国の伝説に言う、青い一角の羊。罪あるほうをその角で突いて示したという。

顔を上げた式部の眼前には、鉄色に凪いだ海が広がっている。海の直中《ただなか》の孤島、この海は本土に続くと同時に大陸にも通じている。九州北西部はある意味で、日本よりも大陸に近いのだ。

馬頭観音ではない。馬頭《めず》夜叉でもない、と式部は確信した。

──そう、あれは解豸なのだ。日本には伝承のない解豸を表現するのに、馬頭観音の姿を借りたにすぎず、その像を見た者が馬頭《めず》夜叉を連想したにすぎない。そして解豸は罪ある者を告発する。

「いや……」と、式部は頭を振った。

白羽の矢、処刑の宣告。解豸は罪ある者を裁くのだ。

解豸は羊だ。だから未の月に祭礼を行なう。罪を贖《あがな》うのには火気に対する水気をもって牛を捧げ、その裁きが無制限に飛び火することがないよう、早々の終息を願って風を送る。

日本には羊鬼はいない。人を裁く精霊もいない。だから「解豸」なのではないだろうか。

そもそも夜叉がいたのだ。これは人を裁く。裁くからこれを「解豸」と呼んだ。解豸に「神霊」と文字が当てられた。一角の羊頭を持つ夜叉像を造った。これは馬頭鬼《めずき》に見えた。だから馬頭観音ではなく、馬頭《めず》夜叉であり「馬頭《めず》さん」なのだ――。

六章

1

昔、夜叉岳《やしやだけ》に鬼が棲《す》んでいた。鬼はしばしば集落に降りてきて人を襲った。ある時、旅の行者がこれを聞いて島にやってきた。行者は鬼を捕らえて責め立てた。

──なぜ罪もない者たちを襲い、苦しめるのか。

鬼は苦悶《くもん》して、三昼夜の後に行者に下った。以後、罪のない者を襲うような真似《まね》はしない、と固く誓って山に逃げ帰ったのだった。

だが、馬頭鬼《めずき》が人を襲うことが、それきり絶えたわけではなかった。馬頭鬼《めずき》は、罪のない者は襲わないと誓った。ゆえに罪のある者を襲うようになったのだった。今でも村に罪があれば、馬頭鬼《めずき》は山を降りてきて罪人を襲う、という。

大江兼子──大江の母親は、そう式部《しきぶ》に語った。

押し掛けた大江家の居間には、大江と兼子が神妙な顔で揃《そろ》っている。

「馬頭《めず》さんが懲《こ》らしめたってことは、罪があったってことです。何も悪いことをしてなかったら、馬頭《めず》さんが襲うはずがないですし」

「しかし、志保《しほ》が殺されたあの事件が、間違いなく馬頭《めず》の決裁だったとどうして言えるのですか？　単なる殺人かもしれない」

「白羽の矢が立ったから。お社《やしろ》の参道に矢が立っていたという話だし」

「けど」と、言ったのは大江だった。「立ってたのは、普通の破魔矢《はまや》だったたって言うじゃないか。宮司さんも可怪《おか》しいって言ってた」

兼子は瘠《や》せた身体《からだ》を小さく窄《すぼ》めて、それでも膝《ひざ》に、「あんなことをするのは馬頭《めず》さんしかおらんです」と、ひとりごちるように零《こぼ》した。

兼子は、頭から志保が神領英明《じんりょうひであき》を殺したのだと信じているようだった。行方が知れない永崎麻理《ながさきまり》も嵐《あらし》に乗じて志保が殺したのだ。だから馬頭《めず》夜叉の裁きを受けた。兼子の中では、それで全《すべ》てが整合し確定していることが、式部にもよく分かった。式部がどんなに言葉を尽くしても、「でも」と言い、「けど」と言って、頑としてそれ以外の解釈を受け入れようとはしない。

「神様が、あんな惨《むご》いことをするのですか？」

式部が問うと、兼子は上目遣《うわめづか》いに式部を見てから、

「だって、馬頭《めず》さんは鬼ですし……」

と、これまたひとりごちるように呟《つぶや》いた。

式部は何となく頷《うなず》く。――解豸《かいち》は裁定者なのだ。神として祀《まつ》られている以上、その功《く》徳《どく》が信じられてはいるのだろうが、何よりもまず条理に背《そむ》けば激烈な罰を与える、そういう神だ。

そして、神領英明が死亡した。これが殺人であるならば、犯人には裁きが必要、裁くのは解豸だ。やがて実際、一人の女が裁かれた。刑罰が下ったことによって、その罪が確定したのだ。――だからこれはもう、「済んだこと」なのだ、と式部は思う。泰田《やすだ》が言っていたのは、そういうことなのだ。島の者たちは、犠牲者がなぜ殺されたのか知っている。仔細《しさい》はともかく、罪と罰の帳尻《ちようじり》は合ってしまったのだ。もはや殺人だと騒ぐ必要もなく、犯人を捜す必要もない。事件は起こったのではなく、終息したのだから。

――勿論《もちろん》これは、辺境の孤島で頑《かたく》なに守られている迷信にすぎない。だが、この迷信は島の大多数の人間にとって、今もなお支配的だ。

つまり、と式部は独白した。

――誰かが葛木《かつらぎ》を殺したのだ。神領英明殺しの罪を擦《なす》りつけるために。犯人は島の信仰を熟知している。人ひとりを殺せば、人々は犯人を捜し、罪を明らかにしようとするだろう。だが、もう一人殺せば、人々はそれで納得する。ただ矢を一本、立てておくだけでいい。それで第二の殺人は馬頭夜叉《めず》の決裁として了解され、人々は事件そのものを「終わったこと」として片づけてしまう。もはや誰も犯人を捜そうとはせず、その罪を問おうとはしない。

――犯人を捜さなければならない。彼女の汚名を雪《そそ》ぐためにも。

ロビーで式部がそう改めて思っていると、大江が湯呑《ゆのみ》を持ってきた。申し訳なさそうにそれを式部の前に置く。

「済みませんね。お袋は迷信深くて」

いや、と式部は首を振った。――兼子を説得したくて話をしたわけではない。兼子の「信仰」がどの程度の確信なのかを知りたかっただけだ。

「島の人が事件について口を噤《つぐ》むのは、馬頭《めず》さんの存在を知られたくなかったからなんですね」

「そうなんでしょうな」と大江は複雑そうにした。「――そもそも、口にしちゃあ、いかんのです。馬頭《めず》さん、という名前のほうですがね。濫《みだ》りに口にするもんじゃない、気安く口にすると罰《ばち》が当たる、と言う。馬頭《めず》さんてのは、そういうものなんですよ。別に隠せと誰かに言われたわけじゃないんですが。憚《はばか》る、と言うんですかね。馬頭《めず》さんに関することは、憚るような種類のことなんですよ、何となく」

式部は頷いた。――徹底した黒祠《こくし》だ。確かにかつては、馬頭《めず》さんなどと通称される神を崇《あが》めていることは島の秘密だったのだろう。いや、そもそも島でそれだけ、馬頭《めず》夜叉が畏怖《いふ》を抱かれていることの証左なのかもしれない。

「まあ、単に恥ずかしいのかもしれませんがね。いまどき神様の罰なんてのを信じてるってのが。俺もねえ、今更馬頭《めず》さんがいるなんて真剣に信じてるわけじゃないんだが……反射的ってんですかねえ。馬頭《めず》さんに絡《から》んだことだと思うと、理屈じゃなく、これは口にしちゃあならねえことだと思っちまうんですよ」

これにも式部は無言で頷いた。——信じていないと言うが、それは解豸《かいち》の実在を信じていないというだけのことだろう。そう言いながらも大江は、殺された志保は被害者ではなく加害者であることを、無意識のうちに受け入れている。

いずれにしても、馬頭《めず》にまつわることは、一切が口にしにくいことなのだ。その名前を口にするのにも気後れがあり、馬頭《めず》の決裁についても、それが信じられていることについても口にするには躊躇《ためら》いがある。ましてやそこに、死体があって、それが馬頭《めず》夜叉の決裁だということになれば、口を噤んで当然なのかもしれない。

「これは大っぴらにはできないことだぞ、と思うんですかね。まあ、年寄りなんかは、本気で信じてるようだし、俺ぐらいの歳《とし》の奴《やつ》でも、本気でこれは馬頭《めず》さんがやったんだと信じてる奴もいるようですが、島の人間の全員が全員、信じてるわけじゃない。だから、警察に届けたほうがいいんじゃねえかと言う奴もいましたけどね、神領の旦那《だんな》があだったもんで……」

「事件の後、風供養《かぜくよう》が始まったんですよね」

「そうです。馬頭《めず》さんを宥《なだ》めるってんですかね。お袋なんかは、お目零《めこぼ》しを願うんだって言いますよ。悪いことをしてなきゃ罰の当たりようもねえわけですが、人間、全く何も身に覚えのないってわけにゃあ、いきませんからね。なんで、罰が飛び火しないように、供養して宥めるんですよ」

「アシハライという儀式もありますね？」

「はあ。もっとも俺は立ち会ったことも、見たこともないですけどね」

「ないんですか？」

「ええ。あれは、身に覚えのある奴が、頼みに行くもんですから。祭りってわけじゃないんで、儀式をやる連中――宮司さんとか氏子総代でもなけりゃ見物するチャンスはないですから。時々、誰それが流したらしいぞ、って噂《うわさ》を聞くぐらいで」

「事件があった後にも、牛が流されてますね？」

「らしいです。きっと神領の旦那でしょう」

「それは、神領さんに身に覚えがある、という意味ですか？」

とんでもない、と大江は手を振った。

「身に覚えのある奴って言ったのは、そんな大層な意味じゃないんで。何て言えばいいんですかね――ほら、悪いことが続くことってあるじゃないですか。どうも験《げん》が良くねえ、祟《たた》られてるようだ、とか言う。そういうのを、島じゃ馬頭《めず》さんのせいにするわけですよ。身を慎んでないから馬頭《めず》さんに目ぇ付けられてるんだ、というふうに考える。それを落としてもらうわけで、だから、普通の神社のお祓《はら》いと一緒なんです。本当に厄《やく》祓いみたいなもんで。

神領の旦那じゃないかって言ったのも、事件だったからだって意味ですよ。台風が多いとか、雨が少ないとか、そういうのも馬頭《めず》さんのせいだって言うんですよ。だから島の厄を落とすために、島を代表して神領さんが牛を流しに行くんで。今度もそれなんじゃないかって意味です」

もっとも、と大江は言い添えた。

「お祓いを受ける奴だって、神領の旦那に頼むんですけどね。それなりのもんを用意して、願い状を持って、神領さんのところに頼みに行って代行してもらうんですよ。頼めば立ち会わせてくれるようですけど、形としちゃ、神領の旦那がやることになるんです」

なるほど、と式部は頷いた。――島においては、全ての不幸は罪と罰という構図の中で語られるのだ。それが単なる厄祓いにすぎなくても、祓い落とさねばならないほどの厄を背負い込んだのは本人に罪があればこそだとされる。ゆえに、誰がアシハライを行なったのかは、秘密にされねばならない、ということなのだろう。秘密にするために、祭祀《さいし》を行なう神社との間を神領家が仲介する。

「実際には小さい村の話なんで、誰が頼んだのかは何となく分かっちまうもんなんですが、全部というわけじゃないです。だから今度も、ひょっとしたら誰か頼んだ奴がいたのかもしれませんけど。——けども、だとしたら、事件とは関係ねえでしょう。事件のことでアシハライを願いに行ったら、自分がやったって白状してるようなもんですからね」

「確かに」と、式部は苦笑した。

「ただ……英明君が死んだ日、葛木さんが東京にいたってんなら、こりゃあ馬頭《めず》さんじゃねえ。誰かが馬頭《めず》さんを騙《かた》ったってことになるんでしょうな」

式部は内心でさらに苦笑する。馬頭《めず》さんじゃない、という言葉が、大江の無意識の中に刻み込まれた信仰を露呈していた。おそらくは、本人たちが思っている以上に、まだ信仰は島にとって生きているのだ。

「どうでしょう、大江さん。誰か英明君を怨《うら》んでいた人はいませんでしたか」

式部は大江を見る。——全ての始まりはそれなのだ。何者かが神領英明に殺意を抱き、彼を殺害した。その罪を擦りつけるために、もうひとつ死体が必要だった。

大江は複雑そうな貌《かお》をした。言ったものかどうか迷っている気配が式部にはした。

「では、これはどうでしょう。英明君が亡《な》くなって、それ以前にも長男さんが亡くなってますね。神領家は誰が跡を継ぐんですか？」

これにも迷っている様子があったが、低く息を吐くと、大江は口を開いた。

「普通なら娘さんということになるんでしょうが、島じゃあ、守護さんは家を継がないもんだと決まってるんで。どっかから養子を貰《もら》って継がせるってことになるんじゃないですかね。でもって、神領さんとこの場合、赤の他人というわけにはいかないです。血縁でないといかんし、それも血が濃いほどいい。すると、一番明寛《あきひろ》の旦那に血が近いのは、旦那の兄弟だってことになるんですが、これがなかなか複雑でね」

「――複雑？」

「明寛の旦那は、五人兄弟の頭《かしら》なんです。弟が二人に妹二人。ところが、杜栄《もりえ》さん以外の弟妹は、みんな島の外で縁づいちまってるんです。島に残ってるのは杜栄さんだけですが、杜栄さんは守護だったんで家は継げない。すると今度は、旦那の従兄弟《いとこ》ってことになるんですが」

「杜栄さん以外の兄弟ではいけないんですか？」

「そうなんです。なにしろ島を出ちまってるし、島の外で嫁さんや旦那を貰ってますからね。神領家の旦那や奥様が島内じゃねえってのは、絶対に通らないんです。

かく言う俺のとこも嬶《かかあ》は島の外の人間です。俺は別に不満に思っちゃいませんが、正直言って、困ることはあるんですよ。キモになるのは、馬頭《めず》さんの件ですわ。あいつに何て説明したらいいのか分からないんですよ。莫迦莫迦《ばかばか》しいって言われそうな気がしてね。俺も莫迦莫迦しいとは思っちゃいますが、だからってそうあけすけに言われちゃあ、隣近所との付き合いが成り立たない。島で生活するためには、信じてなくたって殊勝な顔ぐらいはしてもらわないと困るんで」

なるほど、と式部は思った。島の者が島内の縁組に拘《こだわ》るのは、そういうわけか。確かに、同じ信仰を共有していない者は、島にとって異分子だ。かつては黒祠だったという性質上、どうしても忌避《きひ》せざるを得ない。

「まあ——うちは幸か不幸か、婆《ばあ》さんがあんなふうで、島じゃあこういうもんなんだって、頭っから押しつけちゃいましたからね。博美《ひろみ》の奴も莫迦じゃねえんで、分からないなりにこんなもんだ、で慣れてくれたようですが。……ただ、神領の旦那のとこばっかりは」

「でしょうね」と、式部は頷いた。神領家は祭祀の一翼を担《にな》っているのだ。確かにそれで、その家中に信仰を共有していない異分子がいるのは拙《まず》いだろう。結局のところ、神領家が未《いま》だに島を動かないのも、ひとえに社が島にある、そのせいなのだろうと式部は思う。

「でもってこれは従兄弟筋にも言えるんで。そもそも先代の寛有《ひろあり》さん、この人の兄弟で島に残ってたのは、二番目の弟の忠有《ただあり》さんと、三番目の弟の安良《やすら》さんだけなんです。他の兄弟はみんな島を出ちまっててね。でもって、寛有さんが本家を継いで、弟の忠有さんは島の中で独立して分家を立てた。安良さんはお社に入ったわけなんです。このうち、安良さんは守護だったから、家は継げねえ。望みがあるのは忠有さんだけだったんですが、忠有さんはもう亡くなってます。忠有さんの跡を取って分家を継いだのが、神領の旦那の従兄弟にあたる博史《ひろし》さんで——私らは分家さんって呼んでますけどね——その他の兄弟は、やっぱり島を出ちまってる。つまり、島に残ってる血縁者で、守護でねえのは博史さんだけだってことになるんです。ところが、博史さんの奥さんは島外の人なんですよ。絵里子《えりこ》さんっていうんですけどね。そういうわけなんで、分家さんが家を継ぐってことは、やっぱり考えられないです」

「では、本当に相続人がいない?」

「いないんです。英明君が亡くなった後、近所でも話題になったんですけどね。旦那はいったいどうするつもりだろう、って。血縁じゃないってことは絶対にあり得ないし、血縁であっても生まれも育ちも島の外じゃあ、なおあり得ない。こうなるともう、分家の博史さんとこの子供——光紀《こうき》君か、泉《いずみ》ちゃん、そうでなけりゃ杜栄さんとこの明生《あきお》ちゃんか、奈々《なな》ちゃんのうちの誰かを養子に入れるって話になるんじゃねえかと」

「該当する血縁はそれだけですか?」

「そうです。ただ、神領の旦那のとこと、分家さんとこは色々と悶着《もんちゃく》が多くてね。有《あ》り体《てい》に言うと、仲が悪いんですよ。もともと本家の先代と博史さんの親父《おやじ》さんが、兄弟だってのにそりゃあ仲が悪くて、始終喧嘩《けんか》をしてましたから。博史さんが絵里子さんを奥さんに貰うのだって、本家の先代がさんざん反対して、縁を切るの切らないのって騒ぎだったんで。それで子供を養子にくれって言われてもねえ」

「それは、なぜなんです?」

「家の問題なんでしょうがね。何て言うか——神領さんとこは、家を継ぐ者以外は、浮かぶ瀬がねえんですよ。長男が全部継いで、他の兄弟にはお零《こぼ》れがなし、って按配《あんばい》なんです。先代——寛有さんは家を継いで、左団扇《ひだりうちわ》で暮らしてたわけじゃないですか。なのにその弟——忠有さんは、加工会社の社長ですよ。それも、会社を持ってんのは本家で、いわば雇われ社長みたいなもんでね。まあ、それでも私らに比べたら大層なもんだし、他の兄弟はその程度のことすらしてもらえなくて、ほとんど婿《むこ》養子に入るようにして島を出ちまってるわけですが。

とはいえ、会社って言っても町工場に毛が生えたようなもんで、忠有さんにしろ、博史さんにしろ、社長自ら前掛けつけて機械使ってるような有様ですからね。しかも博史さんは、明寛の旦那がとやかく口を出すんで辟易《へきえき》してるって話です。普通の会社みたいに、社長が社員を雇って、それが出世して実務を任されてるってのとは訳が違いますから。先々代が、お前は家を継げねえんだから、これでもやれって忠有さんに任せたもんなんですよ。建物と機械を用意してね。それが以来、先代、明寛さんと受け継がれてきた。実際に作業場に来たこともなけりゃ、手伝ったこともねえ。資金繰りから何から完全に任せっきりなのに、取るもんは取って、それが少ないととやかく言う。だから煙たくってしょうがねえんじゃないですか。博史さんは辛抱強い人なんで、とりあえず表立って喧嘩ってことはありませんでしたけど、息子の光紀君なんかは——博史さん手伝って工場に勤めてんですけどね——、かなりカッカしてるみたいです。

しかも英明君が大学卒業して帰ってきたら、あっさり英明君をそこの顧問に据えちゃいましてね。大学出ただけの若僧が、神領の旦那、分家の博史さんの上に立っちゃったわけですよ。だからって何をするわけでもねえ。給料もらって遊んでるだけですからね。それでも大概なのに、当の英明君が兄貴が死んでから旦那風を吹かせるようになっちまって」

式部が眉《まゆ》を寄せると、大江も困ったように息を吐く。

「兄貴の康明《やすあき》君が死んで、本家は自分が継ぐんだって、思い上がっちまったんでしょう。以来、島のあちこちで悶着を起こしてました。こういう言い方をしちゃあ何だが、英明君ってのは、鼻つまみ者ではあったんです。ただ、どうにかしてやろうと思うほど怨まれていたかってえと、それほどの大物じゃなかった、と言うんですかね。何しろまだ大学出たての若僧で、旦那風も板についてねえような按配でしたから。あのまま本当に旦那に納まっちまえば、いずれ怨みを買ったのかもしれませんが、今のところは憎まれるというより、笑い者になってるような感じでした。ただ、笑ってられたのも、私らには実害がなかったからなんで。何のかんのと言ったところで、英明君は若様で、殿様はあくまでも明寛の旦那《だんな》ですから。けども分家さんとこだけは。英明君が博史さんの上に立っちゃいましたから。ああしろこうしろって、現場のことも知らないのに指図したり、博史さんを悪し様《あざま》に罵倒《ばとう》したりしてたらしいですからね。一度なんかは、光紀君が切れて殴りつけようとしたこともあったみたいで。おまけに……こりゃあ単なる噂なんですけど、妹の泉ちゃんにもちょっかいを掛けてたとか」

「英明君が、ですか?」

「ええ。泉ちゃんってのが、今、高校の三年で、本土の学校に通ってんですが。将来は自分が本家の旦那なんだって言って、うるさく付き纏《まと》ってたらしいんですよ。勿論《もちろん》、博史さんや光紀君にしちゃあ、それも面白くないでしょう。また明寛の旦那が、知ってか知らずか、そういうことには我関せずだったんで」

「それは……相当に確執が深かったのでは」

「だと思います。だから今更、光紀君や泉ちゃんを養子にくれとは旦那も言いにくいだろうし、博史さんも首を縦には振らないんじゃないですか。杜栄さんとこは、そうまで揉《も》めたって話を聞きませんけど、何しろ明生ちゃんは三つで奈々ちゃんは二つです。杜栄さんとこは子供が遅くてね。守護を御免になったのが四十になってからで、それから結婚したんだから当然なんですが。でも、歳《とし》が行ってからの子供は可愛《かわい》いって言うじゃないですか。実際、杜栄さんは子煩悩《こぼんのう》な人なんで、とても喜んで手放すとは思えませんや」

神領安良は、英明が死んで明寛は逆上したのだ、と言った。確かに、神領明寛は追い詰められていたと言っていい。

「……分家の博史さんは、英明君が死んだ日、どこにいたのでしょう」

大江は苦笑した。

「そういう話になりましたよ、近所でもね。ただ、博史さんってことはねえです。その日は夕方から、うちで漁業組合の寄り合いがあって、それに出てたんで」

「ここで、ですか?」

「ええ。うちは、そういう宴会みたいなもんも受けてますからね。上の一番大きな座敷を使ってやってました。明寛の旦那も一緒だったんですよ。寄り合いが終わったのが夜中のことで、渡船はとっくに終わってました」

「息子の光紀君は――」

「来てませんでしたけどね。家にいたって話です。おっ母さんの絵里子さんと泉ちゃんと一緒だったってんですけど。英明君の事件の後、あの日、島に戻ってこなかったのは誰だって話になったんですよ。みんな家にいたと言ってます。家族以外に、証言してくれるような奴《やつ》はいないわけですが」

「全員が全員、必ず夜には島に戻っているものなんですか？　たとえば本土で飲み過ぎて戻ってこれないというようなことは――」

「ありますよ」と、大江は苦笑した。「よくあることですけどね。だからみんな島にいたってのは、怪しいもんです。まあ、事件の後、神領の旦那の剣幕を見て、慌《あわ》てて家族や近所の連中と口裏合わせた奴も、かなりいるんじゃないですかね」

2

大江荘を出た式部は、まっすぐ下《しも》島のほうへと取って返した。黄昏《たそがれ》が落ち、斜面に見える安良《やすら》の草庵《そうあん》には、黄色い明かりが点《つ》いている。生い茂った秋草を掻《か》き分けて細い道を登りながら、式部は神領家の内幕について考えていた。

――神領明寛は追い詰められていた。相続人はいない。神領博史か神領杜栄《もりえ》か。そのどちらかの子供が養子に入るしかなかったのだ。博史も杜栄も子供を盾《たて》に明寛と取引ができる。博史も杜栄も、どちらも本人が当主になることはできないが、子供が欲しければ瑕疵《かし》に目を瞑《つむ》って実権を譲れ、と明寛に迫ることは不可能ではない。

――不可能ではない状況だったのだ。神領英明が死亡した以上。そして、英明は殺された。

たとえ自身が当主にはなれなくても、子供を渡した父親は、神領本家に大きな貸しを作ることになる。特に分家の博史は、本家と深い確執があった。英明自身にも含むところがあって当然だろう。だが、英明の死によって、分家は本家に復讐《ふくしゅう》するチャンスを得たのだ――。

思いながら、式部が声を掛けて草庵に踏み込むと、神領安良は干物を肴《さかな》に一升瓶を抱え込んでいた。

「何だい。まだ何か用なのかい」

おどけて目を見開いてみせた安良に、式部は単刀直入に問う。

「博史さんと杜栄さんと、どちらの子供が本家に入ることになるんでしょうか」

安良は一瞬、ぽかんとし、そしてすぐに苦笑した。

「なあるほどな。跡取りの父親って立場に近いほうが英明を殺した、ってわけだ」

「どちらがより近いのか、内々に決まっていたのではないのですか」

「さあて」と、安良は笑う。「こっから先は、一族の内幕ってことにならあな。木戸銭が要るね」

式部は黙って、途中で買い求めた袋を差し出した。一升瓶と煙草《たばこ》が一カートン入っている。安良は破顔して、手を差し出した。

「ほう。こいつは良い酒だな。奮発したようだ」

安良は言いながら湯呑《ゆのみ》を空けると、新しい瓶の封を切った。

「……博史でもないし、杜栄でもない。どっちもねえな。博史のかみさんは外の者だし、杜栄は守護だ」

「しかし」

言いさした式部を、安良は留める。

「だから明寛は醜聞を出してきたのさ。――麻理という」

意外な名前に式部は瞬《またた》く。

「永崎麻理――」

永崎家の娘、弘子《ひろこ》が身籠《みご》もり島の外で産んだ子供。確か、麻理の父親は誰だか分からないのではなかったか。

「じゃあ、麻理の父親は」

――そう、確かに弘子は神領家に勤めていたときに麻理を身籠もったのだ。

「そういうこった。手前《てめえ》が親父だと認めたわけさ。麻理を養女に迎えて婿を取らせる。だから、博史も杜栄も関係ねえのさ」

「それを、博史さんと杜栄さんは」

「勿論知ってたさ。英明が死んだ後、当然のことながら、家をどうするって話になったからね。話が出たのは盆に集まったときかね。その前から、明寛には腹案がある様子ではあったし、あるとすりゃあ、どっかに隠し子がいるって話なんだろうとは思ってたんだ。神領の総領息子ってのは、代々、女に汚くてね。何しろ血筋第一の家だ。あいつらにとっちゃあ、手前の血を残すより大事なことはねえのさ。

まあ実際、今回のようなこともあるわけでな。確かに家のためではあるんだろうよ。もっとも御時世ってやつで、さすがに明寛は先代のように、大っぴらに妾《めかけ》を囲うような真似《まね》はしなかったがね。麻理も認知はしてなかったようだ。親子の名乗りも上げちゃいねえが、養育費だけは人を介して送っていたらしい。それを表に出してきたわけだ」

「それを知っているのは」

「内々の者だけだよ。まだ表沙汰《おもてざた》にできるようなことじゃねえからな。親族には、余所《よそ》に子供がいるからそれに継がせる、とは言っていたが、それがどこの誰なのかまでは、話してないだろう。本土の連中に余計な口を挟まれたくねえから、俺にも黙ってるよう言ってたぐらいだからね。知ってんのは、俺と博史と杜栄だけじゃねえかな。三家の家族と明寛んとこの使用人——高藤《たかとう》の親子ぐらいかね。そんなもんだろう」

式部はそれをメモに取り、

「麻理はその件で島に来たわけですね」

「だろう。島では、麻理は行方が知れねえ、ってことになっていた。中学を出ると島を出て、それきり戻っちゃこなかったからね。完全に音信不通さ。永崎家の人間は爺《じじい》も伯父貴も死んで、島では血縁が絶えちまったし、それで島とも縁が切れてたから当然のことなんだがな。ただ、養育費は受け取っていたし、だから明寛だけは所在を知ってた。麻理は福岡の大学に進んで、弁護士になってたらしいな。福岡にある法律事務所でイソベンってやつをやってたらしいよ」

式部は息を呑んだ。初めて麻理の素性が知れた。

「その事務所は何と言うか分かりますか」

「さあて」安良は考え込み、「確か、小瀬木《おぜき》とか言ったんじゃねえかな。そう、小瀬木法律事務所とか言うんだよ。わりと福岡じゃ有名な、大きな弁護士事務所らしい。立派なもんだろうって、明寛が自慢気に言ってたからね」

式部は、その名を手帳に書き留めた。

「まあ、そこが明寛の、らしいところさ」

「らしい？」

「そう。神領の旦那らしいってのかね。奴らは手前の都合しかねえのさ。明寛はこれなら跡継ぎとして不服はあるまいって鼻高々だったがね、俺はどうかと思ったね。そりゃあ、明寛にしちゃあ不満はないだろうが、相手にだって都合ってもんがあらあ。弁護士ってのは、あんた、そう簡単になれるもんじゃねえだろう」

「……それは、確かに」

「親兄弟もなく、娘一人が踏ん張って手に入れた仕事だろう。しかも本人だって理想や希望があって弁護士になったんじゃないのかい。それを島に呼び戻して、島内から婿《むこ》を取らせて家を継がせるってんだよ。今どきの娘が、うんと言うもんかね」

確かにそうだ、と式部は思う。明寛は完全に、麻理を家を維持する道具にしようとしていたのだ。麻理にとっては、今日まで自分を放置してきた実父、それが突然現れて、島に戻って家を継げ、婿を取れと言う。難関である司法試験をパスして手に入れたものを捨てて、血統を残すための駒《こま》になれと突きつけたのだ。

「明寛の奴ァ嬉々《きき》として親子の名乗りを上げたらしいが、案の定、けんもほろろに断られたらしいな。だからって、明寛にしちゃあ、引き退《さが》れるわけもねえ。詳しいことは知らねえが、人を立てて説得してたらしいんだがね。あの娘が島に来たのも、明寛がその件で呼びつけたんだろうよ」

そういうことだったのか、と式部は思い、

「しかし麻理は、事件のあった日以来、行方が知れませんね？　どうなったか御存じですか」

「さて」と、安良は首を傾《かし》げた。「結局、見つかったという話は聞いてねえな。明寛は捜してるようだがね。あれきり行方不明なんじゃねえかな」

「彼女には連れがありましたよね」

「ああ……羽瀬川《はせがわ》の娘な」

「麻理が呼ばれたのは分かりますが、なぜ志保が同行していたんです？」

「さてな。明寛が加勢に呼んだんじゃねえのかい。志保は麻理と仲が良かったようだからな。麻理を説得させようという──」

「それはないと思います」

志保も麻理と同様に島を捨てていたのだ。姉妹同然に親しかった麻理に何かを無理強《じ》いするために手を貸すとは思えない。──式部がそう言うと、安良は首を捻《ひね》った。

「そうかもしれん。だとしたら、逆かね。麻理が援護に呼んだのかな。……あるいは」

「あるいは？」

「志保のほうも、縁続きだったのかね」

虚を突かれて、式部は瞬いた。だから、と安良は笑う。

「志保のほうも明寛の種だったのかもしれん、ってことさ」

「しかし、志保は──」

「父親がいたわけだがね。ただ、志保は宮下の娘の子供だろう。慎子《みつこ》とかいう。慎子は確か、熊本に嫁入りしてたんじゃなかったかね。でもって慎子が熊本にいたころ、ちょうど明寛も熊本の大学に行ってたな。そういうことさ」

でも、と言いかけた式部を安良は笑う。

「そんなに意外かい？　同郷の人間が街で出会う。女のほうには亭主がいたわけだが、必ず上手《うま》くいっているもんとも限るまいに。男のほうは若僧とは言え、郷里に帰りゃあ若様だ。男のほうも躊躇《ちゅうちょ》はしねえ、女のほうも無下《むげ》にはできねえ。むしろ、ありそうなことだろうがよ。

明寛は、本家の跡取りにしちゃあ堅物のほうだがね。ただ、あれも神領家の男だからね。本家の当主にゃあ、自分の血統を絶やさないってえ義務があるのさ。単なる遊びじゃねえから、周囲も目くじらを立てたりしねえし、それを分かってるから本人だって、相手が亭主持ちだってぐらいのことじゃあ控えたりしねえよ。まあ、大名みたいなもんさ。何よりも血筋を残すのが優先事項なんだからな」

「なぜそこまで血筋に拘《こだわ》るのです？」

安良は得体の知れない笑みを作った。

「守護が必要だからだよ」

「守護──」

「守護は馬頭《めず》さんの守《も》りをする──それができんのは、そもそも馬頭《めず》さんを調伏した行者の血筋だからだ。そういうことになってんのさ」

「……なるほど」と、含みを込めて式部が言うと、安良は眉《まゆ》を顰《ひそ》めた。

「守護がいて、その守護が宮司になる。行者の血筋という背景があって、神領家は祭祀《さいし》の要《かなめ》を握っている。つまりは、島の司法権を握っているということですね？」

安良は目を細めた。底の知れない陰のようなものが安良の表情を冷ややかに彩《いろど》る。

「……どういうことだい」

「馬頭《めず》は人を裁く。いわば島にとっては絶対の司法官です。その司法官を社の中に捕らえているのが神領家、罪科のある者は、馬頭《めず》の——解豸《かいち》の決裁を懼《おそ》れて神領家にアシハライを依頼する。自ら罪科を神領家に告白して、禊《みそ》ぎを頼むわけでしょう。それなりの代償と引き替えに」

それが神領家の権勢の基盤なのだ。解豸を擁することによって島の司法権を握っている。裁きを懼れる者は、神領家に罪を告白し、財を差し出し、文字通り罪を贖《あがな》う。それが神領家に権勢と富をもたらし、蓄積されたそれが神領家を絶対的な領主にした。

「……誰に聞いたんだね」

「誰にも。馬頭《めず》さんは未《ひつじ》でなければ理に合わない、そう思っただけです」

「やるじゃねえか」言って、安良はどす黒い笑みを見せた。「まあ、そういうことだ。だから血統は絶対なんだよ。それで歴代の当主は女に汚かったのさ。本人も罪悪感なんか持っちゃいないし、周囲だって責めない。実際、明寛は分家の女房とも、とかくの噂《うわさ》があったからね。英明も、分家の娘にコナを掛けていたようだ」

式部は、どきりとして安良を見返した。

「それは……でも」

「英明の奴《やつ》は大っぴらに付き纏《まと》っていたんだが、明寛は気にしちゃあいなかったようだね。身に覚えがないから知らんぷりしていたのか、身に覚えがあっても知ったことじゃねえのか、それは俺にも分からねえ」

「しかし、それでは」

――ひょっとすると、神領泉は英明の異母妹ということにならないか。

「もし泉が手前の種でも、それを気にするような奴でもあるまいさ。言っただろう？　あの家にとっちゃあ、血筋より大事なもんはねえのさ。血が濃くて困るってことはないんだよ、あの家に限っちゃあな」

背筋が冷えた気分で見守る式部に、安良は底意地の悪い笑みを向けた。

「俺ならね、式部さん。志保が殺されたことよりも麻理があれきり行方が知れねえことのほうを問題にするよ。麻理はどこに消えたんだろうなあ？」

3

翌日十四日、診療所に待っていた電話が掛かってきたのは、夕刻になってからだった。泰田は午前で診療を終え、居間で式部の作ったメモを見ていた。電話に応《こた》えて立ち上がり、すぐさま受話器を式部に差し出す。電話の主は伊東輝《いとうき》だった。昨日、安良《やすら》のところから戻ってすぐに、式部は東輝に連絡を入れている。

「永崎麻理は行方不明っす」と、東輝は開口一番、言った。

「まだ戻っていないのか?」

「いません」と、言った東輝の背後では、音楽番組らしいテレビの音が煩《うるさ》く聞こえていた。「小瀬木法律事務所に連絡を取ったんですけど、永崎麻理は確かにそこに勤めてました。でもってやっぱり十月二日以降、消息不明なんだそうで」

「二日以降?」

「そそそ。土日は休みっすからね。ただ、麻理が旅行に行くってことは、小瀬木弁護士も知ってたみたいっすよ。二日の月曜、休むかもしれないとは言ってあったらしいんで。麻理は、ちょっと用があって出掛けるとしか言ってなかったみたいなんですけど、きっと土日にかけて旅行に行くんだろうな、とは思ってたようっすね」

「行き先は？」

「それは聞いてなかったそうで。二日に出勤してこなかったので、まだ戻ってないんだな、と思ったらしいんですよ。それが三日も出てこなかった。それで自宅に連絡を取ったんだけど、本人はいない。ただ、台風が来てたんで、どっかで足止めを喰らったんだろうって思っていたようです」

なるほど、と式部は頷《うなず》く。台風は三日から四日にかけて、九州北西部を直撃した。

「それが四日になっても連絡すらない。それで五日に小瀬木さんが警察に届け出たんだそうで。このへん、葛木さんと全く一緒の経過ですね」

うん、とだけ式部は答えた。東輝の口調は平常通りに軽い。表情は見えないが、やはりいつも通り、まるで近所のゴシップでも伝えるような顔をしているのだと思う。昨夜、式部が状況を伝えたとき、訃報《ふほう》を聞いて電話口で泣きじゃくった、それを引きずっている様子はどこにもなかった。そう思うのは、背後から聞こえる、妙に明るい音楽のせいなのかもしれなかった。

「この小瀬木さんって人が、麻理の父親代わりだったようなんす。麻理とは正味で親子ほども歳《とし》が離れているんですが、一応、大学の先輩後輩に当たるそうで。麻理のゼミを担当していた教授が小瀬木さんの同級生で、その縁で小瀬木さんの事務所に入ったらしいんですけどね。

まあ、できる学生だってんで、教授も目を掛けてた。本人は、大学に入った当初から弁護士志望で、それもあって教授が在学中に小瀬木さんと引き合わせたんだそうです。以来、ちょっとした雑用なんかをこなしにバイトに入ってた。麻理と小瀬木さんは、それ以来の付き合いで、麻理は娘同様に小瀬木さんの家に出入りしてたって話なんすけど、その小瀬木さんにも、実家のことや出身地のことは話をしてなかったらしいっす。訊《き》いても言葉を濁して答えたがらないんで、事情があるんだな、って思っていたとか」

式部は、麻理もか、と思った。

「実際、麻理はなかなかの苦学生だったみたいなんすよね。父親はいない、母親は死んだと小瀬木さんも聞いてた。ただ、最低限の援助をしてくれる親戚《しんせき》がある、という話が出たことはあったそうです。とは言え本当に最低限で、何とか食って住める程度、後は奨学金とバイトで補っていたようで。それが、神領家の代理人と称する弁護士から連絡が入って、そのときようやく、援助をしてた親戚ってのが実父だったって知ったんだそうで」

「それはいつ?」

「ええと」と、受話器の向こうで何かを盛大にひっくり返している音がした。「九月だな。九月の十八日。この日、事務所に連絡が入ったんすけど、肝心の麻理は出掛けていて、電話は同僚が受けてます。戻ってきた麻理に、神領さんって人の代理人らしい、と伝えたら、父親だ、と驚いていたそうで。麻理は自分が神領明寛《あきひろ》の子供だってことを知っていたみたいっすね」

　頷いてメモを取りながら、式部は、彼女が自分と神領家の関係を知ったのはいつだろうか、と思う。

「で、麻理が折り返し連絡を取って、その翌日、弁護士が勤務先を訪ねてきた。福岡市内に事務所を構えてる弁護士で、三好《みよし》って人らしいっすけど、このおっさんが神領家の顧問弁護士なのかどうかは不明です。麻理は三好弁護士と出掛けたんですが、肝心の用件については、何も言わなかった。ただ、それ以来、麻理は塞《ふさ》ぎ込んでたんで、何かトラブってるんじゃないかと、小瀬木さんも心配してたって話なんす。けども麻理さんってのが、本当に実家のこととか話題にされるの、嫌がる人だったんで、話題にもできずにハラハラしてたみたいで。そしたら行方不明でしょう。それで小瀬木さん、葛木さんに連絡を取ったって」

「葛木に——？」

「ええ。葛木さんが友達だってのは、事務所の人たちもみんな知ってたそうで。葛木さんの本をね、事務所に持ってきて幼馴染《おさななじ》みが書いたんだって。麻理さん、自慢してたらしいんですよね。いい仕事をしてるんだって」

　そうか、とだけ式部は呟《つぶや》いた。

「それで、小瀬木さん、出版社に連絡を取ったらしいんす。葛木さんが何か知ってるんじゃないかと思ったみたいで。ところが、事情を説明して連絡先を聞いたものの、いつ電話しても留守電になったままで、連絡が取れなかった、というわけです。まさか葛木さんまで行方不明になっているとは、夢にも思ってなかったらしいっすけどね」

「……だろうな」

「葛木さんも行方不明で所長が捜しに行ってるってことだけは言っときました。根暗《ねくら》でねちこい人なんで消息ぐらいは摑《つか》んで帰るでしょうって」

東輝は言って、翳《かげ》りのない声で笑う。その背後でテレビが陽気な喝采《かっさい》を上げた。

「それはともかく。小瀬木さん、三好弁護士にも問い合わせてみたそうなんですが、知らぬ存ぜぬだったとか。ひょっとしたら深刻なトラブルになってるんじゃないかって心配してたそうなんす。というのも、麻理の身辺を不審人物が徘徊《はいかい》してたから」

「不審人物——?」

「はあ」と、また荷物をひっくり返している音がする。東輝は何にでもメモを取る。見かねて手帳を与えてやっても、その癖が直らない。「どうもね、三好弁護士が連絡を取ってきた二、三日後から、変な男が現れて、麻理の周囲をうろうろしてたみたいなんすよね。勤務先の事務所の入ったビルの、他のテナントのとこに現れて、麻理の様子を訊いたり、夜遅くにビルの前で張っている様子の人間がいたりしたんだとか。これは小瀬木さんや職場の人たちが確認しています。麻理も二度か三度か、まるで帰宅を待ち伏せてるみたいな男がいた、帰宅する後を蹤《つ》けてきた奴がいたって、事務所で気味悪がって話題にしたことがあったそうなんす。それで帰りが遅くなるようなときは、同僚が送っていったりしてたんですが、その時に、不審な車に危うく轢《ひ》かれそうになったことがあったって」

式部は眉根を寄せた。

「それは、麻理が誰かに狙《ねら》われていたということか？」

「それが良く分かんないんす。麻理は、車が故意に突っ込んできた、と言っていたようなんですが、一緒にいた同僚は何とも言えない、って。単に運転手がぼうっとしてて接触しそうになっただけだって見えなくもなかったらしいんす。むしろ麻理は、変な男に付き纏われてるって神経過敏になってるところがあって、彼女の考えすぎじゃないかと思っているふうでした」

そうか、と式部はペン先で手帳を叩《たた》く。麻理の周辺に現れた不審人物――それは誰だろう？

「まあ、麻理も確信があったわけじゃないんでしょう。そんなに気になるなら、警察に届けるか、って同僚が言ったら、結局黙り込んじゃったらしいっすからね。――まあ、この件については、他にも何か知ってる人がいないか、当たってみますよ。三好弁護士にも会っといたほうがいいっすかね?」

そうだな、と答えてから、式部はふと顔を上げた。

「会うって——お前、どこにいるんだ?」

「福岡に決まってるじゃないですか。昨夜、電話もらってから友達の車借りて、速攻ですっ飛ばして来たんすよ。偉いでしょう」

「なんだってまた」

「東京でじっとしてられるわけなんか、ないじゃないですか」と、東輝は低く言った。「俺、麻理の身辺を洗い上げるまで、ここを動きませんからね」

「——東輝」

「その島、一旦《いったん》入ると好き勝手に出入りはできないみたいなんで、駆けつけるのは自粛します。でも、片がついたら行きますからね。……絶対に」

東輝は言い切った。そうか、とだけ式部は答え、念のために宿泊先と小瀬木弁護士の連絡先を訊いてから電話を切った。式部が受話器を置くや否《いな》や、どうでした、と泰田が訊いてきた。

「やはり麻理は戻っていません。職場のほうから捜索願が出ています」

答えて、式部は東輝からの報告をかいつまんで話した。

「その不審人物っていうのが気になるな……」

泰田の呟きに、式部も頷いた。

「麻理に連絡を取った三好弁護士が、相続の件で麻理の許《もと》を訪れたことは間違いないでしょう。以後、麻理の周辺を不審人物が徘徊するようになったとすれば、タイミングから言っても、相続問題と無関係だということは考えられません」

「そうですね……」

「春には神領康明が死亡し、七月には英明が死亡しました。これによって、神領家の家督は一度、宙に浮きかけたわけです。神領明寛が脇腹《わきばら》の娘を出してくることで何とかそれを回避したら、今度はその麻理の周囲に不審人物が現れ、そして最終的に麻理は姿を消した」

「麻理はどこに消えたんでしょう？」

「分かりませんが、十日以上行方が知れないうえ、職場や親代わりの人物にも連絡がないままだとすれば、何かがあったことは確実だと思います。荷物は宿に残したまま、しかもこの狭い島の中で、あの夜以来目撃すらされていません。しかも、事件当夜は誰も島を出られませんでした。台風も来ていたし、渡船もとっくに終わっていましたから。翌日の午後には渡船が動き始めましたが、神領家の指示で港は見張られていました。港の職員に耳打ちしておけば見逃すはずもありません。切符を買って渡船に乗らなければ、島を出る方法はないのですから。

神領安良《やすら》の証言によれば、麻理は発見されていません。──生きている状態でも、死んだ状態でも。ですが、これだけの期間、消息が知れない以上、死んでいるのだと考えたほうがいいのだと思います。おそらくは犯人によって殺され、死体は処分されてしまった。どこかに埋めるか、あるいは海に捨ててしまうか……」

「それはやっぱり、神領家の相続問題のせいなんでしょうね」

泰田の問いに、式部は頷く。

「でしょう。こういうことだと思うんです。──犯人は康明が死んで、英明さえいなければ、自分にも相続のチャンスがあることに思い至った。康明のほうは病死で、大学病院で看取《みと》られているわけですから、殺害ということは考えられません。おそらくは、これは本当に偶然で、それによって犯人は自分の持っている可能性に気づいた、と考えるのが正解だと思います。

そして犯人は七月、実際に英明を殺害したわけです。ところが、そうまでしたのに犯人は相続権を手に入れることができなかった。神領明寛が麻理の件を持ち出してきたからです。犯人にとっては、唐突に障害が現れたということになります。この障害を取り除かなければ、英明を殺した意味がありません。犯人は当然、麻理を排除しようとするでしょう。そのために福岡にまで足を運び、隙《すき》を窺《うかが》い、実際に犯行にも及んだけれども、目的を果たせなかった。そこに、麻理のほうから島へやってきたわけです」

泰田《やすだ》は首を傾けた。

「すると犯人は、神領家の相続人の中にいるってことになるんでしょうか」

でしょう、と式部は頷く。

「もっと言うなら、相続の可能性がある神領博史《ひろし》、神領杜栄《もりえ》、そして神領安良かその近親者ということになるでしょうね。この三名か、あるいは本家の血縁者でなければ、相続のチャンスはありません。それればかりでなく、三名の近親者でなければ麻理の件を知り得ないんです。どこからか話が漏れて小耳にくらいは挟んだ者もいるかもしれませんが、犯人は実際に福岡まで足を運んでいます。麻理の存在だけではなく、麻理のプロフィールまで知っていたわけで、こうなるとよほど神領家に近い人間だということになるでしょうね」

「ああ……確かに」

「このうち、博史は本家と確執が――」

式部が言いかけたとき、泰田が首を捻《ひね》った。

「……でも、何か変だな」

「変？」

「変だと思いませんか？　だって、それでどうして志保が殺されるんです？」

式部は、はっとした。

「それは……確かに」

「神領家を相続したい誰かが英明君を殺したんだとすれば、麻理も片づけないと目的を達成できない。それは分かるんです。でもって、英明君を殺した犯人は、罪を擦《なす》りつける人間を必要としていた。それも分かります。でも、だったら麻理に罪を擦りつければいいんじゃないかな。志保を殺す必要なんか、ぜんぜんない」

「しかし——志保は、麻理に同行していました。前後の事情を知っていたわけで、だから犯人にとっては都合の悪い存在だった、とは言えませんか」

「そうかもしれません。あるいは、志保に都合の悪い何かを知られてしまったとか。でも、その場合には志保を殺して麻理に罪を擦りつけるんじゃないかな。まあ……犯人にとっては、最終的に罪を擦りつける相手は誰でもいいんでしょうけど、麻理の死体を隠して志保の死体を吊《つる》すのは理屈に合わない感じがします。むしろ麻理の死体は表に出さないと都合が悪いんじゃないかな。そうしないと、麻理は行方不明ってことになって、相続問題はしばらく宙に浮いてしまうでしょう?」

「それは、そうかもしれませんが」

「むしろ逆じゃないかな。志保の死体を隠して麻理を吊す。そうすると、麻理が英明君と志保を殺したんだってことになりますよね。英明君を殺したのは自分が相続人になりたかったせい、志保を殺したのは、親しかった幼馴染みに都合の悪い何かを知られたせい——このほうが綺麗《きれい》じゃないですか」

確かにそうだ、と式部は唸《うな》った。

「それは……やはり、犯人の側に何かそうはできない事情があったのでは」

苦しく言うと、かもしれません、泰田はあっさり引き退《さが》る。

「まあ、犯人の動機が相続問題にあるなら、容疑者の範囲がかなり絞られるのは確かですよね」

「ええ……。犯人は神領杜栄、博史、安良の誰か、あるいは、その近親者の誰か、ということになります。このうち、最も相続人に近い杜栄の子——明生《あきお》と奈々《なな》は犯人ではないです。なにしろ三歳と二歳ですから。博史の娘の泉は高校三年で、能力的には犯行可能ですが、運転免許を持っていません。福岡の件や、英明が別所に連れて行かれた可能性を考えると、泉が犯人である可能性も低いと言えるんじゃないでしょうか。犯人は車の運転ができて、しかも自由に使用できる車があった——ということになるはずですが」

泰田は宙を見る。

「分家の博史さんも光紀《こうき》君も、車の運転ができますね。よく会社の車を運転しているのを見ますから。自家用車は持ってなかったと思いますけど、本土の港の近辺にも会社の支所がありますから、そこの車を自由に使えるはずです。宮司さんは島で車を運転しているのを見掛けませんが、本土に駐車場を持ってます。僕の車もあちらに置いたままなんですけど、宮司さんとは何度か駐車場で会ったことがありますから」

式部は泰田の証言をメモに取り、

「安良さんはどうでしょう？」

「多分、できないんじゃないかな。――そう、免許は持ってないです。以前、そんな話を聞いたことがあります。顔写真の付いた身分証明書を持ってないから不便だって」

「博史さんの奥さんと、杜栄さんの奥さんは」

「博史さんの奥さん――絵里子さんは、車の運転ができません。以前、頼まれて僕が乗せたことがありますから。杜栄さんの奥さん――美智《みち》さんは免許を持ってます。子供に何かあったときのために免許が必要だって、去年、教習所に通ってましたから。意外に杜栄さんも外出が多いんで。なんか、郷土史の集まりとか、神社関係の寄り合いなんかが頻繁にあるみたいですね。出ると泊まりがけになることが多いんで、急場のために是非とも欲しいって、ずいぶん頑張ったみたいです」

式部はメモを取り、博史、光紀、杜栄、美智、と名前を確認する。

「女性は……ないでしょうね」

式部が呟《つぶや》くと、泰田は首を傾《かし》げた。

「体力的に難しいのは確かですけど。でも……」

「でも？」

「ふっと思ったんですけど、女性のほうが被害者を廃屋に連れ込みやすいですよね」

確かに、と式部は思う。それに、と泰田は添える。

「遺体の局部は滅多突きにされてました。これはひょっとしたら、暴行があったことを隠すためではなく、なかったことを隠すためなのかもしれません」

「では、女性だからと言って除外はできない……」

「できないんじゃないかな。廃屋から死体を運んだり、死体を吊したりするのは大変でしょうが、やってやれないことじゃないだろうし。――ただ、やっぱり博史さんなんでしょうね、一番怪しいのは。いろいろと確執があったようですし」

そうなんですが、と式部は眉《まゆ》を寄せた。

「しかし、神領博史にはアリバイがあるんです。英明の事件の日、漁協の寄り合いに出ていて島にいたことが確認されていますから」

式部が言うと、泰田は首を傾げた。

「それ、確かなことと言えるのかな」

「――なぜです？」

「いや。何となく……」

「大江さんも、博史はいたと証言していますし、神領さん自身を首《はじ》め、漁協の人たちも証人になってくれると思いますが」

「ええ、そうなんですけど」と、泰田は俯《うつむ》いて口籠《くちご》もり、ややあって式部を見た。「式部さん、アシハライで流した牛を、港で見たって言いませんでしたっけ？」

式部は、はっとした。

――そう、確かに見た。本土の港で発見されたからと言って、英明が本当に本土で死んだとは限らないのだ。島から溺死体《できしたい》を流しても、本土に辿《たど》り着くことがあるだろう。そして安良は、流すべき場所を宮司は知っている、と言った。杜栄は知っている。おそらくは神領明寛《あきひろ》も知っている。博史もまた知っていても不思議はない。仮にも分家なのだから。

――いや、英明の死体が本土の港に浮いたのは偶然かもしれない。犯人はただ、英明を海に突き落とし、あるいは何らかの方法で溺死させ、死体を海に投げ込んだだけなのかも。本土の港に死体が浮かんだ、それだけをもって安良は、犯人は当夜島にはいなかったはずだ、と言ったが、島と本土の間に潮が横たわっている限り、どちら側の岸にいたかは問題にはならない。

英明が島に戻る渡船に乗ったという話は聞かないが――式部は考え込み、ややあって泰田に声を掛けた。

「泰田さん、分家さんの――神領博史さんの家はどこですか？」

4

式部は夕暮れの中を、まっすぐに埠頭《ふとう》へと向かった。この時間なら、まだ加工場にいるだろう、と泰田は言った。今は忙しい時期だから、おそらく工場に詰めているだろう、と。

訪ねてみると、確かに広い加工場にはまだ照明が点《とも》っていた。忙しく立ち働く女たちの後ろ姿が見える。建物の手前には事務室があり、そこにも若い男が一人残っていた。式部が声を掛けると、若者は顔を上げた。体格の良い、二十歳《はたち》過ぎかそこらの男だった。

「申し訳ありませんが、神領博史さんはまだこちらにおいでですか」

式部が言って名刺を出すと、彼は険しい顔をする。

「式部——あんたが、余所《よそ》から来たとかいう探偵か?」苦々しげに言ってから、彼は、「親父《おやじ》に何の用だ?」と訊《き》いた。

「では、君が分家の神領光紀《こうき》君?」

「だけど」と言って光紀は腕を組み、机に凭《もた》れる。「親父は手が放せない。第一、あんたに話すようなことは何もないと思うよ」

「とりあえず、取り次いでいただけませんか」

光紀は、断る、と低く吐き捨てた。

「親父は忙しいんだ。用があるなら俺に言えばいいだろ。——言っとくけど、何とかいう余所者の女を見なかったか、って話なら親父も俺も知らないから」

式部は、冷ややかな敵意のようなものを漂わせた光紀の顔をじっと見た。

「何だよ。その話じゃないのか？　そう訊いて廻ってるんだろ」

「その件はもういいんです」

光紀に視線を注いだまま言うと、光紀は僅《わず》かに狼狽《うろた》えたようだった。強面《こわもて》が綻《ほころ》びて、一瞬だけ歳《とし》相応の困惑が見えた。

「……だったら用はないだろ。帰ってくれ」

「別件で話をお聞きしたいんです。夏の件で。——本当に別件かどうかは分かりませんが」

式部がそう、含みを持たせて言うと、光紀の顔に朱が注《さ》した。敵意と言うより、忿怒《ふんぬ》のようなものが浮かぶ。

「噂《うわさ》を聞き込んできたってわけか？　それこそ親父の答えるようなことじゃない。帰ってくれ」

「——噂？」

「親父と神領さんがどうとか、って話だろうが」

光紀の「神領さん」という口振りは、どこか吐き捨てる調子だった。

「警察の連中もさんざつついていったさ。島の連中もいろいろと言いたげだけどね、親父は英明とは何の関係もないから」

「博史さんと明寛さんの間には何かあったんですか?」

式部があえて、意外なことを聞いた、というふうに問い返すと、光紀はハッとし、聞かれてもいないことを喋《しゃべ》ってしまった自分に気づいたのだろう、目に見えて狼狽えた。言い繕《つくろ》う言葉を探すようにしていたが、すぐに失態を悔いるように溜息《ためいき》をつき、間近の事務椅子《いす》に腰を沈めた。

「……それで? 親父に何を訊きたいんだよ」

「続きを聞かせてください。今、君は博史さんと英明君とは何の関係もない、と言った。しかし、英明君はこちらの顧問だったとか」

「顧問って名目で金を掠《かす》め取ってただけだよ。だからって、俺や親父がそんなことを根に持ってると思わないでくれないか。そうやって上前《うわまえ》を刎《は》ねて平然としてる連中を軽蔑《けいべつ》はするけどね、肚《はら》を立ててるようなことでもない」

「そうでしょうか?」

「建物も機械も、神領さんに借りてるんだからしょうがないだろ。そんなことで俺も親父も英明をどうこうしてやろうなんて思わないさ。……確かに、死んだのを惜しいとも思わないけどね」

「しかも、親戚《しんせき》で」

「親父同士が従兄弟《いとこ》ってだけだ。そんなに近しい親戚ってわけでもない」

「けれども明寛さんは、英明君を亡《な》くされて跡継ぎを失った。違いますか？」

「そういうことになるね。だからって、俺たちにはそんなこと、関係ねえから」

「それこそ、関係なくはないでしょう？」

「関係ない」と、光紀は項垂《うなだ》れていた顔を上げ、吐き捨てるように言った。「そりゃあ、確かに縁続きだよ。法律上はどういうことになるのか知らないけど、あの家はそういうの、関係のない家だし、第一、法律上どうこうって話なら、あそこには浅緋《あさひ》がいるだろうが」

式部は軽く目を見開いた。

「……浅緋？　娘さんですか、それが」

「そう。ちゃんと跡継ぎは、いるじゃないか。親父には何の関係もない」

「しかし守護は跡目を継げないと聞きました」

「そんなの、神領さんが勝手に決めてることだろ。俺が知るもんか。どうしても浅緋にゃ継がせたくないってんなら、どうにかするだろうさ。どうにもならなくて困ったら、習慣のほうを変えるだけだろ」

「浅緋さんは、本当にいるんですか？」

「俺に訊かれても知らない。守護になってから会ったこともないんだから。でも、死んでなけりゃいるだろ、蔵座敷に」

「死んでいるかもしれないと？」

式部が言うと、光紀は慌《あわ》てたように、

「別にそういう意味で言ったんじゃないよ。本当に知らないんだよ、俺も。守護になる前、何度か見掛けたことはあるけど、身体《からだ》が弱いとか言ってその頃から引っ込んでることのほうが多かったし、守護になってからは顔も見てないんだから」

「分家さんでも──ですか？」

「守護さんに会えるのは本家の人間だけだよ。それも家族しか会えない」

「しかし、亡くなっていれば当然、報《しら》せぐらいはあるでしょう？」

「常識で言うと、あるはずだけどね。でも、守護さんはお役を御免になるまでは死んだりしないんだよ。そういうことになってる。だからって、絶対に死なないってわけにはいかないだろ。あの家は康明も死んでるし……英明の兄貴だけど」

「リンパ腫《しゅ》で亡くなられたと聞きましたが」

「そうだよ。それに、浅黄《あさぎ》も死んでる。浅黄ってのは英明の妹。浅緋の姉貴になるんだけど、小さい頃に死んでるから」

光紀に問い質《ただ》したところによれば、神領明寛には子供が四人いた。最初に生まれた長男が康明で、これは今年二十五で死亡している。その弟が英明。二つ下の二十三。次に生まれたのが長女の浅黄で、彼女は七年前、十二歳で死亡している。

「亡くなられたのは病気で？」

「らしいけど。風邪をこじらせたんだとか」

式部は眉を顰《ひそ》めた。子供が四人、そのうちの二人が死んで、一人が殺された——。

「明寛さんはお子さんに縁の薄い人なんですね」

「よっぽど行ないが悪いんだろ」と光紀は言った。島の中では、全《すべ》ての不幸は罪と罰という形で捉《とら》えられるのだ。

「だとしても俺たちには関係ない。まあ、英明が死んだ以上、跡取りに困ってるってのは本当だろうけど、だからって俺は養子に行く気なんかないし、妹だってそのつもりはないから」

口調からすると、光紀は麻理という相続人がいたことは知らないようだった。

「……うちの人間は誰も本家には興味なんかないんだよ。そりゃ不服なことがなかったわけじゃないけど、別に羨《うらや》んだことはないからね」

式部は黙って頷《うなず》いた。本家を無視することが、光紀にとっての復讐《ふくしゅう》なのだろうという気が何となく、した。

「では、英明君が殺された件についても興味はない？」

「ないよ。どうせあいつも、あちこちで怨《うら》みを買うような真似《まね》をしてたんだろ。女を泣かすとかさ」

光紀の口調は、誰か特定の女を想定してのことのように思われた。それは英明に付き纏《まと》われていたという妹だろうか、それとも。

「……神社で女性の死体が発見されましたね？」

光紀はぎょっとしたように式部を見返してきた。

「英明君を殺したのは、羽瀬川志保——御岳《おたけ》神社で死体が発見された、彼女だという噂も聞きましたが」

光紀は深々と溜息をつく。

「あんた、何でも知ってんのな。……確かに、そう言ってる奴《やつ》もいるよ。本当かどうかは知らないし、興味もないけどね」

「興味がない？　彼女は殺人事件の被害者ですよ？　惨殺《ざんさつ》された女性には殺人の嫌疑が掛けられている。もしもその噂が真実でなかったら、罪もない女性が無惨にも殺害されたうえ、ありもしない罪を擦《なす》りつけられていることになりませんか。そうして、実際に彼女に手を下し、罪を擦りつけた誰かは今ものうのうと島で生活しているんだ。——それでも興味がないと？」

光紀は虚を突かれたように口を開けた。真実、思いもよらぬことを指摘された、という表情が浮かんでいた。そうして、思ってもみなかった自分を恥じるように項垂れる。

「……確かにそういうことになるんだけど」

「考えてみなかった？」

「ああ……。あんた――式部さんは彼女を捜しに来たんだっけ？」

「そうです」

「正直言って、そのへんのことは考えてみなかった……悪いけど。英明を殺したのはその志保って女だろうって話だったし、そういう噂がある以上、英明と何か関係があったんだろ？　だったら英明を怨んでどうこうってこともあるんじゃないかな。英明はお世辞にも好《い》い奴とは言えなかったからね」

「もしも彼女が英明君を殺していたら、惨殺されるのは当然の報いですか？」

「そういう、わけじゃないけど……」

「ではお訊きしますが、彼女を殺したのは誰なんです？」

光紀は言葉に詰まった。

「まさか英明君の幽霊がやってきてのけたわけでもないでしょう。誰か彼女を殺害した犯人がいるのじゃないのですか？　それが誰なのか、気にならないんですか？」

光紀は狼狽《ろうばい》した。問い詰めながら、おそらく――と式部は思う。本当に光紀は、罪と罰の帳尻《ちょうじり》は合った、それ以上のことを考えてみたことがなかったのだ。あれは解豸《かいち》の決裁、ゆえに志保は英明殺しの犯人である。それで全ては終結したのだと納得し、納得した自分に今になって困惑している。

「きっと――そう、誰か英明を殺されたのに肚《はら》を立てた人間の仕業《しわざ》なんじゃないのか？　そういうことなんだよ、たぶん」

「つまり、これは復讐だから、犯人のやったことは罪ではないと」

「そんなことは……言ってないだろ」

「では、どういう意味なんです？　ちなみに羽瀬川志保は英明殺しの犯人ではありません。彼女は英明君が殺された日、東京にいました。完全なアリバイがあります」

光紀は明らかに動揺した。

「じゃあ……きっと連れがやったんだ。そうだよ、あれきり姿が見えないらしいし」

「連れと言うと――永崎麻理ですか？」

「二人連れの一方が殺されて片方が姿を消したんだろ。だったら普通、消えたほうがもう一人を殺して逃げたんだよ。そうだろ？」

「そうでしょうか？　二人は小さい頃から姉妹同然に仲が良かったと聞いていますが」

「そんなはずないよ。……仲は悪かったはずだよ」

式部は眉《まゆ》を顰め、なぜ、と訊《き》いた。

「だって麻理の母親は、志保の親父に殺されたんだし」

「なんですって——？」

式部が勢い込んで問い返すと、光紀は激しく狼狽した。それはどういうことか、と重ねて式部が訊こうとしたとき、事務所の奥から声がした。

「——光紀」

事務所の奥にあるドアから、男が一人入ってきたところだった。小柄で瘠《や》せぎすの男の顔には、光紀と同じく狼狽したような色が露《あら》わだった。光紀に似た面影があった。この作業着の男が、神領博史だった。

七章

1

神領博史《じんりようひろし》は、叱《しか》るようにもう一度息子の名を呼び、それから深い溜息《ためいき》をついた。式部《しきぶ》が何者なのか承知しているのだろう、光紀《こうき》の傍《そば》の机に置かれた名刺に目を留め、それで全《すべ》てを了承したように頷《うなず》いた。

「もう少し作業があるんで、一時間ほどして出直してもらえますかね」

博史にそう言われ、式部は了解した。診療所に戻り、軽く夕飯を摂《と》って再び加工場に戻ったのは、かっきり一時間後、作業場のほうはシャッターが下ろされ、事務所には博史一人が待っていた。

「申し訳ありませんね、お手数を掛けて」と、博史は穏やかに言って、式部の前に煎茶《せんちゃ》を淹《い》れて出した。

「息子がいろいろと失礼な物言いをしたようで済みません。あれはあれで思うところがあるようで。私が複雑な立場にいるもんで、心配しているんです」

「そのようですね」

「まあ……英明《ひであき》君の件では、私が疑わしく見えて当然でしょう。立場上、仕方がありません」言って、博史は疲れたように笑う。「本家とうちは別物だ、今更本家の持ち物を羨む気はない、と言って信じてもらえるものでもないでしょうし」

「そんなつもりはありませんが——しかし、潔《いさぎよ》い話ですね」

「それが本当のところですから。私の親父《おやじ》は本家の次男坊でしたから、いろいろと屈託もあったでしょうが、私自身は二代目ですからね。小さな頃から、本家は他人の家だったし、羨もうにも、内実すら満足に知りません。物持ちであることは確かですが、そのぶん苦労も多いでしょう。本家を背負えば、詰まらないしきたりやしがらみも背負い込まないといけない。私は人間の器が小さいのか、分家で良かったと思うことのほうが多いです」

博史の淡々とした声に、式部はとりあえず頷いた。そう思う人間がいても不思議はない。

「それで、式部さんは英明君の件を調べているんですか」

「いえ。私は羽瀬川志保《はせがわしほ》の友人です」

式部が言うと、博史は目を見開いた。すぐに目を伏せ、

「そう――そうですか……」

「志保は消息不明になりました。だから捜しに来たんです。……どうやら、捜すことにもう意味はないようですが」

「お悔やみを言います」

「ただ、彼女の件は神領明寛《あきひろ》氏が闇《やみ》に葬《ほうむ》ってしまった。遺体も埋葬されてしまったようで、遺骨を連れて帰ることもできません。私はせめて、犯人を知らなければ諦《あきら》めることができません」

式部が言うと、博史は頷いた。

「お気持ちはお察しします。……それで麻理《まり》の話が出たんですね」

「博史さんは、永崎《ながさき》麻理が明寛さんの娘だということを御存じでしたか」

「家族には取り立てて言ってませんが、私は本家から聞いていました。本家は麻理に跡を継がせる気のようだが、麻理のほうにはその気がないらしい、という話も小耳には挟みましたが」

「麻理が島に来ていたことは」

「それも噂《うわさ》で。跡取りの件で本家に呼ばれたんだろう、と思っていましたが」

「そして行方が分からない……。麻理の母親が、志保の父親に殺されたというのは本当なんですか？」

「本当です。と言っても、警察がそう結論づけたわけではないのですが」

「志保の父親——羽瀬川信夫《のぶお》は失踪《しっそう》したとか」

式部が言うと、博史は一瞬、ぽかんとし、それから迷うように頷いた。

「……違うのですか？」

「いえ、まあ……私は詳しいことを知らないので」

言った博史の視線が事務所の素っ気ないコンクリートの床を彷徨《さまよ》っていた。嘘《うそ》をついている、と式部は直感した。

「本当のところは」

博史は躊躇《ためら》い、それから言った。

「信夫さんは亡《な》くなられたんです。その……自殺でしょうか」

まさか、と式部は口を開けた。博史の後ろめたいような表情に見覚えがあった。何かを隠そうとする顔、それも言うのを憚《はばか》る何かを隠蔽《いんぺい》しようとする顔だ。

「まさか——信夫さんも殺されたのですか？　志保のように」

博史はぴくりと震え、そうして俯《うつむ》く。

「馬頭《めず》さんの罰、ですか？　だから信夫が犯人なんですね？」

博史は答えなかったが、返答はその顔つきから明らかだった。式部は呆然《ぼうぜん》とした。

——廃屋に残った古い血痕《けっこん》。あれは確かに羽瀬川信夫のものだったのだ。信夫は殺害された——それも多分、惨殺《ざんさつ》されて。おそらくはそれ以前に、麻理の母親の永崎弘子《ひろこ》が殺害されていた。信夫は惨殺されたことによって、弘子殺害の犯人になった——。

「あなた方は、本気でそんなことを信じているんですか」

「信じているわけでは」と、博史は慌《あわ》てたように声を上げた。「……馬頭《めず》さんがいて、本当に罪人に罰を与えるなんてことを、思っているわけではないんです。でも」

けれども、信夫が犯人でなかった可能性を考えてみる必要は、差し当たり感じない、というわけだ、と式部は怒りとも侮蔑《ぶべつ》ともつかない気分で思った。

「……この島は異常だ」

式部は溜息と共に吐き出した。博史は「そうかもしれません」とだけ答えた。

実際のところ、神領博史自身も、改めて振り返れば異常だと思わざるを得ない。事件が起こった十九年前——神領博史は二十九だった。

四月のある夜、永崎弘子の死体が発見された。弘子は一旦《いったん》島を出、戻ってきてからは永崎家の離れに娘と二人で生活していた。その娘——当時、十歳だった麻理が家に帰り、室内の鴨居《かもい》で首を吊《つ》っている母親の死体を発見したのだった。終日、小糠雨《こぬかあめ》の降る肌寒い日のことだった。

最初は自殺だと思われた。しかしながら、弘子の身体《からだ》には何者かと争った痕《あと》があった。仔細《しさい》に調べると、現場にも同様に争った形跡があり、何者かが割れた湯呑《ゆのみ》や汚れた畳を掃除したと思われた。警察の検屍《けんし》によって、弘子の首に残された索溝《さくこう》から、これは自殺ではなく絞殺《こうさつ》であることが明らかになった。警察は、口論の末、逆上した犯人が弘子を絞殺し、慌てて自殺を偽装したのだと結論づけた。

それを聞いたとき、惨《むご》いことだ、と思った自分を、博史は記憶している。弘子は不遇な女だという認識があった。内縁の夫を失い、子供を抱えて実家に戻っては来たものの、私生児を身籠《みご》もった弘子に実家は冷たく、弘子は狭い離れで起居しながら博史の所の加工場で働いて、かろうじて娘との生活を支えていた。父親の幸平《こうへい》も、兄の篤郎《あつろう》も暮らし向きは派手で、かなりの余裕があるようだったが、それでも二人は弘子には、離れを提供する以上の援助をする気がないようだった。兄、篤郎の子供たち――当時まだ小学校に入るか入らないかだったと記憶している――が、何不自由なく育てられていたのに対し、弘子の娘、麻理は人形ひとつ持たずに育っていた。

弘子は線の細い、穏和《おとな》しい女だった。どこか自分の運命を見切っているようなところがあって、実家の処遇に不満を漏らすでもなく、黙って仕事をし、娘を育てていた。私生児を身籠もったという前歴のせいか、男たちの中には露骨に野卑で侮蔑的な振る舞いをする者もあって、博史などは、何度かそういう男たちを咎《とが》めたことがある。誰か弘子と麻理を庇護《ひご》する者が必要だと思っていたし、だからこそ、作業場に羽瀬川信夫が頻繁に顔を出すようになり、なにくれと面倒を見、弘子も次第に信夫を頼りにするふうなのを、喜ばしいことだと思って見ていた。どうやら二人が再婚するらしいと噂が流れたのが三月、にもかかわらず、弘子は殺害された。母親の変わり果てた姿を見つけたのが、まだ十にしかならない麻理だったというのも不憫《ふびん》だった。たった一人の肉親、しかも母親の無惨《むざん》な姿を帰ってきた家の中で見つけた子供の衝撃はどれほどのものだっただろう。不遇な女と子供の上に、なぜこんな悲劇が降り懸《か》からねばならないのか、と博史は遣《や》る瀬《せ》ない思いがした。

信夫が犯人なのではないか、という噂は、事件の後、水面下でごく静かに広まっていった。諍《いさか》いがあったと言うなら、痴情の縺《もつ》れに決まっているし、ならば相手は信夫だろう、痴話喧嘩《げんか》の果ての凶行だろうと、月並みな憶測が為《な》された結果だった。そうに決まっていると囁《ささや》く者もあったが、博史はそれを信じていなかった。他ならぬ麻理が、その日は家に帰るまで羽瀬川家で志保と遊んでいた、その時、家に信夫もいたと証言していたせいもある。無責任な憶測をする者がいるものだ――そう苛立《いらだ》たしく思っていたところに、今度は信夫の訃報《ふほう》が聞こえた。弘子が死んでから半月ほど後のことだった。

信夫の死体を発見したのは、今度は志保のほうだった。志保も麻理も親と子二人だけの所帯だったのだから、当然というものだろうが、それにしても残酷なことだと思われた。なぜなら、信夫は自宅の座敷で、ほとんど五体をばらばらにされていたからだ。本家の指示で高藤孝次《たかとうこうじ》と博史の父親、博史自身が遺体を運び出しに行った。信夫はまるで魚を捌《さば》くように、座卓の上で肚《はら》を裂かれ、内臓を引き出されていた。その上で手足も首も半ば切断され、夥《おびただ》しい鮮血の中に放置されていたのだ。

それを見て、惨いと思うより先に、忌《い》まわしいと思ってしまった自分を、博史は疑問には思わない。哀れみを感じようにも、信夫の死体は凄惨《せいさん》にすぎた。衝撃から立ち直る暇《いとま》もないうちに、社《やしろ》に矢が立っていた、と聞いた。馬頭《めず》さん、という囁きが、今度は静かに迅速に広がっていった。

まさか、と博史はまず驚いた。罪のある者は馬頭《めず》さんに取って食われる、小さい頃からそう聞いて博史は育った。悪いことをすれば馬頭《めず》さんがやってきて、地獄の刑罰のように酷《ひど》いことをするのだと、子供の頃は真剣に信じていた。嘘をついても悪戯《いたずら》をしても、鬼が来るのではないかと恐ろしく、眠れぬ夜を過ごして心底自分を悔いる破目になった。

——だが、そんなものは大人の脅《おど》しにすぎないのだと、子供は長じるにつれて知る。事件のあった当時、博史自身も幼い光紀にそう言って聞かせながら、こういうことなのだ、と苦笑混じりに思っていた。

馬頭夜叉《めずやしゃ》はいわば、分別をつけていく過程にある子供の悪夢の中だけに棲《す》む魔物だ。それが夢の中から現れて、大人たちの現実に立ち入り、裁きを下すことなどあり得ない。博史は驚愕《きょうがく》したし、したり顔で馬頭鬼《めずき》の名を出す老人たちには真剣に肚を立てた。そこに惨殺された死体がある以上、人の所行とも思われぬ犯行に及んだ加害者がいるのだ。

信夫の無惨な姿を思えば、犯人が正気だったとも思えない。どこかに理性の箍《たが》が吹き飛んだ者がいる。そんな危険人物の徘徊《はいかい》を許していいのか。

だが、以後ついに一度も、博史は信夫に対して「惨い」とは感じられないままだった。信夫の死を結局本家が内々に処理したと聞いたときにも、それでいいのか、と疑問に思いつつ、同時に忌まわしいものが取り除かれたという安堵《あんど》感《かん》を感じた。宮下家に引き取られた志保に対しては哀れみを感じたが、被害者である信夫に対しては、弘子の死に対して感じたような憐愍《れんびん》の情、なぜこんな酷いことを、という憤《いきどお》りを感じることがついになかった。とにかくただ恐ろしく思っただけである。子供には充分注意をした。自分が夜遅くまで家を空ける時には、重々戸締まりに気をつけるよう、妻に言い聞かせもした。――そしてなぜだか、自分にも家族にも、悪心を抱かず身を慎むよう、過敏なほどに課したのだった。

そして博史はいつの間にか、弘子を殺害したのが信夫である、という風説を受け入れた。弘子を殺した犯人が捕まる様子もなく、信夫でないとする理由はどこにもないように思われた。麻理は信夫が家にいたと主張していたが、一緒にいたわけではない。麻理と志保は、志保の部屋で遊んでいたのだし、ならばいると信じ込んでいただけということもあるだろう、と感じた。男女の仲のことばかりは、余人には窺《うかが》い知れない。弘子と信夫は睦《むつ》まじいように見えたが、いろいろと複雑なものがあったのだろう、と思うに至った。それ以後、異常な何かや凄惨な事件が起こることもなかったので、博史は徐々に、子供の居場所や戸締まりや、自分たちの生活態度に対して鷹揚《おうよう》になっていった。

「……信じているつもりはないのですが、これが信じるということなのかもしれないです。信じようと意図的に思う余地もないほど、私はそれを信じているのかも——と、思ったりもします」

博史が言うと、黙って耳を傾けていた式部は沈痛な表情で俯いたまま頷《うなず》いた。

「自分でも、信夫さんの件に関しては、決して割り切れてはいないのです。思い出すと何とも複雑な気持ちはする。妙な言い方になりますが、どういうわけか自分が窮地に追い込まれたような気分になるんです。信夫さんが殺された以上、誰かがそれを行なったのだ、とは思うんです。けれども、信夫さんには一時、とかくの噂がありましたし……」

式部は顔を上げた。

「噂——ですか」

「最初は単に余所者《よそもの》に対する違和感みたいなものが言わせていたことだと思うのですが。なんだってこんな田舎に引っ込む気になったのだろう、それも女房の里に蹤《つ》いてくる気になったのか、ひょっとしたら熊本にいられなくなったのではないか、とこれもまあ、無責任な憶測のようなもので。

ただ、見慣れない——あまり素性の良くない風体《ふうてい》の人間が信夫さんを訪ねてきていたのは確かです。どうやら熊本で大きな借金を作って、その督促を受けていたらしく、それも憶測の種になったのですが、結局の所、事実だったと後で分かりました。奥さんの慎子《みつこ》さんは、大病を患《わずら》っていたんですね。余命が長くないということで、奥さんのたっての願いがあって信夫さんは島に来た。慎子さんの治療費でずいぶんな借金を作ってしまったのは本当で、にもかかわらず仕事を辞めてこんな所に引っ込んでしまったものだから、支払いに困っていたのも事実らしいです」

「羽瀬川信夫さんは、何をしてらしたんですか」

「熊本で市役所に勤めていたようですね。こちらに来てからは、宮下の船を借りて漁師をやっていました。もともと実家が漁業をやっていたようで、全くの初心者ではなかったようです」

「どういう人でした?」

「漁師よりも役所勤めのほうが似合っている人でしたよ。慎子さんは戻ってきても寝付いてることが多かったんですが、まめに面倒を見るし、慣れない漁師をやりながら家事から子育てから全部信夫さんがやってました。この人も、至って無口な控えめな人で、聞こえよがしに根拠のない噂を立てられても、怒るでなく言い訳をするでなく——というふうでした。

実際、言い訳はしようにもできなかったのでしょう。慎子さんは、再発したら後がないとは知らされてなかったらしいので。薄々気づいていたのかもしれませんが、実家に戻りたいと言ったのも、大病をして気弱になった、ということになっています。本人に知らせていなかった以上、病気のことを持ち出して言い訳をすることは、信夫さんにはできなかっただろうと思います」

「……そうでしょうね」

「慎子さんが亡くなって、それでようやく事情が分かったようなわけで。借金も慎子さんの生命保険でほとんどが返済できたということで、取り立ての連中が島に来ることもなくなりましたし、弘子さんと再婚するという話になった頃には、完済したということでした。

ただ、そんな噂《うわさ》がありましたので、ひょっとしたら何かトラブルがあったのかも、とは思わないわけにはいかなかったんです。弘子さんも知らないような借金がまだあって、あるいはその筋の人と揉《も》めたのだろうか、と」

「そのトラブルが原因で、信夫さんは殺されたのだと？」

博史は頷いた。

「島の中に異常者がいるというのよりも、そのほうが信じやすかったのです。永崎の登《と》代恵《よえ》さん——弘子さんの義理の姉にあたる人ですが——その人が、弘子さんが殺された日、離れのほうから見慣れない男が立ち去っていくのを見た、と言ってもいましたし。まあ、きっとそういうことなのだろう、と。いろんな事情があったとはいえ、だとしたら、信夫さんが自らトラブルを招いたわけですし……」

「つまりは因果応報、というわけですね。ましてや確証はないものの、羽瀬川信夫には弘子を殺したのではないかという疑惑がある。そんな男が無惨な最期《さいご》を遂げるのも、何かの報いだ、と」

博史は無言で頷いた。

「それで？　羽瀬川志保の場合も何かの報いなんですか？」

博史は俯《うつむ》き、唇に当てた指を噛《か》んだ。

「英明君を殺したのは志保だ、という話だったんです。……そう、確かに確証は何もないです。きっと、英明君を殺した犯人として疑わしいからそうに違いない、という話ではなく、殺された以上はそうに違いない、という話なんでしょう。だとしたら、憶測と呼ぶ値打ちすらない。……冷静に考えれば、そう分かるのですが……」

「なのに疑問には思わなかった？」

「思っていませんでした。そういう噂がある以上、志保と英明君の間には何かあったのだろうな、とそう信じ込んでいましたし、英明君との間に深刻な軋轢《あつれき》があった以上、他にもそういう軋轢を抱えていて、それであああいう姿になる破目になったのだな、と」

博史は言って、聞こえないほどの小声で、済みません、と呟《つぶや》いた。

「麻理は、母親を殺したのが信夫だと信じていたのでしょうか」

「分かりません。少なくとも島にいた頃には、むしろ逆でした。麻理ちゃんはずっと、信夫さんは確かに家にいたと志保ちゃんと二人でそう言い張っていましたし、弘子さんを殺したのはお父さんだ、と主張していました」

「……なんですって?」

博史は深く溜息《ためいき》をついて式部を見た。

「これを、本家に対する告発だと受け取らないでいただけると助かるのですが。麻理ちゃんはそう言っていたんです」

麻理はその日、学校から家に帰った。離れの戸を開けて声を掛けると、母親が血相を変えて玄関に駆け出してきた。そうして、今、お客さんが来ているから遊びに行っていなさい、と告げたのだと言う。麻理は母親の顔つきに気圧《けお》され、頷いて家を出た。弘子は自ら戸を閉め、中から鍵《かぎ》を掛けた。その行為と、弘子の顔つきで麻理は不安になった。家の傍を離れられず、しばらく建物の周囲をうろうろしていたらしい。しばらくして、中で男女が言い争う声が聞こえた。何と言っているのかは分からなかったが、確かに男の声を聞いたのだと言う。そして母親の悲鳴にも似た言葉の断片から、麻理は中にいるのが自分の本当の父親なのだと悟った。

「――麻理ちゃんは、自分が私生児だということをいつの頃からか理解していたようです。顔も名前も知らないけれど、どこかに本当の父親がいるのだと分かっていたし、それが今家の中で母親と言い争っている相手なのだと気づいた。と言っても、はっきりとそういう言葉を聞いたわけではないようでした。ただ、そういう印象を受けたのだ、ということらしいです。そういう漠然とした話ですし、なにしろ麻理ちゃんは当時まだ九つでした。十歳の誕生日が来ていませんでしたから。信夫さんの件もあって、誰も麻理ちゃんの証言を信じなかった……」

麻理は諍いが恐ろしくなって、家を離れた。だからと言って行く当てもなく、「父親」が気になってしばらくは家の近辺に留まっていたものの、陰鬱《いんうつ》な雨が肌寒く、心細さに堪《たま》りかねて志保の家を訪ねた。そうして、夕刻まで志保と一緒にいたのだが、麻理が羽瀬川家を訪ねたとき、確かに信夫はいたという。台所に水を飲みに行ったり、トイレに行ったりと、志保の部屋を何度も出入りしたが、信夫は家の中にいた。だから信夫がお客さんのはずはないと、麻理は頑強に主張し続けていた。

「大人が叱《しか》るので、次第にそういうことは言わなくなりましたが、それ以後も志保ちゃんとは始終一緒でしたし、だから少なくとも島にいた時点では、信夫さんが犯人だとは思っていなかったのだと思います」

式部は考え込む。麻理の証言を信じる限り、信夫が犯人だとは思えないが、麻理の証言はその曖昧《あいまい》さや年齢のことを考慮に入れると、信憑性《しんぴょうせい》の点で疑わしい。信夫が犯人であった可能性は否定できないし、島にいる間はそれを信じていなくても、長じて何か確証を得て信夫が犯人だったと思い直すことがあっても変ではない。——だが。

信夫の事件と志保の事件の、この類似性はどうだろう? 志保の事件は、まるで過去の事件の忠実な写し絵のようだ。過去の事件を知る誰かが模倣《もほう》したのか、そうでなければ。

(同一犯による犯行か……)

2

「それじゃあ、親子二代に亙《わた》って馬頭《めず》さんに殺されたことになるんですか?」

話を聞いた泰田《やすだ》は、開口一番、そう言った。式部は頷き、

「そういうことになります。事件が起こったのは四月の末で、ひどい雨が降っていたのだそうです。おかげで夕刻の犯行にもかかわらず、羽瀬川家を訪ねていった者の姿は目撃されていない。ただ、その日、死体が発見されて大騒ぎになる以前に、神霊《じんりょう》神社の参道に白羽の矢が突き立っていたのが発見されていたのだそうです。古びた破魔矢で、飾り物などを毟《むし》り取った痕《あと》があったとか」

「……同じですね、今回の場合と」

泰田が感慨深げに言って、式部は再度頷いた。

「まずごく普通の殺人事件が起こります。溺死《できし》に絞殺《こうさつ》、どちらも犯行方法には何の異常性も感じられません。片や事故とも取れ、片や自殺とも取れる。つまりは、英明君の場合は他殺なのか事故なのかが判然とせず、弘子の場合は他殺なのか自殺なのかが判然としない。少なくともそう見えるよう、犯行状況は整えられていたわけです。そして、その後にまた殺人が起こる。今度は一転して、あまりにも異常な犯行です。それと同時に社に矢が立つ……」

確かにな、と泰田は息を吐く。

「僕なんかが志保の死体を見ると、犯人は異常者に見えるんですよね。残虐《ざんぎゃく》な行為を嗜《し》好《こう》しているんだ、と感じる。サディズム——と言うより、殺人嗜好症と言うべきなのかな。僕は疎《うと》いので正式な用語が分からないんですけど、そう見えます」

「ええ。最初の殺人とはあまりに趣《おもむき》が違います。同一犯の犯行には見えません。そしてこの第二の殺人は矢のせいもあって、馬頭《めず》の決裁であると認識されるわけです。第一の殺人は、第二の殺人の被害者によるものだと考えられ、第二の殺人の犯人は捜されないままに終わる」

「似ているというより、完全に同じものですね」

「そう思います。ことさらのように残虐な犯行は、嗜好と言うよりむしろ、それが馬頭《めず》夜叉《やしゃ》の所行だと印象づけるためなのじゃないでしょうか」

神領博史は「地獄の刑罰のように」という表現をしていた。馬頭《めず》の決裁は極めて凄惨《せいさん》な死刑という形で行なわれる。なぜなら「馬頭《めず》さんは鬼だから」。それが島での了解事項なのだろう。

「状況を整理してみます。まず、十九年前の四月、永崎弘子が殺害されました。絞殺で、現場には争った形跡がありました。実際、麻理が家の中で弘子が男と言い争う声を聞いています」

「まず、来客の男がいた、ってことですよね。この男が必ず加害者と限ったものではないですけど、ともかくも、誰かと諍《いさか》いがあった後に弘子は絞殺されて、鴨居《かもい》に吊《つる》された……」

「ええ。現場には片づけられた形跡がありました。それを行なったのが弘子なのか、それとも犯人なのかは分かりません。そして、弘子の兄——永崎篤郎《あつろう》の妻、永崎登代恵は、見慣れない男を見たと証言しています」

式部が言うと、泰田は軽く顔を蹙《しか》めた。

「だとすると、犯人は神領さんじゃないって話になりませんか？　島の者が神領さんを知らないはずはないですから」

「そうなんです。――ただ」

弘子の件では警察が介入している。登代恵の証言もあって、警察は真っ先に見慣れない男――つまりは島にやってきた余所者を捜した。にもかかわらず、この日、島とは無関係な余所者が渡船を使った形跡は全くなかったのだった。博史が記憶している限りにおいても、事件の前後に余所者を見掛けたと言う者は皆無だった。

「それは変だな……」

「そうなんです。弘子の家は下島《しも》のほうにありました。志保の家とは逆に、下島の山に接して建っていたんです。今はもう残っていませんが。いわば集落の外れですから、港から集落の中を突っ切らないことには辿《たど》り着けない。特に弘子の住んでいた離れはすぐ裏手が山で、麓《ふもと》に沿った山道に接していました。つまり、山のほうから人目につかずにやってくることはできるけれども、それとは逆のほう――港や大夜叉《おおやしゃ》のほうから目撃されずにやってくるのは難しい、というわけなんです」

「では、羽瀬川信夫も？」

「ええ。警察は定石《じょうせき》に従って、真っ先に信夫を疑ったようですが、何しろこの日、信夫を見掛けたという者がいない。現場の状況から言うと、計画的な犯行とも思えないし、だとしたら信夫が弘子の家を訪ねるのに、わざわざ人目を忍ぶ理由がないです。目撃者がいないというだけでは犯人でないという理由にはならないのですが、とりあえず容疑者としては優先順位が低かったようですね。結局、通り一遍の事情聴取を受けただけで済んでしまったようですから」

「なるほどな……」

「永崎登代恵も、その見慣れぬ男は山道のほうに出ていったと証言している。なのですが、見慣れない余所者《よそもの》が山道のほうに向かう理由がありません」

「ああ、確かにそうですね。……どうも理屈に合わないな」

「そうなんです。なので登代恵の見間違いか、あるいは偽証ではないかという噂があったらしいんですね」

「偽証?」泰田は、心外そうに目を見開いた。「まさか——そんなことをする理由がないでしょう」

「それがあったんじゃないかと」

博史は、永崎家の暮らし向きは良かった、と言っていた。弘子の父、幸平も、兄の篤郎も余裕のある生活をしていた。そして、その余裕がどこから来るのかは、島の者にとってもある種の謎《なぞ》だったのだ。しかも事件の後、その余裕はさらに増えた。つまりは弘子の死後、永崎幸平、篤郎父子《おやこ》は、急速に金廻りが良くなったのだ。

「……ちょっと待ってください」と、泰田は妙に勢い込んだ。「それって、偽証をした代わりに謝礼を受け取ったということですか?」

「そうなんです。そして博史さんは、金の出所《でどころ》は本家ではないかと疑っていた。そもそも永崎家に余裕があったのも、麻理の父親が本家の誰かだからなのではないか、その口止め料としてなにがしかのものを受け取っていたからではないかと思っていたそうなんです」

それと言うのも——と博史は心許《こころもと》なげに語った。本家と永崎家の間には、一種の緊張感のようなものがあったのだ、と。本家は島の領主とも言うべき存在で、本来なら永崎家など眼中にもないはずだ。にもかかわらず、先代の神領寛有《ひろあり》は永崎幸平を露骨に疎《うと》んじていた。どこかしら敵視する様子があって、息子の永崎篤郎に対しても非常に冷淡だったらしい。

「ところが」と、博史は言った。「当の幸平さん、篤郎さんのほうには、それを意に介している様子がなかったんです。島の者は本家の反応を気にします。少しでも邪険にされると狼狽《ろうばい》するものなんです。幸平さん父子はごく普通の漁師で、しかも肝心の船を本家から借りていました。いわば生活の基盤を本家に握られていたわけですが、息子の篤郎さんなどは、むしろ本家に対して横柄《おうへい》でした。それで私は、ひょっとしたら麻理ちゃんの父親は明寛なのではないかと思っていたんです」

島の者は、別段そういう疑いを抱いてはいなかったらしい。というのも、島の中には本家の乱脈を容認する——と言うより、当然のことだと了解している節《ふし》があって、誰に手をつけていようと、そんなものは弱みにはなるまい、という認識があったからだった。だが、博史は本家に流れる空気から、永崎家に何らかの弱みを握られていて、疎んじていても決して強く出ることはできないのだ、という感触を得ていた。

両家の間の緊張感は事件の後も変わらず、むしろ高まったようだった。事件の後、永崎家はさらに金廻りが良くなった。特に篤郎は、神領家に対して以前以上に横柄になった。そして事件から一年後、唐突に自ら首を吊って死亡してしまったのである。

「自殺……」

泰田は意気消沈したように呟《つぶや》く。式部は頷《うなず》いた。

「ええ。その何か月か前から、篤郎さんには不運が続いた。係留していたはずの船を流して失ったり、網を切られたり、小火《ぼや》を出したりと、トラブルが続いていたんだそうです。それで煮詰まっていた矢先に詐欺《さぎ》に遭《あ》って、多額の借金を抱え込んでしまった。借りた先も質《たち》の悪いところだったようで、連日のように取り立ての連中が押し掛けてくるし、家族も脅迫や嫌がらせを受ける。それを苦にしての自殺だったらしいのですが、ついに神領家の逆鱗《げきりん》に触れたのだと、博史さんはそう認識していたようです」

「つまり、その詐欺事件の背後には、神領さんがいた、というわけだ……」

式部は頷く。

――結局の所、と博史は言った。

「弱みを握っているといってもその程度のことだった、ということなのでしょう。何も生殺与奪の弱みを握っていたわけではなかった。本家のほうも永崎さんの顔色を窺《うかが》って金を出していた、と言うより、面倒だから金で片をつけようとしていた、というのが実状だったんでしょう。ある意味、本当に本家が暴露を懼《おそ》れるような醜聞というのはあり得ないです。たとえ明寛が弘子さんを殺害した犯人であっても、いくらでも揉《も》み消すことができるし、島の者にしても、だからと言って本家に石を投げることはできません。領主は領主に違いないわけですから」

式部がそれを伝えると、泰田はむっつりと頷く。ひどく滅入《めい》ったふうに見えるのが意外だった。

「――篤郎さんが亡《な》くなってからも、厳しい取り立ては続いたし、嫌がらせもやまなかった。登代恵さんは三人の子供を連れて逃げ出し、以来消息不明だそうです。その直後に、神領さんが借金を肩代わりしたようですね。取り立てはやんだけれども、以後、幸平さんは神領家に頭が上がらなかった。神領家も殊更《ことさら》のように冷たく当たるし、肉親と言えばこれまで冷遇してきた麻理だけだし、ずいぶんと惨《みじ》めな状態だったようです。結局、五年ほどで亡くなったようですが、最後の半年ほどはアルコールと惚《ぼ》けのせいで生ける屍《しかばね》に等しかった、とか。

その幸平さんが亡くなったとき、麻理はすでに島を出ていたのですが、とうとう戻っては来ませんでした。とにかく麻理しか喪主を務める者がいないわけで、近所の人がそう言って連絡を取ろうとしたのですが、肝心の本人が電話にも出ない。連絡を寄越すよう伝言しても梨《なし》の礫《つぶて》で、結局、喪主のいないまま近所の人の好意で密葬、ということになったようです。……先生の言う通りでしたね」

「僕の？」

目を見開いた泰田に、式部は微笑《ほほえ》む。

「信夫と弘子が同じ年に死んでいること、これには裏があったわけです。篤郎さんも立て続けに亡くなっていました。ご明察」

泰田は苦笑するように、

「あまり当たって嬉《うれ》しい話でもなかったな」

「……ともかくも、そういうわけで、登代恵の証言は島の者にあまり信用されなかったんです。事情を聞くと、確かに偽証の可能性はあります。彼女は誰も見なかった――あるいは、知っている誰かを見たのだけれども口を噤《つぐ》んだ」

「うんざりするほど、嫌な所だな、ここは」泰田は言って、深い溜息《ためいき》をついた。「つまり、謎の来客は島の外部の人間ではなく、むしろ内部の人間の可能性が高い、ということですよね。そして弘子は殺害された。犯人はその来客かもしれないし、その客が帰った後に来た誰かかもしれない。とりあえず信夫の可能性は低い、と」

「そういうことになります」

「そして、その半月後、今度は信夫が殺害された」

「これが弘子を殺した犯人による犯行であることは間違いないと思います。犯人はこの島における信仰を熟知していた。ことさら無惨《むざん》な殺害方法を取って、社に矢を立てておけば、それで片がつくことを分かっていたんです。つまり、犯人は島の人間ではない」

式部が言うと、泰田は首を傾《かし》げた。

「どうしてです？　島の人間じゃなければ、肝心の馬頭《めず》信仰について知りようがないんじゃ？」

「そうなのですが。ただ、犯人は人を殺害するわけですね。馬頭《めず》夜叉が罪を裁く、それを信じていたら、真っ先に裁かれるのは他ならぬ自分です。ですから、犯人は信じていなかったのだと思うんです。そういう信仰があることは熟知していたけれども、自分ではこれっぽっちも信じていなかった。――けれども同時に、ただ小耳に挟んだだけなら、とてもではありませんが、もう一人殺せば自分は安全だ、などとは考えられなかっただろうと思うのです」

「……それは、そうでしょうね」

「この事件――弘子と信夫の事件に関する限り、犯人は島の者で、なおかつ島の者ではない、そういう微妙な立場の者だったと思われます。島の者ではないけれども、島の関係者ではあった、と言うか。馬頭《めず》さんがいると島で信じられていることは知悉《ちしつ》していた。信夫を殺せば、信夫が犯人だということになるに違いない、と確信していられるくらいには、信仰を熟知していたんです。けれども、自分ではそれを信じてなかった。そもそも島の外で生まれて育った者で、ある程度の年齢になってから島に入ってきた――信夫のような人間か、あるいは逆に、もともと島で生まれ育ったのだけど、後に島を出て、馬頭《めず》なんて迷信だ、と思い直すに至った人間か」

「そうでなければ」と、泰田は式部を見る。「神領家の人たちか」

「神領家の？　なぜです？」

式部が驚いて問うと、泰田は、

「安良《やすら》さんは信じているように見えなかった、と式部さんが言ったんじゃないですか。実際、そうでしょうとも。本家の人たち、分家の人たち、宮司さんたち――いずれにしても祭祀《さいし》のど真ん中にいるわけでしょう？　かえってこれは信仰にすぎないってことを誰よりも分かっていて当然なんじゃないですか。本家のお屋敷には馬頭《めず》さんが棲《す》むという社まであるわけでしょう。そこが空《から》であることを一番良く知ってるのは神領家の人たちじゃないですか」

確かにその通りかもしれない、と式部は思う。この島の場合のような、小さな宗教集団の場合、信仰の中心人物――司祭や教祖はそれを盲信しているのが常だし、周囲の者は、いわばその妄想に巻き込まれる形で結束するものだ。だが、実際のところ、少なくとも安良は馬頭《めず》を信奉しているようには見えず、この事件を馬頭《めず》の決裁だと信じているようにも見えなかった。

「島の関係者、あるいは神領家の人たち、じゃないかな。最初の事件の犯人はその中にいる……」

「今回の事件も、でしょう。これだけ事件の細部まで一致していて、同一犯でない、ということは考えられません。もしも同一犯でなかったとしたら、犯人はよほど深く、弘子と信夫の事件に係わっていたはずです。何しろ事件は馬頭《めず》さんに関係することなんですから、軽々しく話題になったりはしなかったでしょうし、事件そのものは神領家が闇《やみ》に葬《ほうむ》っている。すると、羽瀬川家、宮下家の誰かか、さもなければ永崎家の誰か、あるいは、事件の処理に実際に携わった者のうちの誰か、ということになります」

事件の処理に実際にどれだけの人間が係わったのかは、博史にもよく分からないようだった。少なくとも死体の処理のため、分家や社には召集がかけられたが、それ以外の島の者も当然いた。その場に誰がいたのかは、博史も覚えていないと言う。

泰田は考え込み、

「それで、過去の事件のほうなんですけど。犯人は信夫に罪を擦《なす》りつけるため、信夫を殺したわけですよね。馬頭《めず》さんの仕業《しわざ》に見えるよう、できるだけ鬼の所行を再現した」

「そういうことになります」

「しかし、それだけのことをやってのけるのには、かなりの時間がかかるんじゃないですか？　死体が発見されたのは——」

「夕刻です。夕飯時よりも少し遅い時間だったようですね。学校が終わって、そのまま麻理のところに遊びに行っていた志保は、夕飯時を過ぎたのに気づいて慌《あわ》てて帰った。それで死体を発見した、ということのようですから」

「人通りの多い時間ですよね。これは弘子の時も同じですが」

「そうですね。しかもこの日も雨が降っていたんです。かなり激しい雨で、そのせいもあって目撃者はいなかった」

「面白いな……」と、泰田は呟いた。「英明の時も志保の時も雨ですね」

式部ははっとする。

「確かに……」

しかも、弘子の事件、信夫の事件も夕刻だった。英明の事件の場合、英明が死亡したのは夜中のことだが、姿を消したのは港に車を戻してから——つまり夕刻かその前のことになる。志保の場合だけは夜のことだが——式部がそう言うと、泰田は、

「時間の問題じゃないのかな。いちばん人が気忙《きぜわ》しい時間帯を選んでいるということなのかも」

「ええ。志保の件は夜ですけど、あの日は嵐《あらし》のせいで人が右往左往《うおうさおう》していたんです。そもそも、それも妙な話だな、と思ってたんですよね」

「妙な話、ですか？」

「じゃないですか？　この島は漁師町ですから、夜が早いです。農村よりももっと早い。本当に、世間ではこれから夜の団欒《だんらん》だ、という時間帯に、寝静まるというか——真夜中みたいに人通りが絶えちゃうんですよ」

　ああ、と式部は頷いた。式部が島にやってきた夜もそうだった。まだ夜になったばかりだと言うのに深夜のように閑散としていた。

「だから、常識的に考えたら、なにも台風が来て人が右往左往している日を選ばなくても良さそうなのに、という気がするじゃないですか」

「確かにそうです」

「でも、冷静に考えると、かえってそのほうが安全なのかもしれないです。島が寝静まっていると言っても、本当に島の人が全員、寝ているわけじゃないですから。この御時世ですからね。単に家の中に引っ込んでるだけで、だからかえって夜に出歩くと目立つんじゃないかな。

　僕でも疚《やま》しいことをするのに、夜を選ぶのは嫌ですよ。誰かがひょいと窓の外を見て、それで目撃されちゃうと、こんな時間に何をしてるんだろうって、印象に強いと思いますから。かえって台風が来ていて人が右往左往しているとか、夕飯時で、みんな気忙しくしていて暢気《のんき》に通りを眺めている場合じゃない、という時間帯のほうが人目につかない——ついても印象に残らないのかもしれないです。それが本当かどうかはさておき、少なくとも犯人は、そういう判断をしたんじゃないかな。夕刻の気忙しい時間帯で、見通しの利《き》かない雨の日が安全だ、という」

式部は頷く。だとしたら、その性向から考えても、二つの事件は同一犯——。

「ともかくも、夕刻で雨だった、それで目撃者はいなかった、ということですよね。他は？」

泰田に問われ、式部は首を振った。

「分からないんです。なにしろ神領さんが内々に処理してしまったので、ほとんど捜査もされていないままで」

「志保の例のごとし、ですよね。——犯人が、罪を擦りつける相手に信夫を選んだのに、理由はないんでしょうか？」

「どうでしょう……。単に信夫が怪しいという噂《うわさ》を聞いて、罪を擦りつけるのに最適だと思ったのかもしれません」

「あとは、信夫を怨《うら》んでいたか。もしも麻理の証言通り、犯人が『父親』なら、犯人は信夫に怨みがあっても当然でしょう。なにしろ信夫は弘子との再婚が決まっていたわけで」

「確かに。タイミングから言って、犯人は信夫と弘子の再婚話を聞きつけて談判しに行ったようにも見えます。あるいは、再び関係を迫ったのかもしれません。それで口論の末、弘子を殺してしまった、ということでしょうか。どうも計画的な犯行ではなさそうですから、犯人は困ったに違いありません。それで、馬頭《めず》の裁定に見せかけることを思いついた……」

「大いにあり得ますよね。そして、誰かを殺して罪を擦りつければいい──ということになった場合、やっぱり信夫じゃないかな。信夫に対する怨みというか、面当《つら》てというか」

「ええ、確かに」

「問題は同一犯かどうか……だよなあ」

「ここまで相似形を描く事件が無関係だとは思えないです。信夫の件を強く印象に残した誰かが模倣したか、そうでなければ同一犯、これは間違いないでしょう」

「ですよね。しかし──もしも同一犯なら、犯人は神領さんだということになりませんか」

「確かに麻理の父親は神領明寛ということになりますが……麻理の証言をそこまで鵜呑《うの》

みにするのはどうでしょう」

「そうですか？　僕は子供というだけで、証言を端《はな》から疑ってかかるほうが危険だと思いますけど」

言って泰田は自分の手を見る。

「大人は、いろいろな思惑や計算で嘘《うそ》をつく。悪意はなくても、しがらみや義理が嘘をつかせます。けれども子供にはそれがない。僕なら子供の証言のほうを信用しますね」

「それは……そうですが」

「麻理の父親、神領家の人間で信仰を熟知していても信じていなかった人物——犯人の条件には合いますよね。志保の事件に関しても、過去の事件を知っていたこと、島の住人であること、あと、確か車の運転ができますから、条件は合う」

「ですが、神領明寛には英明を殺す理由がありません。英明にしろ麻理にしろ、死なれて困るのは明寛自身でしょう」

「相続の件を動機だと考えれば。でも、実際に殺されたのは志保ですよね」

式部は沈黙した。今回の事件の動機は相続問題にある、と考えるのが最も自然だ。だが、そう考えれば根本的なところに大きな歪《ゆが》みを抱え込むことになるのは確かだった。

「動機を相続の件に限るのも危険じゃないかな」

「しかし明寛さんは」

英明殺しについてアリバイがある——と、式部は言いかけ、当日島にいたからと言って、犯人ではないと断定はできないことを思い出した。しかも志保の事件があった日の、明寛の動向ははっきりしない。そればかりではなく、信夫の件で動転した式部は、肝心の博史のアリバイすら問い質《ただ》していなかったことに気づいた。

式部は時計を見上げた。十時前。

「……この時間なら起きてますかね」

誰が、とも言わなかったが、泰田は笑った。

「このくらいなら、まだ大丈夫でしょう。分家さんは漁に出るわけじゃないし、しかも明日は日曜ですからね」

3

「何度も済みません」

式部が詫《わ》びた相手——神領博史《ひろし》は、すでに寝支度をしていたようだった。

唐突に現れた式部に、応対に出た光紀《こうき》はひどく居心地の悪そうな顔をした。その時、小首を傾げるようにして廊下の先から顔を出した少女が泉だろうか。話をしたわけではないが、潑剌《はつらつ》とした少女のように見えた。博史に会いたいと言うと、光紀は迷うようにしてから頷《うなず》き、家の奥へと入っていった。古びてはいるもののそれなりの規模の一軒家だった。だが、神領家のあの厳《いか》めしい屋敷とは余りにも違う——。

出てきた博史は、式部を座敷に入れた。六畳に床のついた、ごく慎《つつ》ましやかな座敷だった。紅茶を淹《い》れて運んできたのが細君の絵里子《えりこ》だろう。少しばかり勝ち気そうで、夜分の訪問者に気を悪くしていることが気配から分かった。式部はふっと、安良《やすら》の「とかくの噂があった」という言葉を思い出した。

「失礼を承知で伺いたいのですが。博史さんは、神社で志保の死体が発見された当日、どうしておいででしたか」

式部が切り出すと、博史は複雑そうに笑んだ。

「会社にいました」

「それは会社が心配だったから、ということですか?」

「そういうわけではありません。会社の心配をしても仕方がないですから」

式部が首を傾げると、博史は苦笑する。

「別に野外に風に攫《さら》われて困るようなものを出しているわけではありませんし。勿論《もちろん》風で建物がどうにかなるということもありますが、こればっかりは運のもので、中に詰めていれば防げるというものでもありません。とりあえず雨漏りする様子はないか、何度か様子を見るぐらいのことはしますが。商品や機械が水を被《かぶ》ると大変ですから」

「それはそうですね。……では？」

「風雨がひどい時には、港に漁協の人たちが集まるんです。会社のすぐ隣にある倉庫の二階が漁協の事務所になっていまして、そこか、下の倉庫か、あるいはうちの事務所に人が集まっているんです。とにかく船に万一のことがないよう、気をつけないといけません。船が流されたり転覆するようなことは滅多にないのですが、舫《もや》った船同士がぶつかって船が破損することがありますから、舫綱《もやいづな》が緩んでいないか、始終気を配っていなければならないんです。もっと恐《こわ》いのは、船の様子を見に来た人が事故に遭うことです」

「……ああ、なるほど」

式部が頷くと、博史ははたと思い至ったように、

「そう言えば、志保ちゃんもそれで怪我《けが》をしたことがありますよ」

式部ははっとした。腰から太股《ふともも》にかけての縫合痕《ほうごうこん》——。

「父親の信夫さんと一緒に船の様子を見にきて、船端《ふなばた》を踏み外して、船と船の間に落ち込んでしまったんです。たまたま志保ちゃんは舫綱か何かにしがみついて、事なきを得ました。ただ、金具か何かに引っかけてざっくり腰の辺りを切っていましたけどね。まあ、海が荒れている時、しかも夜に、船と船の間に落ちると大人でも危険なんです。船が邪魔して浮いてこれませんから。それを思うと、そんなもので済んだのは幸運なんで

すが」

「それは志保がいくつぐらいの時です？」

「事件の起こる半年前——そのぐらいじゃないでしょうか」

「ということは、九つですよね。事件の年が十になる年ですから。そんな子供を、信夫さんは連れて出ていたわけですか？　嵐《あらし》の夜に？」

博史は微笑《ほほえ》んだ。

「志保ちゃんは一人前でしたからね。信夫さんはもともと家が漁師で、だから親の手伝いはしたことがあったようですが、とはいえ本格的に漁師の経験をしたことがあったというわけでもありません。まあ、地域によって対象魚も違いますし、対象魚が変われば漁法も変わりますから素人《しろうと》みたいなものですね。それで苦労してるのが小さいなりに分かっていたんじゃないでしょうか。始終、信夫さんの漁に蹤《つ》いていってましたよ。事件のあった頃には一人前でした。——本当はいけないことなんでしょうが、漁場に出れば仕掛けを引く信夫さんに代わって船の操舵《そうだ》もしていましたしね」

式部は目を丸くした。

「九つかそこらの子供が、ですか」

「子供でも、ちゃんと教えればできるものですよ。最近はなくなりましたが、私の小さい頃なんかは、小学校も上の学年になると、親を手伝って海に出るのなんか、島では当たり前でした。志保ちゃんは特にしっかりした子供でしたしね。本人にも自分が父親を助けるんだ、という自覚があったようです。信夫さんもそれを察して、そりゃあ可愛《かわい》がっていましたし」

そうか、と式部は何となく切ないような気分がした。式部は自分の友人が船を操れることを知らなかった。そもそも泳げるかどうかも知らない。取材で海辺に行ったことはあったが、船に乗ろうという話が出たことはないのは勿論、泳ごうなどという話が出たこともなかったからだ。海を喜ぶわけでもなく、ましてや懐《なつ》かしがっている様子もなかった。別にそう聞いたわけではないが、むしろ海は好きではないのだという印象を持っていた。

──それも当然かもしれない、と式部は思う。信夫が死んで以後、そこは辛《つら》いだけの場所になっていたのかもしれない。

「……そういうこともあるので」と、博史はやはり複雑そうに微笑《わら》いながら言った。

「見廻りが欠かせないんです」

「そうでしょうね」

「港に面して、二箇所ある水門にも気を配らないといけないです。港の水位が上がって水門から水が逆流したり、排水口が詰まると大変ですから。そういうわけで港には人手が要るし、それで私も嵐になれば港に行きます。ついでに夜番も兼ねて会社の事務所に詰めていたんだと言ったほうがいいと思います」

「では、漁協の人たちと連絡を取りながら会社にいたわけですね？」

「そうです。光紀も一緒でしたが、二人揃《そろ》って事務所にいた時間はほとんどなかったと思います。自分が他の人と一緒に外を巡回しに出ることもありましたし、光紀が出ていて私が留守居をしていたこともありました。ただ、入れ替わり立ち替わり他の者が一服しにやってきていましたが」

「その状態で夜通し？」

「いえ。夜半になって、社に行きました。消防団の人たちが集まると言うので、会社は光紀に任せて、私はそちらのほうに。死体が見つかったと言って、あたふたし始めるまでは、ずっと社に詰めていました。他の人たちは、外の様子を見に行ったり、独り暮しの年寄りの様子を見に行ったりしていましたが、私は杜栄《もりえ》と社務所に詰めて連絡係をしていましたので」

「杜栄さんも一緒だったんですね？」

「ええ。他にも団長や、古老が二人ほど、ずっと詰めていました」

「それは何時頃のことですか？」

式部が問うと、博史は記憶を探るように首を傾けた。

「社に集まるから、と連絡が来たのが、十一時過ぎだったと思います。あの日は満潮が十時頃で、とりあえず水位がひどく上がる様子もなかったですし、港の中の波も、船がぶつかって破損するほどでもなかったんです。それで、手が空いたら行く、と言って、巡回に出ていた光紀が戻ってくるのを待ってからその場を任せて社に行きました。着いたのは——十一時半かそのくらいだったと思います」

では、と式部は心の中で頷いた。博史は志保殺しの犯人ではあり得ない。志保が大江荘を出たのは十一時、いくら何でも、三十分の間に、あれだけの犯行を行なうことは不可能だろう。そう思うことに、式部は安堵《あんど》めいたものを感じていた。

「社に人が集まったのは、何時くらいでしょう」

「連絡が来た頃合いじゃないでしょうか。十一時過ぎですね」

「ということは、杜栄さんはそれ以後、ずっと社務所に詰めておられた？」

「おりました。神社が大変だ、と連絡が来たのが三時過ぎで、それからは私も杜栄も他の者も、出たり入ったりを繰り返しましたが、一人でうろうろすることはほとんどなかったと思います。颪がピークを過ぎたのが明け方のことで、起き出して来た人たちと交代して私も家に帰りましたが。六時ぐらいだったと思います」

では、と式部は心の中に銘記する。神領杜栄もまた犯人ではあり得ない。

「本家の明寛さんは——」

「家にいたと思いますよ。ああいう場合、何かあったときのために家にいてもらわねば困ります」

「しかし、いたと証言できるのは家族だけということになりますね？」

「まあ……そういうことになりますが」

「死体が発見されて以後はどうです？　高藤《たかとう》さんが陣頭指揮を執《と》っていたようですが、明寛さんは」

「見掛けませんでした。たぶん、家にいたのだと思います。本家がわざわざ出てくるようなことというのは滅多にないですから。何かあっても家の中から采配《さいはい》を振るうだけですし、それもたいがい高藤さんを介してですからね」

「高藤さんというのは、神領家の使用人になるわけですね？」

「使用人と言うより、家族のようなもの、と言ったほうがいいのかもしれませんが。本家よりも十ほど年上ですし。そうですね、家臣、という言い方のほうが正しいのかもしれません。高藤さんの一家は、代々沖ベンサシだったんです。沖ベンサシと言うのは、ベンサシ——網元に代わって、実際の漁の采配を振るう役ですね。漁の実務を知悉《ちしつ》しているのは勿論、漁師たちの束《たば》ね役でもあるわけで、使用人の中でも沖ベンサシというのは別格なんです。ただ、孝次《こうじ》さん自身が沖ベンサシを務めたことはないと思います。本家が漁自体をとっくに辞めていますから。孝次さんのお父さんは沖ベンサシでしたが、それも名前だけで、実際に漁に出たことはほとんどなかったと思います。本家はその頃から、網元と言うよりも会社や土地の利益で食っていましたので」

「では、孝次さん親子は何をしているんですか？」

「孝次さんは秘書みたいなもの……と言うべきなんでしょうか。私たちは番頭と言いますし、その言葉が一番しっくり来るような気がします。本家の雑多な実務を切り盛りしています」

「息子さんも？」

「圭吾《けいご》君は……そうですね、孝次さんの手伝いのようなこともやっていますが。ただ、基本的には蔵番です」

「蔵番？」

「ええ。本家の蔵を守る——いわば財産の番人ということになるわけですが、実質は守護の番人なのです。守護さんは本家の蔵に住んでいますから」

「見張っているわけですか？　逃げないように」

博史は苦笑するように微笑んだ。

「そういうわけでは。離れ——蔵を取り仕切っていると言ったほうが正しいんだと思います。守護さんには世話係がいるのですが——松江《まつえ》さんと言います——この人が実際に守護さんの面倒を見る。蔵番は世話係を采配して、それに伴う実務をこなすわけですね。必要なものを買い揃えたり、という。とはいえ、実質は何でも係なのじゃないでしょうか。本家の秘書のようなことをしたり運転手代わりをしたりと、何でもこなしていますから」

「その松江さんと圭吾さんと、守護さんの周囲にいるのは二人だけですか？」

「そういうことになりますね。まあ、家族もいるわけですが」

「守護さん——浅緋《あさひ》さんと言うのですよね、彼女は本当にいるのですか？」

博史は首を傾《かし》げた。

「こう言うと、さぞ奇妙に思われるでしょうが、私にもよく分かりません。なにしろ、五歳を最後に会ったことがありませんから」

「しかし、学校はどうするのです？　急な病気は？　今どき、家の中に子供を閉じ込めておく、そういうことが許されるのですか？」

博史は困ったように、

「それは本家の内々に関することなので、私には分かりません。分家はもう他人なんですよ。と言うより、守護さんに関することは、本家の一番深いところにあるんです。おそらく英明も、詳しいことは知らなかったでしょう。本当は当主しか会えないんですね。詳しいことは当主と当の守護さんしか知らない。ですから、先代当主の妻だった大伯母——大奥さんと明寛の妻、須磨子《すまこ》さんですね、知っていて当然なのは。それと安良《やすら》叔父、杜栄までです。ひょっとしたら康明《やすあき》は総領息子ですから、何か聞いていたかもしれませんが、まだ代替わりするような歳《とし》でもないし、詳しいことは聞かされていなかったと思います」

言って、博史は苦笑した。

「私にはできません。……分家で良かったと一番思うのはそこです。もしも私が本家の人間なら、今頃娘を蔵に閉じ込めることになっていたんでしょう。本家にとって、それは絶対のことですが、常識的に考えて酷《ひど》いことであるのは確かです。世間に対し、どう辻褄《つじつま》を合わせているのかは知りませんが、許されることじゃない。私などが異論を言っても、耳を貸すような本家ではありませんが」

式部は頷《うなず》いた。

「そんなわけですから、私にも詳しいことは分からないのです。いろいろとしきたりがあるようですが、私では知りようがありませんし。……普通は、三男か長女なんですよね」

「ああ、そう聞きました」

「長男には家を継がせねばならない、万が一、長男に何かあった時のために次男も必要、だから三男か長女、という話なのでしょう。実際、本家に長女が生まれたとき、その子に守護を継がせることが確定していました」

「浅黄《あさぎ》さん——でしたか」

「ええ。そうですね、ちょうど弘子さんと信夫さんの事件のあった、あの年の一月か二月か——うんと寒い頃に生まれたんです。長女が生まれたから守護にする、と本家は言っていました。次の守護が決まったから安泰だということで、祝いの席もありました」

「しかし、浅黄さんは亡《な》くなられたんですよね?」

「ええ。——ただ、その前に浅緋が生まれていたんです。浅黄が五つになった年でした。守護は満の五歳で継ぎます。浅黄は七月に蔵に入ることが決まっていた。七月の年祭の直前に引き継ぐものらしいですから。ところが、その年の三月か——そのくらいに浅緋が生まれて、祝いに駆けつけたら突然、浅緋に守護を継がせる、と」

「なぜです?」

「それが良く分からないのです。先代は、こちらのほうが向いている、という言い方をしていましたが、何かしきたりに触れるようなことだったらしいです。本当は一度決まったものを覆《くつがえ》すほうが、しきたりに触れることのはずなのですが——そう言って反対する声もあったのですが——先代がそう決めてしまっていて。生まれたその日の話ですから、即断したものですが、後で聞くとまだ存命だった祖母——先代の母親の指示だったようですね。一事が万事そんなふうで。我々には説明もしませんし、つまりはそれだけ他人だということです。ですから、私も島の人以上のことを知っているわけではないんです」

「そして浅緋さんが蔵に入った。――それきり？」

「それきりです。それ以前にも、あまり本家は浅緋を表に出したくないようでしたが。本家に集まる機会は再々ありますが、私も数えるほどしか会ったことがありません。蔵に入る前の儀式で会ったのが最後です。それきり姿を見たことも声を聞いたこともないし、消息を聞いたこともない。訊《き》けば、恙《つつが》なくと本家は言いますが、守護さんは病気になったり事故に遭ったりしないものなので、これは返答とは言えないでしょう」

「変なことを伺いますが。もし守護さんが亡くなられたら、どうするのですか？」

博史は首を傾げた。

「隠すのだと思います。守護さんが死んだら、守護ではないですから。いるということでお役御免まで通す。次の守護が立ったら、そのうちに死んだということにするのでしょう。そういうことがあった、という話も聞いたことがありますし。

実際、浅緋は本当に一度も蔵を出てきません。普通はもう少し、神事に出てくるものですし、杜栄の時はああまで神経質にはなっていませんでした。守護でいる間に、私も何度か会ったことがあるくらいですから。基本的には蔵の中でしたが、たまには表のほうに出てくることもあったし、正月などには我々も離れに招かれることがあったんです。ですが、浅緋は全くそれがありません。母親の須磨子さんすらほとんど会っていないと思います。会いたいと思っているようにも見えない」

「徹底してますね……」

「ええ。ちょっと尋常ではない徹底ぶりなので、それでひょっとして……と思うこともあります。あそこの子供はどうも短命な傾向があるので、ひょっとしたら蔵の中で死んだのではないかと思ったり。結局のところ、そうやって全く表に出ず、接触せずにいられるぐらいなのですから、守護が本当にいる必要はないのですね。いるということで、家人が仕えていれば問題はない。──ですから、島の外に出したのかな、と思うこともあるんですよ。昔ならいざ知らず、今どき我が子を蔵の中に押し込めておく親がいるとは、私も思いたくありませんし」

「ああ……」

「そう思うと、浅緋が本来なら小学校に入って一年生か二年生かになる──その頃合いからなんですね、ああまで神経質になったのは。それまでも、我々が会うことはなかったのですが、家族は離れに出入りしているふうがありましたし、こっそり表に出すこともあったようです。それがぱったり途絶えたのが、浅黄が亡くなった頃です。浅黄は十二でしたから──」

「浅緋さんは五つ下で七つ」

「ええ。本家は、しきたりを蔑《ないがし》ろにするから罰《ばち》が当たった、これからは遵守《じゅんしゅ》するんだというような言い方をしてましたが、ひょっとしたらこっそり島を出して、どこかに預けたのじゃないかと思ったのを覚えています。……そうであって欲しいものですが」

式部は、同意を込めて頷いた。あるいは、浅緋もまた死亡したかだ。浅黄が死んだのは風邪のせいだったか。ひょっとしたら、同じ流感が原因だったのかもしれない。なにしろ簡単に医者に診せるわけにもいかない。一旦《いったん》体調を崩せば、最悪の結果になることもあっただろう。

「しかしながら、今もいるという体裁だけは取られているわけですね？」

「そうです。毎年、正月には簞笥《たんす》一竿《さお》、着るものやら小物やらが運び込まれますし」

「本当に賓客扱いですね」

「ええ」と、博史は苦笑した。「親が子にそういう扱いをするのも惨《むご》いことですが」

確かに、と式部は頷き、

「ときに、もしも麻理がいなければ、家督はどうなるのでしょう？」

「分かりません。多分、うちの子か杜栄《もりえ》のところの子を養子に入れて、という話になるのでしょうが、私にはそのつもりはありません。家族ともそう話していますし。すると杜栄の子という話になるのですが、杜栄もどうでしょう。あるいは、本家にはまだ隠し球があるかもしれませんが」

「――つまり、他にも明寛さんの子が？」

「いても驚きません。そのために備えるのも、本家の主《あるじ》の務めですから」言って、博史は苦笑というより失笑した。「私にはつくづく向かないと思います」

だろうな、と式部もまた苦笑する。

——何にしても、高藤孝次と圭吾の親子は、神領家の関係者として数えるべきなのかもしれない。逆に、いるかいないかはっきりしない守護を関係者の数に入れても仕方がないだろう。

「安良さんはどうでしょう?」

「安良叔父は、あの日は本家にいたと思います。さすがにあの小屋では危険なので、ああいう時は、たいがい本家に避難していますから。私も気になって、一度様子を見に行ったのですが、小屋にはいませんでした」

「安良さんは——何と言うか、少し風変わりな方ですね」

「そうですね」と、博史は頷く。「やはりいろいろと複雑にならざるを得ないのでしょう。安良叔父も——そして、杜栄もですが、家のために犠牲になったところはあると思いますから。杜栄には妻子がありますが、安良叔父にはそれもありませんし、いろいろな意味で斜《はす》に構えたところはあって当然のようにも思います。ただ、取り立てて本家と仲が悪いわけでもありません。あんな小屋に住んでいるのも、本家に対してどうこうと言うより、本人がそうしたいからのようですし。実際、本家も何事かあったときには、一番相談しやすい親族だと思っているようです」

　なるほど、と式部は頷いた。

「明寛さんの御家族は、あの日は」

「確認したわけではありませんが、家にいたんだと思います。大奥さんはもう高齢で、目も足腰も弱っていますから、家の外に出てくることはほとんどないです」

　言ってから、博史は言い添えた。

「私の家族も、家にいたと思います。光紀を除いてですが。光紀は結局、あの騒ぎが起こるまで、会社にいたようですし」

　では、絵里子、光紀、泉の三人には確たるアリバイがないことになる――式部はそう思いながら、

「杜栄さんの御家族はどうでしょう」

「美智《みち》さんは、あの日は社務所にいて、二、三駆けつけた女衆と炊《た》き出しのようなことをしていましたよ。握り飯を出したり飲み物を出したりと、ずっと社務所に詰めて世話を焼いていました」

　では、美智は除外できる――と、式部は心に銘記した。

「杜栄の子供たちの姿は見ませんでしたが、時間から言っても寝ていたでしょう。母屋《おもや》のほうに美智さんの実家――島内の人で下田《しもだ》と言うのですが――の人が来ていたようで

すから、その人たちが面倒を見ていたのじゃないでしょうか」

「──そう言えば、杜栄さんはあの日まで、出掛けてらしたとか」

「ええ。民間の郷土史研究会みたいなものがありまして、その懇親会で旅行があったんです」

「旅行──ですか?」

「ええ、二泊三日で。別府《べっぷ》に行っていたと聞きました。旅行先から家に掛けた電話で、台風が上陸しそうだというのを聞いて、散会になるのを待たず、慌《あわ》てて帰ってきたらしいのですが、その時に乗った船を最後に渡船が止まってしまって、ぎりぎりだった、と苦笑していました。連日、国東《くにさき》だ臼杵《うすき》だと出歩いていたうえ、明け方まで宴会だったとかで、ぐったりしていましたよ。家に帰りついてからは寝てたようで、私が行ったときには、大儀そうに起き出してきたところでした」

「博史さんは、杜栄さんとは親しいんですね」

ええ、と博史は苦笑した。

「従兄弟《いとこ》ですから。それを言うと、本家もそうなのですが、本家はまあ……そういう範《はん》疇《ちゅう》では語れませんから」

なるほど、と式部は頷き、

「英明君の事件のときはどうだったのでしょう」

博史は首を傾ける。

「私と本家は、寄り合いに出ていました。終わったのが十一時近くだったでしょうか。他はみんな家にいたんだと思います。出掛けていたという話は聞いていませんから」

「寄り合いの間はずっと大江荘に？」

「そうですね。基本的には。長丁場になりましたから、時々休憩は挟んでいましたが、それも長くても十分かそこらのことです」

「確かですか？」

「大江さんに確認してもらえれば、分かると思います。酒を運んだり灰皿を替えたりと、始終部屋に出入りして世話をしてくれましたから」

博史は微笑《ほほえ》んだ。式部は頷き、これで博史と明寛が英明殺しに関与していないことは確実だ、と確認していた。十分では、下島《しも》の突端にあるという岩場まで往復することもできまい。あるいは単純に大江荘の近辺から海に死体を投げ込んでも、本土まで漂流していくものなのかもしれなかったが、わずかその程度の休憩時間では、人目につかない辺りに行って、あらかじめ溺死《できし》させて隠しておいた死体を海に投げ込むだけの余裕もあるまい。

では、と式部は軽く身を乗り出した。

「これはどうでしょう。古いことで記憶が薄れているとは思うのですが――弘子さんと、信夫さんの事件の時は」

博史は、それはちょっと、と手を振った。

「勿論《もちろん》、当日どこにいたかは覚えてらっしゃらないと思います。その当時、島にいなかった人はいませんか」

「あの年は……浅黄の生まれた年ですね。ということは、杜栄は蔵の中で安良《やすら》叔父は社にいました。あの人は滅多に島を空けない人ですし。まだ先代も元気でしたし、先々代の大奥さんも存命でした。家族は全員揃《そろ》っていたように思います。康明が六つ、英明が四つですね。光紀が三つですから、泉は生まれたか生まれてないかという頃合いでしょう。――そうです、少なくとも一族は全員、島にいました」

言ってから、博史は何か気にかかるような表情をし、やがて、おや、と呟《つぶや》いた。

「……何か？」

「いえ。本家は大学が終わってから、留学していたことがあったんです。留学と言っても、それを名目に外遊していた、という感じなのですが。それをふっと思い出して――とは言え、事件が起こったのは、結婚して三番目の子供が生まれた年のことですから、ぜんぜん時期が合わないわけで、そういうこともあったな、と思い出しただけなのですが……それを考えると妙だな……」

「――妙と言うのは？」

博史は軽く身を乗り出した。声を低める。

「事件があったのは十九年前で、私が二十九の時です。その年、麻理ちゃんは十歳ですから、麻理ちゃんが生まれたのは私が十九の年、ということになります。弘子さんが麻理ちゃんを身籠《みご》もったのは、私が十八の年ですね」

「ええ、そういうことになりますね」

「私は高校の三年だったわけですが、あのころ、本家は確か留学中だったと思います」

え、と式部は声を上げた。

「本家と私は五つ違いですから、本家は二十三ですね。——間違いないです。あの年、本家はヨーロッパにいました。一度も帰国していません」

「では……」と、式部は口を開けた。「麻理は明寛さんの子供ではあり得ない……」

だが、明寛自身が、父親の名乗りを上げて、麻理を相続人にすべく動いたのだ。これはどういうことなのだろう、と式部が博史を見ると、博史は察したように頷《うなず》く。

「明寛ではないんだと思います。けれども養子にしようとする以上、血縁でないはずはない。それどころか、私や杜栄に優先したわけで、従兄弟や兄弟よりも血が近いのかもしれません。先代——ではないでしょうか」

「神領寛有《ひろあり》……」

「先代は十一年前に亡《な》くなりました。事件の当時は六十ぐらいでしたか。確か、その年か前の年に還暦の祝いをやりましたから」

「ということは、弘子が麻理を身籠もった年には、五十……」

「そうです。充分あり得ると思います。なにしろその頃、松江さんが入って、後に身籠もったぐらいですから。流産でしたが」

「松江さん？　守護さんの世話係の？」

「ええ。宮下松江さん」と、言ってから博史は、ああ、と呟いた。「志保ちゃんの縁者ですね。慎子《みつこ》さんの従姉妹《いとこ》か何かに当たるのじゃないでしょうか。——その女性が本家に入ったんです、お妾《めかけ》さんとして」

「ちょっと待ってください。奥さんの——民枝《たみえ》さんでしたか——は」

「勿論いました。つまり、同居です」

式部が唖然《あぜん》としていると、博史は苦笑する。

「そういう家なのですよ、あそこは」


博史の家を辞去した後、何となく式部は足を下島のほうに向けた。夜風が乾いた音を立て、人気《ひとけ》のない集落の角辻《かどつじ》を行き来していた。

港に向かって傾斜しつつ転落していく集落、その奥まった場所に高台がある。石垣の上、外部を拒絶するかのように延びた土壁が月光を浴び、夜目にも白かった。この家の門口ばかりは、風車が見えない。風鈴の音も聞こえなかった。ただ屋敷を覆《おお》うように茂った樹木が揺れて風鳴りを立てている。

式部はただ屋敷へのみ続く坂道から、その建物を見上げた。最初に見たのはいつだったか。その時には何気なく眺めた屋敷が、どこか化物じみて見えた。

長屋門はぴったりと閉ざされている。門の内には特に明かりもないのか、甍《いらか》の下に濃い闇《やみ》を抱え込んでいた。

——ただ澱《よど》んだ闇。

風音を聞きながら式部はしばらく屋敷を見上げた。小さな灯《あかり》があることに気づいたのは、来た道を引き返そうとした時だった。門の左手、土塀の奥に蔵が三つ建ち並んでいる。土塀に載せた瓦《かわら》屋根の上に、その上部だけがかろうじて覗《のぞ》いていた。そして、手前のひとつには、ごく弱い明かりが見えた。おそらくは屋根の妻下《つました》に採光用の小窓でもあるのだろう。ちょうど窓が微《かす》かに透《す》いて、その間から中の灯が漏れている、そのように見えた。

——中に人がいるのか。

それが誰かなどと、式部に分かるはずがない。ましてやそこが噂《うわさ》に聞く蔵座敷なのかどうかも分からなかった。たまたま誰かが蔵の中に用があって、立ち入っただけなのかもしれない。

金縛《かなしば》りに遭ったような気分で立ち竦《すく》む式部の目の前で、ふっと灯火が消えた。

4

診療所の住居にある狭いダイニングキッチンには、コーヒーの匂《にお》いが立ち籠《こ》めていた。式部が顔を出すと、朝食の支度をしていた泰田が振り返った。

「ああ、おはようございます。——済みません、昨夜はとうとう寝ちゃってたみたいで」

いや、と首を振った式部に、泰田は坐《すわ》っているよう、ダイニングテーブルを示した。

昨夜、式部が戻ると、泰田はソファで眠り込んでいた。起こすまでもあるまいと思い、式部は居間でメモの整理をしていたのだが、そのまま眠り込んでしまったらしい。さっき目が覚めると、カーペットの上で毛布にくるまっていた。

どうでした、と泰田が訊《き》いてきたのは、朝食が調《ととの》ってからだった。式部は食事を摂《と》りながら、かいつまんで博史の話を伝える。泰田は食後のコーヒーを抱え込んで深い溜息《ためいき》をついた。

「神領寛有……か。化物屋敷だな、あの家は」

式部は、まったくだ、と同意し、

「先代の寛有は十一年前に亡くなっています。従って今回の犯人ではありません。ただし、弘子と信夫の事件の犯人ではあり得ます。六十の老人に可能か、という問題は残りますが」

式部が言うと、泰田は失笑した。

「可能でしょう。田舎の年寄りを甘く見るもんじゃないです。下手をすると、僕なんかより体力も腕力もありますからね、あの人たちは」

でしょうね、と式部も苦笑し、

「――すると、永崎登代恵が神領寛有の顔を知らないはずはありませんから、やはり登代恵は偽証したということになりますね」

式部の言に、泰田は何か言い掛けるように口を開いたが、すぐに思い留まったのか頷いた。

「……そうですね」

「過去の事件の犯人が先代の寛有だとすれば、同一犯という線は消えますから、今度の事件は過去に学んだ誰かの犯行です。それも、ごく細部まで一致していることを考えると、かなり事件の関係者に近しい位置にいた人物だと言えるでしょう。当時の事件の関係者で存命なのは、宮下家の縁者、あとはもう事件を処理した神領本家の人々か、あるいは弘子と親しく、信夫の遺体処理にも携わった博史ということになります」

「あるいは、志保か麻理か……」

「ええ、まあ。──そして羽瀬川志保は、午後十一時に大江荘を出ました。死体で発見されたのは午前三時、この四時間のアリバイが問題になるわけですが、博史さんと杜栄《もりえ》さんのアリバイは確認できました。杜栄さんの奥さんである美智さんもアリバイがあります」

事情を説明すると、泰田は頷いた。

「そうか……確かに三十分では絶対に不可能ですよね。これで三人は消えたわけだ」

「同様に、神領英明が殺された夜の博史と明寛のアリバイも成立したと考えていいんだと思います。同様に大江さんも」

「大江さんも、ですか」と、泰田は呆《あき》れたようにした。

「先生の忠告通り、動機を相続問題に限らないことにすると、島の人の全《すべ》てが容疑者ですから。ちなみに先生は？」

泰田は苦笑した。

「僕はどちらの夜も独りでした。アリバイはない、と書いておいてください。しかし──すると？」

式部は頭を振り、深い溜息をついた。事態は錯綜《さくそう》していると言っていい。

──過去の事件、これで確実なのは、弘子が何者かに殺害されたこと、その嫌疑を信夫に向けるために、同じ犯人が信夫を殺害したことだろうか。麻理と志保の証言からしても、警察の見解からしても、信夫が弘子を殺害した可能性は極めて低いと言っていい。この信夫が殺された件に関しては、事件が内々に処理されたこともあって、ほとんど犯人の特定はできない。ただ、神社に白羽の矢が立っていた以上、犯人が馬頭《めず》信仰を知っていたことは確実で、ここから島の者であることは間違いないとは言えるだろう、と式部は思う。

一方、弘子の事件に関しては、麻理が「父親」だと証言している。ただしこの証言の信憑性《しんぴょうせい》は五分五分というところだろう、と式部は見ている。来客があったことは確実なようだが、この来客が即、犯人だとは断定できない。永崎登代恵は離れを立ち去る見慣れない男を見ているが、これまた証言の信憑性は低い。麻理の証言を信用するなら、犯人――少なくとも来客は神領寛有ということになるのかもしれなかったが、これまた確実なこととは言えなかった。

「……過去の事件のほうは、犯人が誰なのか、有り体《あてい》に言えば五里霧中です。かろうじて神領寛有が、より疑わしい、ということになるのでしょう」

――そして志保の事件がある。

「志保が英明殺しの罪を擦《なす》りつけられた、これは確実なのだと思います。同時に麻理も行方不明になっていることを思うと、事件は神領家の相続がらみのものに見えます。仮にそうだとすれば、容疑者は麻理のプロフィールを知り得た人間に絞られますが、先生も指摘した通り、確かにそうだとは断言できません。相続問題が動機だとすると、麻理の死体が見つかっていないのは変ですから」

　そうですね、と泰田は同意した。

「……この事件は何か変です。その最たるものが、こうも明らかな動機——相続の問題——がありながら、麻理ではなく志保が殺されたという点です。それだけではありません。たとえば電話」

「麻理を呼び出した——あの？」

　式部は頷き、

「あの電話が、誰から掛かってきたもので、何を目的にしたものかは分かりません。大江さんは麻理を『呼び出した』と認識しているわけですが、それは前後の事情からそう推測したというだけで、本当に呼び出したのかどうかは不明です」

「それはそうですね」

「ただ、麻理は福岡にいる知人の誰にも、行く先を告げないまま島に来て、そのまま行方不明になっています。と言うことは、少なくとも麻理の知人からの電話だった、ということはあり得ないと思われます。そして、電話を掛けてきた人物は麻理が大江荘にいることを知っていました。これは、ほぼ島の者に限られます。さらに大江さんは、背後に強い風の音が聞こえていた、と証言している。ですから、島、あるいはその近辺からの電話であったことも間違いないのでしょう。

しかも電話を掛けてきた人物は、明らかに声を隠していました。これは声を大江さんに覚えられたくなかったから——そうでなければ、大江さんに声を知られているからだと考えられます。大江さんに声を覚えられたくないということは、この先、大江さんに会うことがあるかもしれない、ということです。つまり、どちらにしても島の関係者なんです」

「ああ、確かに」

「だからと言って、犯人からの電話だとは断言できないわけですが……」

式部が言うと、泰田は首を傾けた。

「タイミングから言っても、犯人からの電話だったんじゃないかな。僕はそう思うんですけど。ひょっとしたら犯人自身が掛けたものじゃなかったかもしれませんが、その場合も、犯人が誰かに掛けさせた、ということだと思うんです。その誰かは犯人の意思を了解していたかもしれないし、いなかったかもしれない。これはどちらとも言えませんけど。

あの日は、台風が来てました。渡船は欠航してしまった。犯人はその時点で、もう誰も島に出入りできないことを分かってたはずです。少なくとも翌日の朝まで船は動かないし、朝になって動くという保証もない。島からは出られない。入ってくることもできない。そこで事件が起こったら、この日、島にいた人間が犯人でございます、と言ってるようなもんですよね」

「それはそうですが、でもそれは」

「待ってください、分かってます。でも、犯人はそんなことを気にする必要はなかった、というわけでしょう？　犯人は、志保を殺して矢を一本立てておけば、馬頭《めず》さんのせいにできることを分かっていた。だから、人が島を出入りできるとか、そういうことはどうでも良かったわけです。――でもそれ、本当でしょうか？」

え、と式部は呟《つぶや》いた。

「いくら何でも、万が一の場合は考えざるを得ないんじゃないかな。もしも発見者が何も考えずに警察に通報してしまって、通常の捜査が行なわれたら、あるいは襲撃に失敗して自分が逃げ出さねばならない破目に陥《おちい》ったら――と」

「それは、そうですが」

「しかもね、犯人は死体を島の人間に発見してもらいたかったと思うんですよね。部外者は馬頭《めず》さんなんて知らない。聞かされても信じないでしょう。それを考えるとね、死体が発見されるときは、外部の人間ができるだけいない、そういう状況のほうが都合がいいわけです」

「だから台風は好都合だった……」

「逆です」と、泰田は断言した。「部外者がいない状況と言えば、普段の夜のほうが確実ですよ。渡船が終わってからのほうが。ああいう日は、港に余所《よそ》の船が入ってくることが多々ありますし、島にやってきた部外者が閉じ込められてしまうことだってあります」

「しかし、待避してきた船の乗組員は、港に上陸することができません。そういう風習なのでしょう？　しかも、当日、閉じ込められた部外者はいません。第一、余所者は嵐《あらし》の夜に、島の中をうろついたりしないでしょう」

「しないでしょうね。けれども風が熄《や》んでからなら分かりません。——これは可能性の問題なんです。犯人の不安の問題、と言うのかな。

　馬頭《めず》に全ての罪を擦りつける以上、犯人は万が一にも部外者に死体を見て欲しくなかったはずです。待避してきた船の乗組員は、陸に上がったりしませんが、これは確実なこととは言えません。どんな緊急事態が起こるか、分かったものじゃないですから。あの日はたまたま部外者はいませんでしたけど、犯人がそれを確信できたとは思いません。犯人の側からすれば、余所者が死体を目にする危険性は、絶対に無視できなかっただろうと思うんです。

　だからこそ犯人は島の者に死体を発見して欲しかったのだし、それは早ければ早いほ

ど い。部外者の目に触れる危険性が減るし、島の連中が事件を闇《やみ》に葬《ほうむ》るための事後処理の時間だって、充分に取れるわけですから。――それで犯人は、火を使ったんじゃないでしょうか」

式部は微《かす》かに声を上げた。――確かにそうだ。

「死体発見現場は神社の中の奥まった場所でしたけど、抜け道のすぐ脇《わき》で、すごく見つけにくい場所と言うわけではないです。おまけに犯人は火を使ってる。しかも島の者は、夜だと言うのに島の中を右往左往してたんです。付近に誰かがいれば、死体に掛けられた火は、ひどく目立ったでしょう。犯人が死体を隠そう、発見を遅らそうとしたとは思えないです。むしろ犯人は死体を発見して欲しかったんだと思うんですよ」

「……その通りです」

「渡船は止まって、島にいる人間は限られている。おまけに台風のせいで常よりも人目がある、大風も吹いていたし雨も混じってた。物理的に、何かをやるにはしんどい状況だし、何が起こるか分からないリスキーな夜だったことは間違いないです。おまけに――犯人が知っていたかどうか分かりませんが――港には警察の船までいたんです。なのに犯人は、あえてその夜を選んだわけですよね。事前に準備をしていたんですから、計画的にやったことは確実です。

犯人にとっては、あの夜でなければならなかったんじゃないですか？　単純に台風が通過するのを待てないほど急いでいたのかもしれない。他に事情があったのかもしれないです。いずれにしても犯人は、是が非でも台風が通り過ぎてしまう前に志保を殺し、死体を発見させたかったし、だから火を使ってそれを確実にしようとした。——だとしたら、あの電話は犯人が掛けたもののはずです」

はっと式部は泰田を見る。

「台風の夜ですよ？　普通だったら被害者は外に出ない。けれども、犯人は、何としても被害者に外に出てきて欲しかったんじゃないですか？　大江荘の前で張り込んでいても、そんなチャンスには巡り合えないでしょう。それを可能にするためには、犯人が被害者を外に呼び出さなきゃならない」

確かにそうだ、と式部は納得した。あの電話は間違いなく犯人が掛けてきた——犯人自身のものかどうかはともかくも、麻理を呼び出そうという犯人の意図のもとに掛けられたものだ。

「しかし、犯人が呼び出したのは……」

「そう、麻理なんですよね。志保は、麻理が帰って来ないので、自ら捜しに行った。けども、犯人は志保のこの行動を予測できないはずなんです」

これは変だ、と式部は考え込んだ。——犯人の目的は犠牲者を作って英明殺しの罪をその被害者に擦りつけることだったはずだ。ひょっとしたら犯人には麻理を殺そうという意図があって、殺すついでに全ての罪を麻理に擦りつけようと、そう考えたのかもしれない。いずれにしても、犠牲者として麻理を想定していたからこそ、麻理を呼び出したのではないのか。だったら犯人は麻理を廃屋に引きずり込んだはずだ。あたかも馬頭《めず》の仕業であるかのように見せかけるため、あえて残忍な殺害方法を選ぶ。そうすれば、もう志保の死体は必要ない。麻理を惨殺《ざんさつ》することを思い留まり、出てくるかどうかも分からない志保を待つ必要などないのだ。

——志保が宿を出てくるかどうかは、犯人には読めなかったはず。にもかかわらず、犯人は最初から志保を犠牲者にすると決めてかかったかのように、志保を廃屋に連れて行き、殺害している。そういう犯人の行動も奇妙なら、麻理の行動も奇妙だった。

——ひょっとしたら麻理は、電話によっておびき出され、犯人に襲われたのを辛《から》くも逃れたのかもしれない。だったらなぜ、麻理は宿に逃げ戻らなかったのだろう？

しかも麻理は死体を発見しているのだ、と式部は思った。——現場に残った靴痕《くつあと》は、おそらくは麻理のものだろう。にもかかわらず、麻理はそれを誰にも報《しら》せていない。警察に通報するでもなかった。宿を出たのが八時、死体が現場に吊《つる》されたのは、犯行に必要な時間も含めて考えれば、どう考えても十二時以降のことになる。だが、仮に十二時としても、麻理が宿を出てから四時間。しかもあの夜は嵐だった。何のために麻理は四時間も戸外に留まっていたのだろう？

そう式部は思い、ふと光紀《こうき》の言葉を思い出した。一方が殺されて一方が消えたのなら、消えたほうが相手を殺して逃げたに決まっている——。

まさか、と式部は泰田を見た。泰田は宙を睨《にら》んで思考を巡らすふうだった。式部はおそるおそる、

「志保が宿を出るかどうか、これは犯人にとって予測不可能なことだったはずですよね？」

「だと思うんですけど」

「にもかかわらず、志保が殺された。……犯人は志保の行動をあらかじめ読んでいた、ということになりませんか……？」

泰田は瞬《まばた》く。

「だから、その方法はない、という話を——」

言いかけた泰田を、式部は制した。

「麻理が事前に言い含めておけば？」

あ、と泰田は小声を上げた。

「麻理が宿を出る前に——たとえば、何時までに帰らなかったら、それとは知られないように迎えに来てくれ、と言い残していたとすれば、志保の行動をコントロールすることができます」

「そうか」と泰田は呟く。そして困惑したように式部を見た。「でも、何のために？……いや、ひょっとしたら麻理は、呼び出しの電話に何か良くない予感のようなものを感じたのかもしれないです。だから予《あらかじ》め、何時までに戻らなければ捜しに来てくれ、と言っておいた。……それは充分あり得ることですけど、犯人にはそれを知る方法がないでしょう」

「麻理から聞いた、というのは？」

泰田は目を見開いた。

「それじゃあ、麻理は犯人の共犯者だったってことになってしまいます」

「そうであってはいけないのですか？」

式部が問うと、泰田は考え込む。ややあって、首を横に振った。

「それはないです。僕は違うと思う。とんだ二度手間ですよ。まず麻理を呼び出して、麻理が志保を呼び出すなんて。だったら、直接志保に電話して呼び出せばいい」

「では──麻理自身が犯人だったら？」

泰田は唖然《あぜん》としたように口を開く。

「しかし、電話が……」

「それこそ共犯者ということになるのじゃないですか。あるいは誰かを利用したのかもしれない。そもそもその電話の内容は、それを受けた麻理しか知りようがないわけですから」

「それはそうですけど……」

「誰かが利用されただけなのかもしれません。その誰かも、自分が何のために電話を掛けたのか知らなかったのかも」

「でも、なぜ？」

「犯人と思《おぼ》しき男が麻理宛《あて》に電話を掛けてくる。それによって呼び出されて麻理が消え、捜しに出た志保が殺害される。それきり麻理の姿が見えなければ、麻理は犯人に殺されたのだろう、という推測が成り立ちますよね？　我々がそう思ったように」

「確かに……」

啞然とした泰田に、式部はノートの頁《ページ》を叩《たた》いて見せる。

「前に先生が指摘したように、東京に住んでいた志保には英明との関係の持ちようがありません。あるとすれば、福岡に住んでいた麻理のほうが可能性が高いことは確実でしょう。一日で往《ゆ》き来《き》できる最大の都市ですよね。些細《ささい》な用事にかこつけて出掛けることもあるのでは？」

「ええ、それは」

「実際のところ、神領康明は福岡の病院に入院していました。神領明寛は福岡の弁護士を代理人に立てていますね。だったら英明もまた、福岡へ往復することはあったでしょう。麻理と知り合うチャンスは皆無ではないです。そして、何らかの人間関係が生じれば、そこに殺意も生じ得る」

　泰田は唸《うな》って黙り込んだ。

「あるいは、こういう可能性もあります。——常識的に考えれば、安良《やすら》さんの言った通り、自分独りの努力と才覚で弁護士という職業を手に入れた麻理が、いまさら神領家の道具になることを受け入れるとは思えないです。しかしながら、だからと言って絶対に神領家の家財に魅力を感じることはあり得ない、と決まったものでもないでしょう」

「しかし……」

「もっと高いのは、こういう可能性です。——麻理は神領家になど、何の魅力も感じていなかった。それどころか、養育費を与えて放置してきた神領家を憎んでいた、という」

「そうか……麻理は、明寛が実父だと知っていたんだ。少なくともそう思っていた」

　式部は頷《うなず》いた。

「最もあり得るのは、麻理が偶然、どこかで英明と知り合った、というシナリオでしょう。神領、という名字は珍しい。麻理はすぐに英明が神領家の息子だと気づく。——その結果、麻理が何を思ったのかは確認しようがありません。けれどももしも麻理が神領家の家財に魅力を感じるのであれば、英明はそれとの間に横たわった障害物だし、そうでなければ憎い神領家の総領息子だ、ということになります」

「そして麻理は、もちろん馬頭《めず》信仰を熟知していたわけですよね……。馬頭《めず》の仕業に見せかければ、犯人が捜されたりしないことを、麻理は嫌というほど理解していた——何しろ、他ならぬ自分が犯人は父親だと訴えていたのに、完全に無視されたわけですから」

言って、泰田は、そうか、と呟《つぶや》く。

「しかも神領明寛は、麻理にとって母親を殺した犯人なんだ……」

「そういうことになりますね。麻理は少なくとも、養育費が神領家から出ていたことを知っていた。つまりは父親が、神領家の人間であることを理解していたわけです。そしてその父親こそが、麻理にとっては母親を殺した犯人ですね。言わば麻理は、その仇《かたき》から貰《もら》う生活費で細々と生活していたわけです。受け取るには忸怩《じくじ》たるものがあったでしょうが、それがなければ生きていけなかった」

「そうやって金だけを受け取って放置されたぶん、麻理の中では怨《うら》みが募っていって当然なのかも」

ええ、と式部は頷いた。

「何らかの事情で英明君に対する殺意が生じる。生じた瞬間に、抑制も働くわけですが、同時に過去、自分の母親を殺していながら逃げのびた犯人がいたことも思い出すことになるでしょうね」

「……間違いなく」

泰田が呟いた時だった。軽く硝子《ガラス》戸を叩く音がして、式部のみならず泰田も軽く飛び上がった。慌《あわ》てて周囲を見廻すと、ダイニングキッチンの掃き出し窓の外から、一人の老人が中を覗《のぞ》き込んでいた。

あたふたと立ち上がり、戸を開けた泰田は、相手を見て怪訝《けげん》そうにした。訪ねてきた老人のほうも、泰田とは馴染《なじ》みがないのか、大江重富《しげとみ》という者だけど、と口籠《くちご》もるように名乗った。重富老人は式部のほうを見て、

「あの人が、羽瀬川の娘がその……惨《むご》いことになった件を調べてなさると聞いて……そんで報せたいことがあって来たんだけど」

思わず式部は、驚いたように振り返る泰田と顔を見合わせた。——自発的な協力者が現れるなどとは、思ってもみなかった。

「その、報せたいことと言うのは？」

泰田が窓際《まどぎわ》に膝《ひざ》をついて問うと、老人は意を決するように顔を上げ、顎《あご》を引く。

「俺は永崎の娘を見たんだよ」

「……いつ？」

「台風の日。四時前ぐらいだったかね。神社でえらいもんが見つかったと言って、そこ

ら中、大騒ぎじゃった。そんな中、船の按配《あんばい》を見に行ったら、永崎の娘がおったんだ」

「船にですか？」と、式部は口を挟んだ。「それとも船の周辺に？」

「船の上だ。いつもの場所に係留してたんだよ。ずいぶん揺すられていて、だもんで操《そう》舵《だ》室のもんが落ちたりしちゃいねえかと船に乗り込んでみたら、若い女が物陰に蹲《うずくま》っとったんだ。黄色い合羽《かっぱ》を着とったよ。背中に妙な染《し》みみたいな模様がついとった。一瞬、血か何かかと思ったからよく覚えとる。声を掛けたら飛び上がったんだが、確かに永崎幸平んとこの孫娘だった」

「しかし、周囲は暗かったんですよね？」

式部が言うと、老人は不服そうに顎を引いた。

「そりゃあ暗かったが。けども、島に若い女は限られてる。島に住んでる女なら、よう知っとるさ。見間違えるはずなんか、ありゃあせん」

「しかし麻理は中学を卒業したきり、島に戻ってきていません。ずいぶん顔が変わっていたのではないですか？」

「だからって面影はそうそう消えるもんじゃない。麻理は弘子によう似ている。血筋が顔に出とるんだ。儂《わし》は麻理を小さい頃からよう知っとるし、だから絶対に間違いない」

なるほど、と式部は頷いた。——午前四時、志保の死体が発見されて後。つまりはその時点まで麻理が生きていたことは間違いないというわけだ。

「何をしとるんだと声を掛けたら、俺を突き飛ばすようにして船を降りていったがね。後で調べたら、船に積んどった乾パンやら水やら缶詰やらが消えとった。たぶん麻理が持っていったんだと思う。近所の家や船でも食い物やら水やらを荒らされとったらしいし」

泰田は目を見開き、式部を振り返る。

「ひょっとして——麻理は船を盗んで、それで島を出ようとしたんじゃあ」

勢い込んで言って、泰田は老人に向き直った。

「それ、可能ですかね？」

泰田に問われ、まさか、と老人は手を振る。

「確かにこの辺の連中は、常日頃から船のキーを付けたまんまにしとくことが多いし、ああいう場合は、何かあったときに誰でもすぐに船を移動できるよう、尚更《なおさら》そうする。だから盗むのは簡単だけどね。けども消えた船だってないし、船を盗んだなんてえことは、ありゃあせん。第一、麻理は船の操舵なんかできんかった」

だが、後に覚えた可能性もある、と式部は心の中でひとりごちた。

「……まあ、そんだけじゃけど」

老人は急に勢いを失ったように、口の中でもごもごと呟いた。式部は、

「ありがとうございます。——しかし、なぜわざわざ報《しら》せに来てくださったのです

か?」

「あんたが調べてるっちゅう話じゃったから……」

「調べてましたよ、島に来た最初から」

皮肉を含ませて式部が言うと、老人は目を伏せる。

「……報せるように言われたんで」

「誰に、です?」

式部は訊《き》いたが、老人は答えないまま踵《きびす》を返し、陽脚《ひざし》の中に消えていった。

5

老人の意図について、そして老人の証言の信憑性《しんぴょうせい》については、式部は考え込まざるを得なかった。志保殺害に関することは、何もかもが島にとっては秘事だったはずだ。志保が島に来たということすら認めようとしなかった者が、なぜここに至って急に事件を認める気になり、あえて情報を漏らす気になったのか。

「報せるように言われた、という話でしたよね」と泰田は首を傾《かし》げる。「だったら、そんなことを命じられる人間は、神領さんしかないんじゃないかな」

式部もそれは考えたが、神領明寛こそが証言者の口を塞《ふさ》ぎ、大江を使ってまで証拠を隠滅しようとしてきたのではなかったか。それを思うと、老人の証言には裏があるようにも思える。

式部は首を撚《ひね》り、ふと思いついて診療所を出た。まっすぐ大江荘に向かう。大江を呼び出し、式部が持ち出したのは合羽の件だった。

「大江さん、志保が麻理を捜しに出るとき、合羽を貸した、と言いましたよね？」

「はあ。女房の合羽と懐中電灯を持たせましたが」

「それはどういったものです？」

「黄色い女物の合羽ですよ。安物ですけどね。背中にでっかく――何て言うんだったかな――良く見掛ける犬のマンガ絵がついてるやつです」

「確かですか？」

大江は頷き、

「ああ――そう言えば、葛木《かつらぎ》さんはそれを裏返しに着てたな」と、僅《わず》かに苦笑した。

「裏返し？」

「はあ。背中にマンガ絵がついてるはずなんですがね、出るとき見送ったら、妙な染みがついてるように見えたんですよ。それで博美《ひろみ》の合羽じゃなかったのか、と思ってね。すぐに、あれは裏だと気がついたんですけど。

前に着て出たとき、脱いでそのまま裏返しに吊《つる》しといたんでしょう。深く考えず右から左に渡したもんで、葛木さんもそのまんま着ちまったんじゃないかな。裏ですよって声を掛けるのも妙な気がして、黙って見送ったんですけどね」

では、と式部は内心で呟いた。──重富老人が見た合羽は、博美のものなのだ。重富老人が見た誰かは志保が大江から借りた合羽を着ていたことになる。だが、老人はそれを麻理だと言った。

──麻理はその合羽をどこで手に入れたのだろう？　志保の衣類は発見されていない。どこかで脱いだか、脱がされたことは確実で、おそらく、それはあの廃屋であろうと推測される。犯行現場に残されていたはずのものを、麻理はどうやって手に入れたのか。

志保の着衣を手に入れることのできる者は、限られる、と式部は内心で呟きつつ、

「麻理はどうです？　麻理は、傘かコートを持って出たのですか？」

「いいや。まるでちょっと表を見にいく、って様子で、手ぶらのまんますーっと出て行っちゃいましたけど。それがどうかしたんですか？」

「いえ。ちょっと気になっただけです。──ところで、大江重富さんという方は、大江さんの親戚《しんせき》か何かですか？」

「はあ」と、大江は困惑したように瞬《またた》いた。「縁続きです。と言っても、親父《おやじ》同士が従《い》兄弟《とこ》だってえ、その程度の縁ですけどね」

「では、重富さんの船が、いつもどの辺に係留してあるか御存じですか」

言うと、大江はさらに困った顔をした。

「ああ……詳しい場所までは覚えちゃいませんが、いつもこの先の船溜《ふなだ》まりに係留してますよ」

大江は言って、バツが悪そうに首筋を掻《か》いた。

「そのう……ええ、実を言うと俺も、重富の親父さんが麻理を見たという話は聞いてたんですが」

「それも言うのを憚《はばか》る種類のことですか？」

軽く皮肉を含ませて式部が言うと、大江は赤くなった。

「そういうわけじゃ……。その、旦那《だんな》から余計なことを言うなと言われてたもんで。変に喋《しゃべ》ると親父さんに迷惑が掛かりますから」

「なのに重富さんは、わざわざ報せに来てくださいましたよ」

「はあ。それが実は、うちにも来たんですよ、高藤の圭吾さんが」

式部は驚いて大江の顔を見返した。

「高藤圭吾――神領家の番頭さん、その息子さんのほう？」

「ええ。式部さんに何か訊かれたら、変に隠さずに答えてやれって」

「いつです？」

「昨日ですよ。夕方、ふらっと圭吾さんが来てね。正直言って、旦那のお叱《しか》りかと思ったんですよ。式部さんを追い出せって言われてたんで。そりゃ宿からは出てもらったわけですけど、式部さんは島にいなさるわけで。それはどういうことだって言われるんじゃないかと。そうしたら」

「むしろ協力しろと?」

「そういうことになりますかね。そんで俺は、実を言うと式部さんが旦那と掛け合って、話をつけたのかと思ったんですが」

式部は無言で首を横に振った。そうか、と大江は首を傾げる。

「じゃあ、何か思い直すことがあったんですかね。まあ、ホッとしましたけど」

では、重富老人に証言するように言ったのも、高藤圭吾なのだろうか。それが神領明寛の指示だとしたら、なぜ明寛は気を変えたのだろう? ——そして、船で姿を目撃されてから、麻理はどこへ行ったのか。

考えつつ、式部は大江荘を出て、港沿いの道を歩いた。埠頭《ふとう》のほうを見ると、日曜だと言うのに加工場のシャッターが開いているのが目に入った。近づいて中を窺《うかが》うと、そこでは博史と光紀《こうき》が二人だけで機械を覗き込んでいた。

「今日もお仕事ですか」

式部は声を掛けた。二人は振り返る。光紀はすっと顔を逸《そ》らしたが、博史は軽く頭を下げた。

「いえ。仕事と言うほどでもないんですが。昨日、こいつの調子が悪かったもので」

「今、少しお時間をいただけますか」

式部が言うと、博史は光紀に声を掛けてから、事務所のほうを示した。軍手を脱ぎながら、式部を促す。それに同行しながら、式部は博史に重富老人の話をし、同様の噂《うわさ》を聞かなかったか問うた。

「さあ……」と、事務所に腰を落ち着け、博史は首を傾げた。「具体的に誰かが麻理を見たという話は聞いていません。ただ、台所や船を荒らされた、という話は聞いたように思います」

「麻理はとうとう、捜索されないままだったんですね？」

「そうです。海に落ちたか――あるいは山に迷い込んだか。捜す必要があるのではないか、と私なども言ったのですが、本家はその必要はない、と言っていました。この天候だから生きていればそのうち出てくるだろう、捜索に手を割《さ》く余裕はないし、下手をすると捜すほうが事故に遭いかねない、と言って。ただ、見つかったら本家に連れて来るように、島から出すな、とは言っていたようです。結局、そのままそれきりになってしまいました。見つかったという話は聞いていません」

式部は軽く身を乗り出す。

「しかし、麻理は神領さんにとって、大事な相続人だったんじゃないんでしょうか？」

「そうですね。……考えてみると妙です。ひょっとしたら何か思惑があったのかもしれません」

「神領さんは最初、島に箝口令《かんこうれい》を布《し》いていた。にもかかわらず、急に態度を変えたようなのです。高藤圭吾さんが、捜査に協力するよう言ってきたとか」

「そうなのですか？」

博史の口調も、驚いたようだった。

「博史さんは聞いていない？」

「いません。そもそも箝口令のようなものもありませんでしたから。どうせ島の者は、馬頭《めず》さんに関することには口を噤《つぐ》みます。それが習癖なんですね。本家にとって都合の悪いことにも口を噤みます。余計なことを言って逆鱗《げきりん》に触れたくはないからです。だからあえて箝口令のようなものを布く必要はないんですよ。島全体に言うな、という雰囲気がありますから。……ただ、協力しろ、というのは解《げ》せないです」

式部は頷《うなず》き、

「博史さん、これは仮に——なのですが。もしも麻理が、あの事件の犯人だったとして、明寛さんはそれを知ったら麻理をどうするでしょうか」

博史は一瞬、ぽかんとした後、

「そうですね……。きっと、どうにもしないいんじゃないでしょうか」

「どうにもしない……」

「ええ。それで警察に突き出すとも思えません。なにしろあの事件の周囲には、いろいろと差し障《さわ》りがありますから。だからと言って、麻理を罰することもできないでしょう。英明を殺された怨《うら》みはあるでしょうが、麻理をどうにかすると、相続人がいなくなる。不問にするのじゃないですか、あの家の在《あ》り方から考えて」

「もしも麻理が、事件の後、発見されていたとしたら……」

「ほとぼりが冷めるまで、匿《かくま》うかもしれません。いや、匿う必要もないですね。志保の事件はなかったことになってるのだし、英明君の事件も、明寛の一存でどうにでもなるわけですから。ただ、――そうですね。

麻理は相続に難色を示していたらしいです。けれども本家は、どうあっても麻理に家を継いでもらわねば困るわけでしょう。ですから、もしも麻理が犯人で、それを本家が知ったとしたら、それを盾《たて》に家に縛りつけることができるわけで、むしろ本家はほっとするのじゃないでしょうか」

式部は頷いた。――麻理は本当に神領家になど興味はなかったのかもしれない。だが、確実に怨みならあったのだ。

――ともかくも麻理は、英明を殺害した。事故に見せかけたつもりだったが、明寛は犯人を追及した。しかも英明を殺害したせいで、麻理は当の神領家から再三面会を求められる。もしも麻理が犯人ならば、そのプレッシャーは相当なものだっただろう。焦《あせ》った麻理は処置の必要に迫られ、誰かを殺害して罪を擦《なす》りつけることを考える。麻理は幼《おさな》馴染《なじ》みの志保を伴い、島に戻る。麻理は志保には血縁者がいないことを熟知していた。このまま消え失《う》せても捜索されずに済むだろうと思ったのかもしれない。ところが麻理は、犯行を完遂したものの、島を出られなかった。

――麻理が島の中で発見される。解豸《かいち》など存在しないことを承知している神領家が、麻理が志保を殺害したのだと、思い至ることに造作はあるまい。麻理は神領家の存続に協力する気などなかったし、明寛がそれを無理矢理に強制することは不可能だったが、志保の死によってそれが可能になった。――なるはずだ。麻理は事件を盾に脅されれば、拒《こば》み切れまい。たとえ麻理が嫌だと言ったところで、明寛は麻理が翻意するまで家の中に閉じ込めておけばいいのだ。麻理は外部に救済を求めることなどできない。

式部は一人、頷いた。――人ひとり家の中に隠すことは容易なことではない。だが、神領家の屋敷なら不可能ではあるまい。ましてや、あそこには蔵座敷がある。式部が灯を見た、あの蔵。

――娘がいるとされているが、本当に娘が住んでいるとは限らない。博史の言うように秘《ひそ》かに島を出されたか、あるいはすでに死亡している可能性もある。その蔵の中の人物が娘ではない者に代わっていたとして、それに気づくことのできる者がいるだろうか？

「博史さんに、ぜひともお願いがあるのですが」

「何でしょう？」

「明寛さんにお会いしたいんです。何とか、そう取り計らってもらえないでしょうか」

博史は、少しの間、困ったように考え込んでいた。やがて頷く。

「――承知しました」

八章

1

やっとここまで辿《たど》り着いた——と、式部《しきぶ》は翌日、感慨をもって重々しい長屋門を見上げた。かつて一度やってきて、玄関先から追い払われた。その時には式部はまだこの島で何が起こったのか、知らなかった。

玄関に立つと、いつぞや式部が会った娘が出てきたが、話は通しておいた、と博史《ひろし》が言っていた通り、今度は何の抵抗もなく家の中に招き入れられた。踏み込んだ内部は、外見以上に重々しく厳《いか》めしい造りをしていた。太い柱と長押《なげし》、両側から複雑な彫り込みの入った分厚い欄間《らんま》、磨き込まれた長い廊下を渡って式部が辿り着いたのは、十畳二間の座敷だった。その上《かみ》の間《ま》のほう、宋画《そうが》と思《おぼ》しい山水画を飾った床を背に、五十過ぎの和服の男が坐《すわ》っていた。

御案内しました、という娘の声に男は顔を上げたが、その動作といい厳めしい顔つきといい、恰幅《かっぷく》の良い、しかしながらがっちりとした体格といい、いかにもこの屋敷の具現のようだった。

式部は下座に案内された。坐ると間もなく、中年の女が茶菓子を運んできたが、これも使用人のようだった。男は——神領明寛《じんりょうあきひろ》は口を開かなかったので、式部も黙っていた。

「式部さんと言ったか」

女が退《さが》って、やっと口を開いたが、これは低い濁声《だみごえ》だった。

「先日も当家を訪ねてきたようだが」

「はい。神領さんにお伺いしたいことがあってお訪ねしました。神領さんは、羽瀬川志保《はせがわしほ》という女性を御存じですね？」

僅《わず》かに沈黙があった。明寛の巌《いわお》のような顔は動かない。いかなる表情も浮かんではいなかった。

「私は彼女を捜しに来たのです」

「その女は事故で死んだ」

投げ出すような口調だった。

「事故——ですか」

「台風の中で事故に遭《あ》ったのだ。事故ということで届け出ている。本当に事故かどうかは警察が結論を出すだろう」

明寛の表情は、やはり微動だにしなかった。明寛は志保の一件を事故で処理する気だ、と式部は思った。おそらくは近日中に警察がそう結論を出すのだろう。

「誰かが彼女を殺害したのです。その犯人は、おそらく島の中にいる。神領さんはそれを放置すると言うのですか」

「殺されたという話は聞いてないが、だったら警察がそう結論を出すだろう。本当に殺人であれば犯人がいるのだろうが、それを捜すのも警察の仕事だろうな」

「貴方《あなた》は——彼女を何だと思っているんだ」

式部は身体《からだ》が顫《ふる》えるのを感じた。

「彼女は殺されたんだ。それも無惨極《むざんきわ》まりない方法で。あれが事故だと言い張るのなら、彼女が今どこにいるのかを教えてください。貴方が隠した遺体を発掘すれば、それが事故だったかどうか一目瞭然《いちもくりようぜん》になる」

式部が吐き出すと、明寛は鋭い目を真っ向から式部に向けた。

「確かに私が采配《さいはい》して、彼女は葬《ほうむ》らせた。だが、それは当家の好意なのだがね。まさか遺体を放置するわけにもいくまい。本来なら家族に引き渡すところだが、彼女の家族は残っていない。母方の親族が残ってはいるものの、引き取るのは嫌だと言うので、私が代わって茶毘《だび》に附して埋葬した」

「茶毘」と式部は唖然《あぜん》と繰り返した。「しかし、茶毘にするためには死亡診断書が——」

「無論、出ている。事故だと警察に届け出たと言っているだろう。警察の依頼でしかるべき医師が検屍《けんし》を行ない、死亡診断書を出している。私は引き取って荼毘にして良いと警察から言われたので、そのようにしただけのことだ」

式部は虚脱するのを感じた。明寛が言い切る以上、全《すべ》てはそれで整合しているのだ。明寛は遺漏なく事件を処置した。

ふっと、本土の港で見た光景が目に浮かんだ。アシハライの子牛——。

「貴方は、それで牛を流したのですね」

志保の死体を不当に処置した、その償《つぐな》いのために。

「何のことだか分からんな」

「……せめて彼女の埋葬された場所を教えてください。できれば墓参なりともしたいので」

「寺の裏手に共同の墓地がある。そこに羽瀬川家の墓があるので訪ねれば分かるだろう。裏には慎子《みつこ》の名しかないが、そこに父親共々葬られている」

式部は頷《うなず》いた。礼を言う気にはなれなかった。信夫《のぶお》も同様に処置されてしまったのか、と思った。慎子の墓を建てたのは羽瀬川信夫だろうか。父と母と娘と。三人だけの家族はひっそりと塚の下に集まったのだ、と思うと、深い憐《あわ》れみを感じた。

「……ところで神領さんは、永崎麻理《ながさきまり》の行方は御存じでしょうか」

式部が言うと、明寛の表情が微《かす》かに変わったように思われた。

「行方は分からない。当家でも捜している。心当たりがあれば、こちらこそ教えてもらいたい」

「では――姿を消して以来、発見されていないのですか？」

明寛は頷いたが、その真偽は分からない。

「失礼ですが、麻理さんはこちらの縁者だと伺いましたが。貴方の娘さんだと」

これにも明寛は無言で頷いた。

「それは、本当なのですか？」

明寛は式部を見る。射抜くような目とは、これを言うのだろう、と式部は思った。

「どういう意味だ」

「永崎弘子《ひろこ》さんが麻理さんを身籠《みご》もった年、神領さんは留学中だったのではないのですか」

返答には間があった。

「当然のことながら、休暇には帰省する」

「帰国なさったことはないと聞いています」

「余人が知らなかっただけだろう。短期間だが、何度か戻った」

「では、間違いなく明寛さんが麻理の父親なのですね？　他の誰でも――寛有《ひろあり》さんでもなく」

　明寛は、ぴくりと太い眉《まゆ》を動かしたが、無論だ、と短く言い切った。

「では、麻理さんが、弘子さんを殺した犯人は自分の父親だと証言していたことは御存じですか」

　初耳だ、と取って付けたように明寛は言った。

「私には身に覚えのないことだ。とんだ言い掛かりだが、子供の勘違いを責めても始まるまい」

　つまり、と式部は明寛の顔色を見守りながら思う。過去の事件に関して、口を開く気はない、ということだ。式部は軽く息を吐く。巌のような男だ、と思った。恐ろしく頑《かたくな》で、いかなる意味においても微動だにしない。

「麻理さんという庶子がおられることを、神領さんの奥様、お子さん方は御存じだったのでしょうか」

「家内は知っていたが、息子たちは知らなかっただろう」

「英明《ひであき》君も？　英明君が、麻理さんを知っていた、あるいは面識があったということは」

「あるはずがない」

「では、麻理さんはどうでしょう。麻理さんは、今回の話が浮上する前に、神領さんが実父だということを知っていたのでしょうか」

「知っていたようだったな。そもそも麻理名義の口座に月々のものは振り込んでいたし、それは母親の死後、麻理の手に渡ったはずだ。当家から振り込まれていたことは、通帳を見れば分かっただろうし、島を出てからも、人を介して世話はしていた。あるいはその伝手《つて》から知ったのかもしれない」

「神領さんは、今回の件以前に、麻理さんに父親としてお会いになったことは」

「ない」

「つまり、養育費だけを与えて、放置していたわけですか？ それでは麻理さんは神領さんを怨《うら》めしく思っていたでしょう」

「だろう」と、明寛の返答は低く、吐き捨てるような調子だった。

「息子さんの英明君は、殺害されたと聞きました」

「あれは事故だ」

「しかし、神領さんは最初、殺人だと言っておられましたね？ 犯人の目処《めど》は立っていたのですか」

「あれは私の誤解だった」

「息子さん二人が亡《な》くなられ、跡継ぎをどうなさるのですか」

明寛は答えない。厳めしい顔にどこか苦渋にも似た表情が浮かんだ。

「聞くところによれば、神領さんは麻理さんを跡継ぎにと考えておられたようですが」

明寛は深い溜息《ためいき》をついた。

「……確かに当家は息子を立て続けに失った。跡継ぎに困って麻理を呼び戻すことにしたが、麻理はそれに応じないうえ、あの日以来、姿を消してしまった。もしも麻理の身に何かがあれば、当家は本当に跡継ぎを失うことになる。血縁から養子を迎えるしかないが、これは麻理以上に難渋しそうな様子だ。もしも麻理がどこかに無事でいるのなら、ぜひとも所在を知りたい。式部さん——あんたは探偵だという話だが、私が依頼すれば麻理を捜してくれるだろうか」

式部は眉を顰《ひそ》めた。明寛は本当に困り果てているように見えた。

「私は、いわゆる探偵ではありませんが、もしも麻理さんを見つければ、お報《しら》せぐらいはできると思います。私に協力するよう言ってくださったのは、それでなのですか？」

式部が言うと、明寛は怪訝《けげん》そうにした。

「神領さんの指示ではなかったのですか？」

「いや。特にそのような指示をした覚えはない。あるいは家人が、私の心中を察してそのように采配してくれたのかもしれない」

では、高藤《たかとう》親子の独断だったのだろうか。思いながら式部は、

「それほど大事な相続人なら、なぜ姿を消した当日に捜索を行なわなかったのですか」

「実際のところ、当夜は人手がなかったのだ。見ての通り、島のほとんどの者は漁師をしている。船は連中の生命線だ。しかも集落は大半が水辺でなければ山肌に接している。港と集落と、双方を警戒せねばならなかった。しかもあの事件だ。当家だけの事情で、島の者の手を煩《わずら》わすことができるような状況ではなかったのだ」

そう言って、しかも、と明寛はあらぬほうを見たまま声を落とした。

「麻理は当家に入ることに積極的ではなかった。有《あ》り体《てい》に言えば、嫌がっていたと言ってもいい。しかも英明――息子の件がある。麻理が姿を消したのは、自分の身に危険を感じたせいか、さもなければ、これを機会に島から逃げ出そうという思惑なのだろうと思っていた。危険を感じてのことなら、明るくなれば出てくるだろう、逃げ出すつもりならば港を見張っていればいい。いずれにしても、じきに見つかるだろうと思っていた」

「けれども、麻理さんは出てこなかった……」

明寛は頷いた。

「集落の中に、人間が長期間、隠れていられる場所はほとんどない。第一、隠れることに意味はない。どれほど隠れていようと、結局のところ港を通らねば島を出ることはできんのだから」

「確かにそうでしょうが。しかし、麻理さんは未《いま》だに自宅にも戻っていません。それは彼女の身に何かが起こったことを意味しませんか」

「だろう」と、明寛は苦々しげに頷く。

「その場合、相続人はどうなさるのですか」

「杜栄《もりえ》の子を養子に入れるしかあるまい。博史《ひろし》は多分、説得に応じないだろう」

「杜栄さんなら可能性はあるのですか？」

「子を手放すことは承諾すまい。私が隠居して家を明け渡すと言えば、嫌とは言わないかもしれない、とは思っている」

式部は瞬《またた》いた。明寛にとっては、自分が神領家の実権を掌握することよりも血統を守ることのほうが優先なのだろうか。——そこまで考えるとは、と式部は半ば呆《あき》れ、半ば感嘆する思いだった。

解豸《かいち》信仰は島の者を縛っている。その解豸が存在しないことを最も良く知っているのは神領家だろうが、その神領家は、家のしきたりという形で縛られている。島の者とは囚《とら》われ方が違っているが、これもまた解豸信仰によって拘束されていると言っても間違いではないのだろう。

「——麻理さんは志保を伴って島に戻りましたが、これは神領さんの指示なのですか」

いや、と明寛は首を横に振った。

「最初は代理人を立てて麻理の説得に当たらせたのだが、麻理は承諾しなかった。人を介してでは埒《らち》が明かないので私が福岡に出向き、直《じか》に説得するしかあるまいと思っていたが、そう申し入れさせても嫌だ、会いたくないと言う。麻理の親代わりとも言える人物に会い、説得して貰《もら》おうとも思ったのだが」

「小瀬木《おぜき》弁護士ですね？」

「そうだ。とにかく一度、小瀬木氏を交えて話をする座を設けるよう、弁護士に働きかけてもらったのだが、これもやはり嫌だという。どうしてもと言うなら、一度島に帰ると言い出したのは麻理のほうらしい。やってきたら志保を伴っていた。どうやら加勢に呼んだようだった。なかなか頭のいい女で、手強《てごわ》かった」

「話は平行線を辿《たど》った……」

「そういうことだ」

では、と式部は思う。——麻理は徹頭徹尾、この話を反故《ほご》にする気だったのだ。神領家の家財になど興味はなかった。その麻理が英明を殺す必要があったとすれば怨みから——あるいは英明自身よりも、神領家そのものに対する怨みだったのだろう。だが、明寛は英明と志保、二つの事件によって麻理を神領家に縛りつけることができる。なのに、明寛が本当に困っているように見えるのはどういうわけなのだろうか？

「神領さん」と、式部は明寛を見た。「ひとつお願いがあります」

「内容による」

「お嬢さんに――浅緋《あさひ》さんに会わせてください」

ぴくりと明寛が眉を動かした。

「それはお断りする」

言ってから明寛は、式部の顔を真っ向から見た。

「あんたは島内からずいぶんと情報を掻《か》き集めたらしい。叔父のところにも分家のところにも出入りしていたようだから、当家の風習については、いろいろと聞いているだろう。ならば、こう言えば理解できるはずだ。――当家には娘はいない」

「蔵の中に、誰かがおいでなのを見ました」

はったりも半分、式部はそう言ったが、明寛は微動だにしなかった。

「それは娘ではない。お客さまはおられるが、当家のみならず島にとって大事な賓客なので、軽々しく引き合わせるわけにはいかない」

「では、遠くから一目だけでも」

「断る」

「何か、姿を見せられないわけでもあるのですか。杜栄さんも安良《やすら》さんも、神事には顔を出していたと聞きました。守護さんは人前に出てはならない、というわけではないのでしょう」

「島には島の事情がある。あんたには理解できんことだろうが、自分に理解が及ばない風習だからと言って、宗教的な禁忌《きんき》を余所者《よそもの》が踏みにじっていいという理由にはなるまい」

「宗教に由来することだからと言って、法を踏みにじってもいいという理由にもならないでしょう。貴方《あなた》は蔵の中に自分の娘を監禁している」

では、と明寛は吐き捨てるように言った。

「改めて当家には娘はいない、と言おう。唯一《ゆいいつ》の娘だった浅黄《あさぎ》は七年前に死亡している」

その妹は、と式部は問いかけようとして、安良の言《げん》を思い出した。戸籍上、この家に娘はいないのだ。三人の子供はいずれも死亡した。四人目はもとより存在しない。

「あんたは私が誰かを監禁していると言うが、それは一体、どこの誰なのかね」

式部は返すべき言葉を持たなかった。存在しない人間を監禁はできない。黙り込んだ式部に、

「用件はそれだけかね」と、明寛は言い放つ。

式部が頷《うなず》くと、明寛は即座に立ち上がって座敷を出ていった。

入れ替わりにやってきた老女に案内され、式部は玄関に押し戻された。前庭に出ると、辺りにはすでに夕刻の気配が漂っていた。秋空は淡く紫紺《しこん》を帯び、鬱蒼《うっそう》とした樹木と重々しい屋根に囲まれた庭には一足早く薄暮が漂っている。

式部は惹《ひ》かれるように母屋《おもや》の向こうに見えている蔵を見上げた。――あの中に、麻理がいるのかもしれない。

だが、と式部は同時に、明寛の苦々しげな様子から、心のどこかで釈然としないものも感じていた。蔵の中の住人に会わせてもらえば、はっきりする。だが、明寛はそれを拒んだ。拒んだその事実をもって、やはり中には麻理がいるのだ、と判断するのは早計だろう。中には誰もいないのかもしれない。その場合にも、やはり明寛は式部の申し出を拒まざるを得ない。

母屋の向こう、蔵は横腹をこちらに向けていた。軒の下には観音開きの小窓があって、それは今、開いていた。

そこから明かり、あるいは人影なりとも見えないだろうか――。

式部は周囲を見渡し、誰の姿もないのを認めると、足音を忍ばせて、そちらのほうへと近づいた。白漆喰《しっくい》の母屋を廻り込む。そこには母屋と土塀の間に広い露地があって、庭はさらに奥へと続いていた。両側には庭木が植えられ、躑躅《つつじ》や柘植《つげ》が刈り込まれている。白い玉砂利を敷き詰めた中に、飛び石が続いていた。式部はそれを辿る。母屋を通り過ぎると、そこから先は白壁の土塀だった。二方を土塀に挟まれた露地がまっすぐに延び、突き当たりに小さな祠《ほこら》があるのが見えた。ささやかに赤い鳥居が立っているから、おそらくは屋敷稲荷《いなり》だろう。

母屋を通り過ぎた辺りから、飛び石は石畳に変わった。両側に柘植の植え込みと石垣、石垣の上に続く白壁。

内側のこの塀――この向こうが離れだろう。土塀の中には特に緑の深い一郭があり、そこに土塀の瓦《かわら》屋根越し、柿葺《こけらぶ》きの屋根が小さく覗《のぞ》いている。その脇《わき》には土塀に沿うようにして蔵が三つ並んでいた。切妻《きりづま》の鏝絵《こてえ》を見上げ、式部は足を止める。――誰かがいる。

蔵の上方には窓がひとつ穿《うが》たれていた。夕暮れのことでもあり、鉄格子《てつごうし》も塡《は》められているので、式部にはそこに人影がある、ということしか分からない。ただ、それはかなりの高さになるはずだ。尋常の手段ではあの窓から外を窺《うかが》うことなどできるはずがない。――いや、蔵の中に二階が設けられていれば別だが。

式部はじっとその人影を見上げる。おそらくはそちらも式部を見下ろしているのだと思われた。立ち去りかねて足を止めていると、格子の間から白い手が現れた。翻《ひるがえ》ってきらりとしたものを放る。それは放物線を描き、石垣の側、式部からほど遠くない植え込みの中に落ちた。落下したものと窓を見比べた。手首の辺りまで差し出された手が、行け、というように振られる。その仕草から、何となく女の手だ、という印象を受けたが、勿論《もちろん》これは式部がそう感じたにすぎない。一度だけ揺れた手は、すぐに格子の中に消えた。次いで、人影が窓辺から消え、窓の色が僅《わず》かに明るんだ。

式部は視線を蔵から外して、何かが落ちた辺りを探した。植え込みの中、それはすぐに見つかった。光って見えたのは簪《かんざし》だったらしい。いまどき珍しい、古風な平打ちの銀細工のものだった。それが頭だけを残して真っ白な和紙でくるんである。紙端を折り込んできっちりと巻かれた和紙を開くと、達者な文字が現れた。「持参の者、案内のこと」と。

式部はもう一度、蔵を見上げた。鉄格子の降りた窓が、暗く穴を開けている。

2

しばらく式部は、それをどう受け止めたものか考え、簪と手紙を眺めていた。蔵の中から投じられた手紙、これが式部を招いていることは確実だろう、と思う。思案した末に式部は踵《きびす》を返した。庭を露地伝いに戻り、再度、神領家の玄関へと向かった。

呼び鈴に応《こた》えて出てきたのは、最前の娘だった。簪に手紙を添えて示すと怪訝《けげん》そうにする。

「蔵からこれが落ちてきたので」

他に言いようもなく、式部がそう言うと、娘は血相を変えた。

「そんなはずはありません。何かの間違いです」

「それが事実ですから。お届けするよう、蔵の中の方に言い遣《つか》ったのだと理解しています。そのように取り次いでもらえませんか」

「いいえ、でも」と、娘が高い声を上げたとき、廊下の奥から軽い足音がした。やってきたのは、四十半ばの屈強そうな男だった。その男が落ち着いた声で、どうした、と問うと、娘は困ったように手紙と簪を示す。男は頷いた。

「旦那《だんな》さんに取り次いで来なさい」

「けれど、圭吾《けいご》さん──」娘は言い掛け、すぐに首を頷かせて、奥へと消えた。

──では、と式部はその男を見る。これが蔵番をしているという高藤圭吾か。

圭吾は式部に一瞥《いちべつ》を寄越し、軽く会釈《えしゃく》をした。そのままそこに留まっていたが、特に式部に声を掛けてくるわけではなかった。大江重富《しげとみ》に情報を漏らすよう言ったのは貴方か、と式部が問おうとしたときに、娘が小走りに戻ってきた。背後に神領明寛《あきひろ》を伴っていた。

「あんた──」と、明寛は手紙を示す。驚愕《きょうがく》とも怒気ともつかぬもので顔色が変わっていた。「これをどこで手に入れた」

式部は蔵から投げ落とされたものだ、と正直に述べた。明寛が唸《うな》る。

「この簪は当家のものに違いない。家の外に出るはずのない品だ。それをどういうわけかあんたが持っている。本来なら盗んだと言って警察に突き出すところだが」

「そこに手紙があります」

明寛は黙り込んだ。真実、苦々しげな表情をする。明寛は、手紙など受け取っていないと言って握りつぶすことも可能だろう。しかもその手紙には差出人の名前がない。無視できるはずなのに、この男はあれを無視できないのだ、と式部は不思議に思った。明寛は島の権力者だ。本人にもそれを自覚している傲慢《ごうまん》さが溢《あふ》れている。にもかかわらずこの筆跡は黙殺することができないのだ、と思うと奇妙な気がした。

明寛はしばらくの間、様々な思惑を秤《はかり》に掛けているようだった。

「仕方ありませんでしょう」

そう口を挟んだのは、黙ってそこに佇《たたず》んでいた圭吾だった。

「守護さんが、お会いになりたい、ということなのでしょうから」

「それはできん。余所者《よそもの》を離れに入れるなど」

明寛は言ったが、式部に対して言い切った時のような覇気はなかった。明寛は迷っている。

「式部さんは余所者とは言えないでしょう。島のことはよく御存じです」

圭吾が言うと、明寛は低く唸り、一瞬、式部を険しい眼差《まなざ》しで見てから踵を返した。

「――来い」

母屋の中央を、十五間《けん》はあろうかという長廊下が貫いていた。明寛は重い足音を立て、鏡のように磨かれた廊下を渡って、その先にある朱塗りの板戸の前に立った。住宅には珍しい重厚な唐戸《からど》で、それが漆《うるし》と蒔絵《まきえ》で仕上げられているのだが、その観音開きの扉に黒々と金具が埋め込まれ、古めかしい箱形の錠が掛けられているのが異様だった。唐戸の脇にはちょうど祠で見る鈴と紐《ひも》のようなものが下がっていた。明寛がそれを引いて鳴らすと、すぐさま間近で襖《ふすま》の開く音がした。

長廊下はここで左右に分かれていたが、どちらの袖《そで》廊下にも、この唐戸の先に進む開口部はなかった。真っ白な漆喰《しっくい》で塗り込められ、この先は完全に母屋からは切り離されているらしい。ただ、廊下に面した母屋側にはいくつか襖が見えていて、そのうちの一つが開き、老女と言っていいような年頃の女が姿を見せた。

女は明寛に一礼し、すぐさま式部に目を留めて不思議そうな表情をした。明寛がいかにも不機嫌そうに頷いてみせると、女は慌《あわ》てて懐《ふところ》から鍵《かぎ》を出す。明寛はそれを受け取って錠を外し、それを懐に押し込んでから唐戸を開いた。

唐戸の先にも同じく磨き込まれた廊下が続いていた。両側を舞良戸《まいらど》に挟まれた先は、左が三部屋続きの座敷になっており、右は一段下がって広い濡れ縁《ぬれえん》が続いている。濡れ縁の外は小さいながらも見事に整えられた庭だった。明寛は舞良戸の前を過ぎ、まっすぐに座敷へと向かったが、右手に袖廊下があり、庭を囲むように折れて三棟並んだ蔵の前に達しているのを式部は見て取っていた。

「ここで待っていろ」と、明寛は開け放した座敷を示し、自らは後を蹤《つ》いてきた老女のほうに戻っていった。何やら言葉を交わし、老女を引き連れて袖廊下を渡っていく。並んだ蔵のうち、端のものの中に入っていった。

式部はとりあえず座敷の中に入って下座に坐《すわ》る。開け放した障子の間から、広くはない庭が一望できた。庭側に手摺《てすり》を巡らせた袖廊下——渡り廊下と言ったほうが正しいのかもしれない——に面し、小部屋が二つ三つ並んでいるようだった。折れた先には蔵が三つ。うち二つはぴったりと扉が閉ざされているが、端の一つだけは漆喰塗りの扉が大きく開かれ、中の格子戸も片側が開かれている。簪が投げられたのはあの蔵だ、と式部は納得する。蔵からさほど離れていないところに、柿葺きの社《やしろ》があった。濡れ縁から階段が降り、まっすぐそこに向かって石畳が敷かれていた。庭は手入れが良かったが、庭木には古木が多く、その濃い樹影が夕暮れの中に闇《やみ》を落として、鬱蒼とした空気を漂わせていた。

庭の周囲は高い土塀で囲まれている。あの蔵から簪を投げた誰かは、間違いなくここに閉じ込められているのだ、と式部は薄気味悪く思った。蔵の格子戸が開いていることを思えば、蔵を指して座敷牢《ろう》と呼ぶのは不当だろうが、蔵を含むこの一郭自体が、ひとつの牢獄になっている。

蔵の戸口に人影が現れた。明寛に続いて、小柄な姿が現れる。鴇色《ときいろ》の振袖が翳《かげ》った庭の中に沈んで見えた。明寛に先導され、老女を従え、まるで前後を塞《ふさ》がれるようにしてその人影は袖廊下を渡る。すぐに障子の陰に入って見えなくなったが、間もなく障子に三人の薄い影が現れた。

最初に座敷に入ってきたのは振袖姿、歳《とし》の頃は十四、五の小柄な人物だった。背恰好《せかっこう》はどこかあどけなかったが、妙に老成した空気を纏《まと》っている。それが明寛よりも先に座敷の中に踏み込み、当然のように上座に坐って式部に相対した。

これが神領浅緋《あさひ》か、と式部は居心地の悪さと共に思った。この少女が、少なくとも永崎麻理でないことは確実だろう。

浅緋は床を背に坐って一礼する。

「神領浅緋と申します。簪をお届けいただいたようで、お礼を申し上げます」

口調はいかにも明晰《めいせき》だった。立ち居振る舞いも佇《たたず》まいも、どこか時代がかった威厳を漂わせていて、しかもそれは、明寛のそれ——反発心を誘わずにはいられない種類のものとは確実に別物だった。式部は対応に困って、人形のように整った顔を眺めているしかなかった。

浅緋は脇に控えた明寛と老女を振り返る。

「旦那さんも松江《まつえ》さんも、もう結構です」

「そういうわけにはまいりません」と、明寛は娘であるはずの少女に向かって言った。「守護さんのお手がありましたんで、お言葉通りお連れしましたが、こういうことはあってはならんことです」

「私の頼みでもいけませんか」

「だめです。ここにおらせてもらいます」

では、と浅緋はぴしりと言った。

「命じます。旦那さんと松江さんは、出ていてください」

「守護さん」

明寛が腰を浮かすと、黙って控えていた圭吾が、

「私がおりますんで、滅多なことは」

「だが」と、明寛は式部を横目で見て、そして忌々《いまいま》しげな溜息《ためいき》をついた。その態度には、屈することを許容できないのに受け入れるしかない、という苛立《いらだ》ちと不快感が露《あら》わだった。

式部は意外に思う。賓客という言葉は嘘《うそ》ではないのだ、と感じた。家の中においては、浅緋のほうが明寛よりも上位なのだ。そしてこの二者の間には、親子としての関係など微塵《みじん》も残っていない。

「くれぐれも面倒のないようにな」

明寛は圭吾に向かって言い捨て、立ち上がる。物言いたげに式部を見たが、何も言わずに顎先《あごさき》で老女を促した。

浅緋はそれを見やり、二人が姿を消してから式部を振り返った。

「とんだお招きの仕方で申し訳ありません。どうぞお気を悪くなさいませんよう」

いいえ、と式部が口を濁すと、

「式部さんは、人を捜してらっしゃるとか」

「いた、と言うべきです。捜している相手は、不本意ながら見つけましたから」

「そうですか？　式部さんが捜してらっしゃるのはお捜しの方を殺した誰かなのではないのですか」

はた、と式部は浅緋の顔を見る。

「明寛はいけません。……旦那さんは、これがどういうことだか、よく分かってらっしゃらない」

「それは——どういう？」

「羽瀬川志保という女性が殺されたのだと、圭吾から聞きました。そして社に白羽の矢が立っていたとか。誰かの不謹慎な悪戯《いたずら》なのかもしれませんが、旦那さんが調べさせたところ、矢羽根に血がついていたとかで、矢を立てたのは犯人自身のようです。だとしたら犯人は、事件は馬頭《めず》さんの仕業なのだ、と言いたいのでしょう。ですが、馬頭《めず》さんはお社におられます。私が守《も》りをしているのだから間違いありません。つまりは、犯人が馬頭《めず》さんの名を騙《かた》ったということです」

ええ、と式部が頷《うなず》くと、浅緋は不快そうに眉《まゆ》を顰《ひそ》めた。

「馬頭《めず》さんはお怒りです。他のどんなことよりも、これがいちばん由々《ゆゆ》しいことです」

だろう、と式部は頷いた。確かに馬頭夜叉《めずやしゃ》を騙ることは、神領家の基盤、あるいは島の規範に亀裂《きれつ》を入れる行為だ。

「――ですから式部さんに来ていただいたのです。不遜《ふそん》にも馬頭《めず》さんの名を騙った者を捜し出さねばなりません。しかもその者は、私の兄を殺しました」

言って浅緋は、ひたと式部を見る。

「式部さんは犯人が誰なのか、すでに捜し出していらっしゃるのでしょうか」

「いえ……残念ながら」

「本当に？」

「多分。そのためにお訊《き》きしたいのですが、この離れに永崎麻理がいますか」

「おりません。ここにいるのは、私と馬頭《めず》さんだけです。表のほうにもおられないと思います」

浅緋は言って、問うように圭吾を見た。圭吾は無言で頷く。式部は落胆の息を吐いた。

「……では、本当に五里霧中です」

式部はそれを受け入れるしかなかった。麻理がここにいないのであれば、麻理が犯人であるという線は消える——。

「そんなふうに仰《おつしや》るということは」と、浅緋は首を傾けた。「式部さんは、麻理が犯人だと思っておられたのですか？　その理由をお訊きしても宜《よろ》しいでしょうか」

式部が返答を躊躇《ためら》っていると、浅緋は圭吾に向かって頷く。圭吾は懐から封筒を差し出して座卓の上に載せた。かなりの厚みがあった。

「……これは？」

二人を見比べると、浅緋が、

「お取りになってください。式部さんはそれがお仕事なのでしょう。私は兄を殺し、馬《め》頭《ず》さんの名を騙った犯人を知りたいのです」

「調査せよと？」

「これまでの調査の結果を教えていただくだけでも結構です。これで正当な取引になるのではないのでしょうか」

式部は意外な申し出に困惑したが、ふと、

「ひょっとして——圭吾さんが私の捜査に協力せよと方々に言ってくれたのは、浅緋さんの指示によるものだったのですか？」

式部が問うと、これには圭吾が頷いた。浅緋は、

「お役に立ちましたでしょうか」

ええ、と頷き、式部は浅緋を真っ向から見る。

「仕事で来たわけではありません。ですから謝礼はいただけません。ただ、お二人は私の知らないことも御存じでしょう。それを教えていただけるのであれば」

「別に引き替えになさらなくても、私にお答えできることであれば、いくらでもお教えします。——もっとも、私は外のことに疎《うと》いので、圭吾がお答えできることであれば、と言うべきなのかもしれませんが」

「では、最初にお訊きします。浅緋さんは十月三日の深夜、どちらにおいででしたか」

浅緋は微笑《ほほえ》んだ。どこか苦笑の色をしていた。

「私は自分の意思で、ここから出ることができません。常に外から鍵が掛けられていますから」

「失礼ですが、鍵をお持ちなのは」

浅緋は首を傾《かし》げ、圭吾を見る。圭吾は、

「旦那《だんな》さんと松江さん、私の三人だけです」

「圭吾さんは三日の深夜、どちらに」

「方々に」と、圭吾は深みのある声で答えた。博史は高藤孝次《こうじ》を、明寛の家臣だと表現

していたが、圭吾にも家臣然とした雰囲気が漂っている。ただしこちらは浅緋の臣下のようだったが。

「ああいう時、私や父が先頭に立って方々を采配《さいはい》せねばなりません。それを任されておりますから。父は屋敷に詰め、私が外を走り廻っていました」

ですから、と圭吾はうっすらと苦笑する。

「私は、どこにいたと言明することはできません。父は屋敷にいたと言うでしょうが、第三者の証言が得られるわけでもありません」

「他の御家族の方は」

「屋敷においででした。大奥さんはご自分の部屋でほとんど寝たきりですし、旦那さん、奥さんは家の中にいらしたと思います。他には社の安良《やすら》さんがいらしていました。旦那さんたちと御一緒だったと思います」

「七月八日の夜は、いかがでしょう」

「英明さんが亡《な》くなられた日ですね？　旦那さんと父は漁協の寄り合いに出ていました。しばらく席を外すことのできるような会合ではありませんので、ずっと大江荘にいたことと思います。他は、私も含め、家に」

「英明君を殺した犯人の目算は、結局、立たないままだったのですか？」

「そのようです」と、圭吾は頷いた。「警察も途中から殺人だという感触を得ていたらしいのですが、なにしろ最初が事故だろうということでしたので、捜査本部のようなものが置かれることもなく、県警本部から捜査員が入るということもないままだったんです。言わば旦那さんの意向を受けて、地元警察の署員が細々と捜査をしていたような有様で、それで結局、英明さんの足取りも摑《つか》めず、犯人の目算も立たないままになりました。現在は事故として処理されています」

「志保のほうはどうでしょう。どうやら警察には事故として届けているようですが、明寛さんが独自に犯人を捜すというようなことは」

「ありません。旦那さんは、とにかく内々で片づけてしまいたいようです。犯人を捜す必要を感じていないのではないでしょうか」

「麻理の行方は――」

「分からないままです。こちらのほうは、しばらく港に監視するよう申しつけたり、人の住んでいない建物を捜させたりしていましたが。四日の早朝までは島の方々で麻理さんを見たと言う者がいたり、麻理さんだと思われる痕跡《こんせき》があったりしたのですが、それも以降、途絶えています」

「現場に足跡が残っていたのを御存じでしょうか」

「女物の靴痕《くつあと》ですか？　知っています。他ならぬ私が気づきましたから」

「その足跡の主が誰か、分かりましたか？」

「いいえ。ひょっとしたら死体を見たのかもしれない、ならば口止めをしなければならないので捜しましたが、少なくとも島の女には該当者がいません。なので麻理さんのものだと私共は考えています」

　式部は頷く。これでひとつ、不確定だった場所が埋まった、とは言える。

「それで、麻理が船で島を出たということは」

「渡船にしろ、それ以外のものにしろ、あり得ません」

「しかし、麻理は船の上で発見されましたね？」

「のようです」

「大江重富《しげとみ》さんという方が、四日の未明、麻理を見たと教えてくれました。確かに麻理だったと言っておられますが、にもかかわらず、船を盗もうとしたわけではない――ということですか？」

「麻理さんにその意図があったのに果たせなかったのか、そもそも意図がなかったのかは分かりかねますが。ただ、麻理さんは船を操舵《そうだ》できず、海もあまり得意ではなかったようなので、あえて船に乗って逃げようとは思われなかったのではないでしょうか。重富さんが麻理さんだと言っておられる以上、麻理さんだったのは確かでしょうし、だとしたら船の備品が消えていたことからしても、単に水や食糧を漁《あさ》っていた、あるいは単に隠れていた、と考えるのが順当なのかもしれません」

式部は頷き、そしてふと、

「圭吾さんは、二人を見ていますね？」

「ええ。何度もお会いしましたし、島に来られた当日、迎えにも行きましたので」

「重富さんは麻理に違いない、顔を見れば分かると言っているのですが、どう思われますか」

「だと思います。私も麻理さんのほうは、お会いしてすぐに分かりました。志保さんのほうは、昔、島にいた頃の記憶があまりありませんので、比べることができませんが」

式部は頷き、深い溜息をついて、これまでの経過を簡単に述べる。あるいは麻理が犯人なのではないかと思ったこと、そして存在しない守護の代わりに離れに匿《かくま》われているのではないかと思ったことまでを正直に伝えた。ほとんど愚痴のような物言いにならざるを得なかったが、浅緋《あさひ》は黙って耳を傾けている。これは圭吾も同様だった。

「……麻理が犯人でないとすると、やはりこの事件はこちらの相続がらみで起こったのだ、ということになります。明寛《あきひろ》さんの弁によれば、最もそれに近いのは杜栄《もりえ》さんですが、杜栄さんは犯人ではあり得ません。次に相続人に近いのは博史さんですが、博史さんも杜栄さんと一緒にいましたから、やはり容疑から除外されます。アリバイが曖昧《あいまい》なのは光紀《こうき》君ということになりますが、光紀君が過去の事件や麻理のプロフィールをどの程度知っていたかは不明で、これは本人に問い質《ただ》しても、正確なところは分からないでしょう。嫌疑は半分で、それ以上煮詰める術《すべ》を、私は思いつけません」

言って、しかも、と式部は添える。

「……しかも私は、光紀君が犯人だという説には自分でも納得できないんです。麻理の行方が分からない——死体すら見つかっていないのが、どうしても解《げ》せない。正直言って、私にはお手上げです、という気分がしています」

浅緋が首を傾けた。

「他の動機は考えられないのですか？」

「英明君に対する怨恨《えんこん》の可能性はあります。志保の事件から考えて、島の誰かが犯人だとしか考えられないのですが、当日、志保と麻理以外に島外の者は——」

式部が圭吾を見ると、圭吾はまたも首を横に振ってみせた。

「いません」

「するとやはり、島の誰か、ということになるのですが。……まず第一に考えられるのは、英明君といろいろと悶着《もんちゃく》のあった分家の光紀君でしょうか。彼が最有力候補ということになりますが、他に誰か、英明君とトラブルを起こしていた人はいないでしょうか」

「正直に申し上げて、英明さんはトラブルの多い方だったんです。どれもこれも旦那さんに言わせれば他愛《たわい》もないことばかりですが、相手にとってもそうだったとは限りません」

「あるいは、そうですね……英明君に対する怨《うら》みと言うより、神領家に対する怨みだったという可能性はあると思います。相続するためではなく、相続人を絶やすことで家を絶やそうとした」

「それも、英明さんの場合と同様のようですね」と圭吾は薄く苦笑した。「もっとも、英明さんの場合よりも、ずっと深刻な場合が多かったとは思いますが」

だろう、と式部は頷《うなず》いた。神領家に対し、秘《ひそ》かに怨みを持つ者など、数え切れないことだろう。あえて言うなら、その筆頭は永崎麻理――いや、麻理の祖父である永崎幸平《こうへい》、そして伯父の永崎篤郎《あつろう》の関係者だろう。篤郎は神領家によって自殺に追い込まれた可能性があり、幸平はこれによって惨《みじ》めな晩年を送った。

式部がそう指摘すると、圭吾はがっしりした顎《あご》を引いて考え込むふうだった。

「永崎家の関係者……」

「篤郎の妻、登代恵《とよえ》は、篤郎の死によって島を逃げ出しています。子供もいたはずですが、現在は消息不明のようです」

圭吾が頷いた。

「確かに、篤郎さんにはお子さんが三人おられました。弘子《ひろこ》さんの事件当時、八つの長男を頭に、次男の洋治《ようじ》君、妹の寧子《やすこ》さんの三人兄妹《きょうだい》だったように思います。長男は確か、均《ひとし》君と言ったはずです」

そうですか、と何気なく相槌《あいづち》を打ち、式部はふいに、その名に聞き覚えがあることに気づいた。どこかで「均」という名を見た。

はっと式部は目を見開く。

――泰田《やすだ》、均。

十九年前の事件当時八歳、ということは、現在二十七、八。泰田はまさにその年頃ではないのか。

まさか、と式部は失笑した。どうかしたのか、と問うように浅緋と圭吾が視線を向けてきたが、これには黙って首を振った。

――偶然の一致だ。均などという名は、決して珍しい名ではない。しかも泰田は、ああして式部に協力してくれているわけで。

思いながら、式部はその「協力」そのものに、違和感を覚えた自分を思い出していた。神領明寛に脅《おど》され、沈黙していた泰田。にもかかわらず、式部に資料を渡し、その後も自宅を提供し、捜査の一部始終を聞きたがった。式部はそれを、泰田なりの贖罪《しょくざい》であろうと解釈していたのだが、今から思っても、夜中に廃屋へ出掛けていったことといい、泰田は唐突に協力的すぎる態度を見せ始めた気がしてならなかった。

――もしも泰田が永崎均であったとすれば、事件における泰田の役回りは変わってしまう。永崎均には神領家を怨むだけの動機がある。島で生まれ、八歳までを馬頭《めず》信仰の中で暮らし、それから島を出た。しかも弘子と信夫の事件が、均の身近で起こったのだ。信仰を熟知し、しかも当人はそれを信じていない。さらには過去の事件から、二人目が死ねば全《すべ》ては馬頭夜叉《めずやしゃ》のせいになることを充分了解していられた。

だが、と式部は自分に言い聞かせる。神領家にとっては完全な部外者である泰田が、どうやって麻理が相続人になったことを知るのだ。それはよほど神領家に近しい者でなければ知り得ない。

——永崎麻理？

——そう、麻理自身から聞いたという可能性がありはしないか。麻理と「均」は従兄《いと》弟《こ》同士だ。偶然島で会ったのかもしれない。あるいは多少なりとも連絡を取り合っていたのかもしれない。泰田が「均」なら、当の麻理から、それを聞くチャンスがあったと考えても不自然ではない。

——志保が殺された当夜にせよ、英明が殺された当夜にせよ、独り暮らしの泰田はアリバイを持っていない。そして確か、英明が消息を絶った八日は土曜、翌日は休診日で、九日の早朝、島に戻っていなくても不審に思われることはない。しかも泰田は自身が証言していたように、本土に車を所有している。

泰田は充分に犯人の資格を有している、と式部は思わざるを得なかった。しかも、振り返ってみれば、泰田の態度はどこか可怪《おか》しい。弘子の死と信夫の死が同年ではないか、と指摘したのは泰田だった。永崎篤郎の死に対しても「立て続け」という表現を使った。そして泰田は、なぜか「馬頭《めず》」という言葉を知っていた。今から思えば、島の者が口にすることさえ憚《はばか》る名を、泰田はどこで聞いたのか――。

我に返ると、浅緋と圭吾が怪訝《けげん》そうに式部を見ていた。

「済みません……少し、思い当たることがあったものですから」

式部は詫《わ》び、辞去する旨《むね》を伝えた。――とにかく確認だけは取らねばならない。何か分かれば報《しら》せる、と式部は浅緋に約束し、同時に何か手を借りたいときのために圭吾の連絡先を訊《き》いた。また面会することができるだろうか、と浅緋に問うたが、浅緋は、これには首を横に振った。

「私が直接お目に掛かることは、これきりになるかと思います。今回もずいぶん無理を通しました。こういうことはもう」

もうしない、と言いたいのか、もうできない、と言いたいのか、式部には判断がつかなかった。

「ですが、圭吾に報せていただけば、確実に私に伝えてくれますから」

式部は一礼し、座敷を出る前に浅緋を振り返った。

「あなたは――ここを出たい、とは思われないのですか？」

いいえ、と浅緋の声は明瞭《めいりょう》だった。

「これが私の役目ですから」

毅然《きぜん》と言った浅緋に、式部は改めて頭を下げ、離れを辞した。浅緋が自分を不遇だとは思っていないふうなのが救いだ、と感じた。

3

翌日、十七日火曜日、東輝《とうき》から電話が掛かってきたのは、昼前のことだった。

「出ましたよ、間違いないっす」

東輝は勢い込んだように言う。やはり、と式部は苦く重い塊《かたまり》を呑《の》み込んだような気分がした。路上からなのだろう、東輝の声の背後には雑踏のざわめきが流れている。

「泰田均、母親は泰田登代恵、夫は泰田芳男《よしお》で、これは養父です。実父は永崎篤郎」

式部は頷き、メモを取って受話器を置いた。その結果について考え込んでいるところへ、泰田が昼休みを取るために戻ってきた。

「助手さんから電話はありましたか?」

泰田は開口一番に訊いた。昨日、神領家で見聞きしたことについて、式部は泰田に告げていない。東輝に確認を取ってから話す、と言ってあった。——振り返れば、泰田がそうやって事件に関与しようとすることを、もっと訝《いぶか》しく思うべきだったのかもしれない。

たった今、電話が入ったところだ、と式部は泰田に向き直った。

「先生は永崎篤郎の息子だったんですね」

泰田は呆気《あつけ》に取られたように口を開けた。すっと血の気が引くのが見て取れた。

「養父の泰田芳男さんは、お母さんの再婚相手ですか？」

泰田は瞬《また》き、震える手で眼鏡を押し上げた。

「……そうです」

答えて、そうか、と泰田はソファに坐《すわ》り込む。

「……それを聞き込んできたんですね。情報の出所は神領さんですか？　神領さんは知ってたんだ」

「明寛さんから聞いたわけではありません。先生が永崎均だと、知っているのかどうかも分かりません。ただ、永崎篤郎の長男は均だと」

泰田は苦笑した。

「……偶然の一致かもしれないのに。そんな名前、いくらでもある」

「他にも気になることがあったので。――先生はお父さんの怨みを晴らすために、この島に戻ってこられたんですか？」

そうじゃない、と泰田は声を張り上げた。

「それはつまり、僕が父の件を怨みに思って、英明君に何かをしたってことでしょう？　そうじゃありません、違います」

言って、泰田は浮かしかけた腰を沈める。

「今になってこういうことを言って、信用してもらえるかどうか、分からないんですけど。僕がここに赴任することになったのは、本当に偶然なんです。むしろ僕が一番驚いたぐらいで……」

式部は泰田をただ見据える。——泰田の意思によるものか、あるいは偶然によるものか。いずれにしても、泰田は父親の仇《かたき》がいる島へ戻って来たのだ。

式部がそう思っているのが分かったのだろう、泰田は傷ついたように視線を逸《そ》らした。

「……そりゃあ、僕は母から神領家については、いろいろと聞いていました。母親も親《おや》父《じ》が死んだのは神領さんに逆らったせいだと言っていた。でも、母親はそれを自業自得《じごうじとく》だと言ってたんです」

「自業自得？　なぜ」

「強請《ゆす》ってたんだって。神領さんに何か弱みがあるのをいいことに、金をせびってたんだって言っていました。母はそれが何かは、知らなかったようですけど。楽をして金が入ってくるものだから、親父はきつい漁に行くのを嫌がるようになった。その結果、つまんない詐欺《さぎ》に引っ掛かったんで、それは結局、親父のせいだと母は常々言ってましたし、僕もそう思っていました。

……そりゃあ、複雑な気分がしないわけじゃなかったですけど。でも、基本的に親父が死んだのは、欲の皮を突っ張らせたせいなんだと理解していたし、だから島に赴任が決まったときにも、ちょっと運命的なものを感じたりはしましたが、それだけのことで、別に嫌だとは思いませんでした。ひょっとして僕が親父の子だと分かると、神領さんと気まずいかな、とは思いましたけど……」

泰田は俯《うつむ》いた。

母親に連れられ、島を出たとき、泰田は小学校の四年生だった。記憶がしっかりしていて当然の年頃だが、泰田自身は当時のことを、あまり克明に覚えてはいない。叔母が戻って来たのは泰田が一年の時だったか、二年の時だったか。戻って来たことは覚えているし、麻理という従姉妹《いとこ》がいたことも記憶している。だが、二人は離れで暮らしていたし、だから具体的な記憶は何一つなかった。

その離れで叔母が死んだのは泰田が三年生になったばかりの時、大騒ぎになって家の中がばたばたしていたことは漠然と覚えているが、それ以上の記憶はなかった。その後に信夫が死んで、多分それなりの騒動になったはずだが、泰田はこれをまるで記憶に残していない。ただ、いつのことかは覚えていない、小さい頃に馬頭《めず》さん、という言葉が盛んに囁かれることがあって、とても怖い思いをしたことは覚えている。その時の恐怖感だけは、自分でも不思議に思うほど鮮烈に記憶に残っているのだった。

そんなふうだったから、泰田は肝心の事件については、式部から聞くまでろくに詳細を知らなかった。死と言うなら弘子の件より、当然のことながら、父親の死のほうが印象に強かった。だが、それよりもっと印象に強いのは、父親の死の前後、強面《こわもて》の男たちが盛んに家に押し掛け、乱暴な言葉、暴力的な仕草で家族を脅したことのほうだった。

その頃、両親は常に喧嘩《けんか》をしていた、と泰田は記憶している。父親は食ってかかる母親に激高して、母親を殴り、足蹴《あしげ》にした。庇《かば》いに入ると、泰田ら兄弟までが殴られた。父親と祖父も掴《つか》み合いの喧嘩をしていた。家の中が荒れ、父親と祖父は始終苛立《いらだ》っていて、些細《ささい》なことで怒鳴《どな》り散らし暴力を振るった。いろいろと怖いことがあった、とても辛《つら》く、酷《ひど》い気分で過ごした――泰田の島を出る直前の記憶というのはそれに要約される。

そして、それら一連の記憶よりもっと鮮明なのは、その翌年に母親が再婚して、新しい父ができたのが嬉《うれ》しかったことのほうなのだった。新しい父親は優しかった。島にいた頃よりも生活は貧しかったが、義父は声を荒げることはなく、ましてや手を上げることもなかった。むしろ母親がきつく泰田らを叱《しか》ろうとすると、常に庇い、兄弟の味方になってくれた。釣りを習った、野球を習った。辛抱強く励ましながら宿題を見てくれた。どこかに連れて行ってもらったのも初めてなら、怒鳴るのでも殴るのでもなく、叱られたのも初めてだった。義父は今も健在だが、記憶にある限り、泰田は義父が荒れるのを見た覚えがなく、母と義父が罵《のの》り合うのを見た覚えがない。

「その記憶のほうが鮮明で、それ以前のことは暈《ぼ》けちゃっている感じです。すごく嫌なことがいっぱいあったな、という感じで」

泰田は式部を見たが、式部はただ淡々と泰田を見ている。

「だからこの島に戻るって決まったときにも、あまりどうこうとは思わなかったんです。嬉しいとか懐《なつ》かしいとかは、勿論《もちろん》なかったです。何となく嫌だな、とは思いましたけど、戻りたくない、と言うほどでもなかった。

母は神領さんと何かあるんじゃないかと心配してたけど、僕はそういう種類の心配はしなかった。もう済んだことじゃないかと思ってましたから。神領さんと揉《も》めていたのは親父で、その親父はもう死んでる。第一、姓だって変わっているわけで、僕のほうからあえて永崎篤郎《あつろう》の息子だって言わなければ、誰もそんなこと、分かりはしないだろうと思っていました。島にいたのは、うんと子供の頃のことなんだし、顔だってすっかり変わってる。そりゃあ面影ぐらいは残っているでしょうし、姓が永崎ならピンと来る人もいるでしょうが、そうでなけりゃ分かるはずがない、と思っていたんです。

実際、島に来てからも、永崎の子供じゃないか、と言われたことは一度もありません。神領さんとも、特にトラブルらしいトラブルもなくてきましたし。ただ……」

泰田は視線を伏せ、膝《ひざ》の上で震えている自分の両手を見た。

「……ただ、志保の事件を神領さんが揉み消そうとしたとき、初めて腹が立ちました。変な話ですが、やっぱりここはそういう島で、こいつはそんな奴《やつ》なんだ、と思ったのは事実です。だから、式部さんに協力したんだ」

式部は項垂《うなだ》れた泰田を、ただ見つめている。信用したものかどうか、迷っていることは明らかだった。

「十月三日の深夜——人が呼びに来るまで、先生は何をしていましたか」

泰田は項垂れたまま頭を振った。

「前にも言った通り、僕は独り住まいですから家にいました、と主張するしかありません。英明君が死んだときもそうです」

でも、と泰田は顔を上げる。

「僕は英明君を殺したりしていない。英明君とはろくに顔を合わせたこともないです。志保のこともほとんど覚えていなかったんです。始終離れに遊びに来ている女の子がいたことは朧《おぼろげ》気に思い出せますが、顔も名前も記憶にありませんでした。勿論、それがどのどういう子なのかも知らなかった」

「始終、家に来ていたのに？」

「親父と祖父が嫌がったんです、僕らが離れに関わり合うのを。僕らも、両親や祖父が離れに対しては厄介者扱いしていたから、そんなものなんだと思っていた。だから弘子叔母のことも、麻理のことも、ほとんど覚えていません。弘子叔母が死んで葬式があったことは漠然と記憶にありますが、何で死んだのかはずっと知りませんでした。ずいぶん後で、叔母は事故で死んだと聞かされましたけど。実は殺されたんだと知ったのは大学に入ってからです。何かの弾みに、そういう話が出て——」

そうですか、とだけ式部は呟《つぶや》いた。

「僕は麻理が島に来ていることも知らなかったんです。事件の後、大江荘から客が消えたと聞いて、それでようやく、従姉妹だったんだと知りました」

泰田は両手を握り合わせる。

「式部さん、これは信じてはもらえないかもしれないですけど、僕は本当に志保を殺した犯人を見つけて欲しいと思ってるんです」

「それは、なぜです?」

式部の表情は硬いままだったが、泰田はその声音に、どこかしら柔らかなものを感じた。

「……僕は弘子叔母について、ろくに知りませんでした。叔母があいう境遇の人だったなんて、ほとんど知らなかったんです。遊ぶな、と言われて、当然のように無視してきた麻理の境遇だって分かっていなかった。それどころか、親父が何をしていたのか、何だって自殺する破目になったのか、何一つ分かっていなかったんです。

ただ、僕は親父を失いました。死んで哀《かな》しく思うような親父ではなかったけれども、今になって親父の有様を振り返れば憐《あわ》れみぐらいは感じます。その親父が死んだのは、親父自身のせいですが、そもそもの最初は弘子叔母が身籠《みご》もって、島を出された件に端《たん》を発しているような気がするんです。

叔母が麻理を身籠もった、それが叔母自身を殺し、親父を殺した。信夫さん、志保、麻理、何もかもが一繋《ひとつな》がりになっているように見えます。それが一切合財《いっさいがっさい》、陽の当たらない暗い闇《やみ》の中に葬《ほうむ》られてきたんです、今日までずっと」

泰田には、自分の苛立たしさを上手《うま》く表現することができない。だが、全《すべ》ては不当に葬られている、それを蓋《ふた》する墓石には、馬頭《めず》の名が彫り込まれているような気がしてならなかった。

「僕は馬頭鬼《めずき》を引っ張り出したい。引っ張り出して欲しいんです、――社の中から」

泰田の言葉に、式部は軽く頷《うなず》く。

「……そのつもりです」

泰田は息を吐いて、式部を見た。

「じゃあ、ひとつだけ。幸か不幸か、こうなれば僕はこれを口にできるわけだ」

何です、と式部は問う。

「参考になるかどうかは分かりません。信じてください、と僕には言うしかありません。けれども、母は偽証などしていません。……式部さんから事件のことを聞いて、僕は母に電話をしました。偽証したのか、と確認したんです」

式部が目を見開いた。

「母は断言しました。自分は確かに余所者《よそもの》が離れから出ていくのを見たんだ、って」

4

唐突に大江荘に戻った式部を、大江は驚いたように迎えた。式部が診療所を辞去したのは、泰田に含むところがあったから、というわけではない。ただ、泰田も事件の関係者である以上、泰田の好意を当てにし続けることが、心苦しく思われた。泰田ももはや気まずいだろう。——そう思って大江荘へと戻ったのだった。

夜遅くに現れた式部を、大江はかつて泊まっていた部屋に案内した。式部はそこで、掻《か》き集めた資料を広げた。

式部はすでに犯人だと指弾すべき対象を持たなかった。何度考えてみても、式部には泰田が犯人だとは思えなかった。

もしも泰田が犯人ならば、そもそも資料を提供すまい。自らの立場を有利にするために、あえて虚偽のデータを提供したのだとも考えられるが、そもそも泰田は、式部が志保を捜しに来ることを予想できなかったはずだった。本来ならば警察の手に委《ゆだ》ねられ、専門家が検屍《けんし》に当たる。そうでなければ神領家の手で闇に葬られるだけの事件だった。なのにあえて自らの手で検屍を行ない、あれだけの資料を取っておく理由が、泰田にはない。ましてや式部のような誰かが来ることを想定して、誤った資料を作っておくなど、ナンセンスそのものだろう。

泰田が犯人でないならば、全ては完全に暗礁《あんしょう》に乗り上げてしまったと言っていい。だが、手許《てもと》にあるこの資料のどこかに、式部が見落とした手掛かりがあるはずだった。そうでなければ、式部が島に来た意義は失われてしまう。――そう思いながら改めて一つ一つに目を通した。

事件は、十月三日から四日にかけて起こったのだ、と式部は再確認する。嵐《あらし》の夜、御《お》岳《たけ》神社で志保の死体が発見された。発見者が泰田に連絡をしたのが四日午前三時、志保はすでに絶命していた。志保が死亡したのが実際には何時だったのか、これは泰田にも分からなかった。ただ、志保の死体には、四十数箇所の傷があった。犯人はおそらく、大夜叉《おおやしゃ》の麓《ふもと》にある廃屋に志保を連れ込み、そこで拷問《ごうもん》じみた暴行に及び、その後、まだ息のあった志保を御岳神社に引きずっていったと思われる。そこで木に吊《つる》し、磔《はりつけ》にし、さらには致命傷を負わせて火を放った。死因は火焔《かえん》を吸入したことによる火傷死《かしようし》。

死亡推定時刻は、最後に姿を目撃された三日午後十一時から翌四日の午前三時――と、式部は再確認した。たとえ万一、泰田が資料を捏造《ねつぞう》していても、こればかりは動かしようがあるまい。

この時間帯、神領家の家族は、明寛を筆頭に家にいたようだが、第三者がアリバイを証明することはできない。これは神領家の使用人も同様である。当日、本家にいたという安良《やすら》も、分家の絵里子《えりこ》、泉も家族以外にアリバイを証言してくれる者はいない。神領光紀《こうき》は確実なアリバイを持たない。この間、確実に犯行のチャンスを持たなかったのは、神霊《じんりよう》神社に詰めていた神領杜栄《もりえ》とその妻の美智《みち》、そして神領博史だけである。

式部は何とか、この犯行時刻をもう少し絞ることができないものだろうか、と思った。――犯行時刻をさらに絞り込むことができれば、容疑者もまた絞り込むことができるかもしれない。

――御岳神社を見廻りに行った老人たちは、二人で死体を発見した。勿論二人が神領家の相続に関する内実を知るわけもなく、二人が犯人である可能性はないと言っていい。そして、この二人が発見したとき、すでに火は鎮火しており、鎮火してから幾分かの時間が経過していたと思われる。それが実際にはどのくらいの時間だったのか、何とかして知る方法はないだろうか。

式部はそう思い、写真の山の中から、上半身、あるいは頭部を写したものを拾い出した。火傷《やけど》の状態から、どの程度で鎮火したのか分かるのではないかと考えたからだが、あまりに無惨《むざん》で、思わず呻《うめ》きが漏れた。

志保は物体のようだった。その死体のどこにも、生前の面影を見つけだすことができなかった。それは火傷のせいばかりではなく、容貌《ようぼう》にも損傷が残されていたせいだが、それを承知で見てもなお、式部にはこれが志保だとは思えなかった。

変わり果てた姿とは、これを言うのだ――と式部は思い、そしてふと首を傾《かし》げた。

――これは本当に志保なのだろうか。

式部は一瞬、いまさら何を、と自分を嗤《わら》った。だが、冷静に振り返れば、そもそも疑問に思ったのだ。これは本当に志保なのか、と。

死体が志保のものだとされたのは、死体に傷跡があったからだ。志保は子供の頃、船から落ちて怪我《けが》をしている。その縫合痕《ほうごうこん》だと思われる古い傷跡が死体には残っていた。これをもって死体は志保だとされたわけだが、泰田は「島の人の言うことを鵜呑《うの》みにする気にはなれない」と言っていなかったか。式部もそれに同意した。――にもかかわらず、いつの間に、これは志保だと看做《みな》すようになったのだろうか？

式部は自分に問いかけてみたが、いつ、何を契機にしてだったか、思い出すことはできなかった。

――確かに死体には傷跡があった。それは古い縫合痕で、決して当日に細工して作れるようなものでなかったことは確かだろう。そして、志保は過去に怪我をしたのだと、これは神領博史も証言している。だが、麻理に似たような傷はなかったと、断言できる者が誰かいるのだろうか？

純粋に事実だけを考えれば——と式部は思う。神社で女の死体が発見された、そういうことでしかない。——そして？

——麻理は午後八時ごろに電話を受け、唐突に宿を出た。当日は嵐の夜、しかも彼女は傘も持たずに宿を出ている。宿を出たとき、麻理が「ちょっと出てくる」だけのつもりであったことは明白だろう。だが、麻理はそれきり戻って来なかった。

電話の主が犯人であろうことを思えば、麻理は呼び出されて犯人に会い、そこで捕われたと考えるのが自然だし、廃屋に連れ込まれ、殺害されたと考えるのが自然だ、と式部は思う。

——そうとは知らない志保は、帰って来ない麻理を心配して宿を出た。大江博美《ひろみ》の合羽《かっぱ》を借り、嵐の中を出ていって、神社で麻理の死体を発見する。これによって恐怖を抱いた志保は、宿に戻らず、何とかして島を脱出する方策を見つけようとする——これは決して不自然なことではない。なぜなら、彼女は「この島では何が起こるか分からない」ことを熟知していただろうから。宿に駆け戻り、事件を伝え、警察へ通報する——志保は、それをする気になれただろうか？

——志保は父親の例から、麻理の死体の様相が何を意味するかを理解できたはずだ。そして、その場合に何が起こるかも熟知していた。警察は来ないだろう、事件は揉《も》み消されるだろう。宿に駆け戻り、あるいは近隣の家の門戸を叩《たた》いたところで、誰も警察に通報などしないし、犯人を捜しもしないだろう。

——そして、志保は麻理の事情を知っていた。志保は明らかに、「知りすぎた証人」だった。しかも彼女は死体を目撃している。あるいは犯人らしき者さえ目撃したのかもしれない。切迫した身の危険を感じる。父親の姿がそれに意味もなく拍車を掛けただろう。ここまでは、全く不自然ではない。

——麻理と違い、志保は船を操舵《そうだ》できる。志保は島から逃げ出すことを考える。港に向かい、食糧を漁《あさ》り、船を物色していて、重富《しげとみ》老人に目撃される。嵐の夜、暗がりの中、重富はそれを誤認する。志保は島の人間の全てが怖かった。ゆえにその場を逃げ出した。

——そして？

「結局のところ、犯人に捕らえられた……」

——そういうことではないのか。それが事実かどうかは、指紋を照合すれば確認できる。幸い、死体の指紋は残っている。志保の指紋も東京のマンションにいくらでも残っているし、自分は合鍵《あいかぎ》を持っている。

そこまでを考え、式部は軽く舌打ちをした。合鍵は事務所に置いてある。しかも肝心の東輝が福岡に来ていた。東輝に至急、東京に戻るように言わねばならない。そのためのロスタイムを考えて、式部は苛立《いらだ》たずにおれなかった。

「まったく……」

思わず呟き、そしてふと、志保の指紋ならば島にだって残っているはずだ、と気づいた。

――大夜叉の麓には、志保の実家が残っている。かつて彼女が生活していた、その当時のまま時を止めて。

5

式部はペンライトの電池を確認し、寝静まった戸外へと飛び出した。月もなく、満足に街灯もない島の夜は暗い。からからと風の音だけが響いていた。

集落を突っ切り、大夜叉の麓、廃屋へと向かう。勝手口に張り渡した板は破れたまま、肝心のドアも半ば開いて暗闇の中で揺れていた。式部は中に踏み込んだ。台所には、かつて見たときのまま、小さなテーブルの上に食器が放置されたままになっていた。

式部は改めてそれに見入った。信夫は志保を待っていた。志保は帰って来ない。先に一人で食事を始めた。そして、来客があったのだ。外は夕暮れ、ひどい雨が降っていた。

信夫は手にした箸《はし》と茶碗《ちやわん》をその場に置き、来客を迎えるために玄関へと出ていった。——そう思いながら、式部は当時のままそこに残された食器を、ハンカチで包んで取り上げ、ビニール袋の中に入れた。

——十九年という歳月が経《た》っている。果たしてこれから指紋が見つかるかどうか。とりあえず信夫の指紋を除外するために、信夫の指紋の見本になるものが必要になるだろう。

そう思いながら、式部は実はそうではなく、この家の中の時間を動かしてみたいだけなのではないか、という気が自分でもしていた。食事を中断し、玄関に向かった信夫、その信夫は座敷で殺害され、その無惨な死体を幼い志保が発見した。その当時のまま凍結された時間を、流れに乗せてやりたいだけなのだ、という気が。

式部が取り上げた茶碗のぶんだけ、食卓の上には空白ができた。式部は次いで、きちんと伏せられた小振りな茶碗に目を向けたが、これに志保の指紋が残っている可能性は低いだろうと目算を立てた。懐中電灯の明かりを食器棚に向ける。小さな食器棚の中には、多くはない食器が整理されて並んでいた。几帳面《きちようめん》な納め方から考えて、それらは律儀《りちぎ》に洗われ、拭《ぬぐ》われていることだろう。

式部はそう思い、明かりを居間のほうに向けた。居間には雑多な生活用品が残されていたが、特に志保に結びつけられそうなものはない。式部はさらに奥へ進む。途中、古い血痕《けっこん》を残した座敷の前を通り、十九年ぶん新しい血痕の残る部屋の前を、少し迷った末に通り過ぎた。廊下のさらに奥には、一方に襖《ふすま》が、一方に硝子《ガラス》戸がある。軽く開いてみると、一方は座敷に続く仏間で硝子戸のほうは脱衣所だった。仏間には仏壇が残っていたが、位牌《いはい》や遺影のようなものは、一切残されていなかった。

その襖と硝子戸に挟まれた廊下の突き当たりには洗面台が据えられていた。厚く埃《ほこり》の積もった廊下に足跡を残して洗面台に近づき、式部はそこで、コップを一つ、歯ブラシを大小二つ、そしてヘアブラシを見つけた。

それらのものをビニール袋に収め、さらに洗面台の周囲を見廻す。見れば、汚れた鏡は、その裏側が戸棚になっているようだった。開けてみると、中には大小の瓶が並んでいた。戸棚の中には、ほとんど埃は見られない。信夫のものと思《おぼ》しい、整髪料などの瓶が残っていた。中身は完全に乾涸《ひか》らびていたし、ラベルには黴《かび》と思しい染《し》みがついていたが、瓶そのものの状態は悪くなかった。念のためにそれもビニール袋の中に収め、そして式部は、二本の練り歯磨きのチューブを発見する。

一つはごく普通のもの、もう一つは明らかに子供用のものだった。その脇《わき》には、花柄の入った赤い櫛《くし》も残っていた。そして、プラスチック製の髪留めが一つ。

式部はそれらを丁寧にハンカチでくるんで取り上げ、別個にビニール袋の中に落としていった。状態はいい。——望みはある。

半ば自分に言い聞かせながら式部が廃屋を出たときには、地所から見渡せる水平線の向こうが、微《かす》かに明るんでいた。

大江荘に戻った式部は、昼前に港へと駆けつけた。大江荘を出る前に、東京にいる科捜研の技官に連絡を取り、福岡県警の鑑識か、あるいは法医学の関係者を紹介してもらえないかと依頼していた。浅からぬ付き合いのある彼は、方々に連絡をして、福岡県警の鑑識課OBを紹介してくれた。そこに持ち込めば大急ぎで指紋の照合をしてくれるよう取り計らっておいたと言う。

式部が港に辿《たど》り着いてすぐ、本土からのフェリーが入港してきた。ゲートで待ち構えていた式部は、ランプウェイを降りてきた一台のバンを停めた。

「……貴方《あなた》は」

そう、困ったように運転席から呟《つぶや》いたのは太島《たじま》だった。彼は車を停めたものの、気まずそうに視線を逸《そ》らしていた。

「お手数ですが、荷物をお願いしたいんです」

式部が言うと、太島はほっとしたように息をついて、駐車場の隅を示した。式部はその荷物を、島にある宅配便取り扱い店に任せる気にはなれなかった。神領明寛は、もはや式部の妨害をあえてする気はなさそうだったが、確実なこととは言えない。ましてや島民が勝手に神領家の意向を忖度《そんたく》して、自発的に妨害しようとしないとも限らない。

駐車場の隅に停車した太島は、助手席から送り状を取り上げると、わざわざトラックを降りてきて、それを式部に手渡した。ひどく複雑そうな、何か言いたげな表情をしていた。

「……その」と、太島が声を出したのは、式部が送り状を書いて差し出した時だった。

「……捜している人は、まだ見つからないんですか?」

太島の若い顔には、苦い色が浮かんでいた。

「……そうですね。まだ、と言うべきでしょう」

式部が苦笑気味に言うと、太島はさらに、表情に苦渋めいたものを浮かべた。彼は気に病んでいるのだ、と式部は思う。

「……気にしないでください。いろいろと事情がおありでしょう」

そう式部が言うと、太島は困ったようにし、気まずいものから目を逸らすようにして式部が差し出した送り状に目を留めた。

「……福岡市内ですね。時間指定は」

「できるだけ早く着くようにお願いします。──太島さんのところは、バイク便のようなことは、やっておられないんでしょうね」

「ええ、うちは……」

言ってから、太島は顔を上げ、まっすぐに式部を見た。

「そんなに急ぎなんですか？」

式部が頷《うなず》くと、太島の貌《かお》が一瞬、輝いたように見えた。

「だったら、俺、行ってきましょうか？」

え、と式部は声を上げた。太島は頷く。

「仕事終わったらすぐに行きますよ、良かったら、なんですけど。急げば夜更《よふ》けにならないうちに、向こうに着けます」

言って太島は、どこか懇願する調子で添えた。

「行かせてもらえませんか？　ぜひ、そうさせてもらいたいんです、俺」

式部は少しの間迷い、そして頷いた。梱包《こんぽう》した荷物を太島の手に渡した。

「お言葉に甘えます。よろしくお願いします」

「任せてください」と太島はようやく、最初に会った時のような翳《かげ》りのない笑顔を見せた。

「——絶対にホテルを動くな。荷物が着いたら、すぐにさっき言った人に連絡をして、荷物を渡してくれ」

式部が言うと、受話器の向こうで「了解です」ときっぱり東輝が答えた。相変わらず、背後には賑《にぎ》やかな音楽が流れている。

「とにかく指紋が採れるかどうか、まず調べてもらうことになっている。もしも採れなかったと連絡が入ったら、小瀬木《おぜき》弁護士に連絡を取って、麻理の指紋が手に入らないか訊《き》いてみろ。時間が掛かるようなら、東京に取って返せ。一番早い交通手段を使うんだ。事務所の机の中に、葛木《かつらぎ》の部屋の鍵が入っているから、それを使って葛木の私物を手に入れろ。そうしてそれを科捜研の大貫《おおぬき》さんのところに持っていく」

「話はついてるんですね？　了解っす」

歯切れの良い返答を聞き、式部はようやく安堵《あんど》して公衆電話の受話器を置いた。――早ければ、結果は今夜中に届く。

ひとつ息を吐いて電話ボックスを出た。大江荘まで帰る道々、式部は指紋を照合した結果について思い巡らせていた。

――指紋が一致するか、しないか。

式部は、おそらく一致しないだろう、という予測を立てていた。あの死体は志保のものではない。あれは永崎麻理のものだ、と式部は妙に確信めいたものを感じていた。たまたま似たような傷があった――ということなのだろう、と思う。少しばかり話が上手《うま》すぎるようにも思うが、あり得ないことではない。これで妙なタイムラグもなくなり、動機と被害者の不一致の問題も解決できる。

式部は大江荘の部屋に戻り、畳の上に寝転がった。風の音が響いていた。島に来た最初の夜のように、何か不穏なものが伸《の》し掛かってくる、という緊張感のようなものが、生温《なまぬる》い風の中に漂っていた。あるいは、低気圧が近づいているのかもしれなかった。

殺されたのは麻理だ、と式部はその風音に聞き入りながら思う。——勿論《もちろん》動機は、神領家の相続問題に違いない。麻理は英明を殺した犯人にとって、突然現れた障害物だった。ゆえに犯人は麻理を取り除こうとしたのだ。そのために麻理の身辺を窺《うかが》ったが、これは果たせなかった。犯人は島の者だから、はるばる福岡まで通える時間にも限りがあったろう。犯人は自由に身動きできなかった。麻理の排除は思うに任せなかったが、その麻理が志保を伴い、自ら島にやってきたのだ。

犯人にとっては、千載一遇《せんざいいちぐう》のチャンスに見えただろう、と式部は思う。——島で麻理が殺されれば、その容疑は島の住民に向かう。だが、島には馬頭《めず》さんがいる。馬頭夜叉《めずやしゃ》の決裁を装《よそお》うことができれば、犯人は障害物を排除すると同時に、英明殺しの罪を彼女に擦《なす》りつけることができ、同時に追及を免《まぬが》れることができる。折しも、台風が近づいていた。犯人は犯行の計画を練り、準備をし、そして当日、麻理に宛《あ》てて電話を掛けた——。

「ついに麻理を殺害した……」

式部は呟く。

——その麻理を捜して、志保は嵐《あらし》の中、出ていったのだ、まさか麻理が殺されているとも知らず。そして志保は、神社で麻理の死体を発見する。あるいは麻理の身体《からだ》に掛けられた火が、志保を呼び寄せたのかもしれない。

——志保は事情を知っていた。麻理がなぜ殺されたのかは想像できただろう。同時に自分が「知りすぎた証人」であることにも気づいた。志保は少なくとも、麻理が相続人であることを知っている部外者であり、犯人と思しき人間の声を聞いた証人でもある。志保は我が身の危険を悟る。助けを求める必要性を感じたが、麻理の無惨《むざん》な姿は、否応《いやおう》なく父親の姿に重なっただろう。ゆえに彼女は、島の者に助けを求めることができなかった。犯人に怯《おび》え、ひたすら逃げ場を探していたのだ——嵐の中を。

強い風と、時折叩《たた》きつけるように混じる雨の中、必死で活路を探していた志保を思い、式部は痛ましい気分になった。風雨は強くなるばかり、逃げ場はどこにもない。船を盗んで逃げ出そうにも、嵐の夜では、行きつく場所などたかが知れていた。

その焦燥《しょうそう》を思い、式部は粛然とする。

——だが、港には警察のランチがいたのだ。志保はそれを知らなかった。自分の目の前に広がる闇《やみ》の中に、助けがいるなどとは夢にも——。

式部は思い、はたと身を起こした。

「いや……」

大江は、言った、と言っていなかったか。

——港に警察の船が入っている、大江は麻理を捜しに出ようとした志保にそれを告げている。そして志保は港で船を物色していた。島の船のほとんどにはキーがついている。大江重富も盗むことは不可能ではないと言っていた。しかも志保は船の操舵《そうだ》ができたのだ。無線の使い方も知っていたかもしれない。警察の船は目の前にいた。にもかかわらず、志保は警察に連絡しようとはしなかった——。

「……なぜ？」

——神領家は地元の警察に顔が利《き》く。志保だってそれは重々承知だっただろう。連絡を取ったところで助けとして当てにはできない、そう思ったのかもしれない。あるいは、焦《あせ》った志保は大江から聞いた話を忘れていたのかも。いや、そもそも麻理を心配していた志保は、大江の言葉を聞いていなかったのかもしれない。

そう言い聞かせつつも、式部は釈然としなかった。むしろ、重大な過《あやま》ちを自分が犯している、という不安のようなものが押し寄せてきた。

——神領光紀《こうき》は何と言った？「一方が死んで一方が消えたのなら、消えたほうがもう一人を殺して逃げたに決まっている」と言わなかったか。麻理が死んで志保が消えたのなら、志保が麻理を殺して逃げたに決まっている。

「まさか」と、式部は吐き出した。

——志保には麻理を殺す動機がない。姉妹同然だったのだ。

だが、と式部の理性は彼に囁《ささや》く。それは不公平だ、と。

——馬頭《めず》の仕業に見せかけるために、犯人には犠牲者が必要だった。積極的な動機はなくても、消極的な殺意——死んでも構わない、という気さえあれば、それで充分だろう。少なくとも、式部は麻理が犯人ではないかと思ったとき、その程度に考えた。麻理が姉妹同然の志保を殺すはずがない、とは考えなかった。

それに——と式部の脳裏に安良《やすら》の言が甦《よみがえ》った。あるいは志保は、明寛《あきひろ》の子だったかもしれない。戸籍上は羽瀬川信夫の子だ。もしも明寛の——あるいは寛有《ひろあり》の子だったとしても、確実に麻理よりは主《あるじ》の座に遠い。だが、もしも麻理がいなければ。

式部は頭を振った。

「あり得ない」

——志保はそもそも、そういうタイプの人間ではない。第一、志保は英明を殺害できない。志保にはアリバイがあるのだ。

本当か、と理性は促す。

——杜栄《もりえ》や安良、あるいは神領家の者ならば島にいたまま犯行が可能だったのではないか、と泰田《やすだ》に指摘されたことがある。それというのも、彼らはアシハライに参加する以上、島と本土の間に横たわる潮の加減を熟知しているからだ。潮の加減を熟知していなくても、そこに潮路がある以上、島から投げ込んだ死体が本土に辿り着くことはあり得ないことではない、と式部はかつて考えた。必ずしも犯行現場は本土でなくてもいい、と思ったのだ。ならばそのように、犯行現場を別の場所に求めることはできないだろうか？

――志保が七月九日、午前七時の段階で板橋のマンションにいたことは間違いがない。志保がこちらまで往復することは不可能だ。だが、英明が東京に出向いたら？

――午後七時前後に本土の港周辺をスタートしなければ、志保は東京に戻ることができない。だが、これは逆に考えるなら、午後七時以前に港周辺をスタートすれば、充分に東京に向かうことができる、ということだ。英明は駐車場に車を戻した。その後、どういう手段を使ってか、駅まで戻り、そこから空港に向かえば、最終便に間に合う。そして、志保の八日の夜のアリバイは確認していない。たとえば英明が志保の家に向かったとしたら？　そこで、たとえば浴室などで溺死《できし》させられたとしたら。浴槽で殺害し、そのまま水の中に放置する。翌日は死体を残したまま外出する。深夜に戻り、そこからレンタカーなどを使い、九州に向かったとしたら。そうして港の近辺で死体を遺棄したとして、それが痕跡《こんせき》から明らかに分かるほど、死体の状態は良好だっただろうか？

莫迦莫迦《ばかばか》しい、と式部は思う。――およそ非現実的だ。何より、葛木はそういうタイプの人間ではない。

自分に何度言い聞かせても、式部はその可能性を否定することができなかった。むしろ恐ろしい疑惑を補強するかのように、細かなことばかりが思い浮かぶ。

——死体には傷があった。怪我《けが》をしたのは志保だ。たまたま似たような場所に似たような傷がある、などという偶然が、本当に起こり得るものだろうか？

——そもそもなぜ、犯人は死体の容貌《ようぼう》を損《そこ》ない、死体に火をかけたのか。それは馬頭《めず》夜叉の決裁を装うという行為にすぎなかったのかもしれない。あるいは、炎によって死体の発見を早めようとする行為だったのかも。だが、それ以外の可能性もありはしないか。

式部は呆然《ぼうぜん》と部屋の中に坐《すわ》り込んでいた。室内には黄昏《たそがれ》が落ち、そして虚《むな》しい風の音と共に、生温く湿気が流れ込んできた。やがて部屋には闇が落ちた。同時に、灯台の閃《せん》光《こう》と雨の音が、部屋の中に押し入ってきたのだった。

6

食事を運んできた大江が、部屋の明かりを点《とも》した。膳《ぜん》に手をつけることもできないまま、式部は部屋の片隅に坐り込んでいた。雨音は次第に強くなり、同時に風と波の音が不吉な調子で高まっていくのが聞こえた。

大江が電話だと呼びに来たのは十一時も半近くになってからのこと、式部は痺《しび》れたような足を励まして階下に降りた。カウンターの上に、白い受話器が伏せて載せられていた。

もしもし、と呼び掛けると、受話器の向こうからは東輝の声がした。

「指紋が出たそうです。一致しました」

瞬間、式部は脳裏が空白になった気がした。

「一致した……？」

「そうです。歯磨き粉のチューブから親指と掌紋《しょうもん》の一部が、櫛《くし》と髪留めからさらに四指の良好な指紋が採れたそうです。うちひとつは、防御創の入った右手人差し指のもので、……聞こえてます？」

「……ああ」

「とにかく完全に一致したってことっす」

言ってから、東輝は声を低めた。

「……死体は葛木さんのものです」

そうか、とだけ式部は答えて一方的に受話器を置いた。式部には今の自分の心情をどう表現していいのか分からなかった。安堵のようでもあり、落胆のようでもある。最も強いのは虚脱感だった。

死体は間違いなく羽瀬川志保のものだ。殺されたのは永崎麻理ではない。志保は犯人でもなければ、凶行を逃れて行方不明になったわけでもない。犯人によって惨殺《ざんさつ》されたのだ。

深い脱力感に襲われて、式部はロビーの長椅子《ながいす》に坐り込んだ。志保は殺害された。麻理は行方が分からない。そして式部は完全に途方に暮れていた。全《すべ》てが瓦解《がかい》し、式部にはもはや、取りつく手掛かりさえ見つけられない。

両膝《ひざ》の上に肘《ひじ》をつき、頭を抱え込んでいると、ふいに光が射《さ》した。顔を上げると、カーテンを閉めた玄関の向こうに、懐中電灯と思《おぼ》しい明かりが点っていた。雨音と風音に混じり、硝子《ガラス》戸を叩く音がする。式部は立ち上がり、カーテンを開け、戸を開けた。濡《ぬ》れた風が雨滴を巻いて流れ込んできた。

懐中電灯を携え、骨の曲がった傘をはためかせていたのは、神領安良《やすら》だった。

「……安良さん。どうしたんですか？」

作業着姿の安良は、横殴りの雨に濡れ鼠《ねずみ》になっていた。破れ傘はほとんど役に立っていない。

「あんたに会いにきたんだよ。伝えたいことがあってね」

「──私に？」

安良は頷《うなず》き、正体不明の笑みを浮かべた。

「社に矢が立ったよ」

式部は少しの間、安良の言葉を理解できなかった。すぐに意を察して、目を見開く。

「いつです」

「さてね。聞いたのはついさっきだがね。あんたは興味があるんじゃないかと思ってね」

犯人がまた動いたということだろうか。どこかで誰かを殺害した。またも罪を擦りつけるために。だが、いったい何の罪を？　思いながら、とにかく表に出る支度をしようと踵《きびす》を返した式部に、安良は声を掛けてきた。

「言っとくが、小細工した矢じゃねえよ」

式部は驚いて振り返った。

「本家の社の璽筥《しるしのはこ》に入ってるはずのやつだ。煤竹《すすだけ》に白の矢羽根のな」

言って安良は、どす黒い笑みを浮かべた。

「本当は事前に矢が立つんだよ」

式部は安良に駆け寄り、傘を握る手を摑《つか》んだ。

「どういうことです」

「どういうも何も。馬頭《めず》さんの裁きが下るのさ。裁くって宣言を馬頭《めず》さんがしたんだよ。社の鳥居に矢を立ててな」

「……鳥居？」

「そう。それが本式だからな」嘯《うそぶ》くように言ってから、安良は歪《ゆが》んだ笑みを零《こぼ》す。「馬頭《めず》さんはいるんだよ、式部さん。本家の血筋に憑《つ》いた化物《ばけもの》、それが解豸《かいち》だ。……それがとうとう動き出したんだよ」

「どういう意味です」

式部は語気を荒げて詰め寄ったが、安良は笑っただけで答えなかった。式部の手から拳《こぶし》を引き離し、破れ傘をはためかせて横殴りの雨の中に後退《あとずさ》る。さらに式部が声を掛ける間もなく、身を翻《ひるがえ》して風雨の中に消えていった。

「解豸がいる……？」

莫迦な、と式部は吐き出し、すぐさまロビーに戻って大江に声を掛けた。驚いたように目を白黒させている大江を急《せ》かして懐中電灯と合羽《かっぱ》を借りた。傘は必要ない。あっても大した役には立たない。——思いながら風雨の中に飛び出した。

式部は最初、御岳《おたけ》神社に駆けつけようとして思いとどまった。また御岳神社に死体があるとは限らない。ともかく安良の言を確認することだ、と坂道を駆け登って神霊《じんりょう》神社に向かった。吹き下ろす風に身を屈《かが》め、寝静まった家々に挟まれた坂を登りきると、黒《こく》祠《し》の鳥居前に懐中電灯の明かりがいくつか、集まっていた。

明かりのひとつは、鳥居に当たっている。鳥居の片脚、上のほうに矢が突き立っているのが見えた。集まった人々は、いずれも黒い合羽姿、中に一人だけ傘を差した女の姿が見えた。

「やっぱりどこにもいないんです」

女はそう、集まった者たちに訴えていた。式部はその人影の中に、神領博史の顔を見つけた。

「——博史さん」

式部が声を掛けると、博史は驚いたように振り返った。同時に周囲にいた者たちが式部に気づき、明らかに博史との間に立ちはだかろうとした。

「博史さん、何があったんです」

博史が答えるより先に、式部の前にいる老人が式部を押し戻した。

「あんたには関係ない。引っ込んでてもらおうか」

「高藤さん、乱暴は」

博史が声を上げた。——では、これが高藤孝次か、と式部はそのいかにも頑《かたく》なな老人を見た。高藤は乱暴に腕を突き出す。さらに何人かが、高藤の背後から式部のほうへと近づいてきて前に人垣を作った。やめなさい、と声を張り上げたのは、またも博史だったが、左右から式部の腕を掴んだ手には、断固とした意志が籠《こ》もっていた。

「余所《よそ》の人に嘴《くちばし》を挟んでもらっちゃ困る。あんたは帰ってくれ」

しかし、と言う間もなく、背後に向かって引きずられた。異論や抵抗を許さない殺気にも似た緊張感が、その場には立ち籠めていた。

式部は唯々諾々《いいだくだく》と引きずられるに任せ、穏和《おとな》しく坂の下へと押し出された。誰か――あの女の近親者が消えたのだ、と思った。そして安良は、馬頭夜叉《めずやしゃ》の裁きが始まるのだと言った。

立ち塞《ふさ》がる人垣を一瞥《いちべつ》し、式部は小走りにその場を離れた。集まった人々の姿が家並みの向こうに消えると、そのまま近くの路地へと駆け込む。

解豸《かいち》の裁き――地獄の刑罰。それはどこで行なわれるのだろう。社か、あるいは神領家か。御岳神社の森だろうか。どこかそういう人目を避けた場所だろうか。考えながら集落を横切り、式部はふと思いついて足を大夜叉《おおやしゃ》のほうへと向けた。黒々と聳《そび》えた山からは、強い風が吹き下ろしてきていた。

人目と風雨を避けて深く面を伏せ、式部は大夜叉へと続く路地に駆け込む。廃屋に行ってみるべきだ、という直感のようなものが働いていた。

罅《ひび》割れたコンクリートに覆《おお》い被《かぶ》さる雑草を掻《か》き分け、地所へと続く小径《こみち》を登る。登り切る直前、顔を上げて明かりを向けると、黒い人影が見えた。黒い合羽に身を包んだ誰かは、一瞬、式部のほうを振り返り、そしてすっと身を退《ひ》いた。それは圭吾のようにも思われたが、一瞬のことなので、はっきりしなかった。式部が坂を登りきったときには、その姿は雨と闇《やみ》の中に紛《まぎ》れ込んで見定めることができなかった。式部は地所の方々に明かりを向け、そしてそれに気がついた。

――廃屋の玄関、そこに張り渡した板が破られ、ドアは風に煽《あお》られている。揺れるドアの向こう、黒々とした闇が口を開け閉めしていた。

式部はもう一度、消えた人影を求めて懐中電灯の明かりを向ける。誰の姿も見つけられず、濡れて滑る懐中電灯を握り直して玄関へと近づいた。不穏な軋《きし》みを上げ、呼吸するように開いて閉じるドアを押さえ、廃屋の中へと踏み込んだ。風と雨音がほんの少し弱まり、同時に生臭い臭気がした。

居間の扉は開いたままになっている。玄関からは台所までが見通せたが、誰の姿もないようだった。式部は廊下を左に折れる。行く手に弱い明かりが見えた。それは大きく不安定な明暗を繰り返す。光源は座敷にある。蠟燭《ろうそく》の明かりだ、と式部は思った。

廊下を忍び寄り、式部は座敷を覗《のぞ》き込む。そして思わず後退った。踏鞴《たたら》を踏んだ背後で、廊下の硝子戸が鈍い音を上げた。

古い血痕が飛び散った襖《ふすま》は開け放たれていた。奥の仏間と手前の座敷との間の鴨居《かもい》に吊《つる》された人の姿があった。揺れる蠟燭の明かりの中、それが男で、なおかつ着衣を血だらけにしているのが見て取れた。男は式部に気づいたのか、顔を上げる。血糊《ちのり》で汚れていたが、その顔は神領杜栄《もりえ》のものに違いなかった。

「杜栄さん」

式部が声を上げると、杜栄は救いを求めるように呻《うめ》いた。言葉にならなかったのは、その口角《こうかく》が頬の半ばまで切り裂かれていたせいなのかもしれない。

「なぜ、こんな——」

慌《あわ》てて座敷に踏み込んだ式部の背後で穏やかな声がした。

「それは杜栄が犯人だからです」

弾《はじ》かれたように式部は振り返る。障子に凭《もた》れるようにして小柄な人影が立っていた。どす黒い振袖《ふりそで》姿、それが笑んで式部に軽く頭を下げる。——神領浅緋《あさひ》だった。

九章

1

式部《しきぶ》が呆然《ぼうぜん》としているうちに、浅緋《あさひ》はすっと杜栄《もりえ》のほうに近づいた。廃屋に蠟燭《ろうそく》の明かり、その中に置かれた振袖《ふりそで》姿は、いかにも常軌を逸していた。長い袂《たもと》がずっしりと濡《ぬ》れているのは雨のせいか。元は何色だったのだろう、埃《ほこり》と血糊でどす黒く染まっている。片手には匕首《あいくち》のような刃物、すでに汚れたそれを無造作に提げ、血みどろに吊《つる》された男の脇《わき》に立った少女が笑む。笑みに屈託ないのが、並外れて異常だった。

「これは、君が……? なぜ」と言いかけ、式部はそれよりもまず、杜栄に助けが必要なことに気づいた。大股《おおまた》に近寄ろうとすると、浅緋は匕首を杜栄の首筋に向ける。

「いけません。近寄らないでください。それ以上こちらに来られたら、杜栄を殺します」

ぎくりとして、式部は立ち止まった。縋《すが》るように顔を上げた杜栄が絶望的な呻《うめ》きを上げた。同時に浅緋が匕首の角度を変え、無造作に杜栄の肩口に突き立てる。杜栄が切り裂かれた口を開いて悲鳴を上げた。

式部もまた、思わず声を上げた。制止するための言葉、理由を問う言葉、あるいは単純に驚きの言葉が綯《な》い交《ま》ぜになって意味不明の叫びになった。浅緋は身を揺する杜栄と、硬直した式部を見比べ、笑みを浮かべた。

「そうしてそこにいらしてください。でないと一息に杜栄を殺さねばなりません。それでは私が詰まらない」

何を言っている、と式部は声を張り上げかけ、そしてやっと思い至った。

「まさか……志保《しほ》も君が」

本家の奥、座敷牢《ろう》に捕らわれていたのは。

「……君が馬頭夜叉《めずやしゃ》を騙《かた》って」

「志保を殺し、英明《ひであき》殺しの罪を擦《なす》りつけた？　いいえ、それは誤解です、式部さん。だって私が馬頭鬼《めずき》そのものなんですから」

「何を――それよりも、その人を放すんだ。莫迦《ばか》な真似《まね》は」

よせ、と言う間もなく、浅緋は突き立てたままの匕首を捩《ねじ》った。杜栄が身を揺すり、悲鳴を撒《ま》き散らす。弾みで切っ先が抜け、赤黒いものが刃先から飛んで浅緋の着物に染《し》みを作った。

「これが私の報酬なんです。式部さんこそ、莫迦なことを仰《おつしや》らないでください」

浅緋は言って、小首を傾《かし》げる。

「杜栄には罪があります。だから私が殺していいんです。だって私が解豸《かいち》なんですから」

「何を言っている。解豸などいない。君は何か誤解している」

「いないと言われましても」と、浅緋は困ったように式部を見た。その様子から、式部は浅緋が一種の妄想に冒《おか》されているのだ、と了解した。

「いないんだ。それは想像上の怪物で、方便のために、いるとされてきたにすぎない。確かに、解豸は神領《じんりよう》家の離れにある社《やしろ》に捕らわれている。――そういうことになっている。そして君もそこに捕らわれているようなものだが、君は守護であって解豸じゃない。肝心の社が空《から》では、自分こそが解豸なのじゃないかと思ってしまうのも無理はないが――」

言いかけた式部を浅緋は遮った。どこか呆《あき》れたような、あるいは困ったような表情が浮かんでいた。

「式部さんのほうが誤解しておられると思うのですが。守護と解豸は多くの場合、別物ですが、いつも必ず別物とは限りません。私は解豸なのだそうですよ。身体《からだ》にその徴《しるし》があったから、生まれた時にすぐさま分かったとか」

式部は立ち竦《すく》んだまま眉《まゆ》を顰《ひそ》めた。――確か博史《ひろし》がそのようなことを言っていなかったか。そう、守護は浅緋の姉、浅黄《あさぎ》に決まっていたのだ。役目に就くばかりになっていた。にもかかわらず浅緋が生まれた直後に、それは唐突に変更された。浅緋のほうが向いている、とされたせいだと言うが、あるいはそれは何らかの身体的な特徴に由来するものかもしれない。神領家にはおそらく、守護であるための条件というものがあるのだ。それは必ず現れるとは限らない。だからこそ、長女または三男という慣例に従って浅黄が守護に就くことになったのだが、その浅黄が守護に就く前に、徴を具《そな》えた浅緋が生まれた。ゆえに強引に、守護は変更されることになった――。

「……だが、それは守護の条件であって、解豸であることとは別物だ」

「ですから」と浅緋は溜息《ためいき》をつく。「別物でないこともあるのです。守護は本来、解豸の別名なのですよ。社に伝わる昔話を、式部さんは、お聞きになりませんでしたか」

「山に鬼がいて、村人を襲った――それを行者が懲《こ》らしめて……」

浅緋は微笑《ほほえ》む。

「その鬼は実は、行者の血縁者だったと――そういうことなのですね」

式部は目を見開いた。ようやく、浅緋が何を言っているのか、腑《ふ》に落ちてきた。

――血筋に憑《つ》いた化物、と安良《やすら》は言った。

鬼がいたのではない、「人を襲う者」がいたのだ。それを「鬼」と称した。文字通りの殺人「鬼」だ。行者はそれを捕らえ、「罪のない者は襲わない」と誓約させた。つまり神領家が、その支配下に置いたわけだが、実のところ、その鬼は行者の血筋に現れた異常者だったのだ。そして神領家は行者の末裔《まつえい》、今も家の奥深くに鬼を捕らえている。

「……神領家は行者の血筋であると同時に、人鬼《ひとおに》の血筋でもあった……」

「そういうことです」と、浅緋は意を得たように笑んで頷《うなず》いた。「神領家には時折、私のような者が生まれてしまうのです。放置すれば村に降りて罪のない者を殺す——だから、家の奥に捕らえておかねばならなかったのですね。けれども同時に、神領家は一家に鬼子が生まれることを秘めておきたかった。それを他人に知られたくはなかったのです。だから解豸を守護と称する。まるで屋敷の中の社に解豸という悪鬼羅刹《らせつ》が隠れていて、その守《も》りをする看守がいるような顔をするのですけど、実を言えば、悪鬼羅刹は看守にこそ宿っているのですね」

「悪鬼羅刹……」

「ということになるのじゃないでしょうか」と、浅緋は首を傾けた。「罪もない人間を殺してはならないと躾《しつけ》られました。血の匂《にお》いを心地よいと感じたり、悲鳴や断末魔を愉《たの》しいと感じるのは異常なことなのだそうです。……違うのですか？」

「異常だ——それは絶対に許されない」

「そうなのでしょう？　けれども杜栄には罪があります。だから私に殺させてくださらなければ。それが私の報酬なのですから」

「杜栄さんに何の罪があると言うんだ」と、語気を荒げつつも、浅緋が一連の事件を指して言っているのだとは了解していた。「よしんば罪があるとして、だったらそれを裁いていいのか。君にそんなことをする権利があるのか」

「勿論《もちろん》です。私は解豸なのですから」

「それはこの島だけの理屈だろう。君にはそんな権利はないんだ！」

式部が声を張り上げると、浅緋は驚いたように目を見開く。

「けれども……それでは、私は誰を殺せばいいのです？　永劫《えいごう》、誰も殺してはならないのでは、愉しみというものがありません」

「莫迦な」と、式部は呻いた。目の前にいる少女の姿をした人物が、間違いなく異常者であり文字通りの化物であることをようやく理解していた。

「とにかく杜栄さんを放せ。たとえ罪があるにしても、君にはそんな権利はないんだ。第一、本当に罪があると――絶対に間違いのない確かなことだと言えるのか」

「確かでなければ裁いたりはいたしません」と、浅緋は本当に不快そうに顔を歪《ゆが》めた。

「罪もない者を裁くことは許されないのですよ」

鈍く、吐き気が込み上げてきた。浅緋の中にどういう価値基準があるのかは分からない。だが、浅緋にとって罪ある者を殺すことは愉楽でも、罪もない者を殺すことは忌《い》まわしいことなのだ、と式部は理解した。化物には化物のルールがある——。

救いを求めるように、杜栄が呻いた。口は裂かれ、右の片耳はない。白装束に袴《はかま》、そのあちこちが裂け、血糊に染まっている。同じく血糊で汚れた顔は、涙で斑《まだら》になっていた。

ふいに、式部は痛みにも似たものを感じた。杜栄の姿は、写真で見た志保の姿を嫌でも思い起こさせた。志保もまた、同じように哀願しただろう。舞台は同じくこの廃屋の中、同じ部屋では羽瀬川信夫《のぶお》もまた殺害されている。

「……なぜ杜栄さんなんだ」

「他に該当者がいません」と、浅緋はあっさり言ってのけた。浅緋が手にした匕首は、杜栄の鳩尾《みぞおち》の辺りを彷徨《さまよ》っている。

「杜栄さんがなぜ」

「さあ」と、浅緋はこれにも無造作に答えた。「私は神通力《じんつうりき》を持つわけではありませんから、杜栄の心情など分かりません。ただ——やはり、自分が家督を手に入れたかったのでしょうね。そのために邪魔になる英明と麻理《まり》を取り除きたかった」

ふいに、式部は笑いたいような気がした。

「麻理？　殺されたのは志保だろう？」自然、口許《くちもと》が歪む。「言っておくが、死体は羽《は》瀬川《せがわ》志保のものだ。絶対に麻理じゃない」

「ああ……では、指紋を照合した結果が出たのですね？」

式部は虚を突かれて瞬《また》く。

「なぜ」

「明寛《あきひろ》を侮《あなど》っては駄目ですよ」と、浅緋は笑った。「式部さんは、ずっと島の者から監視されているのです。夜中に突然、この家に入って、品物を持ち出したでしょう？　そして翌日、荷物を業者に手渡した。そう島の人が報告していたと、圭吾《けいご》が知らせてくれました。明寛はどういうことなのか判断に困っていたようですけど、きっと志保の指紋を掘り起こして、照合しようという、そういうことなのだと私は思ってました」

浅緋は言って笑う。

「そして指紋が一致したのですね？　……当然だと思います。そもそも、あれは志保だと、古い傷跡から確認されたのじゃありませんか。勿論死体の相好《そうごう》は判別がつかない状態でしたが、だからと言って麻理にも同じ傷があったなんて、いくら何でも話が出来すぎでしょう」

「しかし──」

「死亡したのは羽瀬川志保です。島の者がそう確認しています。これは確定事項で、疑問を差し挟む余地はありません」

「では、杜栄さんは犯人じゃない」

式部は吐き捨てた。足が杜栄のほうへと一歩を踏み出そうとしては躊躇《ためら》う。式部が前に出した足に体重を乗せようとするたび、浅緋が突きつけた匕首を危険な角度に立ててみせた。

「杜栄さんは確かに、実質上の当主に最も近い人間だった。だが、殺されたのは志保であって、麻理ではないんだ」

「だからこそ、杜栄が犯人なのですけど」言って、浅緋は呆れたように式部を見る。「では、式部さんは今も全く分かっておられないのですね」

「——どういうことだ」

「殺されたのは志保でしょう？　すると現場に足跡を残した目撃者は永崎麻理だったとしか考えられません。そして、その麻理は電話を受けて出ていったわけですが、この電話は式部さんも仰っていた通り、犯人が掛けてきた、あるいは掛けさせたものだと考えて差し支えないでしょう」

「だが、殺されたのは志保であって、電話で呼び出された麻理ではない」

「その通りです。そして、志保が出掛けていったのは、麻理の行方を案じたせい、志保の自由意思によるものです。犯人はこれを予測できません。むしろ、当夜の天候を考えると、志保は外出しない可能性のほうが高かったのです」

「それは……そうだが」

「結局、ここに大きな不整合があるのです。犯人は事前に準備をし、麻理を呼び出したにもかかわらず志保を殺害しました。先に宿を出た麻理のほうが嵐《あらし》の中を彷徨って目撃者となり、後から宿を出た志保のほうが先に犯人に捕まり、被害者となりました」

言って、浅緋は小首を傾げる。

「式部さん、その合羽《かっぱ》は宿で借りたものですか？」

怪訝《けげん》に思いながら式部が頷くと、浅緋はそれを脱げ、と言う。

「――いったい」

「いいから、脱いで御覧なさい」

口調は勧《すす》めるようだったが、浅緋の持った匕首《あいくち》は危険な角度を為《な》す。これでは脅しだ、と式部は忌々《いまいま》しく思いながら、合羽を脱ごうとした。気候は肌寒いほどだが、坂道を駆け上がってきた合羽の内側は蒸したように濡《ぬ》れていた。シャツの上から腕に貼《は》りつき、袖がすんなりと抜けない。式部は舌打ちをしながら、それを力任せに引き剝《は》がした。

「……そういうことなのですね」

浅緋は笑った。式部は瞬く。

「ですから、合羽を御覧なさい。裏を向いていますね？」

式部ははた、と手の中の合羽に目を落とした。確かにそれは、裏返っている。

「大江荘の博美《ひろみ》さんは、そういうわけで裏返しにしたまま合羽を掛けていたのでしょう。

それをそのまま大江さんは志保に手渡した。志保はそれを、やはりそのまま着込んでしまったのですね。――そして、船の上で目撃された女性は、それを裏返しのまま着ていたわけです」

式部はようやく、浅緋の言わんとするところを悟った。

「犯人が剝ぎ取ったものなら、犯人は表裏になど頓着《とんちゃく》しませんでしょう。力任せに脱がせるか、あるいは切ってしまいます。だとしたらそれは、今式部さんがなさったように裏に――この場合は表を向いてしまいます。麻理がたまたまそれを見つけたとしても、それは表を向いたままでしょう。状況が状況だけに、麻理はやはり、拾った合羽の表裏になど気を配ったりしませんでしょうね」

「だが――」

「麻理は洋服のまま外に出ました。これに対し、事件の後で目撃された女は、大江博美のものと思われる合羽を着ていました。しかも確実とは言えませんが、裏のままであったことを考えると、どうやら脱いだものを拾って着込んだわけではなさそうです。しかしながら合羽を着て出たのは志保のほうなのです。

――いえ、大江さんは二人のどちらがどちらなのか分からなかった、そうではありませんか？　犯人に呼び出されたのは葛木《かつらぎ》さんでないほうです。合羽を借りてそれを捜しに出たのは葛木さんのほうです。事件後に目撃されたのは、合羽を着たほう、つまり葛木さんです。そしてこれは殺害されなかったほうです。つまり、殺されたのが羽瀬川志保なら、事件後に生きて目撃されたのは志保でないほうということになりませんか」

2

式部はしばらく口を利《き》くことができなかった。

確かに大江は、二人がどちらなのか分からなかった。式部が写真を携えて大江荘に投宿し、それでようやく客の一方が葛木だと理解したのだと言っていた。

――いや、と式部は思う。大江兼子は知っていたのだ。どこかで見たような顔だと思った、と兼子は言った。後で聞いて、確かに麻理は弘子《ひろこ》に似ていると納得したと――。

式部はそこまでを思い出し、兼子が麻理と認識したほうと、大江が葛木の連れだと理解したほうが同一人物だという保証はどこにもないことに気づいた。大江は二人をろくに知らない。二人は共に、大江が島の外に出ている間に島に入り、そして出て行ったのだ。大江にとっては二人の女でしかなかった。

「……だが、死亡したのは志保だ」

「いいえ。羽瀬川家にいた娘でしょう。羽瀬川家に住んでいた娘の指紋と死体の指紋が照合されたのであって、葛木志保と死体の指紋が照合されたわけではありません。指紋が一致した以上、死亡したのが羽瀬川志保であることは確実ですが、それが葛木志保だったと、どうして確認できるのですか？」

式部は呻《うめ》いた。

「羽瀬川志保は船を操舵《そうだ》できましたが、目撃されたほう——葛木さんは操舵できなかったし、無線を使うこともできませんでした。ゆえに警察の船を目前にしながら、連絡することができませんでした。つまり、葛木志保は羽瀬川志保ではないのです。彼女は永崎麻理なんですよ、式部さん」

「しかし——葛木の家に通帳が」

口座を開くには身分証明書が必要だろう。葛木は運転免許を持っていたから、免許証がそれに使われた可能性が高いが、いずれにしても、葛木は自身が「羽瀬川志保」だと証明する手段を持っていた、ということにならないか。

困惑を見透かしたように、浅緋は小さく笑う。

「島の者にとって永崎麻理だった女は、島の外では羽瀬川志保を——葛木志保を名乗っていたのです。島の者にとって羽瀬川志保だった女は、永崎麻理を名乗り、福岡で弁護士をしていました。つまり二人は、島を出る際にその身分を交換していたのですね。だから麻理は祖父の葬儀にすら戻ってこなかったのでしょう。永崎幸平《こうへい》が死亡したとき、近所の者が麻理に連絡を取った——このとき電話の向こうにいたのは、麻理ではなかったのです。それは羽瀬川志保だった。本当の永崎麻理は、当時すでに大分の高校を出奔《しゅっぽん》していた。だから彼女は島に帰ってくるわけにはいかなかったのです」

「なぜ——そんなことをする必要がある」

「そこまでは私には分かりかねます。当事者の証言を待たなければ分からないことを私に説明させないでくださいまし」

そう言ってから、浅緋は首を傾《かし》げた。

「ただ……そうですね。永崎麻理を名乗っていたほう——羽瀬川志保は弁護士でした。本人も早くからそれを希望していた。つまり、羽瀬川志保には弁護士になるという夢があったのでしょう。あるいはそれは、彼女の父親の死に関係があってのことかもしれません。しかしながら、志保は厄介者でした。父親の信夫は島の禁忌《きんき》に触れていたわけで、いわば穢《けが》れだったのです。宮下の縁者は、志保を引き取りはしたものの、決して志保を養育することに積極的ではありませんでした。志保が仮に弁護士になりたいと考えていたとして、志保はそれをどうやって達成すれば良かったのでしょう。宮下の家族は志保を高校に出す気はあったようです。ですが、その後はどうでしょう。果たして大学にまでやってくれるでしょうか。それなりの難関を突破するまで、志保を助けてくれるでしょうか。志保独りで大学受験から司法試験に合格するまでの学業と生活を果たして支えられたでしょうか」

式部は俯《うつむ》いた。それは極めて困難なことだったろう、と想像がついた。

「しかしながら、麻理にはそれがありました。神領家から出ている養育費があったのです。麻理にとっては、父親——母親を殺した犯人かもしれない男から出ているお金です。麻理はそれを受け取ることに嫌悪感《けんおかん》はなかったでしょうか」

あって当然だろう、と式部は思う——かってもそう思った。麻理は神領家を怨《うら》んでいて当然だと。

「だから麻理は、それを志保にくれてやったのではないのですか。共にほとんど天涯孤独と言っていい身分、島を出てしまえば、互いが入れ替わっていても分からない。高校受験の願書を出すとき、互いの写真さえ貼り替えておけばいいのですから」

「しかし、神領家と宮下家が——」

「ええ。もしも神領家と宮下家が、二人の娘に積極的に連絡を取れば二人の欺瞞《ぎまん》は暴露されてしまいます。たとえば神領家の者が家族の名乗りを上げて現れる——宮下家の者が、志保に面会しようと尋ねていく。そうすれば一目瞭然《いちもくりようぜん》なのですが、両家はそれをしなかった。誰一人として、二人の娘を顧《かえり》みたりはしなかったのです」

両家が二人を顧みれば、欺瞞は暴《あば》かれる。二人にとってそれは賭《かけ》で、ひょっとしたらどちらの目が出ても構わない種類の賭だったのかもしれない、と式部は思った。あるいは、二人は欺瞞が暴かれることのほうを望んでいたのかも。――だが、神領家も宮下家も、島を離れて出ていった娘たちを完全に放置したのだ。

「羽瀬川志保は、永崎麻理を名乗り、神領家から振り込まれる生活費を助けに、福岡の高校に進んで、そのまま弁護士になりました。一方の永崎麻理は羽瀬川志保を名乗り、のちには葛木志保を名乗りました。誰も麻理を顧みたりはしなかったし、志保を捜したりもしなかった。――なのに、その状況が英明の死で一変したのです」

神領家から連絡が入り、麻理――永崎弁護士は狼狽《うろた》えたに違いない。神領家の申し出は受け入れるわけにはいかない。当然のように断ったが、神領家のほうは執拗《しつよう》だった。明寛は追い詰められていたのだ。会いたいと明寛は申し入れたが、永崎弁護士が明寛に会うことはできなかった。それだけは絶対にできなかったはずだ。身分詐称《さしょう》が明らかになれば、彼女は弁護士資格を失いかねない。

だから彼女は、連れと共に島に向かった。永崎弁護士は葛木を伴っていた。永崎麻理が羽瀬川志保を伴っていたのではない、羽瀬川志保が永崎麻理を伴い、神領家の申し出を麻理の口から拒絶してもらうために島に向かったのだ。

「犯人は永崎麻理を名指しにして電話を寄越しました。この電話には最初、葛木さんが出ています。しかしながら、葛木さんは『今、風呂《ふろ》に入っている』と言った。電話の相手が求めている『永崎麻理』は、島の外における『永崎麻理』――すなわち羽瀬川志保のほうだと了解したからです。

つまり犯人は、葛木さんが、これは自分のことではないと認識できるような何かを口にしたのでしょう。それは『弁護士』かもしれない、『福岡在住』かもしれない、いずれにしても、永崎弁護士のプロフィールに属することだったことは確実です。これによって、葛木さんは電話を自分宛《あて》のものではないと判断して、羽瀬川志保に委《ゆだ》ねた。犯人は結果として羽瀬川志保を呼び出し、これを殺害したのです。

ですが、犯人の目的は『永崎麻理』だったはずです。英明を殺した犯人が誰かを殺害しようとするなら、永崎麻理を狙《ねら》うとしか思えません。事実、永崎弁護士の周囲には不審人物が徘徊《はいかい》していました。確かに永崎麻理は狙われていたのです。しかしながら、犯人は羽瀬川志保を呼び出し、志保を殺害してしまった」

「だが、麻理は弘子に似ていると……」

「ええ。島の多くの人間にとって、二人がどちらなのかは一目瞭然でした。なのに犯人は永崎麻理と羽瀬川志保をその容姿から見分けることができなかったのです。二人を見分けることができないのは、二人が島を去って後、誕生した者、あるいはその後に外部から入ってきた者、二人と入れ違いに島を出て、戻ってきた者に限られます。つまり、犯人は志保と麻理が島にいた当時、島にいなかった——余所者《よそもの》だったのです。同時に犯人は、永崎弁護士のプロフィールを知っていました。これは神領家の周辺にいる者に限られます」

「だが、神領家の周辺には、二人が島にいた当時、島を出ていた者はいない」

「そうでしょうか？」と、浅緋は匕首を杜栄《もりえ》の懐《ふところ》に這《は》わせた。

「島にいながら、島にはいない――そういう人間が一人だけ、いたのではありませんか？」

式部は息を呑《の》んだ。

「過去にも似たような事件がありました。永崎弘子が殺害され、信夫が惨殺《ざんさつ》されたのです。この事件と現在の事件は、細部に至るまで全くの相似形を描きます。考えられるのは、同一犯による犯行か、事件を熟知する誰かによる模倣のみです。

そして、この事件において、弘子を殺害したのは父親だと、麻理自身が証言していきます。明寛《あきひろ》が父親だと言われていますが、明寛は麻理の受胎当時、日本にいませんでした。本当のところ、誰が麻理の父親だったのか、私は存じておりません。ですが、麻理が相続人であった以上、麻理は神領家の血縁です。そして永崎登代恵《とよえ》は、離れを訪ねた犯人と思《おぼ》しき男を目撃して、『見慣れない男』と証言しています。登代恵はいったい、誰を目撃したのでしょう？」

式部は答えなかった。杜栄《もりえ》は深く面を伏せている。微《かす》かに嗚咽《おえつ》のような声が聞こえていたが、それが苦痛によるものか、あるいは他のどんな心情に由来するものかは分からない。

「杜栄は永崎弁護士のプロフィールを知ることができる人間でした。同時に、二人が島にいた当時、島にいながら、余所者でした。家の奥に閉じ込められた杜栄には、二人の顔を見覚えるチャンスがなかったのです」

「だが」と式部は声を張り上げる。「そうとも、杜栄さんは十九年前には閉じ込められていたんだ。座敷牢《ろう》の中に監禁されていた者がどうやって――」

言いかけ、式部は目の前に浅緋がいるという事実に言葉を失った。抜け出すことが本当に不可能ならば、浅緋もまたここにはいられない。そして、浅緋のほうが杜栄よりも厳しく拘禁されているのだ。博史は、杜栄の時には、離れに人が出入りし、杜栄もまた表に出てくることがあった、と言っていた。

浅緋は、そんな式部の沈黙を見守り、小さく憐《あわ》れむように笑う。

「麻理の父親であり得た者、過去の事件の際、犯行可能な年齢に達しているか――あるいは当時の事件を細部まで知り得、なおかつ鮮明に記憶していられるだけの年齢に達していた者。その中で、現在、存命の者、麻理と志保を見分けることができなかった者、にもかかわらず永崎弁護士のプロフィールを知ることができた者、――全《すべ》てを満たす者は杜栄しか存在しません」

「しかし杜栄さんには」

「アリバイがありますか？　殺された羽瀬川志保は午後八時に宿を出たのですよ？」

式部は沈黙する。杜栄は社に人々が集まり始めた十一時半までのアリバイを持たない。杜栄は自室で眠っていた、と主張していた。二泊三日の旅行に出て、当日動いた最後の渡船で島に戻り、それで疲れていた、と言っている。二泊三日――つまり、杜栄は二人が島に入るのと入れ違いに島を出たのだ。杜栄が犯人だとするならば、福岡に現れたのは杜栄だろう。麻理が相続人であると知って、福岡まで足を運んだ。杜栄は福岡で「永崎麻理」の顔を見覚えたが、それはそもそも誤認だったのだ。そして、二人と入れ違いに島を出、事件当日、ぎりぎりに戻ってきた杜栄には、この誤解を訂正するチャンスがなかった。

今になって式部は思う。杜栄が犯人だとすれば、杜栄は焦《あせ》っていただろう。英明を殺してまで手に入れようとしたもの、にもかかわらず、横合いから麻理が現れ、それを攫《さら》っていこうとしている。福岡まで足を運び、なんとかこれを妨害しようとしたが、果たせなかった。しかもたまたま自分が島を離れている時に、麻理が神領家を訪ねていた。麻理が頷《うなず》き、法的手続きがとられてしまえばそれまでだ。杜栄は迅速に麻理を排除せねばならなかった――ならない、と思い込んでいた。「麻理」のほうには、絶対に頷くことのできない理由があったというのに。

浅緋は項垂《うなだ》れた杜栄を見守りながら、鳩尾《みぞおち》に当てた切っ先を弄《もてあそ》ぶように動かす。

「式部さんも指摘した通り、島の者にとって解豸《かいち》信仰は絶対なのです。解豸を信じる限り、模倣などできない。模倣した瞬間、その人物は決裁の対象になるのですから。逆に、解豸を信じない者には模倣が可能ですが、解豸を信じない者が解豸に罪を擦《なす》りつけて安心していることは不可能でしょう。そもそも模倣することに意義を感じるとも思えません。犯人は島における解豸信仰を熟知はしていたけれども、自身は信仰を軽んじていました。自分が解豸に裁かれることなどあるまいと確信していたのでしょう。それを一番確信していられたのは、杜栄や安良《やすら》のような守護です。過去には、解豸は存在しないことを承知していた——自分が解豸ではないのですから。現在においては、解豸は座敷牢に捕らわれた鬼子でしかないと承知していた」

言って浅緋は、くすりと笑い、片手で杜栄の髪を摑《つか》み、その顔を覗《のぞ》き込む。

「高を括《くく》っていたのでしょう？　……そういうのを心得違いと言うのですよ」

涼しい笑い声が響いた後、ぱたりと音がした。悲鳴を上げる杜栄の足許《あしもと》に、小さな肉片が転がっている。杜栄に残された片方の耳が、切られて落ちた音だった。

「やめないか！」

式部は声を上げる。

「杜栄さん、本当に貴方《あなた》なのですか——異論はないのですか」

杜栄は身を屈曲させて呻いている。激しく身を揺すったが、それが肯定の動作なのか否定の動作なのかは分からなかった。だが、絶望か、あるいは達観のようなものが漂っている。

「だとしても、貴方にとってそれは、仕方のないことだったはずだ。——違いますか」

浅緋は不審そうに首を傾け、そして杜栄は僅《わず》かに顔を上げた。

「確かに罪は罪なんでしょう。だが、私は貴方が単なる欲で、それを行なったとは思わない」

杜栄は神領家の人身御供《ひとみごくう》だったのだ、と式部は思う。——杜栄は解豸ではなかったのに、ただ家を守る、そのためだけに離れに軟禁されていたのだ。外に出ることも、学校に行くことも許されなかった。体調が悪くても医者が呼ばれることはなかった。それどころか、たとえ死んでも弔《とむら》いさえしてもらえなかっただろう。

「……貴方は神領家の犠牲になった。信仰だとか風習だとか言ったところで、これが虐待《ぎゃくたい》であることには違いありません。そして、その生活が終わってみれば、使い捨てるかのように放り出される。同じ兄弟でありながら、閉じ込められることもなく、どんな不遇を経験することもなかった兄が神領家の主《あるじ》として恣《ほしいまま》に振る舞っているのに、貴方には微々たるものしか与えられなかったんだ」

杜栄は再び項垂れた。低い嗚咽《おえつ》と共に頷く。式部は浅緋を見る。

「杜栄さんは家が憎かったと思う。明寛さんを憎悪《ぞうお》していたと思う。……それは当然のことじゃないのか？　康明《やすあき》君が亡《な》くなって、杜栄さんはきっと、英明君さえいなければ、と思ってしまったんだろう。思うだけで実行には及ぶことができないのが人の常だが、この人は憎悪に後押しされてしまった。それは明寛さんを苦しめるチャンス、明寛さんのものを奪うチャンス、家と兄に復讐《ふくしゅう》するチャンスだったんだ——」

くすり、と浅緋は笑う。

「だから情状を酌量《しゃくりょう》せよ、という話ですか？　まるで弁護士気取りですが、この場には裁判官はいないのですよ。いるとすれば、私がそれです」

「いいか——」と指を突きつけた式部の目の前で、浅緋は匕首《あいくち》を動かす。杜栄の喉元《のどもと》から鳩尾にかけて一条《すじ》の傷が走り、杜栄が掠《かす》れた悲鳴を上げた。

「やめるんだ！」

「でも」と、浅緋は微笑《ほほえ》んで小首を傾《かし》げる。「杜栄もこうやって志保を切り刻んだわけでしょう？　四十数箇所の傷、でしたか」

式部は呻《うめ》いた。脳裏に写真の群が蘇《よみがえ》った。物のように定着された無惨《むざん》な姿。

浅緋は蔑《さげす》むように嗤《わら》う。

「杜栄には杜栄の事情があるのでしょう。確かに杜栄は人柱になったと言ってもいい。けれども式部さん、運命に虐《しいた》げられてきたのは、志保も同様ではないのですか？　その男が不遇であれば、不遇な女を惨殺したことの言い訳になるのですか？」

「それは……」

「申し上げておきますが、私を相手にしているのだとお忘れになりませんよう。已《や》むに已まれぬ事情があれば、人を殺しても良いのですか？」

式部は返答に詰まった。浅緋がもし——本人が主張しているように、生来嗜好《しこう》が異常なのだとすれば、浅緋にとって殺人は制御できない衝動なのだろう。人鬼に生まれついたのは当人の責任ではない。浅緋はこれを已むに已まれぬ事情だと主張できる。

「……どんな事情があろうと、勿論《もちろん》殺人は許されない。だが、犯してしまった罪に対しては、酌量の余地があると思う……」

「ずいぶんと情け深いことですが、——式部さん、貴方はその情けが、犠牲者が葛木さんではなかったことを知ったからではないと、断言できますか」

式部は再び答えに窮した。

「そもそも式部さんは、なぜ犯人を捜していたのです？　犯人を見つけてどうするつもりだったのですか？　罵《のの》ってやりたかったのですか？　それとも警察に引き渡して、公正な裁判とやらを受けさせたかったのですか？」

「それは……勿論」

「それで？　その裁判で杜栄の情状が酌量され、罪が許されれば杜栄のために良かった、と喜んでくださったのですか？　念のために言っておきますが、杜栄が殺そうとした麻理は、杜栄の娘だったのですよ」

式部は口を開きかけたが、言うべき言葉を見つけられなかった。

「もしも被害者が葛木さんだったとして、杜栄に対し、極刑を望まずにいられるのですか？　裁判の結果の極刑なら、式部さんは当然のことだと溜飲《りゅういん》を下げていられたわけですか？」

浅緋は言って、高らかに嗤《わら》う。

「私に殺されても刑吏に殺されても結果は同じことでしょう。杜栄にとっては、さほどの変わりはないでしょうね」

反論しようとして式部は気づいた。いつの間にか、浅緋の持った匕首は、付け根まで杜栄の鳩尾に刺さっている。

「――お前」

式部が足を踏み出すと、それを抜いて身を翻《ひるがえ》す。勢いをつけて血糊《ちのり》が飛沫《しぶ》いた。

「裁きが復讐でないと仰《おっしゃ》るのなら、私を捕まえるより先に、杜栄を助けてはどうです、式部さん。急がなければ間に合いませんよ」

白い顔に禍々《まがまが》しい笑みを残して、浅緋は襖《ふすま》の向こうに消えた。さらに奥で、襖を開く音がする。奥の廊下へと抜けたのか、いずれにしても出口は玄関か勝手口しかない。先回りすれば捕らえられる――そう式部は思ったが、杜栄のほうが先だと感じた。あるいは浅緋の言葉に縛られてしまったのかもしれなかった。

杜栄はまだ息があった。鴨居《かもい》に両手を括ったロープは細く、それが杜栄の体重で締まって深く肉に食い込んでいた。解く方法はないものかと苦心している間に、廊下を表へと駆けていく足音が通り過ぎていった。

とても解けない、と見切りをつけるまでに何十秒か。すぐさま切るしかないと思いついて、式部は台所へと向かった。錆《さ》びた包丁を探し出し、座敷へと駆け戻ったときには、杜栄はすでに息をしていなかった。

3

式部はしばらく、麻痺《まひ》したようにそこに佇《たたず》んでいた。目の前で人が殺された、という衝撃は、たとえ相手が誰であろうと、処理に困るほど大きかった。

純粋な不快感、単純極まりない嫌悪感《けんおかん》、そして虚無感と罪悪感。にもかかわらず杜栄《もりえ》に対する憐愍《れんびん》の情だけは、いくら掻《か》き立てようとしても湧《わ》き上がってこなかった。

これが末路だ、という気がした。四人の人間を殺害した人間の無惨な末路――。

だからと言って無視もできまい、と式部は痺《しび》れたように重い足を引きずった。これを誰かに報《しら》せなければならない。

――そう、勿論警察を呼ぶのだ。届け出て、神領浅緋を告発しなければならない。これは殺人に他ならず、罪であることだけは確実だった。

たとえ杜栄が犯人であろうと、どれほど残虐な殺人を行なったのであろうと、だから殺して良いなどという法はない。被害者が誰であろうと罪は罪だ。あえて禁を犯した以上、浅緋はその報いを受けねばならない。

――そう思うと、式部は同時に、いかなる理由があろうと罪は罪だ、と思わないわけにはいかなかった。

どんな事情を持つ者であろうと、他者を殺すことは許されない。ならば杜栄は確かに殺人者であり、罪人だった。被害者に対して一片の情けすら与えなかった者に、自己に対する情けを期待する資格はあるまい。杜栄が受けた暴虐《ぼうぎゃく》は、間違いなく志保の受けた暴虐だった。それを思うと、彼の死は自らが犯した罪の報いなのだと、思考は造作もなく滑り落ちていく。

――いや、とよろめくように廊下を戻りながら、式部は自分に言い聞かせなければならなかった。

罰は罪に対する報復ではないのだ。勿論、罰は罪の反作用ではあるのだが、決して加害者に対する復讐のためにあるのではないし、ましてや他者が被害者の復讐を代行するためにあるのでもない。加害者の行為責任を無視した報復のためだけの刑罰は、徒《いたずら》に社会を荒廃させる。杜栄が殺人者だからと言って、殺しても良い、死んで当然だ、という論法など、あってはならないのだ。

杜栄は確実に、別種の被害者だった。五歳で社会から隔絶され、蔵座敷の中に軟禁されて育った男が、正常な規範意識や他者に対する憐愍の情を欠いていたとしても、それはある種、已むを得ないことなのだし、その責めを杜栄にのみ負わせるのは酷《こく》だろう。杜栄の明寛に対する憎悪、神領家に対する怨《うら》みは当然のものだし、これらの情状は酌量されていい。

――そう言い聞かせていると、それはつまり、と式部の背後からそろりと囁《ささや》く者がある。事情を抱えていさえすれば、罪は割り引かれるということか。だが、加害者が抱えたものが考慮されて当然だと言うのなら、被害者が抱えたものも同じく考慮されて当然ではないのか。

羽瀬川志保には罪がなかった。どんな非もなかったのだ。それを杜栄は冷酷無惨に殺害した。対して浅緋《あさひ》が殺害したのは無辜《むこ》の男ではない。罪もない女を殺した犯罪者だ。その杜栄と浅緋を同じ罪で括ることは、志保の人命を不当に軽視することに繋《つな》がりはしないか。事情などというものは、結局のところ、全《すべ》ての犯罪者が抱えている。そうやって加害者の側の事情のみを考慮し、殺人者を憐《あわ》れめば、罰はその抑止力を失う。罪の輪郭線は溶解し、規範は崩壊する。

——これも報いだ。どんな事情があろうと、罪は罪で、その報いは受けねばならない。

——そう、だから、どんな被害者であっても。

式部は目眩《めまい》を感じ、壁に額《ひたい》を突いた。

それは「罰」という概念が仕掛けた罠《わな》だった。式部は完全に捕らわれ、ひたすら滑落していくしかなかった。神領博史が言っていた「窮地に追い込まれたような気分」とは、これを指していたのだ、と今更のように式部は思う。それはぴったりと表裏に貼《は》り合わされ、一方だけを残して他方だけを切り捨てることは不可能だった。

だが、と声にならないまま、式部は吐き出した。

こんなことは許されない。こんな歪《ゆが》んだ決裁など存在してはならない。

心の中で繰り返しながら、脱いだ合羽《かっぱ》に腕を通し、式部は玄関まで何とか戻った。風に煽《あお》られてドアは大きく揺れていた。そしてその内側に、何か文字が。

式部は懐中電灯の明かりを向けた。そこには擦《なす》りつけたような赤で、「麻理は？」とだけ書かれていた。

——麻理。

そうだ、と式部は殴られたように立ち竦《すく》んだ。

結局、麻理——葛木はどうなったのだ？

——羽瀬川志保は杜栄によって殺害された。志保を捜しに出た葛木は、志保の死体を発見し、そして港を彷徨《さまよ》っていた。それから？

浅緋は杜栄が麻理を殺害したとは言わなかった。それは浅緋も知り得なかったということか、あるいはもはや罪状は充分だから、考慮に値《あたい》しないということか。あるいは。

「……まさか、死んでいない？」

痺《しび》れるように期待が広がった。それがあまりに強く、あまりに迅速だったので、式部はあえて、しかし、と自分を引き戻さねばならなかった。

——しかし、葛木は島にはいないのだ。いれば必ず誰かの目についたはず、誰かの目に留まれば、それは必ず神領明寛の耳に届く。

——やはり杜栄が捕らえて殺害し、死体を処分してしまったのだろうか。しかし、今から思えば杜栄はなぜ葛木を捕らえることができたのだろう？ 葛木がどこにも助けを求めず、あの嵐《あらし》の中、逃げ場を求めて彷徨っているなどと、どうして考えられたのか。偶然出会ったのだろうか、闇《やみ》と雨と風の中で。

——そうでないとすれば、どこに消えたのか？

葛木は死体を見たのだ。そして逃げた。島から脱出することを考えたのだろう、港に向かったが、葛木には島を出る術《すべ》がなかった。羽瀬川志保は船を操ることができたが、葛木にはそれができなかった。嵐の夜、その明け方、台風はようやく島の近辺にさしかかろうとしていた。海面は荒れている。逃げ場はどこにもない。

ふっと式部はある光景を思い出し、背筋を粟立《あわだ》てた。港で見た「牛」。

——あれは確かに牛だったのか。海仏《うみほとけ》、という声も聞こえた。野村は、溺死体《できしたい》と間違うことがある、と言っていた。では、その逆もあり得るのではないか。

——まさか、あれが？

足許《あしもと》から顫《ふる》えが立ち上ってきた。

——逃げ場を探して右往左往していた葛木は海に落ちた。そして潮の流れに乗って——。

そこまでを思い、だが、と式部は自分を立て直す。葛木は水と食糧を漁《あさ》っていたのだ。船を動かす能力のない自分を、最も良く知っていたのは葛木自身だろう。にもかかわらず、一か八か嵐の海に乗り出してみようなどと、葛木はそもそも考えただろうか？　無謀極まりない航海に備え、水や食糧を集めようなどと？

——葛木は、そういう短慮を起こさない。もっと冷静に、合理的にものを考える。

落ち着け、と式部は自分に言い聞かせる。

式部は「永崎麻理」を知らないが、葛木のことなら分かっている。

志保を捜しに出た葛木が、神社で死体を発見したことは間違いがあるまい。まず真っ先に思うのは、人を呼ばねばならない、警察に通報せねばならない、ということだろう。だが、葛木はそれをしていない。おそらくは気を変えたのだ。

——なぜ？

無論、死体の意味が分かったからだ。葛木は神領英明が殺害されたことを知っていた。志保の死体の無惨な有様を見れば、それを過去にあった事件と結びつけないではいられなかっただろう。葛木なら理解できたはずだ。これは弘子——自分の母親と羽瀬川信夫の事件、それと同じものなのだ、と。

馬頭《めず》の決裁を装《よそお》った犯罪、ならば島の者たちは、口を噤《つぐ》む。信夫の件がそうであったように、闇に葬《ほうむ》られるであろうことを理解しただろう。人を呼ぶことに意味はなく、神領家の権勢を考えれば警察に通報しても意味はない。

そして同時に、葛木ならば、犯人が狙《ねら》っているのは自分だということを了解できたはずだ。犯人は錯誤を犯したのであり、誤って志保を殺したことに気づけば、改めて葛木を捜し、今度こそ「永崎麻理」を殺害しようとするだろう、と。切迫した身の危険を感じる。葛木は逃げ場を探す。

島から出るのが最も安全だが、出る方法がなかった。船はあるが使えない。この天候の中、船で島から逃げ出すことは不可能だ、と葛木なら見切りをつけるだろう。せめて身を隠す必要がある。だが、島は狭い。どこかに潜《ひそ》んでも必ず発見されるだろう。たとえ隠れおおせたところで、港を通らねば島を出ることはできない。神領明寛が簡単に自分を島から出すはずのないことも、島の者がそれに協力するであろうことも、葛木は想像できたはずだ。誰かに保護を求め、島から助け出してもらう必要がある。だが、島の者は勿論《もちろん》、警察でさえ当てにはならない。部外者の手が必要だ。

「……フェリーの業者たち」

式部は呟《つぶや》き、首を振る。それは確実とは言えない。しかも彼らに接触するためには、港の周辺、あるいは集落の中に出ていかねばならない。

だが、と式部は思う。葛木は、予《あらかじ》め保険を掛けてあったのだ——式部という。式部が捜しに来るであろうことを、葛木は予想していたはずだ。式部が島に辿《たど》り着けるかどうかは賭《かけ》でしかなかったが、葛木は式部なら辿り着けるはずだと思っていたのではないか。そう見込んでいなければ保険になるまい。

とはいえ、実際に式部が辿り着くのが、いつになるかは、葛木にも予想がつかなかっただろう。だが、いつとは言えないものの、外部から救済が来るであろうことを葛木は分かっていたのだ。——ならば、とりあえず必要なのは、当面、どこかに身を隠すことだ。だから水と食糧を盗んだ。

「しかし、どこに？」

——ここではない、と式部は表に出て暗い家を見上げた。家の背後では、黒々とした斜面を覆《おお》った木々が、風に吹き煽られて蠢《うごめ》いている。

「山の中……？」

それは選択肢であり得る、と式部は思った。道もないような入らずの山、島の者にとっては存在しないに等しい場所だが、別にフェンスで囲まれているわけでも、断崖《だんがい》で隔てられているわけでもない。斜面を覆うのは原生林だが、中に踏み込むことは可能だし、奥深くに入ってしまえば島の者の目につくことはない。

思って式部は大夜叉《おおやしゃ》を見上げ、暗澹《あんたん》たる気分になった。十月のこの時期、葛木はシュラフもテントも持っていない。大江から借りた合羽ひとつで、山の夜気をどう防ぐ。たとえ何とか防げたとしても、今回のこの風雨だ。

人が立ち入ることのない山なら、小屋の類《たぐい》もないだろう。雨風を防ぐ場所もなく、夜の冷気を凌《しの》ぐ場所もない。野宿で半月——おそらくは身体《からだ》のほうが保《も》たない。せめて身を寄せる洞穴《ほらあな》でもあれば。

とにかく捜しに行かねば、と式部は地所を駆け下りながら、なぜもっと早く気がつかなかった、と猛烈な悔恨《かいこん》に襲われた。もっと早く——せめて嵐が来る前に気づいていれば。

葛木はどんなにか、山の中で心細い思いをしたことだろう。助けが来るはずだ、と念じながらひたすらに自分の膝《ひざ》を抱いて暖を取る——。

式部は坂を駆け下る足を止めた。怯《おび》えつつ、絶望に胸を咬《か》まれながらじっと蹲《うずくま》っている葛木、という図には少しもリアリティがなかった。身の危険を感じれば山を降りて次善の策を探すことぐらいはする。葛木はそういう人間だ。

思った瞬間、閃《ひらめ》いた。式部は大夜叉を見上げた。

――葛木は大夜叉に分け入っていったのだ、山に身を隠すためではなく、山を越えるために。

納得して独り頷《うなず》き、式部は坂を駆け下る。雨風を無視して疾走し、大江荘に着くや、大声を上げて大江を呼んだ。

驚いたようにすぐさま奥から駆け出してきた大江は、寝支度すらしていなかった。

「どこへ行っていたんです。心配して――」

「大江さん、船はありませんか」

勢い込んだ式部に、大江は目を丸くした。

「船って」

「漁船でも何でもいい、船が必要なんです」

言ってから、式部はそうだ、と声を上げた。

「――重富《しげとみ》さんはどうです。あの人の漁船を借りることはできませんか。それとボート。そう、ゴムボートが必要なはずです」

大江は目をぱちくりさせた。

「ゴムボートって、そんなもんどうするんです。まさか小夜叉《こやしゃ》にでも行こうってんですか」

「それです」

式部は言い切った。絶対の確信があった。

大夜叉の向こうでは小夜叉が噴煙を上げている。そして、そこには観測所があるのだ。毎月末には、そこに調査団がやってくる。島とは無縁の余所者《よそもの》たちが。

――葛木はそれを知っていただろうか？　観測所ができたのはいつだろう。葛木が島にいた頃、すでにそれは存在したのだろうか、あるいはどこかで存在を耳にするチャンスがあっただろうか。いずれにせよ、葛木は知っていたはずだ、と式部は思う。そうでなければ、今に至るも発見されていないことの説明がつかない。

余所者たちがやってくるその日まで、およそ二十日かそれ以上。長大な時間であることは確かだが、長期間になることを予め見越して、その間、最低限必要になるであろう食糧と水の目算を立てることができ、実際にそれを調達できれば、決して無謀な計画とは言えない。大夜叉に道はなくても下生《したばえ》を掻《か》き分け、斜面を登って下りさえすれば、小夜叉には着ける。小夜叉側に降りてしまえば、雨風を凌《しの》ぐことのできる建物があることは分かっている。集落の裏側にあたるそこでなら、火を焚《た》いて暖を取ることもできるだろう。

――葛木なら行くはずだ。

「小夜叉に行かなきゃならないんです」と、式部は大江に訴えた。「重富さんでも誰でもいい。船を貸してくれる人を捜してください。一刻も早く――お願いします」

4

事情を聞いて、大江は重富に連絡を取った。重富は式部の依頼を引き受けてくれたが、結局、実際に船を出してもらうまで、しばらく待たねばならなかった。雨はすでに熄《や》んでいたが、風がまだ残っていた。それがようやく弱まり始めたのは夜明け時分のことだった。

波が収まって船を出せるようになり次第、すぐさま出発してくれるよう、重富に掛け合ってくれたのは大江で、医者もいたほうがいいのではと提言したのも大江だった。大江に呼ばれ、泰田《やすだ》が慌《あわ》てて駆けつけてきた。風が弱まったと見るや、式部らは岸壁に出て波が収まるのを待った。その中で、泰田が実は、と切り出したのだった。

「あの廃屋でまた――」

隣に立った泰田は、小声で式部にそう言った。

祈るような気分で海面に見入っていた式部は、それを聞いた途端、まるで覚醒《かくせい》するかのように、廃屋の座敷と、そこに取り残された哀れな男のことを思い出した。

「……杜栄《もりえ》さん」

完全に失念していた自分に呆然《ぼうぜん》としながら思わず呟くと、泰田は、

「もう耳に入ってたんですね」と息を吐いた。「誰から聞きました？　杜栄さんが犯人だったというのは本当なんでしょうか。なんでも遺書があったとかいう話ですが」

式部は驚いて泰田を見返した。

「……遺書？」

「それは耳に入っていませんか？　ええ──遺書があったんだそうです。その中で犯行を告白して、首を吊《つ》ったって……」

そうか、と式部は納得した。明寛は、そうやって事態を収めたのか。

──誰が杜栄を発見し、明寛に伝えたのだろう。社に矢が立っていた以上、それが意味するところは明寛にとっても分かり切ったことだったに違いない。そして志保の場合と同じく、明寛は事件を揉《も》み消すことに決めたわけだ。全《すべ》てを闇に葬るための方便が、杜栄の自殺、ということだ。

式部は自嘲《じちょう》気味に口許を歪《ゆが》めた。明寛にしてみれば、真実は決して口にできない種類のことだろう。だからと言って、ただ杜栄が死んだとだけ言うわけにもいくまい。社に矢が立った以上、島の者は、そこに罪の存在を嗅《か》ぎ取り、何らかの報いを期待せずには

いられないからだ。

だが——と、式部は思う。明寛はそれが、自らの基盤に亀裂《きれつ》を入れるものだと理解しているのだろうか。馬頭《めず》の決裁を騙《かた》った犯行があった、しかもその犯人は、かつての守護だった——のみならず、犯人は決裁を受けることなく自殺して果てた。これは婉曲《えんきょく》に馬頭《めず》の不在を認め、神領家そのものが馬頭《めず》の決裁を信じてなどいないことを認めるものではないのだろうか。だからと言って、すぐさま馬頭《めず》信仰が崩壊するものでもないだろうが、きっとこれ以後、人々は前ほど馬頭《めず》さんを恐れず、神領家を恐れないに違いない。

「しかし……それって変じゃないですか?」と、泰田は未《いま》だに釈然としないふうで、辺りを憚《はばか》るようにさらに声を低めた。囁《ささや》くような会話でも、充分に内容が伝わる程度には風が収まってきていた。

「だって杜栄さんにはアリバイが……」

「実は、なかったんです」

「じゃあ、本当に?」

式部はただ頷いた。

そうか、と泰田は苦々しげに零《こぼ》す。

「年寄りは例によって、馬頭《めず》さんだって騒いでますけどね。首を吊ったと言っているけれども、死体は実は酷《ひど》い状態だったんだ、なんてまるで見てきたように言ってたりするんですけど。

僕はてっきり、事件の続きなのかと思って。杜栄さんに罪を擦《なす》りつけようっていう。でも、今度はあながち間違っていないんだ……」

式部は迷い――そして、やはり頷いた。

今になって式部には、博史の気持ちがよく分かった。いや、島の者たちの気持ちが。――全ては終わったのだ。明寛は事件を闇《やみ》に葬るつもりでいる。それを今更、どうやって突き崩す。明寛は是が非でも事を揉み消そうとするだろうし、それは志保の事件の時の比ではないだろう。何とかそれを突破できたとして、それが何になる。島は好奇と侮《ぶ》蔑《べつ》の目に曝《さら》され、浅緋や杜栄ばかりでなく、その家族や親族の全てが何らかの形で裁かれることになる。後には何も残らない。――何一つ。

式部にしても、杜栄の末路を哀れだとは思う。だが、哀れな末路だという以上の感慨は、もはや湧《わ》いてこなかった。特にこうして、苛《いら》立《だ》つ思いで波が収まるのを待っていれば。

罪と罰の帳尻《ちょうじり》は合ってしまったのだ。

敗北感のようなものを感じて項垂《うなだ》れたとき、重富老人が声を上げた。

「出すよ」

港の中には、依然小波《さざなみ》が立っている。薄藍色《うすあいいろ》に明けていこうとしている中で、それが明らかに見て取れた。収まってはきたものの、まだまだ波は荒い。船はさぞかし揺れるだろう、と思いはしたが、勿論式部は重富の声に対して、異論を差し挟む気にはなれなかった。

海上には薄明かりが漂い、予想通り漁船が踊るように跳ねながら港を出る間に、それは曙光《しょこう》へと変わっていった。舳《へさき》は大きく傾き、海上に落ち込んでは白い飛沫《しぶき》を上げた。式部も泰田も甲板に蹲り、船端《ふなばた》にしがみついているしかなかったが、重富老人も——そして大江も、この程度の揺れは意に介すまでもない、という様子をしていた。これが慣れというもの、海に囲まれた島で育った者の逞《たくま》しさというものなのかもしれなかった。

船は港を出ると、大きく迂曲《うきょく》して大夜叉に沿った断崖を廻り込む。やがて前方に瘤《こぶ》のように隆起した小夜叉の姿が見えてきた。

大夜叉の中腹にしがみつくようにして、小夜叉は海上に浮かんでいた。ちびた鉛筆のように斜めに削《そ》げた頂上から、薄く噴煙が昇っているのが明け方の薄青い光の中で見て取れた。

黒い砂山のようにも見える小夜叉の麓《ふもと》は、裳裾《もすそ》を引くように延びて海中に没している。その僅《わず》かばかりの裾野《すその》に、煤《すす》けた小さな建物があった。見たところプレハブのようだが、昨夜の風に傾くこともなく、しっかりと建っている。

舳に立った大江が、海面を覗《のぞ》き込むようにしながら声を上げ、背後に手を振る。操舵《そうだ》室《しつ》にいる重富老人がそれを見ながら舵《かじ》を切った。船はまっすぐに小夜叉を目指していく。前方には盛んに白波の立っている磯《いそ》があった。確かに船を着ける場所はなさそうだが、ゴムボートがあれば上陸はできるだろう。式部がそう思った時だった。

黒い裾野にぽつねんと建ったプレハブのドアが開いた。式部は身を起こし、舳に駆け寄った。

ドアの中から、黄色いコート――いや、合羽《かっぱ》を着た人影がよろめき出てきた。片足を引きずるようにしながら、おぼつかない足取りで出てきたその人影は、船を認めて足を止めた。

式部は思わず手を挙げた。

暁光《ぎょうこう》の中、黒々とした海岸に佇《たたず》んだ黄色が、切ないほど鮮やかだった。

この作品は二〇〇一年二月祥伝社から刊行され、
二〇〇四年六月祥伝社文庫に収録された。

石田衣良著 4TEN【フォーティーン】 直木賞受賞

ぼくらはきっと空だって飛べる！ 月島の街で成長する14歳の中学生4人組の、爽快でちょっと切ない青春ストーリー。直木賞受賞作。

石田衣良著 夜の桃

少女のような女との出会いが、底知れぬ恋の始まりだった。禁断の関係ゆえに深まる性愛を究極まで描き切った衝撃の恋愛官能小説。

伊坂幸太郎著 オーデュボンの祈り

卓越したイメージ喚起力、洒脱な会話、気の利いた警句、抑えようのない才気がほとばしる！ 伝説のデビュー作、待望の文庫化！

伊坂幸太郎著 ラッシュライフ

未来を決めるのは、神の恩寵か、偶然の連鎖か。リンクして並走する4つの人生にバラバラ死体が乱入。巧緻な騙し絵のごとき物語。

伊坂幸太郎著 重力ピエロ

ルールは越えられるか、世界は変えられるか。未知の感動をたたえて、発表時より読書界を圧倒した記念碑的名作、待望の文庫化！

伊坂幸太郎著 フィッシュストーリー

売れないロックバンドの叫びが、時空を超えて奇蹟を呼ぶ。緻密な仕掛け、爽快なエンディング。伊坂マジック冴え渡る中篇4連打。

伊坂幸太郎著　砂　漠

未熟さに悩み、過剰さを持て余し、それでも何かを求め、手探りで進もうとする青春時代。二度とない季節の光と闇を描く長編小説。

伊坂幸太郎著　ゴールデンスランバー
山本周五郎賞受賞
本屋大賞受賞

俺は犯人じゃない！　首相暗殺の濡れ衣をきせられ、巨大な陰謀に包囲された男。必死の逃走。スリル炸裂超弩級エンタテインメント。

伊坂幸太郎著　オー！ファーザー

一人息子に四人の父親!?　軽快な会話、悪魔的な箴言、鮮やかな伏線。伊坂ワールド第一期を締め括る、面白さ四〇〇％の長篇小説。

伊坂幸太郎著　首折り男のための協奏曲

被害者は一瞬で首を捻られ、殺された。殺し屋の名は、首折り男。彼を巡り、合コン、いじめ、濡れ衣……様々な物語が絡み合う！

伊坂幸太郎著　ホワイトラビット

銃を持つ男。怯える母子。突入する警察。前代未聞の白兎事件とは。軽やかに、鮮やかに。読み手を魅了する伊坂マジックの最先端！

伊坂幸太郎著　クジラアタマの王様

どう考えても絶体絶命だ。製菓会社に勤める岸が遭遇する不祥事、猛獣、そして――。現実の正体を看破するスリリングな長編小説！

上橋菜穂子著

狐笛のかなた

野間児童文芸賞受賞

不思議な力を持つ少女・小夜と、霊狐・野火。森陰屋敷に閉じ込められた少年・小春丸をめぐり、孤独で健気な二人の愛が燃え上がる。

上橋菜穂子著

精霊の守り人

野間児童文芸新人賞受賞
産経児童出版文化賞受賞

精霊に卵を産み付けられた皇子チャグム。女用心棒バルサは、体を張って皇子を守る。数多くの受賞歴を誇る、痛快で新しい冒険物語。

上橋菜穂子著

闇の守り人

日本児童文学者協会賞・
路傍の石文学賞受賞

25年ぶりに生まれ故郷に戻った女用心棒バルサを、闇の底で迎えたものとは。壮大なスケールで語られる魂の物語。シリーズ第2弾。

上橋菜穂子著

夢の守り人

路傍の石文学賞・
巌谷小波文芸賞受賞

女用心棒バルサは、人鬼と化したタンダの魂を取り戻そうと命を懸ける。そして今明かされる、大呪術師トロガイの秘められた過去。

上橋菜穂子著

虚空の旅人

新王即位の儀に招かれ、隣国を訪れたチャグムたちを待つ陰謀。漂海民や国政を操る女たちが織り成す壮大なドラマ。シリーズ第4弾。

上橋菜穂子著

神の守り人
(上 来訪編・下 帰還編)

小学館児童出版文化賞受賞

バルサが市場で救った美少女は、〈畏ろしき神〉を招く力を持っていた。彼女は〈神の子〉か？ それとも〈災いの子〉なのか？

小川洋子著

博士の愛した数式

本屋大賞・読売文学賞受賞

80分しか記憶が続かない数学者と、家政婦とその息子——第1回本屋大賞に輝く、あまりに切なく暖かい奇跡の物語。待望の文庫化！

恩田陸著

六番目の小夜子

ツムラサヨコ。奇妙なゲームが受け継がれる高校に、謎めいた生徒が転校してきた。青春のきらめきを放つ、伝説のモダン・ホラー。

恩田陸著

ライオンハート

17世紀のロンドン、19世紀のシェルブール、20世紀のパナマ、フロリダ……。時空を越えて邂逅する男と女。異色のラブストーリー。

恩田陸著

夜のピクニック

吉川英治文学新人賞・本屋大賞受賞

小さな賭けを胸に秘め、貴子は高校生活最後のイベント歩行祭にのぞむ。誰にも言えない秘密を清算するために。永遠普遍の青春小説。

小池真理子・桐野夏生
江國香織・綿矢りさ
柚木麻子・川上弘美著

Yuming Tribute Stories

悔恨、恋慕、旅情、愛とも友情ともつかない感情と切なる願い——。ユーミンの名曲が6つの物語へ生まれ変わるトリビュート小説集。

阿川佐和子・角田光代
沢村凜・柴田よしき
谷村志穂・乃南アサ
松尾由美・三浦しをん著

最後の恋

—つまり、自分史上最高の恋。—

8人の女性作家が繰り広げる「最後の恋」をテーマにした競演。経験してきたすべての恋を肯定したくなるような珠玉のアンソロジー。

北村　薫著

スキップ

目覚めた時、17歳の一ノ瀬真理子は、25年を飛んで、42歳の桜木真理子になっていた。人生の時間の謎に果敢に挑む、強く輝く心を描く。

北村　薫著

ターン

29歳の版画家真希は、夏の日の交通事故の瞬間を境に、同じ日をたった一人で、延々繰り返す。ターン。ターン。私はずっとこのまま？

北村　薫著

リセット

昭和二十年、神戸。ひかれあう16歳の真澄と修一は、再会翌日無情な運命に引き裂かれる。巡り合う二つの《時》。想いは時を超えるのか。

北村　薫著
おーなり由子絵

月の砂漠をさばさばと

9歳のさきちゃんと作家のお母さんのすごす、宝物のような日常の時々。やさしく美しい文章とイラストで贈る、12のいとしい物語。

北村　薫著

飲めば都

本に酔い、酒に酔う文芸編集者「都」の恋の行方は？　本好き、酒好き女子必読、酔っぱらい体験もリアルな、ワーキングガール小説。

朝井リョウ著

正欲

柴田錬三郎賞受賞

ある死をきっかけに重なり始める人生。だがその繋がりは、〝多様性を尊重する時代〟にとって不都合なものだった。気迫の長編小説。

桐野夏生著 **ジオラマ**

あたりまえのように思えた日常は、一瞬で、あっけなく崩壊する。あなたの心も、変わってゆく。ゆれ動く世界に捧げられた短編集。

桐野夏生著 **魂萌え！**（上・下）
婦人公論文芸賞受賞

夫に先立たれた敏子、五十九歳。「平凡な主婦」が突然、第二の人生を迎える戸惑い。そして新たな体験を通し、魂の昂揚を描く長篇。

桐野夏生著 **ナニカアル**
島清恋愛文学賞・読売文学賞受賞

「どこにも楽園なんてないんだ」。戦争が愛人との関係を歪めてゆく。林芙美子が熱帯で覗き込んだ恋の闇。桐野夏生の新たな代表作。

黒川博行著 **螻**（けら）**蛄**
―シリーズ疫病神―

最凶「疫病神」コンビが東京進出！ 巨大宗派の秘宝に群がる腐敗刑事、新宿極道、怪しい画廊の美女。金満坊主から金を分捕るのは。

黒川博行著 **疫病神**

建設コンサルタントと現役ヤクザが、産廃処理場の巨大な利権をめぐる闇の構図に挑んだ。欲望と暴力の世界を描き切る圧倒的長編！

黒川博行著 **左手首**

一攫千金か奈落の底か、人生を賭した最後のキツイ一発！ 裏社会で燻る面々が立てた完全無欠の犯行計画とは？ 浪速ノワール七篇。

小池真理子著

恋

直木賞受賞

誰もが落ちる恋には違いない。でもあれは、ほんとうの恋だった——。痛いほどの恋情を綴り小池文学の頂点を極めた直木賞受賞作。

小池真理子著

望みは何と訊かれたら

殺意と愛情がせめぎあう極限状況で生れた男女の根源的な関係。学生運動の時代を背景に愛と性の深淵に迫る、著者最高の恋愛小説。

小池真理子著

無花果の森

芸術選奨文部科学大臣賞受賞

夫の暴力から逃れ、失踪した新谷泉。追いつめられ、過去を捨て、全てを失って絶望の中に生きる男と女の、愛と再生を描く傑作長編。

小池真理子著

モンローが死んだ日

突然、姿を消した四歳年下の精神科医。私が愛した男は誰だったのか？　現代人の心の奥底に潜む謎を追う、濃密な心理サスペンス。

小池真理子著

神よ憐れみたまえ

戦後事件史に残る「魔の土曜日」と同日、少女の両親は惨殺された——。一人の女性の数奇な生涯を描ききった、著者畢生の大河小説。

酒見賢一著

後宮小説

日本ファンタジーノベル大賞受賞

後宮入りした田舎娘の銀河。奇妙な後宮教育の後、みごと正妃となったが……。中国の架空王朝を舞台に描く奇想天外な物語。

三浦しをん著　風が強く吹いている

目指せ、箱根駅伝。風を感じながら、たすき繋いで、走り抜け！「速く」ではなく「強く」――純度100パーセントの疾走青春小説。

三浦しをん著　きみはポラリス

すべての恋愛は、普通じゃない――誰かを強く大切に思うとき放たれる、宇宙にただひとつの特別な光。最強の恋愛小説短編集。

三浦しをん著　ふむふむ
―おしえて、お仕事！―

特殊技能を活かして働く女性16人に直撃取材。聞く力×妄想力×物欲×ツッコミ×愛が生んでしまった(!?)、ゆかいなお仕事人生探訪記。

三浦しをん著　ビロウな話で恐縮です日記

山積みの仕事は捗《はかど》らずとも山盛りの趣味は無限に順調だ。妄想のプロにかかれば日常が一大スペクタクルへ！　爆笑日記エッセイ誕生。

宮木あや子著　花宵道中
R―18文学賞受賞

あちきら、男に夢を見させるためだけに、生きておりんす――江戸末期の新吉原、叶わぬ恋に散る遊女たちを描いた、官能純愛絵巻。

リリー・フランキー著　東京タワー
―オカンとボクと、時々、オトン―
本屋大賞受賞

オカン、ごめんね。そしてありがとう――息子のために生きてくれた母の思い出と、その母を失う悲しみを綴った、誰もが涙する傑作。

荻原　浩著　コールドゲーム

あいつが帰ってきた。復讐のために――。4年前の中2時代、イジメの標的だったトロ吉。クラスメートが一人また一人と襲われていく。

荻原　浩著　噂

女子高生の口コミを利用した、香水の販売戦略のはずだった。だが、流された噂が現実となり、足首のない少女の遺体が発見された――。

荻原　浩著　メリーゴーランド

再建ですか、この俺が？　あの超赤字テーマパークを、どうやって?!　平凡な地方公務員の孤軍奮闘を描く「宮仕え小説」の傑作誕生。

荻原　浩著　押入れのちよ

とり憑かれたいお化け、№1。失業中サラリーマンと不憫な幽霊の同居を描いた表題作他、必死に生きる可笑しさが胸に迫る傑作短編集。

荻原　浩著　月の上の観覧車

閉園後の遊園地、観覧車の中で過去と向き合う男――彼が目にした一瞬の奇跡とは。過去／現在を自在に操る魔術師が贈る極上の八篇。

米澤穂信著　満　願

山本周五郎賞受賞

磨かれた文体と冴えわたる技巧。この短篇集は、もはや完璧としか言いようがない――。驚異のミステリー3冠を制覇した名作。

池谷裕二著

脳はなにかと言い訳する
―人は幸せになるようにできていた!?―

「脳」のしくみを知れば仕事や恋のストレスも氷解。「海馬」の研究者が身近な具体例で分りやすく解説した脳科学エッセイ決定版。

池谷裕二著

受験脳の作り方
―脳科学で考える効率的学習法―

脳は、記憶を忘れるようにできている。そのしくみを正しく理解して、受験に克とう！——気鋭の脳研究者が考える、最強学習法。

池谷裕二
中村うさぎ著

脳はみんな病んでいる

馬鹿と天才は紙一重。どこまでが「正常」でどこからが「異常」!? 知れば知るほど面白い〝脳〟の魅力を語り尽くす、知的脳科学対談。

吉本ばなな著

イヤシノウタ

かけがえのない記憶。日常に宿る奇跡。男女とは、愛とは。お金や不安に翻弄されずに生きるには。人生を見つめるまなざし光る81篇。

よしもとばなな著

みずうみ

深い傷を心に抱えた中島くんと、ママを亡くした私に、湖畔の一軒家は静かに呼びかける。損なわれた魂の再生を描く奇跡の物語。

河合隼雄
吉本ばなな著

なるほどの対話

個性的な二人のホンネはとてつもなく面白く、ふかい！ 対話の達人と言葉の名手が、自分のこと、若者のこと、仕事のことを語り尽す。

新潮文庫の新刊

万城目学著
あの子とQ
高校生の嵐野弓子の前に突然現れた謎の物体Q。吸血鬼だが人間同様に暮らす弓子の日常は変化し……。とびきりキュートな青春小説。

川上未映子著
春のこわいもの
容姿をめぐる残酷な真実、匿名の悪意が招いた悲劇、心に秘めた罪の記憶……六人の男女が体験する六つの地獄。不穏で甘美な短編集。

桜木紫乃著
孤蝶の城
カーニバル真子として活躍する秀男は、手術を受け、念願だった「女の体」を手に入れた！ 読む人の運命を変える、圧倒的な物語。

松家仁之著
光の犬
河合隼雄物語賞・芸術選奨文部科学大臣賞受賞

やがて誰もが平等に死んでゆく――。ままならぬ人生の中で確かに存在していた生を照らす、一族三代と北海道犬の百年にわたる物語。

池田渓著
東大なんか入らなきゃよかった
残業地獄のキャリア官僚、年収230万円の地下街の警備員……。東大に人生を狂わされた、5人の卒業生から見えてきたものとは？

西岡壱誠著
それでも僕は東大に合格したかった
―偏差値35からの大逆転―

成績最下位のいじめられっ子に、担任は、東大を目指してみろという途轍もない提案を。人生の大逆転を本当に経験した「僕」の話。

黒《こく》祠《し》の島《しま》

新潮文庫　お-37-8

平成十九年七月一日発行
令和七年三月二十日十八刷

著者　小《お》野《の》不《ふ》由《ゆ》美《み》

発行者　佐藤隆信

発行所　株式会社 新潮社

郵便番号　一六二―八七一一
東京都新宿区矢来町七一
電話　編集部(〇三)三二六六―五四四〇
　　　読者係(〇三)三二六六―五一一一
https://www.shinchosha.co.jp

価格はカバーに表示してあります。

印刷・株式会社光邦　製本・株式会社植木製本所

ISBN978-4-10-124028-2 C0193